U0024617

時未寒——著

外傳之二　竊魂影　107

目錄

第三章　解連環　252

第四章　滿庭芳　278

目錄

第七章　水龍吟　387

第八章　點絳唇　432

名人推薦

時未寒的《明將軍》系列，共同構建了一個以京城為中心的天下，它北至塞外，南至海南，西至吐蕃，成為朝廷和江湖的角力場。時未寒文氣縱橫，其小說的武功較量別具一格，自成一派，有「陽剛技擊」的美譽，在「新武俠」的諸多作品中獨樹一幟。

——《武俠小說史話》作者 林遙

破浪竊魂偷天換日碎絕頂，時光荏苒江湖再見二十年，山河永寂的那一刻，是一代讀者的記憶，時未寒加油！

——知名網紅 劍光俠影

少年的成長、浪子的情懷、俠客的熱血和將軍的野望是構成《明將軍傳奇》小說的基礎。

——知名網紅 Christopher Zhang

偷天煉鑄，換日凝鋒。碎空淬火，破浪驚夢。登絕頂而觀山河，卻道那一場無涯的生。

——知名網紅 華山一風

為什麼一個女生也這麼喜歡時未寒？我的回答是：我喜歡他作品裡猶如春日繁花那樣漫山遍野四季搖曳的美麗句子。

——知名網紅 沈愛君

文如其人，時未寒這個圍棋高手，以下棋的精巧構思編織故事，時而大氣磅礡時而溫婉細膩，還設有很多局，所以要小心他書中美麗的圈套，溫柔的陷阱……

——知名網紅 禾禾

【推薦序】

「綜藝」武俠開新面——時未寒武俠小說序

師大教授
林保淳

在中國近代武俠小說發展的過程中，金庸與古龍可以說是兩座高不可攀的巍峨大山，橫絕在其發展的中路上，「後金古時期」的作者，如果未能克服障礙、超越其巔峰，勢都無法窺見其後一馬平川的坦途。因此，如何絞心盡力、整備藝能，以求超金邁古，就成為後起諸秀最大的考驗了。

武俠經過了大半個世紀的拓展，盛極而衰，雖是日薄崦嵫，而餘光普照，夕色之美，仍是不可勝收，卻也正是「後金古時期」的諸子，力揮魯陽之戈所呈顯的多姿多采的景象。於是，我們可以看到，無論台灣、香港，或是中國大陸，都有不少對武俠難以忘情的新銳作家，各逞其巧思妙手，從各個不同角度出發，為打造一個新的武俠世紀而盡心戮力。在這些作家當中，我對台灣的奇儒、蘇小歡、張草、孫曉，及香港的黃易、鄭丰都有所論列，也頗關注於喬靖夫，皆不無可圈可點，令人耳目一新的表現。但總體來說，時移世易，在中國大陸改革開放之後，由於人口上的絕對優勢，以通俗為主導方向的武俠小說之發展重心，無疑已轉向由大陸肩負起重新開疆闢土的重責大任，繁星點點，熠耀生光，雖未能有如金庸古龍之高懸日月，亦可為武俠天空綻現如希臘神話般的瑰麗色彩。

時未寒脫穎而出

大陸在改革開放後的武俠小說發展，韓雲波以「新武俠」名之，展現出大陸在禁絕武俠題材又重新予以重視後的強烈企圖，而其真正具有「開新」意義的轉捩點，無疑當以二〇〇一年武漢《今古傳奇·武俠版》的創刊為嚆矢，其間新秀輩出，滄月、步非烟、慕容無言、楊虛白、李亮、方白羽、盛顏、趙晨光、扶蘭、碎石等，皆頗有可觀，彬彬之盛，實不亞於前此的港台作家，尤其是王晴川、鳳歌、時未寒、小椴，號稱「四傑」，更是備受矚目。

時未寒（一九七三—），本名王帆，初期泛寫各類不同題材，二〇〇二年十一月始以時未寒為筆名，於《今古傳奇》發表《碎空刀》，遂開始專力於武俠創作，歷年來已有三百多萬字的創作量，而其中二百多萬字的《明將軍》系列：《偷天》、《換日》、《絕頂》、《山河》四正傳；《碎空刀》、《破浪錐》、《竊魂影》三外傳，可謂是嘔心瀝血之作，廣獲各方好評。

大陸「新武俠」興起較晚，基本上是奠築於前此舊派武俠及港台新武俠的基礎上發展起來的，平心而論，雖仍難以企及金庸、古龍的巔峰，但相較於其他多數的舊武俠作家，都已有長足的進步，蓋前此作家機杼已然略盡，後起新秀自不可能重蹈舊轍，而無寸進；

反而能在其此的基礎上開新創發，這是文學史發展的慣例，也代表著武俠小說吐絲成繭之後，在繭蛹中默釀其新生命的階段，既有其或顯或隱的承襲，也蘊涵著未來破繭成蝶的新姿——儘管我們還很難斷定其會翩然化為何色何樣的蝴蝶。

葉洪生在論列台灣武俠小說流派時，將其心目中僅次於金庸、古龍的台灣名家司馬翎，歸為「綜藝俠情派」，所謂的「綜藝」，正如電視上的「綜藝節目」一般，有歌有唱、有演奏、有短劇，將所有能一博觀眾眼球的各項表演，盡情納入一個節目當中，而其間固是應有盡有，卻也有其自家節目的特色，司馬翎的小說，正復如此，在博取各家之長後，又別有開新的特色，故亦能成其一家之言。時未寒的小說，據我看來，正如同司馬翎一般，是妙於綜合，而又能夠從中化生出一己特色的新銳作家。

明將軍氣象萬千

在「新武俠」之前，金庸、古龍深入人心，恐怕沒有任何一位後起諸秀能擺脫其籠罩，時未寒儘管極力想突破金古的枷鎖，還是未能掙脫其束縛，這是無可避免的，《明將軍》系列中的「一個將軍，半個總管，三個掌門，四個公子，天花乍現，八方名動」，雖說人物眾多，又各有特色，但基本還是金庸在《射鵰》中的「東西南北中」的格局；而「英雄塚」的英雄碑，雖具巧思，也還是古龍百曉生「兵器譜」的故轍。扼要來說，時未寒在金古之間，於金庸取其宏大的格局及架構，參之以古龍的離奇變化，而以複雜的人物定位關係推動整個系列小說的進展；在武功摹寫上，不取古龍的乾淨俐落、迎風一刀，既欲從哲理上論武學境界的高低，又不忍放棄詳盡的互鬥描寫；文字的運用，又從舊派擷取泉源，委屈詳盡，對摹寫景物曲盡其雅致之能事，可謂是冶金庸、古龍、舊派，乃至溫瑞安於一爐，算是道道地地的「綜藝」了。

當然，此一「綜藝」，也包含了時未寒冶傳統文化於武俠小說之爐的企圖，琴、棋、書、畫、機關、法醫之學，莫不刻意藉書中的不同人物展現出來，雜學之豐富，更是其所長之一。但時未寒卻絕非簡單鋪排，如《換日》中的那場慘烈的「人棋」之戰，摹寫得驚心動魄，儘管也曾有人寫過，但卻絕無如此毛骨聳然的效果，其中的悲壯、勇烈，幾乎令人窒息，這正是時未寒萬鈞的筆力。

不過，《明將軍》系列最足稱道的，還是整系列小說迴環聯結、變而有體的結構。在此，時未寒刻意隱伏的人物「定位」，起了莫大的功效。所謂「定位」，指的是人物之間的關係，有明有暗，不到最後關頭，無法呈現，而一旦呈現，卻又順理成章，有條不紊。

《明將軍》系列的故事，人物非常龐雜，但從源流說起，則可上溯至千年前的唐朝武周時期，這點顯然是有取於金庸《天龍八部》中的慕容世家。所不同的在於，當初欲扶持武周後代的五大家族水、花、景、物及御泠堂，觀念不合，故幾百年爭論不休，這又與金庸《雪山飛狐》中李自成的四大護衛有異曲同工之妙。明宗越是四大家族經數百年隱忍後終於培植出來有力可爭奪天下的「少主」，武功高強、智計優勝，且功業偉然，為手握權柄的大將軍。然此時朝廷乃屬異姓，又有泰親王、太子兩幫勢力與之抗衡，明爭暗鬥。三方勢力，各自培養親信，江湖諸大門派、勢力，皆各有依附，且各有隱間，局勢相當詭譎。

後現代綜合各家

故事是從明宗越征伐西北開始，由於欲建功業，故殺戮慘烈，激起冬歸劍客許漠洋的反抗。冬歸城陷，許漠洋得巧拙和尚之助，脫出重圍，帶引出「暗器王」林青，欲以「偷天弓」制伏明宗越，但不幸落敗。許漠洋隱居鄉野，以打鐵為生，收一養子許驚弦，其實正是當初巧拙和尚之所以救助許漠洋的原因，許驚弦無疑就是「換日箭」，弓箭合一，足以「換日偷天」，改變氣運，冥冥之中，就是足以克服明宗越的一股力量。少年許驚弦成長的過程，屢有機遇，而逐漸與相關的江湖人士取得飽含恩怨情仇的聯繫與接觸，作者處處作了奇巧而又不失情理的安排，波瀾起伏，可謂密合無間。

朝廷與江湖，在《明將軍》系列中是綰合為一的，故江湖恩怨、朝廷政爭、中外糾葛，聯成一氣，使此系列格局龐大、劇力萬鈞。明宗越、林青、許驚弦及御泠堂的宮滌塵無疑是其中最重要的角色，雖有複雜的恩怨關係，卻無明顯的所謂正邪的區分，林青的傲岸正直、許驚弦聰慧調皮，固是典型正派角色；而明宗越的坦朗氣度、宮滌塵的深謀遠慮，亦是自具特色，這足見時未寒在人物角色設計上的深沉功力。

《明將軍》系列也可視為「後現代」觀念凸出的一部武俠，後現代的特色，就是打破一切截然區畫的觀念，讓眾聲在喧嘩之際，各持己見，而自待定奪，故每個角色都自有其一段未必足以為外人道的心路歷程，是非善惡，實難一言而定，而其委曲的重重心思，則化作各種不同的智慧、謀略展現出來，這是時未寒最能引人矚目的特點。但除了前述我所提到的諸家影響外，我卻也從其「綜藝」的成效中，窺見其與司馬翎的共同特點。

司馬翎武俠的特色之一，在於他對整部小說的人物，無論或重或輕，都不會有所輕忽，能從人物自身的角度思量其應有的行動，智力與武力，交替而用，故呈顯出一個既鬥智而又鬥力的江湖爭鬥模式，而欲如此經營，則勢不得不針對多數的角色作內心思慮的詳盡刻劃，故推理、鬥智，層出不窮而詭譎多變，卻又縝密緊湊，條理分明。時未寒雖自謂其實對司馬翎所知不多，但天下文章的輾轉變化，往往是萬變難出其宗的，英雄所見，很難不有雷同；更何況，相信時未寒對取法於司馬翎甚多的黃易相當稔熟，故其蹊徑相同，也就不足為奇了。

看他廿年磨一劍

事實上，《明將軍》系列中的每一角色，都是饒具智慧的，只是在智計上有高下疏密之別，絕非只是但憑武功決勝的一勇之夫，這與朝廷上的勾心鬥角倒是相得而益彰，而如此也引帶出一個充滿智性的武俠世界，這與司馬翎特別強調「智慧」及借雜學凸顯智慧的構思，也是相當類似的，足以讓讀者費心去思量其智計角鬥的成與敗。至於人物的設計，具有一代梟雄氣度的明宗越，與《劍海鷹揚》中的嚴無畏相類，於驍勁之外，具有堂堂宗師的風範，與林青惺惺相惜，欲進窺「武道」，也暗合於司馬翎對「武道」的探索；至於女扮男裝的宮滌塵，在朝野各方智計的角量中，縱橫捭闔、步步為營，又與司馬翎小說中刻意凸顯女性，如《劍海鷹揚》中的端木芙、《金浮圖》中的紀香瓊，也是難分軒輊，而各有所長的。

許驚弦的設計，應是時未寒企圖別開生面的塑造與過去武俠小說那種英俊瀟灑、允文允武的主角不同的構想，刻意強調其面貌之醜。平心而論，如此的設計，功效並不顯著，但明顯受到古龍《絕代雙驕》中江小魚、金庸《鹿鼎記》中韋小寶的影響，是可以確定的，聰穎慧黠、機靈巧變，自是不在話下，例如許驚弦設計逃脫出「追捕王」監管的計略，渾然如江小魚與韋小寶的綜合體。但是，細究之下，卻又饒有司馬翎在《纖手馭龍》中裴淳的影子。裴淳在《纖手馭龍》中是武俠小說中少見的忠厚懇直的俠客，無論「南奸」商公直是如何的機詐多變，各種機關算盡的智謀，在裴淳身上都起不了任何作用；而「日哭鬼」與許驚弦的鬥智，結果也和商公直一樣，最終受到了許驚弦善念的感化，作家思致，有時竟是雷同若此，或許是「集體潛意識」的默化吧？

我對大陸「新武俠」涉獵不多，時未寒的《明將軍》系列的第一部也是二〇〇二年就出爐了，時隔十數年，其《山河》一書竟尚未完成，這使我在「後睹亦快」中，略有惋惜，但也頗為慶幸還是有緣得見。武俠夕色雖闌，時猶未寒，但願借此一序，能如金雞一啼，喚起猶在混沌朦朧中徬徨的時未寒，能及早跨過漫漫長夜，於晨曦之中，重綻光芒。是為序。

於庚子歲說劍齋

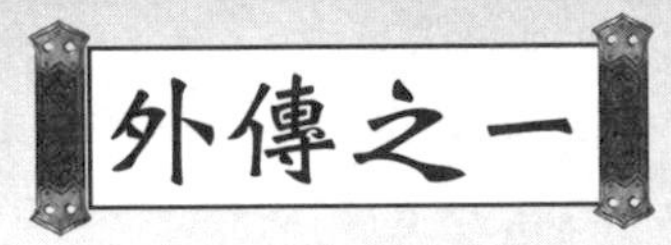

外傳之一

破浪錐

從來沒有人能躲過星星漫天的一擊必殺，

剛才要不是對方誤算地利，且也料不到楚天涯有那麼高的武功，

現魏公子手下的「冰」就已是個死人……

而現在，疾風駒已死，封冰受傷，

以楚天涯一人之力，能否躲得過星星漫天的追殺呢？

楔子　公子姓魏

古今興廢事，還看洛陽城。

黃昏時分，郭直懷裡揣著贏來的銀票，踏進了今天的第四個賭場。從早上到現在，郭直已經贏了二百七十萬兩銀子，讓三家賭場就此關門。

「迴腸盪氣閣」——這就是魏公子在洛陽城中最大的、也是最後的一間賭場了。

郭直本是洛陽城中最大的商家，人稱洛陽郭。那時的他不僅很滿意，而且實在是很得意。可是自從十年前魏公子的勢力延伸到了洛陽，他就再也沒有得意過。

一山不容二虎。雖然魏公子並沒有涉及他的產業，也沒有張揚到要與他在洛陽城一爭高下。但從此以後，再也沒有人敢冒著惹魏公子生氣的危險叫他一聲洛陽郭。

魏公子不僅在朝廷上呼風喚雨，也是江湖上談之色變的人物。

這十年真的讓郭直很不爽。要在以往，他一定會忍了這口已忍了十年的氣。可現在不同了，功高必然震主，魏公子已然失勢丟官，遠遁江南。明將軍對他務要趕盡殺絕，更有江湖上的許多仇家聞風而動，連一個原本籍籍無名的浪子楚天涯也可以連挑魏公子的十九家分舵，他堂堂洛陽郭憑什麼不能趁火打劫，動一動魏公子的賭場，出一出壓在心裡十年的氣。

更何況，他身後還有一個令人驚懼莫名的保鏢。

所有人的眼光都在吃驚與敬畏中望著他，這讓他想起了自己十年前的風光。

魏公子逃命天涯，他這些手下如能被收服，以後便是自己在洛陽城中的一股勢力，不趁今日立威，更待何時！

「哈哈，我郭直今天賭運真是太好了，換一個大莊家來。」郭直挑一張最大賭桌，大馬金刀的坐下，一拍桌子，斜睨著幾個賭客與原本坐莊的賭倌慌張地閃開。

「郭老闆想怎麼賭？」

郭直一指對面一位右臂纏著繃帶的漢子，「羅館主對我的賭法親有體會，不妨一說。」那位臂纏白布的漢子正是今天郭直在第一家賭場中遇到的對家——「鷹擊長空」羅重光。

從郭直一進門，羅重光的眼睛就一直怨毒的盯著他身後那位身著黑色勁裝的保鏢。

事實上每個人第一眼都看見了也只看見了這個黑衣人，但只看了一眼，便不敢再看。因為，那是一個可怖的人。有的人一見之下就讓人親近。有的人一見之下就讓人厭棄。而他，給人的感覺就是一種冷冰冰的惡毒。

如豹的銳目；如狼的利齒；如鱷的鱗甲；如蛇的毒信。一見之下便令人想起了邪惡。

郭直也不知道這個黑衣人到底是什麼來歷，只知他手持明將軍的信符，揚言助他挑了魏公子在洛陽的基業。

當今朝廷上，誰不知明大將軍乃是一人之下萬人之上隻手可遮天的人物，加上這次又扳倒了數年的政敵魏公子，氣焰正熾、權勢薰天。有他護著自己，更可一泄多年的怨氣，何樂而不為。

黑衣人終於開口了，「羅重光你動作倒是不慢，這麼快就趕來通風報信，看來那一指應該招呼到你的腿上才對。」

他的聲音中帶著一種說不出的詭異與陰寒，就像是從地獄中傳來的索魂之音，讓人禁不住打一個冷戰。

「鷹擊長空」羅重光以鷹爪指力成名。以指對指，竟然會敗在這個看起來不過二十餘歲的黑衣人手裡，而且是右臂全廢，旁人不禁都暗暗心驚。一時周圍看熱鬧的人不少，卻無人敢下場。

郭直愈發得意，哈哈大笑，「想不到這裡竟全是膽小之徒，豈不耽誤我的發財大計。」這話分明是不將諸人放在眼裡了。

一人越眾而出，大喝一聲，「我來和你賭。」

來人身形彪悍，矮小黝黑，令人側目的卻是一頭紅髮，正是「迴腸盪氣閣」的大老闆，人稱「冀北赤髮」的于飛。

黑衣人冷然看著于飛，「賭骰子，一把定勝負，我的賭注是二百七十萬兩銀子，你輸了就拆了迴腸盪氣閣的招牌，自斷一隻手。」

于飛眼看著兄弟斷臂受傷，雖然明知羅重光的武功不在自己之下，卻還是忍不住出手搦戰。但此刻一聽賭注不僅要搭上一隻手，竟然還辱及魏公子的基業，大怒之下也不禁一呆。

賭骰子全憑指力，而羅重光以指對指卻仍傷在這個黑衣人手下，可見此人的確深不可測。

于飛與羅重光的武功相差不遠，自知難敵。但此刻已是勢成騎虎，而凡是開賭場的，自是不能限制玩家提議的賭法。

「好！我和你賭，你輸了我亦不要你的手，留下銀子外再給羅館主磕五個響頭。」一個平和的聲音淡然傳來，門外突然湧入五人，發話的是一位四十開外的中年人，當先悠然步入。

黑衣人目瞪來者，那中年人眉宇暗沉，夷然不懼。

來人身材並不高大，面容如古井不波，在百人當中絕對平凡的讓人認不出來，但龍行虎步昂然入堂，一股氣派迎面捲來，勢攝全場。

黑衣人稍稍錯愕，仰天長笑，「你若輸了呢？」

中年人微微一笑，「那自然是連命也一起輸了。」

「好，我就要你的命。」

中年人仍是毫不動氣，眼光凜然掠過黑衣人與郭直，卻不停留，望向堂中高樑，「你先擲，是個豹子就算我輸了。」

三粒骰子向碗中擲去，大堂中寂然無語，只有清脆的骰子相碰之聲。

黑衣人雙手按桌，掌指間青筋暴起；中年人端坐不動，談笑間眉頭輕皺。二人正是以上乘內力控制骰子的點數。

骰子轉個不停，黑衣人額間滲汗，中年人卻是面色不變。

黑衣人神情凝重，雙手虛空連點，指力破空，嗤嗤作響；中年人抬單掌輕揚，化開黑衣人霸道的指力，再對著碗中吹了一口氣。在場諸人的目光全都凝在那越轉越急的骰子上。

黑衣人大喝一聲，雙手再往下一按；中年人濃眉上挑，低沉的冷哼一聲。

黑衣人一跤坐倒在地，那張桃木桌上留下兩個掌形的缺口。

轉動的骰子終於停了下來，竟然是賭骰子中點數最小的么二三。

「磕過了頭，你就可以走了。」中年人像是什麼事也沒有發生一樣，怡然道。

黑衣人緩緩站起身，右手五指上已多了五個純鋼的套子。臉色漸漸變青，猙獰的令人不敢對望。

中年人冷然傲視，「我當是誰這麼大膽子，原來是歷家的人。」

黑衣人氣運全身，「我就是歷明，你是何人？」

中年人淡淡一笑，「原來是歷輕笙最寵愛的那個敗家子，你最好別出手，我還不想讓歷老鬼絕後。」

黑衣人雙目噴火，「不要侮辱我，有什麼本事就面對面的使出來。」

一旁的郭直深吃一驚，心頭驀然想起了近年流傳甚廣的幾句話。

「南風北雪舞，歷鬼判官龍。方過一水寒，得拜將軍府。」

這幾句似詩非詩的話，說的是江湖上的六大邪派宗師。

其中的歷鬼便指的是五年前曾憑一人之力毀了名劍山莊的歷輕笙。

五年前，江湖傳言名劍山莊得到了一支上古寶物——清芬簫，據說其清越簫聲可以抵抗魔音，而湘西枉死城城主歷輕笙名震江湖的絕技正是名為揪神哭的懾魂之音。

匹夫無罪，懷璧其罪。名劍山莊因而招惹來了六大邪派高手中的歷輕笙，一場大戰後，名劍山莊就此江湖絕跡，只留下來二種人。

一種是額心有個指洞的死人，一種是從此混噩一生的瘋子。

這就是歷輕笙的兩大獨門絕技。——渡劫指，揪神哭。

那一次，歷輕笙一戰名動江湖，再無人敢輕攖其鋒。

而這個令人一見即懼的黑衣人原來就是歷輕笙的四子歷明。

中年人低歎一聲，「歷輕笙本為一代宗師，何苦跟著明將軍，再圖什麼功名？」

歷明憤然道，「我爹的名字也是你配叫的！」

「出手試試就知道配不配了。」那中年人仍是不露聲色，悠然說道。

歷明鐵青的臉色突又轉紅，猛然騰身而起，身體在空中做了一個讓人意想不到的轉折，五指如鉤，幻化出滿天指影，直取對方的天靈。

待到雙手離對方頭頂只有三尺時，食指的鋼套脫手而出，招術無所定法，招式極盡詭秘，正是歷輕笙的不傳之學——渡劫指。

卻只見那中年人長身而起，對漫天指影虛招猶若不見，吐氣開聲，雙掌平平實實擊出，卻不偏不倚地正正迎住歷明幽冥般飄忽詭異的身影。

一聲大震，塵霧迭起，屋樑顫動。

中年人輕輕坐下，仍是氣度悠閒，「有幸一戰渡劫指，何時再聞揪神哭。只不知死了兒子的歷輕笙還會夜夜笙歌麼？」

歷明後退十數步方才止住退勢，面色如金，搖晃幾下，終於頹然坐地，手捂前胸，嘴角咯血，「家父一定會給我報仇的。」

中年人仰天長嘯，雙目精光暴起，「我的仇家遍天下，算得上對手的卻是太少。歷輕笙倒是值得一戰，只是他遠在湘西鬼都，只讓你這個不爭氣的兒子替明將軍賣命。你可有什麼話要我轉達，我一定命人帶到，當然……」他略微一頓，目射精光，「還有你的人頭。」

歷明再吐出一大口血，嘶聲叫道，「你……到底是誰？」

「到現在你還猜不出嗎？」那個中年人一哂，不再看歷明，轉頭望向郭直。「郭老闆一日之內連挑我三家賭場，這個帳你想怎麼算？」

「啊！」郭直這才確信了面前的人是誰，大驚之下語不成聲，唯手指對方，「你……就……是……」

中年人緩緩揭下臉上一張薄如蟬翼的人皮面具，「不錯，本公子姓魏。」

歷明慘哼一聲，口中鮮血狂湧，撲然倒地。

第一章　恨她的美麗

已是子夜時分，月色清朗，星斗滿天。

在洛陽城外的太平官道上，一騎如飛馳來，由遠至近的馬蹄聲踏碎了夜的寧靜。

一名男子卻端然立於官道正中，垂目披髮，靜若老松。聽到馬蹄聲，他驀然抬頭，右手握在佩於腰間的劍柄上，目光如電，射向來騎。

來騎長嘶，停在二丈之外。在他劍氣餘勢的逼壓下，任對方是日行千里的疾風駒也不敢再迫近前來。

他冷然一笑，「商晴風！」

「不錯。」騎士勒住馬頭，驚疑不定，「何人擋道？」

他長劍出鞘，答非所問，「下馬，撥你的劍。」

「楚天涯?!」商晴風望著那一柄在月夜下閃著冷輝的長劍，一個名字脫口而出。

他不語，舉劍遙指對方。

商晴風神色陰晴不定，飄身下馬，落地時劍已出鞘。果然不愧是魏公子手下「冰風雨」中的第二高手。

但楚天涯已知道自己必勝。他聚氣凝神半夜，力阻對方飛馳之騎，氣勢上已占絕對上風。人影晃動，劍氣縱橫，樹葉紛紛墜落，星光剎時黯淡。馬聲長嘶，鮮血激濺。然後，便是無邊的寂靜。

只一招，勝負已決！

商晴風再也不會看到明晚的星光，這是楚天涯早就想到的結局。只是，隨著最後一滴血珠從劍尖緩緩滾落，一種想要嘔吐的感覺亦泛湧上心頭。他實是想不到第一次殺人會如此難受，彎下腰，拚命強忍住肺腑中的翻騰。

殺氣突現背後，凝而不發。大驚之下凝住身形，他甚至不敢回頭，因為一轉身敵人必將在舊力退散新力未發之際發出致命一擊。

她早早就跟蹤上了他，因為現在江湖上誰都知道，目前魏公子的最大敵人不止是明將軍，還有這個幾個月前方才突然崛起，劍挑魏公子十九分舵而不傷一人的楚天涯。

她一直藏於他身後一塊大石後。望著他靜靜站立了二個時辰，集氣運功、凝神還虛，周圍五丈之中的一切都逃不脫他的感覺。若不是她早運起了獨門心法「心止如冰」，可以在幾個時辰內不呼不吸，一定早就被他發現了。

直到看到他那石破天驚的一招，她的眼睛才驀然一亮，好像有了一種明悟。

她終於看到了他的出手。只一招，身為魏公子帳下「冰風雨」中的第二高手商晴風便劍斷人亡。而就在她因此而動容的一剎，立刻便被他發覺了。

雖然估不出他的反擊會是怎樣的嚴厲，可先機在握的她至少還是有把握重創他。

因為，她就是魏公子帳下「冰風雨」中的第一高手——「冰」。「冰」並不僅僅是水的凝固。在江湖上，「冰」指的是一個人，一個魏公子手下最可怕的女子。——出手無痕，絕情封冰。

楚天涯感覺到身後的殺氣攸然散去，掌聲零落的響起來。「不錯不錯，商晴風的天晴訣只來得及施展到第三訣，便給你一劍穿心，果然不愧是近來江湖上風頭最勁的楚天涯！」

他吃驚躲藏在身後卻一直不讓他發現的人竟然是一位女子，心頭驀然浮上了她的名字。「螳螂捕蟬，黃雀在後。相較魏公子手下第一高手封小姐，我這點微末道行又算得什麼？」

「嘻嘻，你是那討人厭的螳螂麼，我倒是不在意當一隻小黃雀。」

楚天涯想起了臨行前師父對他的種種告誡，心中暗歎了一口氣。幸好殺氣已消，方能緩緩轉過頭來。

然後，楚天涯便終於看見了這個名動江湖的女子。

月朗。星稀。夜深沉。人卻忽已惘然。

她的眉宇濃烈而鬱黑，讓他想起了荒蕪在原野上的草；她的眼睛清洌而恣意，讓他想起了輝耀在天空中的星。

她的脖頸在月光下白皙而粲然，突然的就像一種浮上心頭的悱惻；她的呼吸在子夜裡輕緩而蔓延，莫名的就如一種流失的歲月……

那個女子……就像是一朵叫醒了傳說的薔薇。

楚天涯第一眼看到封冰，就像墜入了一個最清甜的夢，雖然惘然不知所以，卻能讓人在醒來後的回味中側頭想像。

於是他眼中驀然乍亮，心頭卻泛起一種恍惚，面前的人似乎就是一團明焰的氣質，就是一波不語的風情。可他心中卻清楚地知道，她就是魏公子最寵信的愛將，她就是敵人最堅固的一道防線，她就是師父特意要他提防的對手……

而她，竟然亦應該算是他的師姐。

那時，從第一眼看到她開始，楚天涯的心中就兀然湧上了一種莫名的恨意……恨她令人驚詫的美麗！

第二章　驚夢驚夢　無涯無涯

楚天涯最好的唯一的朋友就是他的劍。那把劍雖是無名，卻一直沒有離開他，伴隨著他，幫他殺死了許多猛獸，擊倒無數敵人。

記得有一次他失足掉下懸崖，便用這把劍刺入崖壁，然後一點點借力回到山頂。

他一直認為，可以嘲弄他的人，卻不能侮辱他的劍。

可是，現在，這把不容人輕辱的劍卻在挖著泥土。

就只因為封冰的一句話。「商晴風雖然一向飛揚跋扈，我也看不慣他的某些做法。但畢竟共事一場，不忍看他暴屍荒野。你可以幫我埋了他嗎？」

不知為什麼，他一點也不奇怪她並無敵意甚至不無懇求的語氣，好像他早早的就知道，她真的就是那一場他寧可一輩子也不醒的夢。

於是，他就在她好似曼舞輕吟的每一步伐與每一聲線中散擲著本不應該屬於他的柔情。

封冰就站在楚天涯身後。此刻的他竟然沒有一點防範之心。

從小師父就一直讓他相信，這個世界上沒有任何東西可以信任。——對自己微笑的人很可能下一步就是要自己的命。

可是他還是不能輕率的把封冰對他的巧笑與嫣然當成是暗伏的殺機，雖然他只是從她的眼光中臆度出了對自己的善意。

也許就是因為她剛才在最有利的條件下沒有出手，也許是他知道她是他的師姐，雖然師父告訴過他她是師門中的恥辱。也許，也許，就是因為那一刹的驚豔，讓他起不了一絲一毫與她對敵的念頭。

楚天涯一直以為自己是孤獨的，就像是一匹在茫茫荒原上踟躕獨行的狼。沒有親人，也沒有朋友。

他沒有童年，他的童年只有無休無止的練功，以及師父的責罵與懲罰。從小他就只和師父在一起，即使他的武功練得再好再努力，換來的也不過是晚上可以早休息一會，不用再辛苦地練功到天明。

那時的他常常做一個可怕的惡夢：一個五六歲的孩子在一群死人中慢慢的爬行，那個孩子不懂得哭，只是爬在一群死人中，就像爬在用血色染紅的雕像或是化石中。那孩子想找到自己的父母，但是他已無法分辨出自己的親人，面前的一切，都是血紅，只有血紅。

他不知道自己的父母是什麼人，從記事起，他就只面對著一個臉上有著長長一道劍痕的老人，那是他的師父——天湖老人。

那道劍痕讓他清楚的知道師父不是他的父親。但在以後長長的時間裡，他還是一直想把師父當做自己的父親。或是，僅僅當做自己的——親人。

可是他仍做不到，師父……就只能算是師父。

在每個晨光初現的清早或是暮色垂降的黃昏，在天湖老人的示意下，他總是一次次地用劍從不同的角度用不同的方法刺入一個人形的木像中。後來他知道那個木像有一個名字——魏公子。

於是，從小他就明白無誤地知道，師父悉心教誨他十年，也只不過就是為了擊敗魏公子，僅此而已！

師父甚至沒有對他笑過。師父總在提醒他，他之所以可以活下來，就是為了有一天可以擊敗那個其實與他沒有一點關係的魏公子。而他在師父的督促下拚命練功，也只不過就是為了這個使命。

他完全不知道為什麼要與魏公子一戰，只知道在半年前師父開始教給他江湖上的種種經驗，三個月後便讓他下山。

師父只對他提出了這一個要求……擊敗魏公子。

然後呢？他不知道，師父沒有提及他的回來，只是暗示著完成了這件事就不再有師徒的名份。也許師父知道他回不來，也許他再也不用回來。這一切似乎逼使他不得不接受著一種恨意。

可他從來也沒有恨過師父。因為他知道那個夢中孩子其實就是他自己，只是他不願意讓自己承認與相信，所以才一直認定那只不過是一個夢。

他只知道當那個孩子在屍體中無助的爬行時，是師父救了他。從那以後，他的內心中再也不想見到邪惡的死亡與鮮血的氣息，他寧願天天看到的就是師父的臉，哪怕上面有一道可怕的劍痕。

可師父終於迫他下山了。在流落江湖的歲月裡，他只有一個機械的目標：用他的劍擊敗魏公子。

可魏公子身為朝中大臣，身邊能人無數，他甚至無法接近。他只有用自己的方法逼魏公子現身。在連挑魏公子十九分舵後，他已麻木，初踏入江湖的一絲幻想早已蕩然無存，整日只知道殺人和隨時防備著被人殺。

事實上這之前他沒有殺過人，也不喜歡殺人。剛才商晴風死在他的劍下，他便突然在漫天濺起的血浪面前眩暈。

可是他毫無選擇。他真正的絕招便只有一招，這也是他第一次用這一招與人交手。出手的一刻，連他也不能控制。除非他願意讓對方的劍刺入自己的胸膛。

這一招就叫做：「無涯」。

如此霸道的一招卻有一個夢幻般的名字。

封冰早就知道有這個從未謀面也不知道姓名的師弟，她只知道他就是師父從那個被山賊屠村後的血泊中救出來的孩子，她只知道他就是被師父暗中稱為心氣和天賦一樣高的武學不世奇才。

她知道自己曾經那麼迫切地希望著他的出現，但師父從不讓他們見面。後來，她叛出師門，更是無緣一見。

自從得知有一位不知名的少年不傷一人而連破魏公子十九分舵，她就預感到了一定是他。

而即便是她看著他執劍向天，汲天地之精氣以備一擊搏殺商晴風時，她還是希望他不是她的師弟。因為他的出現將意味著結束一場十九年的宿命。

儘管這一切其實與他無關，那只是她的家仇。但她的下意識中還是希望這一天不要到得這麼早。

然而……看到他那尖削的臉緊抿的唇，令她不由想起他如同自己一般淒慘的身世；看到他散髮披肩長嘯夜空，灑漫的就如一個從遠古來到的遊者；看到他一動沖天，劍映月華，凜然若天神般一劍蕩破商晴風的天晴訣……

她便知道她終於見到了她的師弟。只是，她的心裡再也沒有了昔日渴盼一見的快樂，反而湧起一種不可自抑的悲傷。

因為，她終於看到了那一招。不……那半招。

天湖老人雖然是她的師父，但一共就只傳給她半招，招名「驚夢」，然後就讓她師從會君山的寒梅師太。四年前當她奉命「叛出師門」時，天湖老人正在閉關苦研那後半招。

而現在，天湖老人終於完成了後半招。

她終於知道了這是什麼樣的一招，她也終於知道為什麼她從來不能見一面她一直想見的師弟，亦終於明白師父為什麼總是那麼無情的對待這個師弟。

這一切，只因為這一招——驚夢無涯！

也許，每個人從夢中驚醒時，什麼也不會記得，只有恍惚間神遊破碎的片段。就像一個沒有歸宿的浪子，猶豫而無奈的走向沒有盡頭的天涯……

第三章 星星漫天

封冰靜靜地看著楚天涯的劍。

那是一把普通得不能再普通的劍，隨便走到那裡都見到。然而就是這柄平平無奇的劍卻在一招之下讓魏公子手下第二高手商晴風送了命。

「你在看什麼？」

「你的劍。」

「你看出了什麼？」

「能殺人的劍總是鋒利的。」

「能殺人的劍也不是任何人可以隨隨便便看到的。」

隨著楚天涯未落的話音，那把劍突然便還了鞘，仿若封冰剛才看到的只是一個原本並不存在的影子。一掠而逝的月華沿著劍的軌跡輕輕劃入她的眼中。

她略帶茫然的抬起頭，觸到了楚天涯的目光，比月色更亮，也比夜色更冷。

「你的師父……天湖老人還好嗎？」

「他也是你的師父。」楚天涯的話比他的目光更冷。

封冰傲然道，「他本來就不應該算是我師父，何況他也只傳給我一招。」

楚天涯像是在解釋什麼一樣，喃喃道，「可師父一直當你是他的弟子，而且特別告訴我雖然你背叛了師門，我也不可與你為敵。」

封冰只是淡淡一笑。只有她知道，天湖老人讓她從師的唯一理由就是用他親傳的那一招擊敗魏公子。讓魏公子知道，擊敗他的是天湖老人的弟子，除此之外，天湖當然不配當自己的師父。

楚天涯本想說一日為師便終身不變的道理，看著封冰毫無愧疚的樣子卻說不出口。或許師父也並沒有當她是弟子吧。想起每當師父說起封冰時他似乎總感覺到有一種莫名的尊敬，即便說起她的叛師，亦是一帶而過。再想起師父對自己冷漠的態度，或許師父也沒有把自己當做是徒弟吧，一念到此，便不敢再想下去。

他有點迷惑了，「你既然沒有學過師父的武功，你又怎麼知道我是天湖一派？」

「我本是來此等商晴風的，卻意外的看到了你的那一招。」她想起那驚天動地的必殺一招，心中猶有餘悸，「真是霸道……，但的確是天湖的心法，不留餘地，務求一擊傷敵。」

「你要給商晴風報仇嗎？」

「不！一來我沒有把握勝你，二來公子現在眾叛親離，商晴風正是盜了他的疾風駒打算去投靠明將軍的。」

「哦！想不到我無意中竟幫了魏公子一個忙。」

「也不算幫什麼忙，人各有志，公子從不勉強。只是疾風駒是公子的愛騎，所以一定要搶回來，這才派我來攔截商晴風。」

楚天涯心中冷笑，商晴風逃走在先，魏公子下令攔截在後，封冰卻是從容守於此地，可見定是跟蹤自己而來。心中想法卻不說破，他以前只聽人說起魏公子當年聲名鵲起時的殘暴，卻從封冰口中得知他的寬容，也不知是真是假。

「你挑公子十九分舵而不傷一人，今夜為何出手就是殺招？」

「我要試劍，這是我第一次用這一招。」楚天涯望著前方的空處，「我感覺得到，與魏公子一戰的機會就快要到了。」

「那一招即使是我也未必能躲得過去。不過還是未必能勝得了公子。我跟了公子四年，還是看不透他的武功。」

「不要告訴我。」

「為什麼？」

「一來不能挫了自己的信心，二來我也不想占此便宜。我要求的是公平一戰。」

「公平？」封冰不由笑了起來，「這本來就不公平，公子現在失勢，到處都是仇敵，你不覺得自己是乘人之危嗎？」

「我沒有辦法，若是他被人先殺了，我就無法給師父一個交代。」

「你師父需要的是你在這樣的條件下擊敗公子嗎？」封冰深深的看著楚天涯，「那麼也許下次相見，便是我來接你這一招了。」

「不！」楚天涯下意識的脫口而出。隨即發覺了自己的失態，又悻悻地說道：「我還是當你師姐，這樣你豈不是勝我不武了。」

「哈哈。」封冰輕輕的笑了起來，臉上卻也不自覺地因他剛才的脫口失言而泛起了一絲嫣紅。「你放心，公子也不會輕易讓我涉險。」

楚天涯沉吟，他忽然發現自己其實最在意的尚不是魏公子的武功，而是封冰對魏公子親熱而稍帶曖昧的語氣，這種想法令他略有些茫然。「好！你回去告訴魏公子，不必擔心我的挑戰，讓他全力應付明將軍的追殺。只有他覺得可以與我公平一戰的條件下我才出手。只希望他不要讓我失望，能活著看到我的劍。」

他的果敢與堅忍與不經意間流露出天性中的俠氣與冷酷讓她不禁心折，心中卻油然升起了一種說不出的感覺，對江湖的厭棄與對他無來由的欣賞。

「我要走了……」封冰轉身招過疾風駒。下一次見他的時候，會殺了他嗎？她想著，心神突然地恍惚起來。

楚天涯見封冰轉身欲離，心中竟想不出什麼可以挽留的藉口。只得看著她翩若舞姿般飛身上馬，白衣因她的動作而灑滿了片片月花……有一點恨自己的悵然。

突、然。突然，便有了月光瞬間的黯淡。

一盈耀目而詭異的藍光驀然劃過，就像是一顆來於天際無形的流星。

電，光，火，石，間……直襲封冰的咽喉。

那股尖銳的勁氣忽然撲面時，封冰正欲跨上疾風駒，雙手剛剛按在馬背，身體全無借力之處，那一點無聲無息襲來的藍光就像是死神的長箭，一剎那便已到身前五尺。

危急下封冰雙手用力一按馬背，右腳一蹬馬鞍，已向後退去，疾風駒吃不起她瞬間乍吐的內勁，長嘶聲中人立而起，藍星穿馬首而過，疾風駒哀鳴聲中血光飛濺，那點藍星亦僅僅稍稍遲滯了一下。

封冰身形疾退，藍星越閃越近，三尺；封冰退於樹後，藍星穿樹而至，再稍緩，二尺；封冰右手的獨門兵器千秋索剛剛抽至一半時，藍星已至面前一尺；封冰心中暗歎一聲，藍星挾風雷之勢，距離她的面門只有五寸……

叮！劍鞘一劃而過。

劍柄擊中藍星，發出的聲音竟然如此之輕，輕得就像詩人在美景中的一聲疑是夢的輕歎！

楚天涯終於出手了。

楚天涯還在十歲的時候，師父曾經把他一個人放在一個大林子中，和他一起的還有一隻餓了幾天的老虎。三天後，他出來了，帶著四隻虎爪。

那一次是驚心動魄的三天，每一時刻都在提防著從林中突然躍出的猛獸，也從那時起，他的感覺與反應力得到了一次本質上的改變。從那時起，他隨時都可以有對危險的預感與在危機來臨時最強悍的爆發力。

可是這一次，那道藍光實在太快。

變故突然發生時，楚天涯一念之間沒有猶豫，急急一提氣，人已向封冰的方向迎去。

他來不及揚劍出鞘，只能連鞘帶劍一同指向那一點致命的藍光，力求止住暗器的來勢。劍柄終於勉強迎上了那一道藍光，藍光斜斜落下，餘勢未消。

封冰輕噫一聲，藍光從她的左肩一閃而沒。只是一擊，封冰便已受傷。

——好毒的一記藍光。

「嗆！」此時，楚天涯的劍方始撥出鞘來。

楚天涯不及察看封冰的傷，擋在封冰的面前。眼望著前方黑沉沉的密林中，心中驚疑不定。是什麼人才可以發出如此霸道的暗器?!

剛才正是二人行將分手之際，心緒裡正交織著離別的惆悵與彼此間略微的防備，神迷意亂的一剎，偷襲便突如其至。加上月夜下銀輝滿地，正是算好了天時人和的絕殺。

只是忘了還有地利。——若不是藍星先穿過疾風駒再穿過大樹已是速度大減，只怕已沒有人可以救封冰了。

這個發暗器的人不但是高手，而且絕對是高手中的高手。

封冰右手輕輕扶住楚天涯的肩膀，低如絮語般在他耳邊輕輕說了四個字：「星星漫天。」也許是因為疼痛的原因，她的手很用力。

星星漫天！——這四個字說的不是一個浪漫的夜景，不是一個天穹的描圖。

而是一個可怕的暗殺組織。

暗殺。

由古以來，從來就是一個殘忍但絕對有效的手段。

圖窮七現，拯救國家安危；魚腸帶劍，報效知遇之恩；政客買凶，以圖權傾朝野；江湖仇殺，得逞一時之快。

許多年以前曾有人編排英雄譜。卻沒有當時公認第一殺手婁明空的名字。因為在人們的印象中，殺手為了殺人無所不用其極，武功卻在其次。而且殺手殺人的手段絕不公平，不免為江湖中人不齒。

婁明空大怒之下連刺殺英雄譜上十八位英雄，然後自撰殺手錄。他自然是排在第一了。他的確應該是第一，那英雄譜上的十八個人無論那一個都是驚天動地的人物，卻全死在他的暗殺下，而婁明空卻毫髮無傷。

殺手也許武功不能算最高，卻絕對是最可怕的，最讓人難以防範的。

一提到「星星漫天」，楚天涯腦中立刻想到曾與師父天湖老人的一段對話：

「我問你，如果現在重編殺手冊，什麼人可以排第一？」

「黑光頭陀埋伏水下七日七夜，然後一舉格殺從橋上走過的刀大師……」

「他不行。」

「紅線婆婆化身萬千，精通易容之術，也許你身邊最親近的人就是她裝扮的，會突然給你一擊……」

「她也不行。」

「東瀛據說有一種忍術，人可以化身為任何形狀，或許你打開一個看似空空的米口袋也會發現那其中藏著一個忍者……」

「這些都不過是旁門左道罷了。」

「這……弟子不知，請教師父？」

「現在的江湖中，只有二個人是殺手中的極品。」

「哦？文無第一，武無第二，竟然有兩個……」

「這不是武道，他們只是殺手。」

「是誰呢？」

「一個是：蟲。」

「這我知道，蟲大師手下的殺蟲組織專殺貪官，據說把要殺的人名字懸在五味崖上，三月為期絕不落空。讓天下貪官聞風而逃，不敢輕斂民財。雖是殺手，卻做的是大俠的行為，當得起第一殺手的名號。卻不知另一個是誰？」

「鬼失驚！」

「鬼失驚？好怪的名字。我怎麼從來沒有聽說過？」

「真正的殺手都是無名的。你應可知道明將軍吧？」

「明將軍權傾天下，誰不知道！」

「鬼失驚就是明將軍手下最可怕的人。」

「明將軍手下最厲害的當然應該是和將軍齊名六大邪道高手的水知寒水大總管呀?!」

「水知寒智計絕高，一雙寒浸掌更是絕妙天下。但要說到殺人的犀利，還是明將軍座下第一殺手鬼失驚更勝一籌。」

「鬼失驚到底是什麼樣的人？」

「鬼失驚已很少出手了，但他的二十八個弟子暗合天上二十八星宿，已是將軍手上的奇兵。人稱『星星漫天』。」

月照。

風起。

樹林中千葉齊舞。

而此時，明月清風下。楚天涯與封冰面對的就是明將軍手下最犀利的殺人組織——星星漫天。

來人想必是來接應商晴風的。明將軍誓殺魏公子而後快，星星漫天見了封冰自然要暗下毒手。

從來沒有人能躲過星星漫天的一擊必殺，剛才要不是對方誤算了地利，且也料不到楚天涯有那麼高的武功，現魏公子手下的「冰」就已是個死人……

而現在，疾風駒已死，封冰受傷，以楚天涯一人之力，能否躲得過星星漫天的追殺呢？

第四章 藍月的狠 藍星的毒 藍光的殺

寂靜。一時林中只有封冰輕輕的喘息聲。

楚天涯仗劍而立。聽到身後封冰強忍痛楚的呼吸，他的心就莫名的一搐。

那一記藍星射得很深，而封冰當時氣聚全身，是以也不能穿身而過，現在她一定很痛吧？

他不敢動，對方的目標是身後的封冰，再射來一記藍星，受了傷的她能躲得過去嗎？從見了封冰的第一眼開始，楚天涯便在下意識中認定絕不能有什麼人可以在他的面前傷害她。

可是現在，他完全沒有把握，一點也沒有。剛才那一無影無蹤突發而至的暗器至今仍令他心有餘悸。

「星星漫天，藍月驚魂。月狐一擊絕殺，小女子領教了。」封冰清吟道。

星星漫天的二十八星宿按日月五行分為七組，每組四人。分別正是黃金、紫木、綠水、赤火、青土、藍月、橙日。以魏公子的實力自然早就偵知了明將軍的情報，封冰此時提及，一來告訴楚天涯對方的虛實，二來也是表明自己傷不重，不讓他擔心。

林中仍然一片寂靜，全無半點聲響。

楚天涯精神一振，對方遲遲不敢再出手，恐怕也只來了藍月組四人。

殺手的可怕正是在於人們對其毫無防備的情況下做匪夷所思的一擊，而其本身的武功卻未必已臻化境。

目前雖然對方四人，已方一人已傷，但剛才是暗處算明處，有心取無心，此刻自己和封冰聯手，都有著預備，這一戰的勝負應屬未知。

來的人正是藍月中的月狐、月鹿、月烏、月燕。

藍月之首月狐帶手下奉明將軍之命來迎商晴風，趕到時發現商晴風已伏屍在地，卻看到了封冰和楚天涯。楚天涯出道不久，月狐自是不識，但封冰卻是魏公子的左臂右膀，月狐只恐未能及時接到商晴風不能回去覆命，便決定暗殺封冰。

然而卻料不到月燕那一記極盡天時變化的絕命一擊卻仍被那個年輕人擋下，這才知道此人武功極高。要知星星漫天出手絕少落空，而此次滿以為毫無差錯的一擊卻終告失手，不由對楚天涯刮目相看，心萌退意。

可眼見楚天涯劍已出鞘，殺氣滿面，此時撤退定然躲不過他的敏銳感覺，月狐心中暗中叫苦，卻是箭在弦上，只得與手下三人暗暗打出號令，各自伏兵不動，靜待發動第二次襲擊的機會。

楚天涯出道以來，唯一所欠缺的便是臨敵經驗。經與商晴風一戰，「無涯」初現其鋒便破敵於一招，信心與膽略大增，正是一個劍手的極佳狀態。加上此刻封冰傷於面前，更是同仇敵愾，痛由心生，就算是名滿江湖從無虛發的星星漫天也不敢稍攖其鋒。

楚天涯功運全身，感覺份外清晰，已察知了三個敵人的地點，但也不敢強行出手，對方都是身經百戰善於抓住時機的殺手，稍有不慎，出手一露破綻，今日便埋骨於此了。

一時雙方都不敢先行出手，局勢成膠著狀態。

封冰漸覺左臂麻木，知道藍星上淬有劇毒，對方也許便等她毒發時方再行攻擊，那時楚天涯以一敵四只怕更是無望，雖然明知先出手不利，卻是不得不速戰速決了。

「嗖」，封冰的千秋索向著三丈外一棵大樹捲去。

千秋索是封冰第二個師父會君山寒梅師太的獨門絕學，索長三丈二尺，勁力陰柔，正是遠攻的絕妙兵器。

索未至勁氣已令樹葉滿天飛舞，一個身著夜行衣的人影沖天而起，楚天涯的劍光業已趕至，雙方空中兵器相交七聲，一聲慘呼驚碎林間的寂靜。那道影子驟然落地，眉心上血汩汩流出。

同一時間，兩個人影從左右兩邊向封冰襲到，可見對方的主要目標仍是封冰。封冰長索回繞，與二人交手數招，三人均是以快打快，見隙拆招，博鬥數招，窮近變化，竟是不聞兵器相接之聲。

一眨眼間，二道人影從封冰身前錯身而過，再閃藏於林間。

楚天涯一擊殺敵，精神大振，剛才對方使著兩支類似峨嵋刺的短兵刃，見自己攻來卻是不避劍鋒，反而欺身近前，以短博擊，凶悍非常。若不是封冰出手驚起對方，身形蒼促下，自己必不能一擊奏效。即是如此，也是連發七招，方始蕩開對方的門戶，一招「無邊無際」刺入敵人的眉心……

封冰勉強化解了二人的突襲，已是血氣上湧，知道毒已漸漸發作，當下凝神暗自運功。

楚天涯已是心裡有數，對方雖然也是一流高手，但被己殺一敵，士氣大減，餘下的二人僅憑武功並不足慮，自己以一敵二也絕對有把握，只是還要提防那歹毒的藍星。

眼角瞥處卻發現封冰腳步虛浮，搖搖欲倒，不由大吃一驚。

只在一失神間，藍光再現。

藍星速度極快，楚天涯竟不及持劍格擋，百忙中仰面向後倒去，藍星從面上一掠而過，尤感到髮根被勁風撕扯得疼痛。

一個黑影從天而降，手執一柄五尺長的單手斧，直劈向他的面門。

楚天涯但見對方髮乾目赤，唇裂齦血，心中暗驚，左掌回收護胸，右劍揚起。

「叮」的一聲，楚天涯的劍尖竟然被這大力一劈而震斷，左手及時撐住斧柄，順勢一撥，斧斫在地面上，火星四起，他的劍也一閃而入對方的小腹。

與此同時，封冰亦仰面倒在地上。

藍月四人中，月狐勝於狡，月烏強於蠻，月燕則是巧。而月鹿，月鹿是一個很恨的人。

他恨著一切，恨天恨地恨風恨雨甚至恨自己。除了師父鬼失驚，連藍月之首月狐他也不服。

月鹿一直很看不起月烏，因為月烏竟然會與藍月中的唯一女性月燕相愛。做為一個殺手，喜怒都應該不形於色，自然更不能動真情。

可是他也不得不承認月烏的天生神力與擒天斧不是他所能輕易擋下的，還有月燕的柔水刺與發藍星的機巧陰柔。

適才先是月燕巧發藍星一擊傷了封冰，憑藍星上的奇毒，他滿以為可以輕易制住這二人。然而先是封冰千秋索驚起月燕，楚天涯一招格殺月燕於半空，他已是心驚莫名。月烏見月燕死後大怒出手格殺楚天涯，楚天涯先躲藍星再劍擋擒天斧，最後一劍刺入月烏的小腹要害，這已使得月鹿心生懼意。

然而他也更恨了。恨月狐為什麼多事下令對付這兩人；恨自己為什麼沒有那麼好的武功；恨自己為什麼只能永遠做一個見不得人的殺手；恨自己為什麼沒有能力殺了楚天涯……

他更恨封冰，從見到封冰的第一時刻，他就恨不得把這個面容如花、淺淡若菊的女子壓在身下狠狠的蹂躪，他恨這個女子看著楚天涯無端的眼神，恨她為什麼偏偏是將軍下令必殺的人，也恨自己為什麼會見到她心跳加速……

得不到的東西，就永遠讓她消失。

封冰倒地的一剎，月鹿再也忍不住了，大喝一聲，從藏身處一躍而起，向她撲去。

月鹿沒有發出左手的藍星，他要讓這個第一眼見到就讓他恨自己心跳的女子死在他的右手刀下，他要看著她的身體在他的刀下變成淒慘的兩段，這樣他才能消除心中的恨意。

而此時，楚天涯亦倒在地下，尚被月烏拚盡全力的一斧震得氣血翻騰，誰可以救得了封冰？

刀鋒上流下的星光輕輕晃入了封冰的眼睛，她看到了對方眼中的恨意。亦看到了對方左手小巧的機簧：原來藍星是用這個東西發出來的，怪不得勁道如許之大，也幸好一次只能發出一枚，若非如此，漫天飛來的星星還真是無人能救自己了……

封冰心中轉著千種念頭，跌於地上的身體卻盈盈向左移開三尺，躲開月鹿致命的一刀，千秋索輕輕纏上了月鹿的脖子……

原來這是她的計？？？月鹿心中一涼。

他恨這樣美麗的女子怎麼還可以這樣聰穎；他恨自己為什麼不先用藍星射她；他更恨月狐，老大為什麼還不出手？

然後他的恨意便被一根恍若洞悉了天機的繩索纏斷……

楚天涯見封冰遇險大吃一驚，卻已是無能為力，剛才空中搏殺月燕，閃開藍星的襲擊，劍擋月烏的重擊，雖只是剎那的事，卻是使盡了渾身的解數，想救封冰已是力不從心。

然而料不到封冰計賺月鹿，讓敵人暗器都不及發出便濺血倒下，不由又驚又佩。

林間又寂，三個敵人濺血倒下。

封冰笑嘻嘻的看著楚天涯，「算平手吧？」

楚天涯不解，「什麼平手？」

「你殺一個，我殺一個。還有一個是共同出手的……」

楚天涯啼笑皆非，如此生死關頭，她還有心算這個帳。

從來沒有人和他開過什麼玩笑，師父總是讓他怕，在江湖上又總是別人怕他。

他凝神細聽四下，已是全無動靜。剛才雖是驚險萬分，生死僅在一呼一吸間，但此刻佳人在旁笑語嫣然，卻也別有一番風情。

想到這裡，楚天涯的臉上也有了笑容，「你的傷怎麼樣？」

「不要緊，我已運功把毒壓住了，找個清靜的地方休養半天就好了。」

「藍月應該有四人，不知道這三人中有沒有藍月之首月狐？」

「嘻嘻，看到楚大俠大展神威，想來已被嚇跑了吧。」

「還是封女俠的苦肉計高明。星星漫天出手絕不落空，這一次已足被封師姐嚇破了膽，可惜以後天空上就只有冰封千里沒有星星漫天了，豈不讓諸神寂寞……」

「哈哈，看不出楚師弟這麼會說話……」

封冰突然止聲，經過這一場生死，她與楚天涯的關係無形中就好像拉近了許多，竟然不知不覺中已變了稱呼。

楚天涯渾若未覺，問向封冰，「你現在打算往何處去？」

「自然是回去向公子覆命，只可惜疾風駒還是……」

「你身上有傷，如果不嫌……我可以送你一程。」楚天涯的心上泛起了一種不捨。

封冰卻是一笑，「嘻嘻，我只怕你見了公子就忍不住要出手了。」

她還是這麼維護魏公子。楚天涯心中一歎。本想說自己送她到目的地後便轉身離去，卻又想或許是她擔心自己洩露魏公子的藏身之地。念及於此，不禁心灰了。

封冰如此冰雪聰明的人，察顏觀色下自然知道楚天涯心中轉的是什麼念頭。只可惜此人不能收為魏公子的強助，不然共抗明將軍的追殺又多了一份把握。

或許，一切都是在命中註定的吧？封冰在心中幾不可聞的幽幽歎了一聲。

她有些微微的暈眩，也不知是傷口上的毒還是因為其他的什麼原因？

「再幫我一個忙。」

「什麼？」

「幫我把藍星取出來。」

「怎麼取？」

「用你的劍。」

「嘶」的一聲，封冰用右手撕開了左肩的衣服，露出了血淋淋的傷口。

楚天涯一時竟然只看見她肌膚耀目的純白……

他從未見過女人的身體，而這一刻，這個他一見就暗暗心動的女子卻……渾圓的肩頭上，灼皙的白混合著妖異的紅。在月光下，在他眼中，幻化成了一種嬌豔的誘惑。

楚天涯連忙轉過頭去，下意識地閉上了眼睛。

第三道藍光就在這個要命的時候出現了！

第五章　欠你一道傷口

月狐趁月烏出手的時候便已移形換位，悄悄躲在了疾風駒的屍體下，等待著最好的時機。然而他也未能料到月烏只一招間便死在楚天涯手上，不由開始重新估計這個年輕人的實力。見到封冰計賺月鹿，更是對今夜的行動追悔莫及。

做一個殺手第一個重要條件就是忍。武功上月狐還不及師父鬼失驚的十分之一，但對於「忍」已是深得精髓。他閉息凝氣，甚至不敢用目光接觸楚天涯與封冰，對於這樣的高手來說，連身後目光的透視也可以輕易覺察出來。

做殺手的第二個重要條件就是要學會如何隱藏自己。月狐躲在馬屍下，屏息靜氣，加上疾風駒在臨死前的抽搐，楚天涯與封冰一時也未能發現他。

他亦不敢冒然逃走，暴露了形藏恐怕只有死路。他料想楚天涯與封冰定會來察看疾風駒，唯有等那時趁二人不備再下殺手。

做殺手的第三個重要條件就是當機立斷。月狐有信心對付一個受了傷的封冰，他最怕的就是楚天涯的劍。看到封冰毒傷勢發，楚天涯轉身閉目，他自然不會放過這種千載難逢的機會……

月狐左手機簧一動，藍星迅捷發出，右手的鋼鞭亦惡狠狠地刺向楚天涯的心臟。

楚天涯剛剛轉過頭去，心神尚震撼在那一剎的意亂情迷中。那道突兀的藍光就像是從噩夢中飄來的一個詛咒，已然近在咫尺之間。

楚天涯驀然驚醒，數年的苦練這一刻方始發揮出來，撥劍、抬腕、集氣、發力。劍尖堪堪撞在藍光上，總算擋開了這按捺良久方才爆發的歹毒暗器。

然而緊隨在藍光後的還有月狐賴以成名的九狐鞭，直指他的胸膛。楚天涯乍逢驚變，倉促撥劍，藍光墜地時，長劍業已被蕩開，眼見鋼鞭便將搠入他的心窩……

封冰先楚天涯一步看到了那一點藍光，來不及震撼，來不及驚呼，她已搶入楚天涯的懷裡，右手輕揚，一道銀光從袖中向凌空撲來的月狐射去。

血與光就在瞬息間爆起，像一個赤色的迷夢。

月狐彷彿已看見了楚天涯的胸膛是如何被自己的鋼鞭擊碎剖開……

可突然出現在面前的人已變成是封冰，然後就有一點銀芒從封冰的袖中吐出，直奔自己的面門。

月狐大吃一驚，想變招時卻發現那點銀芒在氣機牽引下破氣直入，像一根尖銳的針刺穿了鋼鞭帶起的勁風，由小變大，些微的光亮到面前時已是燦然如炬。

月狐大吼一聲，腦海中剎那明若白晝，那點銀芒穿顱而過，吼聲與思想曳然而止。

與此同時，鋼鞭亦點在封冰的小腹上……

封冰醒來的時候，正接觸到楚天涯的眼光。

焦灼、狂亂、不安、關切、煩燥、真誠、絕望、依賴、傷感……

她從來沒有想過可以在一個人的眼睛裡同時看到這麼複雜的神情。然而那種眼光一閃而逝，取代為一種按捺不住的喜悅。

「你終於醒了。」她在恍惚中聽到他的聲音，然後就見到一抹笑意浮上了他的面頰。一時間裡，她只覺得他笑得很好看。

「你昏迷了三天了，我真擔心……」他沒有再說下去。

她努力想笑笑，卻笑不出來。不是因為疼痛，而是因為一種說不出來的壓抑。

這是我第一次受傷吧，她想著。感覺到他輸入自己體內的真氣在激蕩中緩緩平復，散入經脈中，好像就知道了對方的某些東西就在自己的身體裡穿巡著，然後記憶慢慢湧上心頭：為了救我，他也耗了不少元氣吧?!

「這是什麼地方？」她覺得自己一點也不熟悉這個地方。

「這是我的家。」她的濃黑的髮散在無血色而如雪一樣純白的臉上，他想幫她撥開，卻只是動了動手指。

「家？」她恍若吃了一驚，多遙遠的名字。

「是的，我每到一個地方都會讓自己有一個家。」他想到三天前的那個夜晚他抱著她輕巧的身體在荒原中急急奔走。

「就這樣用石塊與木頭搭起一個小房子？」她看著參差錯落的牆壁上的劍痕。

「師父說這樣也可以練武功。」她的黑髮就在夜風中舞著，舞著，那份輕癢的麻痹的感覺似乎又重新拂上自己的臉。

「就好似是小孩子的玩具一樣。」她想像著他是如何削石為牆，斬木為磚，不由的笑了。

「呵呵，你以為是玩具呀。我有許多這樣的玩具，有機會帶你慢慢參觀好了。」他想到自己解開她的衣服給她包紮好腹部的傷口，他的手指觸及到她皮膚，有一種冷豔的沁涼與淡淡的罪惡感。

「我從小就沒有玩具。」她想起了自己的童年，只有練功，只有仇恨。

「我也是，呵呵，所以現在才再讓自己玩一次吧……」她的血是異樣的鮮紅，讓他想起了自己那個血紅的夢。

「……」她無語，她覺得自己深深理解著他從小的寂寞。

「……」他也不知道說什麼好了。只癡癡的想著她在自己懷裡的時候，他竟然全無多餘的感覺，只是在心裡一個勁地想著：絕不能讓她死在自己的懷裡。

封冰掙扎了一下，想坐起身來，卻覺得渾身乏力。

楚天涯按住了封冰，「幸好月狐那一鞭急於收力，你只是失血過多，加上藍星的毒，多休息兩天就恢復了。」

「可我還要去找公子……」封冰止住了語聲。

「我去找點吃的，你安心養傷，傷好了我陪你去找魏公子。」楚天涯轉過身去，不想讓封冰見到自己眼中的黯然：這個時候，她還是念念不忘魏公子嗎？

「你烤的兔子好吃，你煎的草藥好苦。」

「那下次你再嘗嘗我烤的草藥和煎的兔子。」

「哈哈，我怎麼從來不知道你是這麼有意思的人。」

「你本來就不知道，我們只不過見了幾天。」

「不，我知道。我早就知道我有一個小師弟，可是一直沒有機會見到。」

「和你想像的不一樣嗎？」

「至少我不知道你會燒這麼好吃的野味，也不知道你還懂醫術。」

「小時候我常常一個人在深山中一待就是幾個月，餓了只好自己找東西吃，病了就看師父的醫書到山中採藥，漸漸就會了。」

她體會出了他的寂寞，沒有同情，只是想輕輕握握他的手，可惜她卻渾身乏力，無法做到。

「我知道天湖老人對你並不是很好。」其實封冰知道自己根本不應該這樣說，因為她知道原因與自己有關，可還是忍不住脫口而出。

「我不覺得。如果不是師父，我早就死了。」楚天涯淡淡地說道。然後小心地問她，「這是你離開師父的原因嗎？」

封冰默默地歎了一口氣，天湖老人的叮囑與魏公子的模樣交纏著浮現在腦海中。

幾日來。楚天涯細心照料著封冰。

她從來沒有想過他會是這麼一個人，在她的印象中他應該是孤獨冷傲的，難以接近的。可是事實完全不是這樣，他很容易用快樂感染她，也很容易因為她的某句話而快樂得像個孩子。

沒有見到他之前，她一直以為自己應該是熟悉他的；初初見面的時候覺得她與他又是陌生的，可是短短幾天她又覺得他們已經認識了許多許多日子……

他竟然可以冒著生命危險去百丈懸崖上採下給她治傷的草藥卻告訴她那是在藥店買的，可她發現了草藥上新鮮的泥土；他竟然可以耗損真元來回幾個時辰去埋了疾風駒幫她找回了那獨一無二的暗器，可告訴她離這裡並不遠的時候卻忘了擦去汗水；他竟然可以用他並不動聽的聲音扭捏地給她唱一首他小時候聽到的山間小調，他忘了的詞就自己編，卻不知道她早就聽過原來的歌是如何唱的；他竟然可以在她休息的時候守在小屋外一任清晨的露珠把自己淋得透濕，只因為尊重她卻說是自己習慣了在野外練功；他竟然可以笨拙地用魚骨針為她補好撕破的衣服，卻不讓她看看他的手指上被扎了幾個口子；他竟然可以說自己最喜歡吃烤焦的兔子肉，只因為……

她不希望這一切是這樣，她寧可自己和他從來不認識，她一再告訴自己不可以被他感動，可是她又無法不感動，雖然她看得出他並沒有刻意地去做每一件事，一切都是在自自然然的情況下發生著的。她恨不得自己的傷早點好然後頭也不回的離去，卻又清楚的知道離去的時候自己會有一點點不情願的惆悵……

事實上有許多人比他對自己更好，可是她卻從來沒有仔細在意過。她在意只是因為她知道，最後她一定會傷害他。

當封冰終於可以走動時，又正是一個明朗的月夜。當楚天涯陪她走出屋外時，封冰不禁訝然出聲。「真美呀，你怎麼找到這地方的？」

楚天涯的「家」是在一個近水背陰的小山谷中，房子邊上有許多不知名的野花，還長著一種味美可食的野生蕉，頗有桃源之風。

「我也是偶爾發現的，也許等我完成了師父的心願，擊敗了魏公子，我會在這裡養老天年。」他突然後悔自己怎麼又想到了魏公子，然後又意識到自己的變化。這之前，他每天練劍時都是把魏公子當做自己最大的假想敵，而現在，為何提到魏公子也會有那麼一絲的不願？因為怕引起她的一絲敏感與一絲敵意嗎？

「你有把握擊敗他嗎？」

「有的人從來不做沒有把握的事。我卻恰好相反，生命就需要目標，如果唾手可得，豈不無趣。雖然魏公子名滿天下，我只是一個無名小卒，但唯有攀上看似絕不可能的高峰，才能有成大事者的顧盼，更何況我從小練劍的目標就是擊敗公子。」

「那你以前當我是敵人嗎？」封冰笑吟吟地問。

楚天涯想了想，「是的，儘管師父說不可與你交手，但我以前的確當你是敵人。」

封冰抬頭看著楚天涯，「以後呢？」

他看著她緊緊抿著嘴唇嚴肅的樣子，在月色下就像是一個賭氣的小孩子，不由哈哈大笑起來，「出手無痕，絕情封冰。江湖上誰人不知封女俠的大名，難道會怕我這個敵人嗎？」

「呵呵，楚大俠一招間殺了商晴風，怎麼還能有人敢小看你。」

「可是你現在是我的救命恩人，不然我早已喪身在月狐的九狐鞭下。我楚天涯怎麼敢恩將仇報……」

「你也救了我，不然我先死在那顆藍星下了。」

「可是你流了那麼多血，而我卻毫髮無傷……」

封冰不語，只是深深地望著楚天涯的眼睛。

楚天涯很想笑笑，但看著封冰肅默的樣子，竟然笑不出來。他的心開始不爭氣的狂跳，一時竟不敢抬眼望她。

良久。她突然靠近他，飛快地在他的面頰上輕輕一吻，用細微幾不可聞的聲音在他耳邊似歎息又似下了什麼決心一樣道，「你記住，你欠我一道傷口……」

楚天涯愕然抬頭，卻見封冰已在五尺外，仰首望向天際的月。剛才那似真似幻的一吻到底發生過嗎？

此刻的封冰英氣勃發，眼神若遠若近的遊移不定；重傷初癒的面孔蒼白，寒傲似冰，恍若是被月光精心雕塑過的化石；她長長的黑髮在夜風中飄揚著，一如那夜自己抱著她狂奔下的長髮之舞；她的唇卻像是淡淡地塗上了一抹胭紅，溫潤若玉，難道——剛才接觸到自己臉龐的就是這抹豔紅嗎？

他不禁開始懷疑自己是不是在一場盼望不醒卻知道終會不得不醒來的甜夢中。

楚天涯一時不由窒住了。只是呆呆的想著她的話。

——欠她一道傷口?!

然後他就知道。他知道自己已經永遠忘不掉這一刻的她!

第六章 做人可以中庸 做事就要極端

楚天涯獨自漫步在山谷中，不知不覺中已來到了谷口。

人已逕然，心已惘然。月掛東天，劍網情絲。

做一名劍客，如果愛上一個女人，那個女人就是他的劍招，而他就是劍。

有了劍招的劍才能夠破敵。沒有劍招的劍就只是一塊鐵。

他的劍最重要的只有那一招「無涯」。而封冰，是不是就是他永遠到不了的「無涯」？

讓楚天涯從遐想中驚醒的是一個人的腳步。

那是一種很奇怪的腳步聲，沒有節奏，沒有韻律，仿似閒庭信步，卻步步踏在他思緒的每一個空點和間隔上。就彷彿是一首歌的節拍，卻偏偏在每闋將完未完之際響起，反而打亂了歌的流暢，讓人有一種說不出的難受。

「牆移花影，蕉陰當窗。看不出楚兄弟倒是一風雅之士，找得到這麼幽遠的地方，難怪『心止如冰』的封小姐亦流連不肯歸去了。」

楚天涯訝然抬頭，那是一個四十左右的中年文士，眉目冷峻，眼神肅殺。儘管來人面色帶笑，卻不知為什麼，總是給予他一種潛在的敵意。

楚天涯的第一個感覺就以為來者是魏公子，然而那絕不同他見到的魏公子的畫像。他輕輕一笑，手不由握緊了劍柄，「先生安知讓封小姐流連不去的只是此間的風花雪月？」

「太平官道上藍月四人盡亡，但見楚兄弟毫髮無傷，委實讓我難以相信，莫非是封小姐受傷了嗎？」來人侃侃而談，渾若不見楚天涯的劍。

「星星漫天充其量不過是將軍殺人的走狗，有什麼本事能讓我們受傷？」來人一語中的，而且知道他的身分。楚天涯雖是言辭平淡，心頭卻是暗驚。

「星星漫天一擊必殺，出手難有不中，且月狐九狐鞭鞭頭帶血，現場又少了一枚藍星，楚兄弟這麼說分明是欺我的智力了。」

「你是何人？」那文士看起來雅儒，卻句句鋒芒畢露，不僅清楚知道楚天涯與封冰的行藏，對當時的戰況亦宛若親見，楚天涯心中不由暗自戒備。

「你既然一心要與公子為敵，自然應該聽說過『算無遺策』君某的名字。」

楚天涯倒吸一口冷氣，「君東臨！」

來人大笑，「這名字太過霸道，充其量我只是公子手上的一面盾牌而已。」

無雙的針，落花的雨，公子的盾，將軍的毒。這四句話所指的正是江湖上公認最不好惹的四個人。這四個人的武功或許並不是很高，但都是智計無雙化身百變、花樣層出不窮，殺人於無形之中的人物。

而面前這個看起來就如一個懷才不遇的飽學之士竟然就是魏公子手下的智囊：「算無遺策」君東臨。

天湖老人曾經專門對楚天涯提到過，魏公子能在朝中當道十數年而不倒，君東臨居功至偉。並且他寧任鋒芒在魏公子盛名之下，不求名利，只是一心輔佐魏公子，更難得的是為了免受魏公子之忌，平日就以「公子之盾」自居。

這種人要麼是忠心為主，要麼就是別有企圖。

這真是一個讓人頭疼的人，更頭疼的是他絕對是敵非友。

楚天涯朗笑道，「君兄既知我楚天涯一意與魏公子為敵，自然當知此地絕不歡迎你。封小姐重傷漸癒，待其傷好她自會去見魏公子，君兄這便可回去向公子覆命了。」

君東臨面上笑容不改，「果然是英雄出少年，楚兄弟一言不和便要撥劍相對麼？」

「君先生飽學之士，自不屑與我輩武夫撥刀動劍。可惜在下別無待客之長，相見不歡，爭如不見。」

君東臨仰天長笑，「楚兄弟字字機鋒，不留餘地，可是仗著封小姐在你手上嗎？」

楚天涯神色不改，「君先生多留無宜，恕我不送。」

「羅衣何飄飄、輕裾隨風還。公子既然來了，封小姐還會被你控制嗎？」

魏公子來了？？？

魏公子不是遠逃江南嗎？怎麼會出現在洛陽？楚天涯心念電轉，魏公子手下能人無數，自然有人化裝成他的樣子以瞞將軍的耳目。只是為何說自己控制了封冰，看來是誤以為他也是將軍的人，挾持封冰以逼魏公子就範……

只一失神間，君東臨左掌右拳已近至身邊。拳風吹得楚天涯眉髮皆朝後飄起，一時間連眼睛亦難睜開。

君東臨果然不愧智計無雙，短短幾句話讓楚天涯心神已亂，而談笑間突然出手更是大出所料。運氣於瞬息，動靜於剎那，出手不留餘地務求一擊斃敵。

君東臨來勢快得驚人，楚天涯右手執在劍柄，卻偏偏沒有機會撥出，左手駢指如劍，指向君東臨的眉心，人已向後疾退。

君東臨右拳似實還虛，眨眼已彈出一柄鋼製摺扇，迎上楚天涯的指風，左掌似拙實巧，吞吐不定，罩住楚天涯胸間六處大穴。

楚天涯退勢不減，左手五指或曲彈或揮掃，卻盡被君東臨右手摺扇化解。

背撞上一棵小樹，樹折。

再掠過一道小溪，掌風已及衣襟。

背再撞上山岩，人急停，君東臨掌鋒已及胸膛。

楚天涯心中暗歎，手下如此，魏公子更不知是何等的高明。右手發力，劍鞘片片碎裂，劍光從胯下斜斜上撩，劈向君東臨的腋下。

君東臨也料想不到楚天涯在自己全力偷襲之下尚能破鞘而發劍，卻已是勢成騎虎，眼見便是兩敗俱傷之局。

楚天涯聽得一聲驚呼，勉強認得是封冰的聲音。

他從來對生死淡泊，亦從不覺生有何可戀，死有何可懼。這一刻腦海中突現清明，他沒有可以掛念的人，也從來沒有掛念自己的人，與她有了幾日的相聚，覺得便是死在她的面前也是無悔無怨。或許，死在她的面前，還可以讓她將自己記得更久一些吧？

「嘿」的一聲，變故忽起。

君東臨已沾上楚天涯胸間的掌被一股柔和的力道托起。與此同時，楚天涯的劍脊上傳來一道巧力，好像劈到一團棉花之上，全然無從著力。二人力道用左，一時胸腹間難受無比，齊齊錯開兩步，暗自凝神運氣。

楚天涯剛才一劍變起不測，只使得上三分功力，是以回挫之力也較小。幾個呼吸間已穩住內息，抬頭看去。

面前的人四十餘歲，劍眉若削，眼神如電，風塵滿面，卻是一臉傲然之色，嘴角隱隱還有咯出的血跡，想是剛才化解二人的危局亦是用盡了全力。

而他，就是楚天涯心中最大的敵人。——魏公子！

楚天涯心中震盪之下，一時竟然說不出話。

魏公子左右還站著二人，一人正是封冰，另一個虬髯大漢，體態剽悍，舉手投足間神勇溢然，看其相貌當是魏公子「冰風雨」三將中的雨飛驚。

「東臨的這一招『落花逐影』果然厲害，連我也差點化解不開。」魏公子歎道，轉身看著楚天涯，「冰兒的事多謝楚少俠，天湖老人可好麼？」

大敵驟然突現眼前，楚天涯卻像是完全愣住了。魏公子語氣柔緩，態度平和，那有半分想像中斜睨天下的狂驕之氣，然而不經意的舉止間氣勢渾然天成，雖是輕聲問話，卻是讓人不得不答。

楚天涯沉吟半晌，這才昂然答道，「師父一向還好，多謝公子掛牽。天涯此次唯求與公子公平一戰，以遂師父平生之願，並無與公子為敵之念。為俠在江湖，怎可見死不救，況且星星漫天助紂為虐，人人得而誅之，是以封女俠的事公子無需掛齒，更不需出手救我。」

魏公子放聲大笑，「哈哈，楚少俠快人快語，別人定當以為你向我示弱，我卻知道少俠心中自無芥蒂，乃是性情中人，天湖老人沒有看錯人，我亦很欣賞你。」

想不到這位一直當是仇敵的一代霸主竟然如此推崇自己，饒是楚天涯平日波瀾不驚的性格也不禁熱血上湧。

「謝！」

君東臨此時方才回過氣來，大惑不解的看著魏公子，「現在形勢非常，多一敵不若少一敵，公子何不讓我殺了他？」

「縱然可以殺了他，我又何忍讓你受傷？」

「公子高義，君某一傷何足有道。」

「楚少俠絕非明將軍之流，何況我魏南焰縱橫天下，天湖老人既然有心與我繼十九年前的一戰，我怎麼可讓他失望？」

看著魏公子笑傲江湖的丰采神韻，楚天涯不禁心中嘆服。

要知方才君東臨全力出手，而自己蒼促下變招，雖是劍利掌鈍，卻只能是己死彼傷之局。而在魏公子三言兩語輕描淡寫之下便讓人覺得好似他的出手只是為了讓君東臨不受傷，居功而不以為傲，不由讓人心下大大感激。

然而見了剛才魏公子獨力化開二人的神功，楚天涯自知對手極強，此時更是不能示弱，也更不能對魏公子有好感，那樣以後更難與之為敵。

幸好，他還有那一招「無涯」。

「公子何必用言語打動我，反正日後終須一戰，何苦讓我難與你對敵？其實我挑你十九分舵只為了能有機會與你公平一戰。不然我自知不能服眾，你也決不會接受我的挑戰。」

魏公子眉尖一挑，「好，楚少俠如此率直，我自當答應與你一戰。」

「說實話，我自知恐非你敵，但師父窮十九年心血創下一招，怎麼都要試試。」

魏公子轉頭看看在身邊一直沉思不語的封冰，哂然道，「天湖老人當年四面楚歌之下敗於我手，自然不服，既然用了十九年才想出來對付我的一招，我怎能不讓他如願。」

封冰不答，楚天涯朗聲道，「我師父這些年來只專心於武道，你不怕真的敗了嗎？」

「做人做事遲早都須一敗，正如飲酒時只顧飲得痛快，對敵時只求激發的豪壯，誰會在意宿醉的頭痛，敗亡的神傷！」

楚天涯細細品味其中的意境，不由怔住了。他望向封冰，卻見她低首默默吟著魏公子的話，一時氣氛異常微妙。

君東臨長歎道，「公子總以非常理推斷事物，讓人不得不拜服。然現在將軍追殺漸近，雖我百布疑兵，恐也只是瞞過一時。」看著楚天涯，「楚兄弟不覺得此時向公子挑戰即或勝之也嫌不武嗎？」

魏公子毅然截斷君東臨，「我現在四面楚歌，人人欲得我項上人頭為快，竟然還有人願意與我公平一戰，就為這一點，我也必將成全。」

楚天涯百感交集，「公子失勢於將軍的詭計，心中必然忿忿不平，實已犯了兵家大忌。」

魏公子傲然大笑，「楚少俠錯了。所謂置死地而後生。如若二年前遇見了我，我必然因愛你的材或貪一時的生死而不能盡情與你為敵。如今四處都是強敵，眾目睽睽之下再無半分畏縮，更有滿腔怒火，此時你與我為敵方屬不智。」

楚天涯豪氣上湧，「好一個魏公子，我便助擺脫將軍的追殺後再與你一戰，即便事後我命喪你手也心甘情願。」

「楚少俠其實完全不必陷入我與將軍的恩怨中……」

「人於世間，誰可忘情於天地。在下今日一見公子手采，自當鄙薄將軍的手段，我楚天涯對名利無心，唯求做人上達天地，公子何苦小看我。」

「不錯，做人可以中庸，做事就要極端。你即有心助我，我再推辭便不當你是朋友了。」

做人可以中庸，做事就要極端！！！

聽聞此言，君東臨眼中神光暴長，「公子良賈深藏，東臨得聆教益。」

雨飛驚拜倒在地：「飛驚得遇公子，實乃一生之幸。」

楚天涯只覺得心中萬千豪勇撲面而來，不由仰天長嘯，嘯聲在山谷中迴盪不止。

但見封冰一雙明眸癡癡地看著魏公子，眼中光亮燦若月華。

第七章 往事比斯人更憔悴

一道銀芒在封冰白皙的手掌中流動著，光紋四射亂如蠶絲。那是一道詭異而凶險的光。

這是一支短短的錐，二寸的柄，三分的尖。四面各有一道螺旋式的血槽，錐身上有二個古篆字：破浪。

這才是封冰的殺手鐧，這就是她的「驚夢」。

她的心境，卻回到了十九年前的北宮政變。

那一年，當今皇帝胞弟北城王欲奪王位，領三千死士強攻紫禁城。

北城王處心積慮，準備數年方始謀定後動，不僅已暗中勾通了朝中幾位高官，更是連皇上身邊的禁衛軍都已收買，可謂已十拿九穩。可是他們都誤算了一個人——禁衛副統領魏南焰。

魏南焰其時聲名不著，一向收斂鋒芒，卻於紫禁城人人自危中奮身而出，先於亂軍中一箭射死北城王，再力敗叛亂的禁衛軍統領秦天湖。擒賊先擒王，北城王一死，秦天湖再敗，叛軍已然大亂陣腳，魏南焰再率軍殘殺北城王餘黨，屠城七日，血流成河。但一場大禍亦終化於無形中。

身為禁軍統領的秦天湖也是非常人物，眼見北城王已死，又敗於魏公子劍下，心知事不可成。但憑著一身驚世駭俗的功夫仍能救出了北城王的小女兒，逃出紫禁城，從此歸隱塞外，化名天湖老人……

之後魏南焰御封太平公子，從此沒有人再叫他的本名，都以公子相稱。

四年前，封冰離開了師父寒梅師太與天湖老人，來到了京師。寒梅師太一向不涉江湖，沒有人知道她的來歷。

她千方百計接近魏公子。用她沒有人識得卻十分高明的武功，用她天然的美麗和與生俱來的高貴氣質。

她終於接近了魏公子，而且在公子手下「冰風雨」中排名第一。

而她只有一個目的——殺死魏公子。

因為她就是北城王之女！因為她要報十九年前殺父滅門之仇！

但是魏公子位於高官，出入都有眾多手下，她根本沒有機會單獨接近他。她並不怕死，但魏公子武功蓋世，一擊不中就絕不會再有機會，她只有等。

那一年，江北大旱，魏公子進諫皇上免稅三年。皇上准奏，公子大喜，便在府中大宴門客，傳令不醉無歡。

結果人人都醉了，只除了身挾大仇的她。

然後魏公子請封冰同遊後花園，那是她第一次單獨接近魏公子。她的心怦怦亂跳，她知道機會來了。

她的袖中一直藏著那一支破浪錐，這是天湖老人把她從北城府中救出時帶上的唯一東西，那是一支上古神器，用巧妙的手法發出後，那四道螺旋式的血槽在氣機的牽引下，可以破氣直入，能破天下任何內功。

天湖老人苦研十年，終於堪破了發破浪錐的心法，創出了半招——那就是「驚夢」。

她曾用許多武林中成名的人物試招，凡是見過破浪錐的人都已是死人，沒有人能躲得過那一道疾若天邊閃電的銀芒……

出手無痕，絕情封冰！

然而即是如此，天湖老人亦不敢輕言能勝魏公子，只有他才知道魏公子的武功是多麼的驚人。

那一天，尚是封冰第一次見魏公子展示武功。

半醉的魏公子在後花園中大顯神威，一掌拍下滿園滿樹的桃花，在他的全力施為下，落花皆不著地，在空中飛舞，就像一場驚豔的花舞。

沒有人可以料到魏公子下一步會做什麼?!

她以為他是在向她示威，她以為他還是對她的目的與意圖有了覺察。

破浪錐遇強越強，魏公子的內力越深，她越有機會。可是魏公子的人影越舞越快，她甚至分不清那裡是花那裡是他的人……

她的手心沁出了汗，她就要拚死發出那一錐……

然而花終舞落一庭，滿園繽紛中魏公子突然就現身在她的眼前，遞給了她一支花。「滿園桃花，只有這一枝配得上你的清麗絕俗。」

桃花淡雅而令人微熏的氣息襲上她的鼻端。她看到了他的神情，這一刻他一點也不像名震朝野的魏公子，半醉的眼中只有一個深情的男人看到他所欣賞女人時的狂熱與癡迷。

她知道這是她最好的機會了，可她竟然不知道應該做什麼？

從來沒有人說過她的美麗，在師門中她只是面對寒梅師太和眾多一心清修的師姐妹，出了師門雖然有人用言語說及她的美，卻只是一些登徒浪子，最後不是死在她的千秋索下就是被她打斷了腿。

而她從來想不到自己在一向穩重不露城府的魏公子眼中竟然是「清麗」的；她也更想不到他耗費真力拂下滿園桃花只為選一朵可以配上她的「絕俗」。

她一時怔住了，呆呆看著他君臨天下的氣勢，呆呆看著他恍若翩躚的風度，呆呆看著他輕輕撫了一下自己的面頰，呆呆看著他微笑著轉身離去……

良久後，她才發現那枝桃花就插在她的鬢髮間……

那以後，魏公子更加對封冰信任，常常叫她陪著自己談論國事，甚至——談論心事。

每一次她都應該有機會。但每一次她都不能出手，她告訴自己還可以等更好的機會，但她有的時候不自覺的開始懷疑自己是不是在找藉口。

十九年前天湖老人救走她的時候，她只有二歲，她記憶中的父母親人的形象竟然遠遠抵不過魏公子的音容笑貌……

看他侃侃而談，讀他治國大計；望他寬厚眼光，聽他透露心情；見他待人處事，品他月夜狂歌；知他柔情深種，吟他纏綿詞句……

面對著這個殺了她父母和所有親人的公子，她竟然發現自己的恨已越來越少。

於是就有一個春天的晚上，在半醉的迷亂與瞬間的清明中，她把自己給了他。

半夜醒來，她多想把破浪錐狠狠捅入他沉睡的身體中，就像想同樣給自己一錐……可是在劇烈的天人交戰後她終於還是做不到。

那以後，魏公子就只以「冰兒」相稱於她。

幾個月前的某一日，魏公子上朝歸來，徑直便來找她，面似寒霜。

他喝了許多酒，最後終於開口了，「冰兒，你很像一個人，第一次見你我就覺得好像見了她。」

「誰？」

「一位求我不要殺她兒子的母親。」

天！她立刻知道了那其實就是她的母親，那是她的母親在求魏公子不要殺了自己的哥哥。她的錐差一點就要發了出來，這是他在刻意提醒自己的仇恨嗎？

讓她暫時忍耐住的理由只是她還想再聽聽從這個仇人的嘴裡說出一些關於自己親人的事。她只從師父和天湖老人的口裡知道自己的身世，而對於她的親人，她竟然沒有一點點絲毫的印象。

封冰冷冷地道，「可是你最後還是殺了她的兒子，也殺了她？」

魏公子長歎一聲，也許是酒意，也許是對往事的回憶，他似是沒有發現封冰的聲音是如何無法抑制的顫抖起來，「是的，我只能這麼做。」

「為什麼？你竟然那麼狠……」

「北城王待兵若子，廣結天下，若不用些非常手段，餘黨再立新主起兵作亂，只恐就是天下大亂生靈塗炭之局……」

「……」

「我只能告訴自己那其實是救了更多的母親和她的孩子。」

「可是……」

「冰兒，你不用說了，我知道你就是北城王之女。」

封冰這一驚才是非同小可，右手還不及發出破浪錐，已被魏公子一把抓住。

公子沉聲說道，「這幾年來你應該知道我的為人，我全心輔君治天下，其實也是在還我十九年前的債。」

「為什麼要對我說這些?!」封冰嘶聲叫道。

「明將軍查到了你的來歷，要聖上治我暗藏北城王餘孤之罪。」

她抬頭愕然看著公子，心中恍然大悟。明將軍無時無刻不想扳倒魏公子，自然對公子身邊的人一一做了詳細的調查，是以才發現了她的真實身分，「你要把我交給明將軍嗎？」

魏公子大笑，「哈哈，你可見過我怕過明將軍！況且自古為美傾國的亦大有人在，我魏南焰最多也不過是丟官丟命，何懼之有？」

「可我們之間的仇恨……，你就不怕我會殺了你。」

「你有把握殺我嗎？」

「你有把握防我一生嗎？」

魏公子沉聲道，「我從來沒有防過你，你應該有過不少機會。」

封冰一怔，喃喃道，「也許我還在等。」

「等最好的機會？我現在既然知道你是仇人，你還能有機會嗎？」

「…………」那一刻她真的恨他、恨自己、恨師父、恨命運。

魏公子眼望封冰，眼中滿是一種誠摰，「我還是不會防你，但你也只能有一次機會。如果殺不了我，你能不能就甘心情願終身做我的女人？」

「一次機會？」

「我可以原諒你一次。但如果還有第二次，你便不是我的女人，好嗎？」

她甚至可以感受到他的語氣中更多的是懇求而不是命令。

面對著這個她一生中恨之深也愛之深的第一個男人，她怎麼可以不答應！！！

因為她的身世，儘管魏公子竭力分辯，但皇上對魏公子猜疑仍是更重了。

終於明將軍率兵平北疆歸來，挾功讓皇上下詔罷了魏公子的官，然後再出追殺令，務必要得到魏公子的項上人頭。

幸好魏公子早知功高震主，暗中有了許多準備，讓將軍一時難以得手。

可是，在如今這種四處流亡的日子裡，她又何忍離開他？

於是，封冰又有了藉口，一個暫時不殺魏公子的藉口。她告訴自己：這個時候誰也不能再傷害他，連自己也不能。

記得離開師門的時候，天湖老人告訴過她，他將專心研究出一招來對付魏公子，她也還需要一個幫手。而現在，這個幫手來了，竟然就是楚天涯。

她直到那天見了楚天涯的「無涯」後，才懂得師父的意圖。

可是……她的心卻更亂了。

在封冰的內心深處，魏公子也許永遠不是她的同類，他可以呵護她，可以眩惑她，可以給她一個成名立世英雄的豪壯感。但他不能深切理解她的孤獨，不能清楚明白她的痛苦。更何況，還有她不能放下的仇恨。

而第一眼見到楚天涯，見到這個一直想認識的師弟，封冰就知道自己與楚天涯是如此的相像，一樣的遭遇，一樣的寂寞，一樣的宿命……

雖然他亦與魏公子一樣因她的歡而喜，因她的顰而愁，因她的美麗而忘形，因她的話語而失控。可與魏公子不同的是，公子也許只當她是一束滿園飛花中的「絕俗」。而楚天涯就當她是生命中最重要的那個人。

一個是豪情蓋天，一個是俠骨柔腸。而到了最後，也許她都不得不傷害他們。

一念至此，封冰不由輕輕歎了口氣，心頭浮起一片被命運捉弄的茫然。

往事果然比斯人更憔悴！

第八章　怖

逃亡。何處才是盡頭？暮色中，那一片血紅的殘陽已漸沉落。

洛陽城中一掌殺了歷輕笙的愛子歷明，魏公子自然早就露了行藏。饒是君東臨智謀計絕天下，卻也只能在行蹤上做些小巧的騰挪與遮掩，明將軍的追兵時時刻刻都有尋來的危險。沿路上亦不時有魏公子舊日的仇敵前來尋釁，但他五人均是一等一的高手，只要不是碰上將軍的主力，自是有驚無險。

依著君東臨的計策，魏公子決定前往巴蜀避禍。一來巴蜀苦寒之地人煙稀少，二來與將軍齊名的龍判官身處川東地藏宮，亦是將軍的勢力所不及。

楚天涯何等聰明，見了封冰與魏公子曖昧的樣子，早是有所心知肚明，卻也無可奈何。何況對魏公子瞭解更深後，更是敬畏兼備，唯有收起兒女情長，每每注視到封冰投來清瑩迷濛的眼光，也不知盼這一次的逃亡是長是短方好。

沿途上封冰對魏公子與楚天涯均是或即或離，只是與君東臨雨飛驚說話，君東臨是魏府中除了魏公子外唯一知道封冰身世的人，對她自是憐惜，還認做了義女；雨飛驚江湖經驗豐富，一路上便做起了探路的先鋒。

蜀道難，難於上青天。劍閣。自古便是入蜀的第一道門戶。

劍門關，更是險峻非常。兩山間只有一條長長窄窄的古棧道相連，兩旁皆是萬丈深淵。這裡歷來便是一夫當關萬夫莫開，易守難攻的天險。

而此時的劍門古道上，便在正中坐著一個人。

第一個看到那個人的就是雨飛驚。

那是一個看起來不過三十左右文弱瘦小的書生，靜靜地坐在道中，卻是低頭看著自己的腳。見到了雨飛驚，他只抬頭看了一眼，輕輕笑了笑。樣子很靦腆，然後像是害羞般又垂下頭去，似乎腳上穿的不是鞋，而是繡的一幅畫。

他的笑容很短，一閃即逝。也——很邪氣。

第一眼看到那個人，雨飛驚就有種很奇怪的感覺。因為，他覺得那是一個灰色的人。他的全身好像籠在一種灰濛濛的霧氣中，從眉眼髮稍裡散發出一種異樣的韻味，彷彿他所有的一切都讓人看不清楚。

整個劍閣古道上似乎也有著那種灰色，在暮色下顯得尤其的詭秘。

這個人正好坐在只容一人相過的棧道中，要過去便只有讓他退開或是從他頭頂飛過。

雨飛驚還是依然向前走著，跟了魏公子十五年，他從來不知道什麼叫害怕，從來只有他的敵人怕他。更何況對方只是一個文弱書生，雖然感覺很古怪。

他的腳步很穩，手也很穩，緊緊握著刀柄。只是，總覺得什麼地方有一點不對頭。

二丈，雨飛驚清楚地感到了一股戾氣。

一丈，雨飛驚突然覺得胸口間的鬱悶。

八尺，雨飛驚心頭湧上了一種想嘔吐的念頭。

五尺，雨飛驚聽到了身後君東臨的呼聲。

三尺，雨飛驚的腳像是踩到了一塊燒紅的火炭。

他大吃一驚，正要後退，那個青年書生忽然彈身而起，在雨飛驚將退未退之際發出了無數道劍花。

雨飛驚撥刀，卻覺得自己的動作突然緩慢了下來，好像身體是在夢中、在水中、在海草中、在泥漿中一般被黏滯住；只感覺到君東臨飛身在頭頂上與那無數道劍花硬拚了一記，一聲悶哼，然後四周突然有了無數的長箭向自己襲來，他奮力把刀抽出，勉強撥開了襲來的箭；只見那年青書生一個跟斗翻回原地，左手輕彈，一束煙花直飛向半空，然後仍是垂目打坐，就像從來沒有動過一樣；天空上突然便灑下了血花，那是君東臨蒼促間以掌搏劍竟然中招；雨飛驚便已覺得四肢發軟，晃了幾下，再也支撐不住，仰面倒在了劍門長長的棧道中，隨即便是一片長長的黑暗，黑暗……

只是一招間，魏公子手下的兩大高手已是一死一傷。

這個看起來就是一團灰色的年青人——到底是誰？？？

此時，魏公子、楚天涯與封冰才剛剛踏上棧道。

楚天涯感覺到的是一種「濕」。一種很潮潤的氣流包圍著全身。就像在一個經年不通空

氣的地窖中。而且還有一種發黴的氣味隱隱傳來。

而封冰。看到突然的漫天箭雨；看到君東臨的負傷濺血；看到雨飛驚莫名的倒下；看到那燦爛的煙花在半空中炸開；再看到那個全身灰黃、模糊不清的影子。

她只有一個感覺：——怖！

魏公子按住二人的肩頭，沉身接住飛身退回的君東臨，看著雨飛驚的怦然倒下，眼光突然像著了火般的熾熱。恨聲道：「毒來無恙！」

那個年青書生這才抬起頭來，輕輕的像是糾正什麼錯誤一樣歎了一聲，緩緩地一字一句道，「毒來當然無恙，……只有死！」

毒來無恙！

這個看起來弱不經風的書生竟然就是明將軍座下僅次於水知寒和鬼失驚的第三號人物——將軍的毒。

此時，那半空的煙花才在向四處飛濺起的火光中冉冉熄滅。

毒來無恙好整以暇，「將軍早算準了公子必然入蜀，如今這條入蜀的唯一道路上已有我親手布下的絕毒『綺羅香』，旁邊更有數位高手相視，再加幾十名弓箭手，公子以為勝算如何？」

幾人默然，剛才雨飛驚未見受傷卻亡命棧道上，君東臨一招間濺血此人劍下，更有周圍的埋伏，如此天險實難逾越。

一聲輕響，封冰的千秋索已出手，毒來無恙看也不看，指尖輕彈，一縷青色的火光從掌中發出，蕩開千秋索。

與此同時，楚天涯已凌空撲至，一時棧道上劍光大盛。

又是百箭齊發，楚天涯劍光回繞，擋開襲來的箭，再人劍一線，直指毒來無恙。

「噹」的一聲暴響，毒來無恙硬接楚天涯全力一擊，退開三步。楚天涯空中一個翻身，斜斜落下，眼見楚天涯就將落在棧道上，那橋上的灰色竟然像活物般蠕蠕動了起來。

封冰嬌喝一聲，千秋索再次出手，楚天涯半空中一把捉住索頭，空中擰身發力，總算腳不沾地的退了回來。

毒來無恙大笑，「這位小弟想來是近日聲名鵲起、如日中天的楚天涯了，果然是好劍法，可惜還是破不了我這個局。」

楚天涯凜然道：「你記住我的名字最好，楚天涯藝不如人，卻絕非膽小怕事，毒君與將軍從今天起就是我的死敵。」

楚天涯與雨飛驚相交幾日，喜歡這個漢子的豪爽耿直，卻不料如此不明不白便死在毒來無恙的手下，他一生原本平淡與世無爭，這一刻心傷良友新亡，方才視明將軍為生平之大敵。

毒來無恙聳聳肩膀，不屑道：「楚天涯劍挑公子十九分舵，如今你二人還不是攜手共肩。將軍禮賢下士，只需化開仇怨，自有大好前程，楚小兄何苦自豎強敵。」

「做人有所不為，有所必為。毒君難道就從來不知嗎？」

毒來無恙狂笑，「那今日就只好是你的死期了。可惜，可歎！」

適才楚天涯全力出手，但一來要防備兩邊的長箭，二來足不能沾地，難以發力再攻，縱使讓毒來無恙退開幾步，卻是於事無補。

此人文武雙全，兼之身蓄奇毒，再加上四處有將軍的精銳箭手，依憑著劍門天險，實難退之。

難道劍門關就是諸人的葬身之地嗎？

君東臨只是肩頭輕輕劃傷，並不礙事，當下點住穴道止住了血，心中默算，忽然抬頭道，「將軍絕對不能穩算我們入蜀，應當只是四處布兵。若我所料不錯，此處埋伏的絕非明將軍主力，只有毒來無恙一人加上數名弓箭手罷了。」

魏公子沉思不語。君東臨繼續道，「若然是將軍主力在此，必然會引我先入棧道，再兩頭夾攻，令我等插翅難逃。如今毒來無恙力守天險不退，且還發出煙花信號，只求阻我一時，好等待將軍的人馬到來。是以只要退了此人，前路便再無敵人。」

魏公子眼神一亮，知道此言非虛。

毒來無恙亦是仰天長笑，「公子的盾，將軍的毒。君先生臨危不亂，分析得頭頭是道，不枉與我齊名。」

他再踏前三步，又在原地坐下，淡淡道：「我無把握殺人，只是留諸位三個時辰，想來還做得到。」大喝一聲，「各位兒郎聽了，今日不求殺敵，待得將軍來到便是奇功一件，榮華富貴只畢其功於此一役。」山谷中埋伏的眾箭手齊聲狂呼，一時山谷中聲勢震天。

將軍的毒果然不愧是將軍的第三號人物，短短幾句話便扳回了形勢，令己方士氣大振。魏公子動了。只見他凝神緩緩向前踏去，每一步似乎都有千斤之重，橋上的灰色似乎在他的逼迫下也一步步向後退去。

這正是公子用上乘內力逼開毒來無恙的「綺羅香」。

魏公子停在雨飛驚的屍身邊，慢慢伏身拿起了雨飛驚的刀，那把刀光突然亮了起來。公子左手輕撫刀鋒，朗朗念道：「雨飛驚跟我大小數十戰，浴血江湖。我魏南焰今日不報此仇，誓不為人。」

為了他出生入死的手下，為了他心愛的女人，為了自己活下去……魏公子要全力出手！看著魏公子的凝重神色。毒來無恙眼中終於掠過一抹懼色，大吼一聲，「箭！」果然百箭再發，但進入魏公子三尺內已被他內勁逼住，紛紛墜地。公子大喝一聲，山谷中迴響震耳欲聾，刀光再盛，直劈向毒來無恙。

刀意空靈而致遠，如遙望夕陽茹清茶，刀性柔軟而輕媚，如情人相看的眼光，刀勢緩慢而無痕，如時間延續之絕不拖泥帶水，刀鋒卻開合而一往直前，如壯士痛別易水之一去不回。

這看似輕描淡寫的一刀，待到毒來無恙身邊三尺處卻突然加急，隱含風雷之勢，如積雲密佈沉鬱數日之後驀然豪雨如注，如溪流百川積蓄於一盈流泉後忽有山洪的爆發，如百世的怨懟在這一刻給一個必然的了斷……

毒來無恙能不能接下魏公子這慘烈而含天地之威的一刀？

毒來無恙先看到了公子的眼神，那是一種絕不空回的神情與堅決；毒來無恙一狠心，左手蓄毒針，右手撥長劍，欲待全力一拚。

他再看到了那一道凜列而彷佛從眼中直刺入人心的刀光，似乎這必然的一刀除了斬下敵人的頭便絕不會再收回……

毒來無恙的心突然怯了：這是什麼刀法？？？如此霸氣，如此凜傲，如此痛烈，如此神威！難怪明將軍一直說公子的武功絕對是天下超一流……

毒來無恙的戰志在瞬間崩潰瓦解，身上那層空濛的灰色霧氣一下散開，大叫一聲「退！」將軍一方所有的人都在退。但是毒來無恙卻退不了。

那一刀決堤般的勁力逼迫著他的後路，每退一步都要付出全身的功力與之相抗，他的眼神中閃出一種絕望，早知道他應該全力一接魏公子的這一刀，也未必接不下……

可現在，他的戰志已散，他在欲退仍未能退之際就已陷入這一歷天地之慘烈、集世間之忿怨的刀光中。在勉強中，毒來無恙揚起自己的劍。

可是，他錯了。

他錯了！魏公子這一刀其實是數百刀的合成，先只是集力於對毒來無恙前後左右周圍後路的封鎖，雖然刀光盛人，卻只是力分則散，當時如果毒來無恙硬接，由一點破入，也許還能令魏公子無功而返，如今數百刀的刀力回挫，再合為一刀劃出，即便是身為六大邪派高手的明將軍與水知寒親臨，只怕也只好稍避其鋒。

這一刀正是集魏公子過人的智慧、百戰的經驗、復仇的堅忍、拚死的反應、求生的豪壯之大成。

血飛濺。刀光再亮若天上閃電。刀聲再厲如天上霹靂。

將軍手下的第三號人物毒來無恙就此身首異處！

第九章　聆道

終於平安入蜀了。一路行來，果再無明將軍的追兵。

想及明將軍痛失毒來無恙，幾人心中都是大快。要知明將軍的雷霆手段天下誰人不服，劍閣一戰竟然毀了名震江湖的將軍之毒，正是魏公子與明將軍正面為敵以來敵人所受的最大挫折。

魏公子天生性格達觀灑脫，不以一朝失勢而沮喪，來及川中峨嵋山，便提議入山遊玩。山水間怡情，無憂而忘返。峨嵋山，果為天下之秀。

楚天涯靜靜坐在一道山泉邊，此處名為不老泉，相傳為老子李耳洗浴成仙之地。景色天成，素淡雅致。

正是初更時分，月上中天，風蕩竹林，蟬鳴幽谷，讓人渾忘了連日來的血雨腥風。

出道以來，屢遇勁敵，此刻有了幾日的休整，楚天涯只覺得自己的精、氣、神均已到了前所未有的地步，武功不知不覺在強敵伺身、危機四伏中已然大進。

然而此時，他對挑戰魏公子的信心卻是越來越少。

一來公子那招一擊格殺毒來無恙的刀法與豪氣讓他心驚亦心折不已；二來公子的高風

亮節也不得不讓他敬服。

這之前，由於從小的耳聞目染，他始終在思想中認定著魏公子的凶殘好功、驕浮暴虐。然而經這數日的接觸，卻讓他對魏公子的態度有了完全的改變。

他覺得不能再等，再等下去他已無法狠心與之對敵，說到底他與魏公子間並沒有什麼化解不開的仇恨，只是如果真的化敵為友，他便再不能完成師父對他的唯一心願了。

他斷斷續續聽到了魏公子與天湖老人的恩怨，當時各為其主，何況亂軍之中，卻也是怪不得公子那一劍劃面孔的辣手。

他瞭解自己的那一招「無涯」的威力。但他還是始終有些不明白這一招「無涯」完全不顧他從小所知的武學宗旨，不但欺身犯險、一往無前，且剛遠勝柔，遇上武功較低的對手也還罷了，像對陣魏公子這樣的大敵，實不應該如此擺出持強凌弱的姿態，況且此招身後空門全露，完全不計自身的生死與對方的後招，更是犯了武學中不留餘力自保的大忌。

這一招分的不是勝負，而是生死。

君東臨的聲音在身後響起：「楚兄弟可是別有所思嗎？」

「如此良宵，實不欲想起刀戈之事，只是望天空星夜，聊勝於無而已。」楚天涯一向對君東臨懷有一種莫名的戒心，只覺此人心計太深，對於自己這種從小只與虎狼野獸打交道的人來說，一不小心好像便會入了對方的圈套。二人相識以來一直是以楚兄弟與君先生相稱，而不似魏公子直稱楚天涯之名。雖是並肩禦敵數日，那份隔膜卻總是無法揮去。

君東臨仰首看天，悠悠道，「我第一眼見到楚兄弟，那時尚是敵非友，便知是非常之勁敵，是以不顧一切出手下了殺招……」

「君先生休提往事，楚天涯不是無義之人，幾日共抗將軍，以後你我縱不是友亦絕不會為敵。」

君東臨沉吟半晌，方才緩緩道，「楚兄弟可懂易理術數？」

楚天涯知道此人言談每每出人意表，卻仍是猜不透其用意，「請教先生。」

「我從小家傳便是河洛紫微神術算理，最擅察人形色算其一生之宿命。我於十年前投靠公子，而此之前卻是立志雲遊四方，欲識見天下的英雄。」

「哦！我一向只知凡人成名立世，皆靠自己，從不信天命這回事。」

「人間豪傑，天上星宿。然在我眼裡，縱是閱人無數，所見之人中卻只有五位可堪記憶。」

「不知君先生眼中那些才是英雄？」

「我倒想先聽聽楚兄弟的見識。」

楚天涯赧然道，「天涯出道不久，實在讓先生見笑。久聞裂空幫幫主夏天雷為人神勇蓋世，俠膽無雙，可算一位嗎？」

「夏天雷的武功隱為白道盟主，裂空幫亦是白道第一大幫，但也只不過為時勢所造就罷了。」

「華山無語大師十七年不語，卻為民請願，獨諫聖上，自甘破了修行多年的閉口禪，在我楚天涯眼裡是個英雄。」

「我君東臨亦有濟世為民之心，這才見了魏公子，寧任放下雲遊天下的志向助他治國天下。但我此時所說的英雄卻非是大慈大悲的俠之大者，而是一代霸主，或能號令天下成就不世功業的梟雄，或是在武道上有非常人突破的不世奇才。」

楚天涯心下盤算，「即是如此，那麼南風、北雪、歷老鬼、龍判官、明將軍和水知寒等都是有資格的人了。」

「風念鐘剛愎自用，歷輕笙睚眦必報，龍判官地處川東，卻僅以一隅為安，明將軍的深淺我不知道，事實上也從來沒有人能看透明將軍。邪門六大高手中，為我所看重的只有二個人，北雪雪紛飛雖地處北疆渡雁潭，不與中原門戶口打交道，卻奮起圖強，不以天變而人變，自創武功別有天地，實乃武道上的奇人，武功雖帶邪氣，為人卻非邪路，是我心中的英雄之一。」

「還有一個你是說水知寒嗎？」

「不錯，以水知寒與將軍齊名天下，一對寒浸掌天下名動，卻甘心為其所用，忠心不二。事務繁忙卻井井有條，不見絲毫錯亂，雖為將軍府的總管，但其威勢卻絕不因將軍的名勢而有稍減，照樣的翻雲覆雨，實是我平生所遇最大的敵人。」君東臨輕輕歎了口氣，「公子若有選擇，一定是寧可與明將軍正面相對而不願惹上水知寒。此人即是我最懼的敵人，卻也是我所認定英雄中的一位。」

楚天涯默然不語，魏公子已界安全，幾人分手在即，自己因雨飛驚猝死在毒來無恙的手下，更因封冰傷在星星漫天手上，已欲與明將軍為敵，君東臨此次似乎有提醒他的念頭，不由對君東臨大有好感。

君東臨續道，「白道幾大高手中，蟲大師為仁天下，專殺貪官，成其業不擇手段，卻是對敵人的雷霆一擊，對敵人的狠就是對自己的仁，也是我心目中的一位大英雄。」

楚天涯正聽得熱血沸騰，豪情上湧，但聽身後掌聲響起，一聲長嘯迴盪夜中幽谷，卻是魏公子到了。「東臨與天涯月夜論道，怎麼可以少了我！」

君東臨連忙相迎，「君某愚見，公子見笑了。」

魏公子看著楚天涯笑道，「其實天下英雄何其之多，每個人心中都有自己的見地，夏天雷先不論，無語大師卻是我心中的大英雄。」

楚天涯點頭，「公子此言極是，每個人都有自己對事物的看法。」

魏公子朗朗笑道，「武學一途浩如煙海，誰能窮極玄機。再另諸如無雙城楊雲清的補天繡地針和落花宮趙星霜的飛葉流花雨都是闢蹊徑而極有成的武功。但除了這些，天涯你可聽說過『閣樓鄉塚』嗎？」

楊雲清與趙星霜正是與君東臨毒來無恙齊名的無雙的針，落花的雨。

「閣樓鄉塚？」這一次連君東臨都有些不明所以了。

魏公子神色如常，面上卻抹過一縷嚮往，「那是武林中最為神秘的四大家族，互有幾代百年的恩怨，誰也不知道這『閣樓鄉塚』分別是在什麼地方。但每次四大家族的人出現，都必然會引起江湖上的極大風波，的確是仿若不屬於人間的世外高人。」

楚天涯大感興趣，「這四大家族的名字好奇怪。」

魏公子好像陷入了記憶中，喃喃念道，「點睛閣的景成象、翩躚樓的嗅香公子、溫柔鄉的水柔梳、英雄塚的物天成。那都是已近神話中的人物了，想來不禁真讓人神往之……」

饒是君東臨見多識廣，卻也聽得呆了，「那幾個都是人名嗎？物天成，這名字暗合天地之氣，想來一定是個人物，水柔梳，這是位女子嗎？」

「不錯，四大家族幾十年未現江湖，知道的人少之又少。我之所以能知道這些的事，就只是因為機緣巧合下曾在關外見到了一位溫柔鄉的水姓女子……」魏公子的眼中泛起一種難言的神韻。

君東臨正待再問，魏公子截下他的話，「君臨剛剛還說你心目中有五位英雄，卻不知除了水知寒、雪紛飛與蟲大師還有什麼人？」

君東臨知魏公子不願多談，楚天涯卻是暗暗在心頭記住。

君東臨看著魏公子，面露崇敬之色，「魏公子十九年前一戰功成，雖久不涉江湖，但身在朝野不忘黎民，位高爵而知機，遇下貶而後勇，無論何時均以本色示人，實乃東臨心中最心服口服的一位大英雄……」

魏公子哈哈大笑，「東臨何出此言，我已心冷，江湖與朝中一樣，都有化不開的仇怨，這次躲開了明將軍，避禍巴蜀，還要仰仗將軍不敢亂動龍判官的地頭。況雨飛驚與眾多兄弟死於將軍之手，我卻不能為他們報仇，實在愧了英雄這二個字。」

「公子拿得起放得下，試問有幾人能做到。」君東臨有意無意看著楚天涯，「我知道公子以後只想與冰兒同隱江湖，自不欲再入世間糾紛。」

乍然聽到封冰的名字，再聽到是與魏公子同隱江湖。楚天涯心中恍若被一隻鐵錘重重一擊，他雖然早看出魏公子與封冰之間的端倪，卻好像總還報著萬一的僥倖。此時忽聽君東臨這麼一說，雖是竭力忍住面上的神情，卻還是不免變色。

魏公子欲言又止，君東臨對楚天涯的神態故作不見，負手望天，「君某第五位看好的英雄便是楚兄弟了。」

楚天涯這一驚更在剛才之上，大訝道，「君先生何出此言？」

君東臨輕輕歎道，「楚兄弟年僅弱冠，卻在舉手投足間暗露王者之氣，況更有一種見泰山崩於面前不動色的鎮定，這份心境的修為正是武道上夢寐以求的境界，假以時日，相信定然是一代宗師。這也是我一見楚兄弟的面就欲殺之的緣故……」

楚天涯根本想不到自己會得君東臨如此看重，不由囁嚅起來，「君先生此話已說得我如芒刺在背坐立不安，那還有什麼鎮定。」

魏公子大笑鼓掌，「東臨看人的眼光從來不錯，南焰佩服。天涯何必自謙，以你目前的年紀，單是能與毒來無恙過一招而安然無恙，這份難得的經驗就足以讓你日後大有成就了。」

君東臨凝視楚天涯，「此時楚兄弟武功尚待磨練，如現在一意要與公子一戰，實屬不智，可否押後幾年？」

楚天涯這才有點真正感覺到君東臨今夜對他說這些話的目的，不由心中百感交集。

只有魏公子才真正知道了君東臨的意思。因為君東臨清楚的知道封冰與自己的恩怨，更是看出了封冰對楚天涯的一種迷惑與茫然，是以才用快刀欲斬亂麻，先讓楚天涯對封冰死心，再約他異日再戰。

要知封冰如果還想殺魏公子，也許就會趁此時發難。雖然公子與封冰定下一次機會之約，但以封冰的心高氣傲，一擊不中，必然無顏再面對魏公子。

君東臨正是不想有此變故。是以才用言語說服楚天涯。

一聲輕咳在身後響起，三人轉身，齊齊一震。

但見封冰盈盈立於月霧的氤氳中，尤若仙子凌波，現身凡間，若隱若現。在她冷然的外表底下，她的眼神卻彷彿傾訴出對生命中的美好與一種超乎世俗的追求，身影在月華反映下燦爛輕盈，飄然若仙，秀麗的輪廓似是獨鐘了天地之靈氣，起伏分明。

以公子之波瀾不驚，楚天涯的自甘淡泊，君東臨的覽麗天下，霎時亦都被她曠絕當世的絕美姿態所震懾，忘了所以……

封冰幽怨又似清純的目光直射楚天涯，「你若不敢與公子一戰，勢必在心中留下難以磨滅的陰影，日後不但再難對敵公子，而且更難成一代宗師。」

封冰轉頭望著魏公子，眼眸似深深看進了魏公子的心底，「明日就是我的機會，如果你能不死，我必將遵守誓言，陪你終身，無怨無悔。」

再回身對君東臨一拜，「義父請勿多言，再多的恩怨也終有了結的一天。」言罷轉身而去，竟然沒有回頭多看一眼。

楚天涯對封冰的身世並不知情，此時已然呆了，只覺得此姝形事每每與眾不同，看她翩翩身影絕塵而去，往事顧盼有感，心中既愛且怨，萬般滋味湧上心間……

魏公子黯然半晌，一躍而起，身形在山谷中幾個轉折已然消失在夜色裡，但聽得他朗朗的聲音悠悠傳來，「托身白刃裡，殺人紅塵中。明日清早，魏南焰在峨嵋金頂恭候天湖傳人。」

君東臨今夜本意正是想讓楚天涯放棄與公子箭在弦上的一戰，縱然他滿腹智計，卻也料不到封冰的出現會令事情竟然有如此意外的發展，一時說不出話來。只得輕輕歎一聲，「唉！如此女子！如此女子！」

如此女子！三言兩語間已激起了楚天涯的豪然戰志。

托身白刃裡，殺人紅塵中。明日金頂上，決戰魏公子。

楚天涯忽從百種思想中驚醒，心中湧起了萬千戰意。不論成敗，他都必須面對這永遠不能逃避的宿命。

君東臨苦笑看著楚天涯突然靜若秋水的神情，「我今天本來想對你說什麼?現在竟然忘了。」

楚天涯原來冰冷的面容上露出微微一笑，就像破開森林射向幽谷的一抹陽光，「君先生不必多禮，反正我也已經忘了。」言罷楚天涯對君東臨一揖到地，飄然離去。

是的，忘了！

這一刻，楚天涯已忘了魏公子的高義，君東臨的苦心，封冰的愛恨難辨，師父的唯一心願。

他此時的靈台一片清明，反反覆覆就只有一個念頭。

那就是——擊敗魏公子。

第十章 那一錐破了前生往世的恩怨

峨嵋金頂，霧氣迷漫，勁流橫逸。

魏公子與君東臨並肩立於山頂，看著山道上緩緩向上行來的楚天涯，山風吹得衣襟獵獵作響。

他相信自己這一次必勝，卻還是忍不住有一點惋惜。縱橫二十年來，這是唯一的一次與朋友為敵。

不錯，他一直當楚天涯是自己的朋友。那怕楚天涯劍挑他的十九分舵，那怕楚天涯一意與自己為敵殺了商晴風，那怕天湖老人遲遲不忘那橫越面門的一劍，那怕看出了封冰對楚天涯的一絲尚不自知的一縷情意……他還是當楚天涯是自己的朋友。

因為楚天涯像他自己。甚至，比他更像自己。

因為楚天涯的心中沒有道義沒有禮法，一切都只是用自己的方式去完成自己的原則，沒有突破就沒有超越，這正是成就一名絕世劍客的最重要的條件。

最重要的，楚天涯有情。

都說有情的人無法練成最高深的武功，魏公子卻一直不以為然，入世再出世，方能重登頂峰。

君東臨的眼光絕對不會錯。也許楚天涯的行為與思想不乏偏激，但他天生的豪俠之氣也註定他不會淪為魔道，這所有的一切都讓魏公子欣賞著。

可如今，卻不得不與自己在這峨嵋金頂上做命運註定的一戰。

楚天涯受得起出道以來的第一次失敗嗎？

楚天涯仰頭望去，便只看見魏公子高大的身形如嶽臨淵，巍然不動。那種與天地渾然一體的氣勢令公子身上全無破綻可尋。楚天涯莫名便生出一種永遠不能擊敗他的感覺。

魏公子道，「天涯，你的腳步亂了。」

楚天涯先是一驚，隨即鎮懾心神，淡淡道，「公子一開口，天涯便找到了公子的破綻。」

魏公子輕輕一笑，「為敵之道，百不厭詐，最強處未必是最強，最弱處未必最弱。」

「對敵亦最重氣勢，我若輕易信了你的話，這一戰不戰也敗了。」

站在魏公子身邊的君東臨問道，「我見公子的身形無懈可擊，楚兄弟若要出手，第一招是攻什麼地方？」

「公子開口說話，右手凝氣，左肩輕抖，腋下有一絲空隙，然而也許是誘敵之計，若我出手，第一招是靜觀其變！待其右手蓄勢稍弱再行出擊。」

魏公子仰天長笑，「我若在天涯的角度，第一招便是攻右手。」

「哦！」楚天涯露出一絲不解的神態，「公子的右手勁力凝而不發，自是伏下了無數後招……」

魏公子與楚天涯雙眼對望，隱有深意，「任何招式，必有攻擊力最強的一點，若此點被破，一切後勁變化均會被截斷，無以為繼。」

楚天涯若有所思，「然而我功力不及公子，如此冒然出手，實如以卵擊石。」

魏公子淡淡道，「那麼如此一直對峙下去是什麼結果？」

要知如果一直這般對峙下去，公子氣勢卻不斷蓄聚，而其時稍有破綻時楚天涯卻疑為誘招而不敢發招，只會使楚天涯氣勢頹喪。此消彼長，待到公子氣勢到最滿溢、信心臻達最頂峰時再出手，必是雷霆萬鈞之勢，一舉挫敵易如拾芥。

這幾句話可以說對楚天涯日後的成就有著不可限量的作用。

兩軍相對硬捋對方鋒芒，如此強硬霸道的做法亦只有如公子楚天涯這種天生不計成敗唯求放手一搏的人方能做得到，天湖老人雖然亦是武學奇才，然受性格所限，畏首畏尾之下，先求保身不求破敵，雖不乏穩重，卻是不合楚天涯的路子。此時魏公子一語驚醒夢中人，因材點教，楚天涯自是受益菲淺。

楚天涯渾身一震，一躍而起，撥身落在山頂，在公子五尺外立定。負手長嘯，「多謝公子！」

魏公子哈哈大笑，「天湖老人有徒如此，實已勝我一籌了！」

此時東方天際一片血紅，一輪紅日破藹而出。

「如今將軍大敵已去，公子再無當初百敵伺身拚死一戰的氣勢，我們並非全無機會。」

封冰的身影從道邊閃出。

「我們?!」魏公子眼中一黯，封冰終於擺明態度要與自己一戰了嗎？

「命定的局誰人能破！」魏公子喃喃歎道，「天湖門人，敬請出招！」

楚天涯面容不變，彷彿全然不因封冰的突然出現而亂了心神。左手捏劍訣，右手嗆然撥劍，長劍虛指魏公子：「師父窮十九年心力創下一招『無涯』，尚請公子指教。」

一時間天地沉寂，山風凜烈，突然便有了一種無以名之的懾人氣氛。

君東臨退開數步，仍感覺到楚天涯這一招凜冽的殺氣，心中大震。雖然他知道公子有著如何驚人的實力，即使楚天涯與封冰聯手恐怕也難有勝算，卻也不禁心驚。

封冰卻不退開，站在楚天涯身後。只有她自己知道她的心中是如何的淒厲而愴然。

楚天涯緩緩拔出長劍。從沒有一刻，他的心境是如此的清明澄澈，人與人、物與物間的微妙關係在他心中都猶若剝繭抽絲般脈胳分明。他是如此清楚著所處身的環境、所面對的敵手、所心繫的那個女子、所面對的強悍大敵。

好一個魏公子，在楚天涯如此強大的劍勢下竟然仍能開口說話，「天涯此招一出，只恐分的不是勝負而是生死了。」

「人生在世，只是白駒過隙。談笑間劍決生死，何所懼之！」

「好，好，好！」魏公子連歎三聲好，「冰兒僅管一起出手，我亦只好放手一搏了。」

天地肅殺，一時對峙的三人全都靜了下來。

楚天涯看著魏公子的雙掌，面含殺機；魏公子盯著楚天涯的劍，凝神戒備；封冰望著魏公子的臉，花容慘澹。

一片樹葉飄然落下，轉眼間就被三人的殺氣絞得粉碎。

氣氛驟然緊張起來。

如山雨欲來的洶湧；如兵臨城下的囂張；如緊鑼密鼓的鏗鏘。

晨鐘乍然響起，餘音未絕，楚天涯已飛身而起。

——對方的最強處就是出手的目標，劍光直奔魏公子的心臟，直奔魏公子蓄滿功力的雙掌。

——前面就像是一道不可逾越的一道牆。楚天涯只覺得自己一往無前的劍勢漸漸在魏公子的掌力下凝滯，那是魏公子數十年精純的內力在全力抵擋自己這一劍。

——他想到了自己的那個孤獨而慘歷的夢，他想到了師父面上的那一道永遠不能消除的劍痕，他想到了雨飛驚倒地時的憤恨，心中全然無窒，劍氣再盛……

怦然一聲大震，二人蓄滿的內勁終於相碰，一時砂石齊舞空中。此時縱使一方收力，另一方的勁力在氣機牽引下也必全力瀉出。「無涯」此招即出，已是全無迴旋餘地。兩大高手自此竟成不死不休之局。

長劍光芒一暗，劍身顫動不休，龍吟之聲不絕於耳。

楚天涯想到了第一次殺人時劍刺入商晴風身體時心中的鬱怒，想到了魏公子豪朗的大笑，想到了毒來無恙斷頭的呻吟，再鼓餘勇，強提功力，劍勢重盛。一時心中不聞外物，至靜至極，耳中只有那晨風中吟詠未絕的鐘聲……

劍在空中停頓下來，劍身彎成一種不可思議的弧度。

身在局外的君東臨驀然有一種很奇怪的感覺……

楚天涯的殺氣凝在劍尖直指魏公子。魏公子全身的功力提起凝在胸前的雙掌上，全力化解著這一招「無涯」。而封冰……

——封冰的殺氣竟忽然變了方向，由魏公子的眉間轉移到了楚天涯的後心……

楚天涯處身魏公子驚濤駭浪般的掌勁中，對身後的變故渾然不覺。

劍再前進一分，終不能進。

寸。寸。斷。裂。

楚天涯敗了，他無話可說。隨即魏公子那渾厚的掌力直奔心前。他想到了第一次看到封冰時的驚豔，他想到了封冰幽幽的眼光。最後他想到了封冰在自己臉邊的輕輕一吻……

突然。楚天涯發現魏公子的眼神中閃過一絲猝不及防的黯然。

隨即有一縷尖銳從身後直透過他毫無防禦的左肩。他驚訝的發現有一點銀色的寒光從自己左肩前迸出，沒入魏公子的右胸，穿胸而過後再投入了茫茫的霧色中。

魏公子的掌力在剎那間崩潰。楚天涯折斷了劍刃的劍柄重重撞在了魏公子的心臟上。

此刻，才驀然有一種深入骨髓的痛自楚天涯的左肩傳來……

那……就……是……破浪錐。

這……才……是……驚夢無涯！

楚天涯依然感覺到那支來無影去無蹤的錐上有著她身體的餘溫，甚至清楚的可以感覺到那一縷銀光透入自己肌膚後的銳烈。他很想回頭看看她，想證實一下他尚在迷亂中的猜想，但一種無力的疲累迅速抓住了他，他聽到了劍柄撞在骨肉上的暗悶，他聽到了君東臨的大失常態的怒吼，他聽到了自己心中一聲嘶啞的歎息……

他竟然比魏公子更先倒在了地上。

直到這一刻，他才知道為什麼這一招「無涯」的身後竟然是如此的破綻百出，他才知道為什麼師父從來不願意和自己有一點點師徒間的感情。他終於知道了一切的真相，從一開始他就只不過是天湖老人給魏公子設下的一個局……

真正的殺招當然不是楚天涯的「無涯」，而是封冰的「驚夢」！

就算魏公子事先留有餘力防備封冰的出手，但如何能想到這一支錐竟然是從楚天涯的肩頭中射出，何況二人過招之時勁氣橫溢，全無半分緩衝變招的餘地，饒是魏公子武功再高，亦猝然難防這驚世之招！

君東臨趕上一步，接住魏公子倒下的身體，全力輸入真氣。然而連續兩記在心臟要害的重擊，功力深如魏公子也是回天乏術。

魏公子嘴角露出一絲一閃即逝脆弱的笑，「冰兒，你終於還是出手了。」

封冰不語，楚天涯想抬頭看看她的眼睛是不是有淚光，卻無力抬起頭來，他已心灰若死。

那一道穿過他左肩的錐並沒有讓他受太重的傷，卻比任何武器都致命。

「東臨，我知道你一直待她像女兒，以後你便幫我照顧她吧。」

「公子……」君東臨老淚縱橫，「東臨定然不忘公子知遇之恩。」

「我很累了，這樣也很好。冰兒解了心中的結。而我也沒有死在將軍手上。」

楚天涯看到了她踉蹌的腳步停在魏公子面前，「我封冰在公子面前立誓，定然不放過明將軍。」

君東臨跪倒魏公子面前，「東臨亦立誓必助冰兒，死而後已……」言未完已是泣不成聲。造化弄人，封冰與君東臨此時唯有把將軍視為致使魏公子亡命峨嵋的仇敵方才可泄心中的淒苦與忿怨。

魏公子面上依然掛著淺淺的笑意。「天涯，我看得出來你對冰兒的情誼……」

封冰長吸一口氣，「公子你放心，這一世我再也不會有別的男人。」

魏公子望著封冰大笑，嘴角咳流出的血滴在楚天涯的面前，觸目心驚的紅。「冰兒，我魏南焰這一世中，唯一無悔無怨的就是愛上了你，命斷你手也是心甘情願……」

這一刻，楚天涯終於流下了平生第一滴淚。他真恨她為什麼不殺了自己。

他恨自己從一開始就在受著欺騙，師父騙了他，而封冰大概也在不知不覺中騙了他……

「好一個天湖，好一招『驚夢無涯』……」魏公子語聲漸弱，終不可聞。

在所有的意識變得恍惚的時候，楚天涯感覺到了那白皙的手又搭上了他的肩頭，感覺到那幽怨的眼光又纏住了他的思想，感覺到那天籟般的語聲似遠似近的顫抖著他的心跳，感覺到順著自己的臉頰滑下的鹹鹹的潮濕，感覺到一個柔軟的東西觸碰著他的臉……

「我說過，你欠我一道傷口。」

是她的唇吧。他想著，然後一任自己的意識在虛空中游走著，遊走著……

她一生中只愛過兩個人。那一錐要了一個的命。那一錐傷了另一個人的心。

那一錐彷彿穿過的不是他的肩和他的胸，而是穿過了有情世間。

那一錐破了前生往世的恩怨！

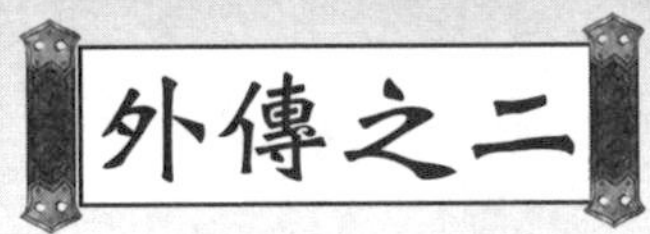

竊魂影

一種異樣的感覺突然湧上了余收言的心頭，

彷彿一股無形卻有質的什麼東西凝在空中，

如烈火如寒冰……那份感覺侵衣，侵膚，侵入骨中。

這……是殺氣！

除了水知寒，還有誰會發出如此凜冽的殺氣？

積著厚雪的長白山頂，似雪一般清亮的刀光忽然斂去，刀身定在半空，遮住舞刀少年的面容。

一旁站立的老者撫掌長歎：「風兒，憑此已趨大成的刀法，你已足可出師去闖蕩江湖了。」

「江湖……」舞刀少年似是有些茫然：「何處才是江湖？」

老者一笑，語音擲地有聲：「江湖，就是武林兒女替天行道的法場。」

「什麼是替天行道？」

「替天行道就是江湖上的正義！」

少年冷笑：「在那充滿著爾虞我詐的江湖上，還有正義麼？」

「當然有。江湖上最有名的正義就是五味崖。」

「五味崖？那是什麼地方？」

「那是疾惡如仇、專殺貪官被譽為白道第一殺手蟲大師的殺人榜。在上面只刻有無惡不作的貪官名字，只要懸名其上，一個月內就絕不落空！」

「好！好一個蟲大師！！好一個五味崖！」少年連道三聲好，寶刀緩緩入鞘，英俊的臉上激情沸湧：「卻不知現在的五味崖上懸著的是什麼名字？」

「魯秋道！」

第一章 殺手的震撼

舒尋玉不喜歡今晚的天氣。因為月色太美，月夜太亮。他喜歡在一團漆黑如墨的夜色中悄悄地出手，一擊而退。月黑風高，才是殺人之夜。

他當然不會氣餒，也不會改變計畫。每一次任務前，他都會仔細研究各種可能發生的情況，每一次他都絕不會令人失望。

這已是舒尋玉第五次執行暗殺任務，或許也將是最後一次。他認定自己是以一種特殊的方式來衛道，即使他日後放棄殺手生涯成為名震一方的大俠，雖然不會再對人提起這段歲月，但也一定會在某個寂寞的時候帶著些自豪、帶著些顧盼、帶著些不足為外人道的滿足與成就感去深深懷念這一段殺人的歲月……

他靜靜藏身在遷州縣衙後花園的一棵大樹枝椏中，細密的樹葉把他的身影掩蓋得一絲不露。他並不著急，他知道目標總會出現，他的手心甚至沒有滲出一絲汗水，身體也沒有發出一點抖動。

三天前他就已經藏身於此，不吃不喝、不眠不休，就只為了今夜的一擊必殺。

「今晚星光燦然、月華如水，魯侍郎光臨舍下，真是令敝處蓬蓽生輝啊！」幾人談笑中走了進來，當先一人正是知縣劉魁，卻在後花園門口處站住身形，拱手笑道：「侍郎大人先請。」

「劉兄客氣了，在下現已辭官，今後便只有秋道先生再無魯侍郎了。」一個清朗的聲音淡淡響起，語意雖客套，語氣卻是倨傲。

劉魁知趣地急忙改口：「誰不知魯兄是明將軍寵信的大名士、大才子，一時的不如意又算得什麼？以兄台的文采風流，東山再起指日可待，日後小弟還要多多仰仗魯兄的提攜呢。」

「哈哈，劉兄過譽了，秋道現在只是一介白丁文士，難得劉兄不恥論交，今夜我們便只談風月莫論國事。」

「好，我已傳令讓人去取筆墨紙硯，小弟仰慕魯兄的文采已久，正要請教秋道先生名動翰林的妙詩絕賦。請！」

藏於樹叢間的舒尋玉精神一振。因為，他已經看到了他今夜的目標——魯秋道。

魯秋道乃是當今朝中風雲人物明將軍手下的第一謀臣。自小便是天資聰穎，才計絕高，十四歲高中舉人，十九歲去京城科考，以他的資質原不難一日晉升成名，卻自作聰明送禮於當時的主考官。不料當時主考官大學士郭唐鏡乃一清廉之士，見其心術不正便故意不予錄用，魯秋道一怒之下便投奔將軍府，不數月便深得明將軍寵信，然後隨著明將軍北破匈奴立下軍功，一度官拜翰林院禮部侍郎。

一朝得勢，魯秋道上任後便借助明將軍的勢力首先設計陷害仇人郭唐鏡，令郭唐鏡丟官後更是對其百般折磨後凌辱致死。此後，魯秋道更是不可一世，甚至私下放言天下除了明將軍沒有人可以讓他服膺，朝中百官稍有不滿言詞落入其耳中，更是含眥必報，手段惡毒無所不用其極。更可厭是魯秋道自以為風流倜儻，好色貪花，仗著明將軍的威名，對看入眼而不從的民女便強搶以做私房……

這一次魯秋道膽大包天貪污巨額兵餉，使得平亂北疆的數萬官兵因餉銀被扣，集兵欲反，這才東窗事發。由於官兵造反牽連太大，連明將軍也不能保他無事，魯秋道終被罷官，然後便遠遁江南，要不是明將軍護著他，早就被憤然的官兵分屍於侍郎府中了。

朝中官官相護自是誰也奈何魯秋道不得，而且只要明將軍一朝權重，過不多時恐怕又會讓其官復原位。江湖上的正派之士亦是不敢因此得罪明將軍，要知自從明將軍扳倒政敵魏公子後，更是權傾朝野，勢力日漸坐大。誰人敢先出頭只怕就此會身遭滅門之禍。

然而江湖自有正義在，豈能令魯秋道就此逍遙？

半月前，在白道第一殺手蟲大師的殺人榜——五味崖上，端端正正地刻下了魯秋道的名字！

看到了魯秋道的出現，舒尋玉的眼睛驟然一亮。後花園中先後進來了六個人，他卻只看到了一個人。即使進來的是六百、六千人，他也只看到這一個人。

魯秋道年齡看起來不過三十開外，面容清俊，神態瀟灑，那種渾不將天下任何人放在心上的氣質更是讓人看來不禁心折，可誰能知道此人雖有如此一付世外高人的容顏，卻實是一個大奸大惡之徒？

舒尋玉認得出魯秋道身邊的幾個人皆是明將軍手下的高手：除了遷州府的知縣以暗器

成名江湖人稱「飛葉手」的劉魁；腰掛軟鞭的虬髯大漢是「鞭不留行」衛仲華；面色漆黑雙手卻白得發亮的是「白砂聖手」葛沖；手執劍柄神情倨傲的年輕人是明將軍手下新一代劍手中最負盛名的「三絕劍客」雷驚天；另一位垂首而行看來並無武功的文士想必是劉魁的幕僚……

江湖上都知道，魯秋道雖然看似道風仙骨，卻是不懂半分武功。傳言如此，舒尋玉也依然不敢稍有輕視，仔細觀察魯秋道，果然雖是神氣活現眼中有神，卻是腳步虛浮、內氣外泄，不似通武道之人。

面對這許多武功縱然在他之下也相差不遠的對手，舒尋玉卻仍是信心十足。他已完成過四次看似絕不可能完成的任務，除了大大小小的傷勢，還留給了他豐富的經驗和無比的信心。

做為一名殺手，武功的高低固然重要，但最重要的卻是智謀與出手的時機。他如今需要做到的：就只是在別人出手阻攔他以前，殺死魯秋道！

自從得知魯秋道將來遷州的情報，舒尋玉兩日前便悄悄潛入知縣府，選中在這棵後花園中枝葉最茂盛、年代最久遠的古樹下藏身，強忍饑渴隱身於此，只在吐納呼吸間汲取來自天地間的精氣以保存必須的體力，兩天的收斂龜息彷佛已令他化身為古樹的一部份。一來可以躲開對方高手靈敏的感覺，二來他也已算準了劉魁必會請一向以文采稱道於世的魯秋道來此耗費大量人力財力的知縣府後花園中賞月。

而這株大樹正位於後花園的關鍵之處，隱為整個花園中觀賞的重心。以魯秋道自命風流、搶盡鋒芒的本性，必然會在此處擺下酒宴。

而舒尋玉就是要在別人絕意料不到的機會下，殺死這個明將軍手下的第一謀士，朝中的第一奸臣——魯秋道。

果然不出所料，敵人就在舒尋玉身下把酒言談。他不用眼睛看，不用刻意去聽，甚至悄然運功收縮毛孔讓身體處在最小與外界能流的交換情況下，對方高手甚多，任何一點小小的舉動都有可能引起警覺。他只在神智中保持一點絕對的清明，感應著對方的動向。

他並不妄動，絕不容許自己的任務有任何疏漏，他還在等：當敵人抬頭望月被美景迷醉心神的一剎那間，就是他從樹影中飛身出手搏殺的最好時機……

在江湖上，殺人的動機有許多，但同樣殺死一個人卻絕對可以有許多不同的方式。對於一個優秀的殺手來說，殺人不僅僅是一種行為，更是一種追求完美的藝術。除了過人的武功、超卓的智慧，還要懂得天時與地利，更要懂得利用。

最好的殺人方式只有一種：一擊即中，全身而退。

就像是一本書，不同的內容卻絕對只有一種主導的文字。

而舒尋玉，無疑就是這樣的一位超級殺手。因為，他就是一本書。

他就是白道第一殺手蟲大師手下琴棋書畫四大弟子中的書——「書中尋玉」舒尋玉。

席間酒意漸濃，魯秋道一攬頷下三縷長髯，望著劉魁淡淡道：「蟲大師懸我名於五味崖上，卻不知劉兄對此有何看法？」

「這個……咳！」劉魁萬萬想不到魯秋道開口便直述此事，饒是心中雖有千萬諂媚之言，但天下任何稍有劣跡的官吏乍聞蟲大師之名，誰能不心驚膽戰：「魯兄吉人天相，更有將軍為靠山，五味崖懸名之事，大可不放在心上。」雖是慰藉之語，但語調戰戰兢兢，哪有半分慰藉之情。

魯秋道仰天長笑：「劉兄有所不知，蟲大師懸名之舉雖是讓白道武林士氣大振，卻實是一招敗筆。」

劉魁愣了一下，躬身長拜：「以前小弟對魯兄只是聞名而敬，此刻才真是由衷佩服魯兄笑談生死的氣度了。」

魯秋道哂然一笑：「呵呵，久聞劉兄精擅官道，果是乖巧，做個知縣怕真是有些委屈了你。」劉魁尋思其中語意，心中驚喜交集，越發覺得魯秋道的高深。

衛仲華對魯秋道恭敬拱手：「蟲大師懸名五味崖，從不落空，卻不知先生何故認為是敗筆？」

「因為這一次蟲大師無異是直接向明將軍宣戰，將軍府的實力豈是蟲大師的殺手組織所能憾動的？哈哈，各位試想如果懸名一月而魯某毫髮無傷，被譽為白道第一殺手的蟲大師又顏面何在？」

葛沖亦是對魯秋道抱拳施禮：「不錯，我們只要保得先生一個月的性命，只怕蟲大師一急之下便不惜要親身犯險，那時再布下天羅地網……」

雷驚天也是長笑一聲，接口道：「嘿嘿，若是蟲大師也傷在將軍手下，天下還有誰敢擋明將軍的鋒芒。」

魯秋道輕輕一擺手：「蟲大師成名數載，懸名數人從不虛發，豈是僥倖。只不過這一次他的對手太強大了，何異於螳臂擋車……」

舒尋玉心中冷笑，卻隱隱覺得有什麼不對勁的地方。仔細回想一切細節，一種難言的感覺驀然浮上心頭。

劉魁不是隸屬明將軍的人，心中對魯秋道等人的托大仍是有些不以為然，嘴上自然還是恭恭敬敬：「話雖是如此，不過魯兄還是小心為好。」

魯秋道凝色道：「各位可知道蟲大師最厲害的是什麼嗎？」

葛沖小心翼翼地道：「蟲大師的武功誰也不知深淺，自從二年前一擊伏殺刑部李大人，再也沒有人見過其出手，只知道他手下的『琴棋書畫』不時出手行兇。而這四人各擅勝場，的確分不出那一個才是最厲害的，還請先生指教。」

「人人都以為『琴棋書畫』是蟲大師的四支殺手鐧，其實不然。蟲大師嚴令手下弟子不得大開殺戒，每殺五人便可出師不做殺手，而其名字則由新收的弟子補上。而殺手出師之後或隱姓埋名遠走他鄉，或更名換姓重做一方武林大豪……」魯秋道長歎道：「我雖不與蟲大師同道，卻也不得不欣賞此人做事出人意表，實在是很有風格。」

眾人尚是第一次知道原來蟲大師名震江湖的「琴棋書畫」四大弟子竟然不止四人之多，一時齊齊驚噫了一聲，臉上神色均是陰晴不定。

最吃驚的當屬在樹上的舒尋玉，這本是本門極其秘密之事，如今卻聽魯秋道侃侃道來，心情怎不激蕩難止，連忙平心靜氣，繼續凝神細聽。

魯秋道續道：「將軍志在一統武林，對蟲大師早有提防，但得到這些消息卻也是真不容易。」眾人猜測著其中過程自是充滿了驚險血腥，無不屏息。

魯秋道舉杯而歎：「蟲大師一代天驕，最厲害的卻還不是這四人，而是他的秘密武器。」

「哦。蟲大師的秘密武器是什麼？」

「是一道影子！」

「影子？？？」

「不錯，據說蟲大師最厲害的乃是名喚做『竊魂影』的一種武器，卻是誰也沒有見過，更沒有人知道『竊魂影』的出手……」魯秋道將杯停於唇邊，再歎一聲：「也許，見過『竊魂影』的人，都已是死人了吧！」

舒尋玉心頭大震：這是蟲大師的最大秘密，連他都不知道「竊魂影」到底是什麼，只是偶然聽蟲大師提過其名，這魯秋道卻是從何而知？

突然間腦中靈光一閃，他已經知道是什麼地方不對頭了。

——魯秋道雖然一向得明將軍寵信，但畢竟是一介文士。劉魁奉承他並不奇怪，而適才明將軍手下的諸如衛仲華、葛沖、雷驚天等等心高氣傲狂放不羈之輩如何會對他態度如此恭敬？

莫非這是一個局？？？

舒尋玉心念電轉。手中已緊緊握住自己的兵器「流蘇鉤」。是否應該就此退去，以待下次機會呢？但他深信自己的行藏絕不至於洩露，一時是戰是退委實難決！

魯秋道沉思半晌，深深吸了一口氣，緩緩問道：「你們可知我為什麼要說這些？」

劉魁此時對魯秋道已是佩服得五體投地：「魯兄請解小弟愚鈍！」

魯秋道將杯中美酒一飲而盡，悠然道：「琴、棋、書、畫。秦聆韻、齊生劫、舒尋玉、墨留白這四人無一不是殺手中的一代奇才，我一進此門見此後花園的佈局便可料想到其中必然會有他們當中的一個。與人對敵正如揮軍疆場——攻心為上，而我之所以說了這些話，便是要讓其在心驚之下自然露出破綻……」魯秋道突然仰面望向古樹中舒尋玉藏身的方向，眼中神光暴長，擲杯而喝：「此次痛失愛將，蟲大師定會有斷臂切膚之痛吧！」

話音未落，在劉魁的驚呼聲中，一道燦勝月華的鉤光從樹影中直向魯秋道襲來。

舒尋玉終於出手了。

魯秋道蓄勢已久，右掌在一片鉤光中準確無誤地拍在舒尋玉「流蘇鉤」離柄七寸之上，那正是鉤勢中最弱的地方。此刻的魯秋道眼中神光凜冽，氣勢澎湃，狀若天神，那有半分適才腳步虛浮不通武技的樣子。

舒尋玉但覺對方的掌勢全然封鎖了「流蘇鉤」的後著變化，一絲徹骨的寒意隨著碰觸到對方掌心的鉤身倒沖而上，不及細想，於本能中全身拔起五尺，騰空一個跟斗勉強落在樹梢頂端，急急運功與那絲遁入經脈中質地怪異的寒流相抗。

「嗆」的幾聲大響。衛仲華、葛沖和雷驚天方才各自抽出兵刃，而劉魁驚魂未定，訝然失措。

舒尋玉身體隨著樹枝的起伏在空中飄蕩著，緩緩調節著紊亂的內息。眼望樹下神情瀟灑恍若不可一世的平生僅見大敵，這才真正明白了這個一招之下便讓自己負傷的「魯秋道」到底是何人！

心頭震撼下，一口淤血湧上喉頭，和著一字一句噴湧而出：「水——知——寒！」

第二章　千萬人吾亦往

「歷鬼判官龍。南風北雪舞。方過一水寒。得拜將軍府。」

江湖傳言中這段話說的正是當今邪道的六大宗師級的人物：天下第一高手明將軍、長白名士雪紛飛、江西枉死城主歷輕笙、川東擒天堡龍判官、嶺南宗師風念鐘……而其中被稱為將軍府最後屏障的「一水寒」，便是面前這位冒充魯秋道的將軍府大總管——水知寒。

劉魁此時方才知道面前這位笑談間氣勢天成的「魯秋道」竟是將軍府中地位僅次於明將軍的大總管水知寒所扮，心中大震，雙膝一軟，若不是大敵當前，只怕就要跪下了，顫聲驚呼：「水總管！」

水知寒緊緊盯住樹梢上起落不休的舒尋玉：「自從蟲大師懸名於五味崖之上，將軍府便放出消息魯秋道將來遷州城。而我之所以化身魯大人，本意是想釣上一條蟲，不料卻釣到了一塊玉。」語氣轉為柔緩：「不知舒少俠可有意隨明將軍創業天下麼？」

舒尋玉心中暗歎，何曾想過這一次滿以為十拿九穩的刺殺竟然會惹出這麼一個大魔頭。要知水知寒不但身為威凌江湖的將軍府大總管，更是黑道六大高手中宗師級的人物，如今居然甘冒魯秋道之名引出蟲大師手下殺手的雷霆一擊，目標自然是直指蟲大師。且僅憑一招出手便認得出自己，實是有備而來，此回只怕是凶多吉少了……

剛才舒尋玉雖對魯秋道的身分有所懷疑，卻也絕想不到乃是水知寒親臨，加上蒼促間出手，只在一招間已被水知寒名震天下的寒浸掌所傷，內息中一股如冰如針的寒勁至今仍未能化去。他知道水知寒既然在進後花園前已然生疑，此刻外面必然已布下重重伏兵，加上將軍府幾位高手環伺左右，水知寒虎視，只恐想逃命也力有未及。心中暗驚，口中卻淡淡地道：「水總管已穩操勝券，卻還想招降舒某這敗軍之將，未必是惜才，只怕是另有用意吧！」

水知寒朗朗大笑：「將軍一向求賢若渴，何況真正的敵人是蟲大師，舒少俠若肯歸順將軍府，面前便是康莊大道。如若一意孤行，只怕就是玉石俱焚的結局，尚請三思而行。」

衛仲華、葛沖、雷驚天久經戰陣，各占要點，將舒尋玉藏身的大樹團團圍住。劉魁心中稍安，向著水知寒諂笑道：「呵呵，水總管智珠在握，『書中尋玉』若然抗命不從，怕不會俱焚，只能是『玉』碎了。」

「劉知縣還是噤聲吧。」水知寒聲音不怒而威：「舒少俠雖受我寒浸掌內傷，但蟲大師的琴棋書畫豈是尋常之輩，『書中尋玉』若是不計生死全力搏殺劉知縣，連我也未必保得住你……」

劉魁心中一寒，知道自己的武功在眾人面前實是不足一哂，當下囁嚅不語。

舒尋玉神智一凛，水知寒言語或褒或貶，神情忽明忽暗，其莫測高深的態度讓人無法捉摸得透，有此人為敵委實可怖！心頭忽現清明，水知寒既然全力保護魯秋道，那其人也必然離此不遠，眼睛視向那個隨水知寒進來卻一直不發一言的文士：「這位想來就是侍郎大人了。」將手中鉤身握緊，長笑一聲：「劉知縣但請放心，我就算捨命一擊，要殺的也只是魯秋道而不是你。」

「不錯，我便是魯秋道。」那中年文士抬頭一絲不讓地望著舒尋玉：「舒少俠若有把握不妨出手來殺我。」

要知魯秋道一介文士，雖有水知寒護著他，卻在刀劍叢中如此從容，連一向看不起他的衛仲華等人也不禁暗自佩服。

舒尋玉暗歎一聲，自己如今居高臨下，易守難攻，攜著帶傷反噬之勢才令對方不敢輕易再出殺招，是以水知寒才用言語擠兌自己貿然出手。但若真要捨命搏殺魯秋道，卻是沒有一點把握，心中已有了計較：「自古殺手均無情，水總管怎麼能認為可以收買我？」

水知寒原本對收服舒尋玉並不報希望，只是想生擒之，這才以言語挫其銳氣，如今聽得舒尋玉語意似乎略有轉機，心頭暗喜：「蟲大師座下的殺手自是不同，絕非尋常冷血嗜殺之輩，不知舒少俠這是第幾次殺人了？」

舒尋玉歎道：「唉，本來今日一戰功成後，我便已可出師了。」

水知寒一整面容，正色道：「人生在世，白駒過隙。我適才見少俠年紀雖輕，卻已是武功大成，假以時日，必將是一方不世之霸才，這才有了愛材之心，欲留一條生路，卻不知舒少俠意下如何？」

舒尋玉猶豫道：「敗軍之將，安敢言勇。舒某一介武士，實想不出有什麼可讓總管看重的地方。更何況我以前所伏殺之人，亦有明將軍的手下，你……能容我麼？」

水知寒微微一笑：「舒少俠過慮了，明將軍何等氣度，眼中就只有寥寥幾名大敵，只要舒少俠告知蟲大師的去向，待得蟲大師授首之後，是走是留我等絕不阻攔……」

衛仲華等人這才知道明將軍早已有了對付蟲大師的想法，一時都是心中大震。要知蟲大師在白道上聲名如日中天，形藏詭秘，武功更是絕高，即使與水知寒這樣的邪派宗師一對一恐也未必處在下風，將軍府此舉無異是一統江湖的宣言。

舒尋玉眼望東天，長吸一口氣：「水總管且給我一柱香的考慮時間。」

水知寒見其意動，料想一炷香即使舒尋玉治好內傷也絕對是插翅難飛，當下一口應承：「好，各位均退開五步，待舒少俠給我一個滿意的答覆。」眾人領命，均向後退開。

變故就在頃刻而起！

舒尋玉騰身一躍，在眾人將退未退之際凌空飛下，手中的「流蘇鉤」直取這一次的真正目標——魯秋道。

蟲大師並不僅僅是一個殺手，在他的信念中，暗殺只是用一種非常方式來行俠江湖。不求財不求利，唯求一展抱負。所以蟲大師總是教誨座下弟子不要以殺手自居，而是做一名出世江湖的俠客，最重要的不是名利而是道義。

而水知寒以為舒尋玉也像一般殺手貪生輕義，便是一個絕大的錯誤！

舒尋玉先以言語穩住水知寒，假意有投降之舉，然後趁對方輕忽之下一舉出手搏殺魯秋道，已是將生死置之度外的最後一擊，在他此刻的心中，已然渾忘了生命的安危，唯有一肩道義……

做一名殺手，重要的是目的而不是手段。

離魯秋道最近的是衛仲華。

驚變忽起，衛仲華長鞭已揚起直刺舒尋玉，身形亦下意識地上前一步擋在魯秋道的身前。

衛仲華的鞭乃是他的獨門兵器，鞭身全是倒鉤，鞭頭上有三寸長短的血刃，時軟時硬，運功時二丈長的軟鞭可纏可繞、可收可放，鞭尾護體，鞭頭擊穴，鞭身倒鉤可鎖拿對方兵刃，實是很霸道的外門兵器。此時鞭頭血刃直刺舒尋玉的小腹，還甩起幾個鞭花，伏下無數後招，衛仲華知道自己武功未必及得上舒尋玉，但料得只要阻滯對方一下，水知寒便會出手了。

卻不想舒尋玉面對長鞭根本不閃不避，他方才早已下定以死殉道的決心，知道若是被衛仲華纏住，馬上就會面對水知寒的寒浸掌，拚得任由三寸的刃鋒搠入小腹中，就在衛仲華一驚一愣的遲疑下，舒尋玉已用自己的身體箍住刺入小腹的軟鞭，「流蘇鉤」從衛仲華的喉邊一劃而過……

「怦」的一聲，衛仲華的屍身被舒尋玉一撞之下摔在魯秋道的身上，一人一屍滾作一團，「流蘇鉤」再泛光華，帶著一往無回的氣勢直取魯秋道。

魯秋道眼睜睜見鉤光閃來卻無力躲開，只得閉目待死。忽然一股大力從側面傳來，將他的身體橫向扯開二尺，那一道劃向咽喉的鉤光只在他肩頭上割開長逾半尺深達二寸的傷口，一時痛徹心腑，只覺下身一片潮濕，竟然已是失禁。

事變俄頃，水知寒反應極快，不及阻敵，先用一掌巧力拍開魯秋道，再全力一掌追向舒尋玉的後心。一向只有水知寒算計別人，這一回竟被舒尋玉三言兩語打動，幾乎讓其一擊功成，心中不由大怒，這一掌用了十二成的真力，狂勢驚人，直待觸得舒尋玉的後心，方才醒悟應該生擒為上，連忙收力……

舒尋玉功敗垂成，一股沁涼的掌氣向後心襲來，知道是水知寒出手，不閃不擋，反而借此掌力一衝而前，欺入迎面而來的葛沖懷裡……

葛沖功運掌心，雙掌直取舒尋玉的胸膛。卻那料到對方這種不顧死活的打法，一聲慘呼，左掌已被蕩起的鉤光圈走，右掌亦同時重重印在舒尋玉的胸膛上。

戰況瞬息即止，卻是慘烈非常。

舒尋玉連受數下要害上的重擊，心脈更被水知寒震斷，加上前胸的掌傷與小腹上血肉模糊的傷口，已是強弩之末，背靠大樹不住喘息；而水知寒帶來的三大高手一死一傷，魯秋道也是血染半身。

舒尋玉凜然望向水知寒，嘴角鮮血隨著話語狂湧而出：「水總管一意生擒收力不發，卻害得『白砂聖手』葛沖變成了『白砂獨手』。哈哈，不知水總管做何感想？」

水知寒面色陰沉，心中盛怒，白淨的面容猙獰乍現：「舒少俠命懸一線，果真好笑之極！」一踏前一步，只欲擒下舒尋玉好好折磨一番。

舒尋玉「流蘇鉤」橫在頸上，傲色滿面，淡淡笑道：「水總管敬請收步，不然我只好連幾句遺言也不給你留下了。」

水知寒應聲止步，他縱橫江湖數年，從未有過這般縛手縛腳。雖恨透了舒尋玉，但見其視死如歸的硬氣，卻也不禁佩服，深吸一口氣，讓心情平靜下來：「如此豪勇，最令水某心折，舒少俠的傷或許還有救，何況螻蟻尚且貪生……」

舒尋玉截斷水知寒的話：「我知道將軍府上還有歷鬼歷輕笙的子弟，最懂魔功，可以讓人在癡迷中說出心中之事，水總管不要再打這個念頭了，除非歷老鬼還有讓死人說話的本事。」

水知寒仰天長歎：「蟲大師有弟子如此，更是讓我等欲除之而後快，不然將軍府何能有一日之安眠！」

「你不懂，明將軍也不懂。尋玉投在蟲大師門下數年，只學到了一句話。」

「哦！願聞少俠將死之言。」

舒尋玉放聲鏗然道：「師父雖不以俠道自居，卻時時不忘教誨弟子為俠之道。尋玉技不如人命當該絕，卻仍知道什麼是『有所不為，有所必為』。」

水知寒默然半晌：「魔與道之爭，皆是沉陷本身的執迷堪破不透，何者為俠何者為魔，天下哪有定論！」見舒尋玉渾身浴血，仍是不卑不亢，心下也不禁惻然：「舒少俠為逞一時快意，大好前途就此斷送沙場，豈不令人扼腕歎息！」

舒尋玉朗聲大笑，嘴中更是殷紅一片：「雖千萬人吾亦往矣！」言罷手上鉤身發力，已然割破自己喉嚨……

蟲大師手下的一代殺手天驕「書中尋玉」舒尋玉，就此殞命！

靜。良久。夜更深。月掛中天。

眾人全被剛才的剎那間的驚心動魂所懾，更被舒尋玉視死如歸以身殉道的氣勢所撼，一時偌大的後花園中竟是鴉然無聲。

水知寒最先回過神來，轉身望向衛仲華的屍身，翻身跪倒：「衛師父一向是我敬重之人，傳令厚葬，並重金憮恤家人。待得取了蟲大師首級，水某當再來祭奠衛師父在天之靈。」誰人想得到堂堂將軍府大總管會對手下跪拜？撲通幾聲，其餘幾人全都慌忙拜倒在地。

「馬上去請最好的大夫，給葛兄好好治傷，水某以後還有多多借助的地方，葛兄也請受我一拜！」

葛沖強忍痛傷連稱不敢，心中卻實是感激涕零。

水知寒再指舒尋玉的屍身：「此人雖是冥頑不化，卻也是一條漢子，不得對其屍身有辱，好好葬了吧！」

水知寒一代梟雄，自有非常手段，幾句話便讓手下自此服膺，忠心不二。

劉魁領命，連忙叫來府兵，拿來藥物為眾人包紮傷口。

水知寒悵然沉思良久：「舒尋玉雖然寧死不屈，卻也讓我有了一條找到蟲大師的線索。」

魯秋道驚魂稍定：「水總管謀略果然驚世羨豔，卻不知計將安出？」

「舒尋玉的流蘇鉤乃是其獨門兵器，雷驚天你命人拿著此鉤交與『裂空幫』，其幫主夏天雷一向與蟲大師交好，必然將其歸於原主，我們暗中跟蹤，就可借此找到蟲大師了。」

裂空幫乃是江湖上白道第一大幫，幫主夏天雷更是隱為白道盟主，幾人聽到這些驚天動地的名字，俱是百感交集。

劉魁忍不住發話：「找到了蟲大師又能如何，其武功……咳！」

水知寒淡然道：「蟲大師嗜好茶道，常常以茶代水洗滌神兵利器，當年毒來無恙曾專門留下對付蟲大師的一種奇毒，名喚『龍井穿』，平時無異，卻遇茶化為劇毒。便把此毒塗在鉤上，讓蟲大師也嘗嘗我將軍府的茶道……」

曾被稱為「將軍之毒」的毒來無恙四年前便在蜀道劍閣死在魏公子手上，卻早早預留下破解蟲大師的絕毒。眾人這才知道明將軍早就有了對付蟲大師的念頭。

雷驚天試探地問道：「蟲大師交遊甚廣，識得各路奇人異士，只憑用毒恐怕還制不住他……」

魯秋道也小心說道：「何況『裂空幫』一向與將軍府交惡，應該如何追蹤流蘇鉤的下落？還望總管開我茅塞。」

「裂空幫中怎麼會沒有將軍府的暗探？」水知寒眼射奇光，傲然大笑：「道高一尺，魔高一丈。蟲大師既然可以派殺手行刺，我就偏偏以彼之道還彼之身，讓我們看看誰才是江湖上的第一殺手……」

眾人心頭齊齊一慄，一個可怕的名字不約而同地在唇邊欲吐還留。

那，就是明將軍手下最犀利殺人組織「星星漫天」的師父；就是近百年來武林中最恐怖詭秘的一道夢魘；就是江湖上談之色變的一符詛咒；就是將軍手下最神秘莫測最勾留無痕的超級武器……

他，就是與蟲大師齊名的黑道殺手之王——鬼失驚！

第三章　殺人之不二法門

九宮山腰，樹影青翠，和風襲人。

一瀑飛流直下，水花四濺，水聲隆隆。間中卻仍隱有一線琴音婀婀傳來，和著草香水汽，正是一卷如畫仙境。

二人安坐於瀑邊亭台，悠閒品茗，紋枰對弈。要知下棋最重靜心，這二人竟然對如雷般的水聲充耳不聞，這份定力著實令人吃驚。

棋局正值緊烈處，左首一人乃是一白眉老僧，面色凝重，手中拈著一枚白子，卻在沉吟間遲遲不落。

右首邊是一位四十餘歲的藍衫漢子，面若古銅，一臉滄桑之氣，雖是專注於棋局，眉眼顧盼間卻是豪氣迫人：「大師此子一下，只怕便是黑方疲於奔命之勢，為何遲遲不落在盤上，可是要放我一條生路嗎？」他雖是無意間輕言相詢，語音卻是直透過水聲朗朗傳來，顯是內功精湛。

白眉老僧驀然抬頭，眼望山間白雲深處：「只因我感覺到今日必然要敗的人是我！」

藍衫人聳然動容：「六語大師每天只說六句話，第一句便是如此驚人麼？」

那白眉老僧乃是華山掌門無語大師的師兄六語，一向行蹤無定，雲遊天下。無語大師練成閉口禪，幾十年來不發一言；六語卻是修習「苦口婆心」大法，雖不比乃師弟的終日不語，卻亦是惜字如金，號稱每日最多只說六句話，是以法名六語。

聽藍衫人如此發問，六語笑而不答，舉袖拂亂棋盤，拱手端茶，一飲而盡。

藍衫人若有所思，喃喃念道：「將敗未敗，正是置之死地之時，黑方未必沒有反撲之妙著，大師竟然自信的不給我扳平機會麼？」

「施主太過執迷勝負，跳出棋局方為豁達人生。」

「我只不過欲做那棋局點睛之手，妙手雖是偶得，卻是一步步走出來的，實不願中途半端，只得繼續執迷了！」

六語咄然大喝，山谷回聲：「世間執迷之人何其之多，贏了勝負卻輸了人生！」

藍衫漢子掌按棋盤，已紛亂的黑白子竟然一分為黑白兩堆，界限分明。他卻是神色不改，仰天長笑道：「大師之言似實還虛，似拙實巧。今日攜茶上山，得聞大師手談諍語，蟲某不悔矣！」

原來這藍衫人正是名動天下的白道第一殺手蟲大師，他向來狂放不羈、驚世絕才，一生浸淫武、棋、茶三道，偶逢六語大師，二人雖是僧俗兩道，卻是以棋會友，結成莫逆。

數年前明將軍征民大修將軍府中嘯月宮，勞命傷財。華山掌門無語大師為民請願，自破修習多年的閉口禪功，直諫當今聖上，卻是惹怒了明將軍，華山派自知不敵將軍府的勢力，為避免不必要的刀兵，諸多門人零星分散於各地，無語大師雲遊天下，六語大師亦退隱九宮山。

蟲大師愛棋成癖，卻是對手難逢，好不容易得知了六語大師的下落，這才來九宮山先以親手所烹之茶請動六語，方尋得與六語弈棋的機會，卻不料冥思苦慮之際六語拂亂棋盤，雖是隱隱棋差一著，卻是不能盡興；聞得六語禪語，心中隱有所悟，知道在這位得道高僧的眼中自己殺氣太重，已是與紋枰論道之舉大相徑庭……

但蟲大師乃生性灑脫之士，拿得起放得下，心中回想適才盤上的奇著妙手，先給六語斟滿茶杯，一時茶香四溢：「得聞教誨，蟲先敬大師一杯。」

恰恰一陣山風吹過，那絲琴音似是隨風轉向高亢，若隱若現……

六語端杯淺嘗，擲杯於案，眼望山路來處，微笑不語，恍如洞悉了天機。

山道間急速行來一道人影。

蟲大師對著山路上緩緩傳聲發話。「來者何人？」

一位頭紮紅巾的青年匆匆行來，手提一長形木盒，對著蟲大師低首施禮：「裂空幫沉香堂堂主周令方，奉家師夏天雷之命拜見蟲大俠與六語大師。」

蟲大師見周令方行色倉皇，滿面風塵，以一堂之主的身分前來，心知必是發生了大事：「周少俠免禮，有話便直說吧！」

六語突然揚聲說出了今天的第四句話：「老衲突然聞到了一絲血腥味。」

蟲大師轉頭看向六語，他知道六語身處佛門，修習明慧功，最有靈覺，如此一說必是察覺到了什麼。心中突然也湧起一種怪異的念頭，分明感覺到有人在旁窺視，他身為白道第一殺手，本就對這種潛伏匿蹤最是拿手，此時凝神細察，偏偏除了身邊幾人卻沒有一點其餘異象，心頭不禁有些迷惑。

周令方放下手提的木盒，緩緩打開，赫然露出舒尋玉的「流蘇鉤」！

蟲大師全身一震，臉色一變：「尋玉莫非有了不測嗎？」周令方黯然點頭。

琴音突然暗啞，「錚」的一聲，竟是斷了一根弦，然後寂然無聲。

蟲大師刹那間虎目蘊淚，一把抓起流蘇鉤，看了良久，面容這才重回復至古井不波，長吸一口氣，沉聲道：「韻兒，心可亂卻絕不可形諸於色！」

琴聲再起，如泣如怨，直透人心。

周令方沉聲道：「舒師兄在遷州城遇難，將軍府衛仲華身死，葛沖斷腕，魯秋道毫髮無傷，參與其事的還有雷驚天與知縣劉魁，詳情尚在暗中查訪。」

蟲大師仰望天空一朵白雲，悲歎道：「尋玉處事老成，絕不至於一擊出手還傷不了魯秋道，莫非是有人洩露了他的行藏？」

琴聲戛然而止，一絲清越的聲音傳來：「聆韻請命為舒師兄報仇！」

周令方這才知道這捉摸不到來路的琴聲竟然是蟲大師手下大弟子「琴中聆韻」秦聆韻所彈，卻是不解何故反叫排名第三的舒尋玉為師兄。他不敢發問，靜立一旁待蟲大師發話。

蟲大師手撫流蘇鉤：「好！韻兒第一次出手，為師只有九個字的忠告：做殺手，切忌心浮氣燥！」

琴聲再起，如清泉石上橫流，再無一絲阻滯。終越來越遠，再不可聞。

周令方眼見蟲大師處變不驚，秦聆韻領命遠去，再躬身施禮：「家師有令，裂空幫沉香堂上下謹從大師派遣。」

蟲大師一揮手：「多謝賢侄，你先退下吧！」

周令方道：「家師還有一句話讓晚輩轉告。」

「什麼話？」

「敵人故意送還舒師兄的遺物，此鉤上似有蹊蹺。」

「哦！」蟲大師細看流蘇鉤，果然見其上似乎塗有一層灰撲撲的什麼物質，難現舊日光華。

周令方續道：「此鉤上不知塗有什麼，用水難化，幫主請大師務必小心，莫要中了敵人的詭計。」

六語再說出今天的第五句話：「周少俠額汗未消指尖泛青，可是才與人動手嗎？」

蟲大師心中一凜，方才得知弟子噩耗，心神不屬，如今果聽周令方心律過速，內氣虛浮，沉聲問道：「可是有人跟蹤你？」

周令方深吸一口氣：「入山前正碰見一蒙面之人，交手後其負傷而逃，不知道是什麼來路。」看著石桌上的茶具：「晚輩實在口渴，請大師賜茶。」

蟲大師見周令方神情間不驚不喜，一點不為適才劇鬥所自譽，心中歡喜他的耿直，大笑道：「哈哈，我棋力比不上六語，唯有以茶來掩其口了。周少俠不必客氣，此茶名喚『風流』，乃我乾焙三年方始培育出的好茶，但飲不妨。」

周令方端杯謝過，一飲而盡。眼望蟲大師，欲語又止。

蟲大師察其神色：「少俠還有什麼話？」

周令方含混道：「我可再看一下舒師兄的兵器嗎？」

蟲大師依言遞上流蘇鉤。在這一剎，心中忽又泛起被人窺視的感覺，隨即一股殺氣明明白白地從側面傳來，大驚之下，功運全身。

能將殺氣收放自如直到出手時方才盡顯的，這天下能有幾人？

這邊周令方手執流蘇鉤的一端，突然大喝一聲：「此茶有毒！」言罷一口茶盡皆噴出，卻是朝著蟲大師與他二人手中握著的流蘇鉤上，蟲大師不妨有此，那口茶大半全吐在鉤上……

熱茶遇到流蘇鉤上那層灰色物質，「嗤」地一聲就像是枯炭遇到了火星般冒起一股青煙，蟲大師但覺握鉤的右手一炙，似被針尖刺了一下，又似被什麼毒蟲噬了一口。

周令方左手在噴茶於鉤的一剎已然放開，右手從袖中揚出，一道橙光閃出，直襲蟲大師的面門，身體已向後疾退……

與此同時，轟然一聲大震，左邊瀑布中分而開，水花四散，一道迅快至極的黑影攜著漫天的水花沖向蟲大師，人尚在空中，已聞得水珠破空聲不絕入耳，和著捲起的水浪，氣勢委實驚人。

這是一個絕殺之局。出手的正是鬼失驚和他座下「星星漫天」中赤橙黃綠青藍紫「橙日」第一首席殺手房日兔。目標當然就是被譽白道上的第一殺手蟲大師。

這是一個精妙的局。真正的周令方入九宮山時被房日兔一擊伏殺，再假扮周令方上山。先是自承「流蘇鉤」上的蹊蹺，再毫不掩飾適前與人動手，令蟲大師與六語的疑心盡去。

而鬼失驚則早早預先藏身於瀑布下，憑著黑道殺手之王過人的機敏與匪夷的藏匿，加上瀑布隆隆的水聲，竟然瞞過了蟲大師的感應與六語的靈覺……

鬼失驚的武器就是他的手。他的手上戴著一雙透明無色的手套，名叫「雲絲」。這副手套是一種北國名喚「雲絲貂」的小動物的毛皮所織就，刀槍不入，百毒不侵，輕軟猶若無物。

雖然鬼失驚與蟲大師齊名殺手之王，但是他清楚的知道自己在別人的心目中永遠趕不上蟲大師，江湖上對蟲大師的態度是敬服，而對他則是畏懼……

這一點讓他覺得很不公平，滿腔的恨意都化為此刻的全力出手，他要讓蟲大師在江湖上永遠的消失，殺手之王只能有一個……

所以鬼失驚這一刻的出手，已是用盡平生絕學：沒有任何變化，沒有任何虛晃與誘敵之招，只有快，只有急，只有閃電，只有風暴……他要讓自己這一雙手緊緊掐住蟲大師的心臟。

蟲大師雜學頗多，連手下弟子亦是以琴棋書畫而為名。武功純走精神一道，而此前驚聞舒尋玉的死訊，已不知不覺中大打折扣，而塗於流蘇鉤上的正是將軍之毒所留下的「龍井穿」，遇茶化毒，一眨眼間已滲入蟲大師的肌膚。如今前有房日兔的歹毒暗器橙星，側有鬼失驚按捺良久突然爆發的殺著……

這個局如何能破？

最先發現危機的人是六語大師。六語大師從小便對周圍的環境有一種超然的異能，據說那就是佛門的靈悟。在修習「苦口婆心」大法後，他的靈覺有了前所未有的改觀，甚至常常可以預知到一些連他也不明所以的變化……在鬼失驚驀然發難前的一剎，六語大師腦海中清清楚楚地把握到了所有的來龍去脈，瞬息間預知了鬼失驚出手的方位。心念電轉，胸中驀然泛起一種悲天憫人之情，不及多想，橫身擋在蟲大師的身側，竟是以血肉之軀硬攔了鬼失驚的這一記令天地變色、日月黯然的狂暴一擊。

「鬼……失……驚！」六語大師終於發出了今天的第六句話。

血雨漫天，六語大師的胸竟然被鬼失驚一拳洞穿！

一切彷彿都慢了下來，天地間的變化彷彿在這一剎那間忽然做了一次停止。六語大師的每一個字都深、深、深、深地嵌刻入鬼失驚的腦海中。鬼失驚眼睜睜地看著六語大師突然擋在蟲大師的面前，自己的手慢慢地滑入他的胸膛，然後——破體、發力、爆炸……

一切變化快如電光火石，可是在鬼失驚的思想裡卻偏偏慢得猶若有幾個世紀般的漫長。

他在恍惚，他在迷惑，他在交手短短的幾個呼吸間渾若經歷了幾生幾世，腦子裡閃過以往無數次殺人的片段，自己是兇手，自己也是被殺者，所有前生往世的記憶好像在一剎間統統湧入，他的身體在飄忽、在翻騰、在遊走、在爆發……

一種罪惡感滔天地淹沒了鬼失驚，在擊殺六語大師的同時，這個百年來殺手道上最可怖的鬼失驚竟然迷失在六語大師的第六句，亦是人生的最後一句話中……好一個佛門的「苦口婆心」大法。

蟲大師察覺突如其來的危機時，已是來不及應付側面鬼失驚疾若閃電的攻擊，當機立斷，左手一揚，一道黑光從袖中破出。

千鈞一髮危在旦夕的剎那間，蟲大師手腕仿似做了無數次奇妙的變化，先卸力回收再輕輕抖動……房日兔那道迅快無比的橙星在蟲大師神鬼莫測的手法中漸已化去剛力，似被什麼看不見的水草纏住般奇蹟似的緩了下來，然後在空中一滯，改變方向吸附在蟲大師手中的黑光上，煞是奇詭。

黑光再盛，已罩住房日兔退開的身影，房日兔不及驚呼、變招、閃避、招架，那道橙星已然倒射回來，端端正正地印在他的額上……

好一個蟲大師！置身側的偷襲於不顧，一招間便全力格殺了這個化名周令方「星星漫天」中橙日的第一殺手房日兔。

四條人影乍合又分。二人倒下，二人分開。

互……望。蟲大師與鬼失驚相隔八尺，手中那把黑黝黝似鐵非鐵的奇形兵刃遙指對方。對……峙。石桌上的棋盤棋子都震顫起來，情形詭異至極。

鬼失驚緊緊盯著蟲大師手中短棒一樣的兵器，嘿嘿一笑：「好一把『量天尺』，蟲兄不妨量量到地獄還有幾步路要走。」他雖是做了一個笑的表情，語氣中卻是冰冷不帶一絲笑意，語音鏗鏘，如金鐵相擊，令人聞之心中厭煩欲嘔。

「量天尺」正是蟲大師的兵器，乃是採玄鐵所製，由於玄鐵本身對鐵製金屬含有吸力，正是破天下暗器的最佳兵刃。是以剛才房日兔七分鐵三分金的橙星也被其所破。此時蟲大師但覺右手發麻，強力運功竟然還是提不起一絲勁力，心頭暗驚。轉眼卻見摯友六語大師為救自己橫屍在地，湧起萬千鬥志，明知以此時的狀態面對這個與自己齊名的殺手勝面太少，卻也是顧不得許多。冷冷看著鬼失驚，暗中集氣，不發一語。

那邊鬼失驚卻也是暗暗叫苦，剛才雖是一招擊殺六語大師，但給其「苦口婆心」大法當面一喝，身體上儘管毫髮無傷，卻是殺氣全消，反而湧上一種不戰而退的怯意，加上蟲大師擊斃房日兔，宛若無事，他也不知毒來無恙的「龍井穿」能有多大效果，不由暗萌退意。

要知鬼失驚出道以來，從來都是藏於暗處，一擊斃敵後全身而退，幾乎從沒有人親眼見過他的出手，此時卻破天荒地面對擺下決戰姿態的蟲大師，心中著實有點慌亂了。

蟲大師只見眼前這位最可怕的敵人眉目間一股煞氣，最惹眼的就是眉心正中一顆黑痣。他對各項雜學涉獵頗多，心知這種面相的人最是心狠手辣，為求目的不計手段。如今對方雖有怯意但自己右臂如廢，這一戰已是凶多吉少，隱隱按下起伏的心境，想起剛才叮囑秦聆韻的六個字——切忌心浮氣燥！

君子報仇十年不晚。蟲大師強按悲痛，暗中已盤算著如何脫身。

數百年來黑白兩道最傑出的兩大殺手的第一次相遇，竟然會是這樣一個不求有功、但求無過的驚險微妙之局！

「蟲某一向不為別人所動，雖千萬人指責鬼失驚的不是，我卻始終覺得你身為百年來最強橫的殺手，別出蹊徑，在武學上實有過人之處，只是一念之差投奔將軍府，未必便是天性邪惡之徒。」蟲大師眼射寒芒：「六語大師是我知交，卻因我而死，你我之間恐怕也只能有一個人活下來了！」

鬼失驚苦笑一聲：「蟲兄息怒，我受命於身亦是不得已為之。」

「明將軍權利心過重，雖報治國之志，但做法卻是人皆唾之……」

「蟲兄且勿多言，明將軍對我有情有義，鬼失驚自小天地不容，只願報知遇之恩！」

「我一直認為做一名殺手，亦應有道！」

「別對我說什麼大道理！」鬼失驚輕輕念道：「能殺人不為人殺的就是好殺手！這就是殺手殺人的不二法門！」言罷已然出手。

適才蟲大師正容相斥鬼失驚，實是戰略上奇妙的一招，正是要讓鬼失驚覺得自己失道寡助，氣勢方能彼消此長。鬼失驚怎能不知這個道理，所以終於強行出手。

鬼失驚左掌護胸，右掌擊向蟲大師的前胸，蟲大師巍然不動。

待到掌近三尺，鬼失驚一聲長嘯，護胸左掌突然加快擊向對方面門，右掌則吞吐不定，罩住蟲大師的量天尺。

這一招純粹以速度和氣勢取勝，左掌方才抬起，掌力已若怒濤拍岸般洶湧而來，而右掌卻是以卸勁為主，帶著一股黏力，務令蟲大師的量天尺不能及時回防。周圍的空氣都似在攪動，就若生成了一個要將所有物質吸進去的大漩渦，鬼失驚疾速而至的身形帶起瀑布前的水汽，他就似是一個迷濛霧靄中忽然現身撲擊的天魔，鬚髮皆張，揚眉齜目，令人見之驚心動魄，呼吸亦會困難，更不要說是出手迎敵。

一股慘烈之氣瀰漫全場，這一掌之威，竟是如此驚人。

這——就是鬼失驚的武功。沉雄中見輕逸，虛變中見狠毒。

而蟲大師，冷然注視鬼失驚越來越近的全力一擊，巍然不動。突然大喝一聲，往左微側身形，向前猛跨一步，竟然用右肩去硬接鬼失驚這驚天動地的一掌。

蟲大師這一步跨得極為突兀，且是大有深意，正是在鬼失驚掌力快要迫身將變未變之際，驀然縮短了二人的距離。這一步雖是讓鬼失驚的無數後著再也使不出來，但在局外人的眼中，分明就是蟲大師用身體去迎向鬼失驚的掌力，幾乎與送死無異。

「怦」的一聲大震，在鬼失驚重重的一掌全然承落在蟲大師的右肩上……

鬼失驚做夢也沒有想到蟲大師竟然用血肉之軀來擋他這一招，他一直防備的是蟲大師左手的量天尺，卻不料這一刻蟲大師竟然用已廢的右臂當武器，趁他掌力觸身稍一遲滯的時間，黑光暴漲，量天尺終於出手，直刺鬼失驚的咽喉……

這一尺無論從時機、輕重、快慢、角度上都是拿捏得精準無匹，鬼失驚變招不及，只是一直罩住量天尺的右掌仍能及時曲指彈出，正正彈在量天尺上，原本刺向鬼失驚咽喉的量天尺亦是一震，堪堪改變方向，刺入鬼失驚的左肩……

蟲大師被鬼失驚掌力震起，斜斜投入瀑布中，半空中一口鮮血噴出，和著瀑布的氤氳水汽，宛若下了一場血紅的雨……一道紅線在水潭中迅快遠去。

而鬼失驚的右肩亦被量天尺洞穿，痛徹心肺……

一個照面，勝負已決。兩大殺手，兩敗俱傷。

鬼失驚凝立瀑布前，也不包紮傷口，惘然不語。這麼精心的佈局，畢竟還是被蟲大師逃了。

他唯一的誤算，就是六語為蟲大師不計生死地硬擋了他蓄勢良久的一招絕殺。他唯一的失策，就是他對敵時算好了一切的天時、地利、武功、經驗……卻忘了還有……人性。那份忘情赴義的氣吞山河，那份捨身取義的豪俠血性！

他確信蟲大師身中毒來無恙的「龍井穿」，再加上自己那一掌，至少三個月中絕不能再與人動手，可是直到適才蟲大師命懸一線，也沒有使出他最可怕的武器：那個讓將軍深忌的「竊魂之影」！

鬼失驚陷入深深的沉思中：蟲大師的影子，到底是什麼？

第四章 十一席位、二個骰子、一聲笑

秋天。美麗而善感的季節。

最令人寂寞的是秋天的黃昏。就像是一把劍，沒有了光芒，沒有了生命，然後在暗啞中等待黑夜的來臨。

最令人惆悵的是秋天的落葉。就像是一個攀登過頂峰的劍客，在無敵於天下後惘然折下的一段劍鋒，然後在落寞中等待冬日的死寂。

而就在這個晚秋的黃昏，余收言帶著他的劍踏著滿地的落葉慢慢走入了遷州城。

一陣輕風吹來，劍光一閃，飛舞的黃葉中卻赫然有一片血紅的樹葉被穿在了劍上，余收言摘下那片葉子，收劍入鞘，喃喃道：「漫天落葉中，這是唯一的一片紅了。」想了想，笑了笑，把那片葉子別在衣領上，神情卻活像別了一顆鑽石。

「兄台滿面風塵，何不坐下共飲一杯？」一間小酒店邊坐著的一位白衫人突然發話。

余收言一笑：「我最喜人請客，卻又最怕喝酒，這應該如何是好？」

那位白衫人年約二十七八，雖是坐在一間破舊的酒肆邊，卻渾不在意，一身白衣仍是一塵不染，仿若勝雪：「兄台劍非凡品，劍法更是難得一見，卻只刺下一片樹葉，實在是可惜！」

「可惜？」余收言一哂：「在我想來，凡塵間的萬物生靈無論大小高低，均是值得我尊重。而再好的劍卻也只不過是一塊頑鐵，縱非凡品，在我眼裡卻仍及不上一片樹葉的高貴。」

白衫人眼中一亮，若有所思：「兄台出語不凡，花濺淚可有緣相識麼？」

「花濺淚！」余收言仰天長笑：「好名字，卻是淒婉了些。」

花濺淚亦是一笑：「家父自命風流天下，卻害得我的名字也沾染了憐香之氣。」

余收言細細打量花濺淚：「我看花兄品貌亦是個風流人物，卻不知來此遷州小城有何貴幹？」

「江南三大名妓之臨雲小姐忽來此地，花某只想再睹其婉約容顏。」

「哦！久聞臨雲小姐琴動天下，豔播四方，奈何身無寸金，你若想請我喝酒，還不若請我去品茶觀美。」

花濺淚以掌拍桌：「好！我與兄台一見投緣，區區小事自當盡力。只是如今時辰尚早，看你一身客塵，何妨先讓小弟做個東道，暢談一番？」

余收言挺胸，朗然道：「我叫余收言，你可知道家父為什麼給我起這個名字麼？」

「不知有何解釋？」

「哈哈，就是怕我言多有失呀！」余收言長笑中遠去：「所以現在可不能讓花兄看穿我的底細，我這便先去臨雲小姐所處的酒樓中大吃一頓，過一會花兄可別忘了帶金來贖我啊……」

花濺淚望著余收言漸去的身影，嘴上輕輕念著這個在江湖上非常陌生的名字，面上泛起一絲笑意，對著余收言的背影傳聲喊道：「要找臨雲小姐，你就先去找『甯公主』吧……」

晚風中，一面飛揚的藍色旗上正書三個鮮紅的大字——甯公主。

余收言差點便笑出聲來。原來「甯公主」並不是人，只不過是遷州小城中最大一間花樓的名字。

雖還是黃昏時分：「甯公主」中已是燈光明亮，笙歌漸起。此處看起來本不起眼，如今卻因江南名妓臨雲小姐的到來而門庭若市。

余收言整整衣襟，大步走去。

「你站住！」余收言一身破舊，竟是被以貌取人的看門小廝攔在樓外。小廝斜睨余收言靴子上的一個大洞：「今日不比往常，臨雲小姐芳駕初臨，你也想一睹芳容？今天席上可都是有來頭的人物，你就別來出醜了。」

余收言也不動氣，笑嘻嘻地道：「我乃知縣劉大人的貴賓，你敢攔我？」

小廝半信半疑，卻仍是不讓余收言進去。

「哈，這位小兄弟是誰？劉大人你可認得嗎？」

余收言抬頭看去，發話之人三縷長髯，神情鎮定，正是微服來此化名魯秋道的水知寒。堂堂知縣劉魁和包紮著手腕的葛沖、手持劍柄的雷驚天以及真正的魯秋道都緊隨其後。

劉魁大喝：「咄，何來冥頑村民，敢冒充我劉魁的貴賓！」

余收言面不改色，仍是一副笑嘻嘻無所謂的樣子，先對水知寒一拱手：「這位可就是魯大人吧？晚輩余收言這廂有禮了。」

水知寒眼望余收言，心中暗地揣忖：魯秋道來此地的消息雖被將軍府暗暗傳播出去，但江湖上所知之人卻實在不多，這個貌不驚人滿臉不在乎的年輕人卻是從何而知？口中平常道：「余小弟不必多禮，你可知冒充劉知縣的貴客、藐視朝廷命官是何罪名嗎？」

余收言赧然拱手：「魯大人文采斐然，倜儻風流，小弟不才，效顰大人說什麼也要見見芳播天下的臨雲小姐，一時只好口不擇言，尚請諒解一二。」

水知寒面上不動神色，微一頷首：「余小弟既是同道中人，這便先請！」

余收言哈哈笑了一聲：「魯大人如此容人之量，小弟已是心中有數了。」也不客氣，當先邁入「甯公主」中。

劉魁等人面面相覷，但見水知寒不表態，也不敢作聲，一併進入樓中。

大廳中已擺下一圈十一個雙人席位，除了余收言外，另有二人各據一席，看起來是遷州城的大商賈，見劉魁到來連忙一一起身施禮。劉魁大致介紹了眾人，毫不掩飾水知寒化名為魯秋道的身分，而那真正的魯秋道則化名左清。

余收言隨便坐在一席中，狼吞虎嚥，據案大嚼，眾人都不禁微微皺眉。

余收言抬頭笑道：「呵呵，小弟一路疲乏，不吃點東西一會見了臨雲小姐出乖露醜不要緊，卻怕是連累了各位的雅興。」

水知寒放聲大笑：「余小弟言語有趣，做事不拘，我欣賞你！不過，余小弟如此人物來遷州小城想必不僅僅是為了看一眼江南名妓吧！」眼中隱露殺機。

余收言手也不擦，遙向水知寒一拱手：「小弟的來意魯大人隔一會兒便知。好在此次『甯公主』之行是有人請客的，不勞大人破費了。」言罷又是專心對付桌上的點心水果。

一位看起來三十出頭風韻甚佳的女子翩翩行來，她身材嬌小卻健美，蓮步輕移，彷彿全身都充滿著彈性，未見人到先聞一陣輕笑聲：「各位大人光臨，賤妾有失遠迎，只是希望臨雲姑娘走後也常來賞面呀！」

劉魁哈哈大笑：「只要甯公主你一日尚在，我是無論如何要來的。」

「劉大人說笑了，甯詩舞人老珠黃那入得了大人的眼。」

「誰不知詩舞是遷州府的第一美人，來來來，今日給你介紹一下朝中的第一才子魯大人。」

原來此女正是此花樓的大老闆甯詩舞，以樓為名，外人便以甯公主名之。一時劉魁忙著介紹眾人相識，甯詩舞看來倒是久經大場面，應付自如。

寒喧過後，甯詩舞的眼光卻飄上了誰也不識的余收言：「這位公子不知是什麼來路，可有熟識的姑娘嗎？」

余收言拱手道：「在下余收言，今日才來遷州城，只是因為有個朋友請我來此一睹臨雲小姐的風姿，不料還未見佳人卻先見了公主芳容，已是不虛此行。若不是等人付帳，這便轉身走了。」

宵詩舞咯咯輕笑：「還未見到臨雲小姐，余公子如何便要走？」

余收言吃下桌上最後一塊點心，滿意地打個飽嗝，悠然道：「宵公主已讓我驚為天人，委實難信臨雲小姐還能姿容尤勝……」

宵詩舞含笑尚未答話，水知寒已是鼓掌大笑：「余小弟此言一出，我等自命風流的老朽都該退休了。」

余收言轉身凝望水知寒毫無做作的笑臉，想到其絕不容人的惡名在外，心中暗訝：「久聞魯公文采風流，晚輩實是班門弄斧了。」

宵詩舞嬌笑道：「今日借了臨雲小姐的面子，請到這麼多精彩的人物，賤妾有個問題想要請教各位。」

端坐一旁原本不發一言的左清笑道：「宵公主有何不解之事但請明講，在座諸位恐怕無不以可答美人的疑問為榮吧！」但見水知寒眼神一凜，才想起自己此時身分是劉魁的幕僚，本不應在此場合搶先發言，尷尬一笑。

余收言察言觀色，心中已有了一絲明白。

宵詩舞美目望定諸人：「此廳間席位共是十一席，各位可知是什麼緣故嗎？」眾人這才發現果然如此，要知大凡宴客席位都是雙數，此間佈置倒真是有些蹊蹺，紛紛凝思不語。

余收言大笑：「在我看來，大凡美麗聰慧的女子，便如天邊流雲，其思想似若鳥跡魚落，天馬行空，豈是我等粗魯男人能懂？此處佈置想必是和臨雲小姐有關了，只是其中神秘之處還請寧姑娘講說。」

一聲輕咳，一種似不帶半點煙火氣的聲音幽幽響起：「天下男人若是都如余公子般懂得女孩子的心意，才真是做女子最大的福氣……」

隨著眾人的眼光，一位藍服女子亭亭立於廳外。只見她，眼光若離若即，眉間似蹙似愁，嘴角沾笑非笑，語音如怨如歌……大家心中齊齊一震，都知道來的正是江南三大名妓之臨雲姑娘了。旁邊還站了一位水綠色裝十七八歲的小婢，也是十分清秀可人。

窗外。暮色已濃。玉兔東升。好一個秋月斜照的晚上。

甯詩舞攬住臨雲的香肩：「姑娘怎麼這麼早出來了？」

臨雲對水知寒盈盈一福：「我行遍名山秀水，便是為了一睹天下英雄的風采，今日聽說魯先生大駕光臨，臨雲心實喜之，故特意早來相迎。」

水知寒遙遙拱手：「秋道一介文人，何敢以英雄二字稱呼。」

臨雲輕輕一笑：「我生來只喜彈琴弄文，對男人的打打殺殺實在厭倦。別人都認為英雄是劍嘯江湖的人物，而對我來說，英雄二字卻是另有含意的。」

水知寒雖是化名魯秋道，對此風月場所的言詞卻委實不太精通，連忙轉換話題：「這十一席位可是按臨雲姑娘的意思擺成的嗎？卻不知有何用意？」

余收言眼見左清一雙眼睛盯緊了臨雲，口中喃喃有詞，一副想說話卻忌憚的樣子，心中對此人的身分再無懷疑。

「清兒，你來說吧！」臨雲淡淡道。

那身著綠裝的小婢道：「姑娘對天下人從來是一視同仁，每次赴席最多只請十一位，而姑娘所陪何人之席卻是由我來選。」眾人聞言大奇，聽了剛才臨雲的一席話，俱以為她應是陪著魯秋道共席，卻不知原來是另有安排。在場的諸位不禁都躍躍欲試，靜待那小婢清兒的下文。

清兒拿出二個玉骰子，指著身前一空席道：「此為第二席，由左手起依次數下，我這兩個骰子擲到幾，姑娘便是陪誰了。」

大家這才恍然，大感有趣，水知寒大笑：「不知擲到空席怎麼算？」

清兒撇撇小嘴：「那當然便是姑娘獨坐了。」

甯詩舞道：「此刻只有八人在座，尚有三席是空的，姑娘不再等等嗎？」

臨雲淡淡道：「小小遷州城能有幾位英雄，人數已夠了，清兒擲骰吧！」

清兒應了一聲，揚手先往桌上一玉盤中擲下一骰，骰子轉了數下，停下來卻是一個四點。

由於兩個骰子最小便是二點，共有十一種變化，是以第一個的空席位便算是第二席，按眾人的坐位依次累計。而第一個骰子既然擲的是四，第三四席的二位商人與第十一十二席的葛沖與雷驚天不免齊齊歎了一聲。

余收言坐在第六席，兩邊五七席都是空的，第八席是劉魁，第九席是冒充魯秋道的水知寒，第十席是化名左清的魯秋道，第一個骰子擲下，便只有這幾人有希望與臨雲共席了。

清兒朗聲道：「第一個點子是四。」言罷第二個骰子便已擲出。

骰子在盤中亂轉，眼見已要停下，眾人屏息以待。

「且慢，我來占個便宜，便坐在第七席吧。」一道人影由廳外一閃而入，眾人眼前一花，卻見一白衣青年已端坐在第七席上，正是余收言入城時見到的那位花濺淚。

那盤中本要停下的骰子卻突然再加速轉了起來。眾人一呆，才發現花濺淚撮唇吐氣，氣凝一線，正在以一口真氣遙控骰子。

數人全是大驚，此等凝氣成型的功夫雖然有所聽聞，但何嘗親見。而且花濺淚面色如常，毫不費力地使出來，在座諸人除了水知寒外無一人可有此修為，而水知寒卻苦於不能示人以武功，眼見骰子轉速漸緩，想來必是一個三點……

莫非今日臨雲便要與此不速之客同席了?!

廳中只有余收言與水知寒神態自若，其他眾人已是色變，花濺淚如此霸道分明是不放任何人在眼裡了。

余收言忽然放聲大笑，聲震四壁：「哈哈，花兄你可終於來了，小弟正愁無人付帳呢！」骰子因余收言的聲音突然一震，終於停了下來，乃是一個一點。

眾人齊齊噓了一聲，看來臨雲只得坐在無人的第五席上了。

余收言功力不及，不能以氣控骰，卻是借放聲一笑讓花濺淚不能與美同席！雖然比花濺淚差了一籌，卻也是露了一手上乘武功，在座眾人各自心中戒備，水知寒面容不變，冷眼旁觀。

花濺淚先是一呆，望著余收言苦笑：「早知你會如此壞我大事，不請你也罷！」心中對余收言的功力與急智卻也不禁佩服。

清兒神色微變，扶臨雲坐於第五席之上，取出琴來調音。

臨雲望著花濺淚：「花公子別來無恙？」

花濺淚凝望臨雲：「日前一別，心實念之，還請姑娘莫怪在下無禮。」

臨雲眼光輕轉：「臨雲淪落風塵之女，何堪公子錯愛。」

花濺淚旁若無人：「花某只知姑娘韻致天成，令人清俗蔽息。若是以花來形容，眾香國裡，姑娘當是那一枝傲寒之梅！」

眾人才知此二人原是舊識，見二人神態曖昧，臨雲似溫柔似幽怨，花濺淚若熾烈若忘情，一時心中都不知是什麼滋味！

余收言長笑：「原來花兄果是一性情中人，小弟適才確是莽撞了。」

花濺淚洒然一擺手：「世間萬物原是求一個緣字，便若我見余兄便心中欣賞，一意結交，如果讓我說出其間的道理卻是茫然。」言罷，再望向臨雲，一聲長歎：「緣由天定，誰能強求，今日能再睹人聆韻，花某心意已足。」

臨雲也是一聲輕唉，望了一眼花濺淚，低頭專心繞柱調音，再不作聲。

眾人聽到「聆韻」二字，心頭齊齊一震：「臨雲」音同「聆韻」，又都是以琴成名，難道這位看起來嬌弱無力人間難覓的絕世美女便是蟲大師手下的第一殺手「琴中聆韻」秦聆韻麼？

如此看來，這位江南名妓突然來此遷州小城，竟是意在魯秋道麼？

可秦聆韻身為蟲大師的第一弟子，又怎會如此輕易地暴露行藏？一時情形微妙，人人各懷心思，不發一語。氣氛，劍拔弓張。

良久，甯詩舞輕咳一聲，勉強笑道：「花公子對臨雲姑娘如此情深意重，讓天下青樓女子誰不感歎，賤妾敬你一杯！」

花濺淚卻是不作一聲，臉色忽明忽暗，似是在回憶與臨雲舊日相識的過程，一時就如癡了一般。

甯詩舞愕立當場，不免下不來台。劉魁面色一寒，望著水知寒的神情，只待他一個眼色便要當場發作。

余收言喃喃念道：「這小子一出來便搶盡了我的風頭，早知真不如見了甯公主轉身就走……」

水知寒鼓掌大笑，聲音優雅而低沉：「余小弟何必自謙？依我看臨雲小姐的十一席位，清兒姑娘的兩個骰子，花公子這一口驚世駭俗的內氣，卻是皆不及余小弟鎮定從容化干戈為玉帛的一聲大笑，來來來，余小弟，我敬你一杯！」

余收言含笑舉杯起身，眼望水知寒一飲而盡，清清楚楚感覺到廳中瀰漫的一股殺氣已漸漸沉寂下去：「魯大人切莫折殺晚輩，我適才的一笑讓美人獨坐，簡直是大煞風景，而大人這一笑卻才是笑走了滿堂的寒傲似冰！」

第五章　半支曲、一幅畫、二天約

眾人舉杯，氣氛漸緩。

「錚」然一聲，琴聲悠然響起。

初時似珠玉跳躍，鳴泉飛濺；轉折間履險若夷，舉重若輕；音境如朝露暗潤，曉風低拂；琴意若泣若訴，令人思緒紛揚，冥想飄蕩。

眾人正聽得血脈賁張，驀然間琴音半曲驟止，餘音嫋嫋，揮之不散，有若憑欄美景眺目遠望，迷霧中似遠似近，間關錯落……

良久無聲。在座諸人全被這天籟般的琴聲所動，不敢輕發一言。

花濺淚目中蘊采，大喝一聲：「拿筆墨來！」

早有小廝連忙送上早已備好的筆墨，也不見花濺淚動作，一身白衫戛然從中裂開，露出內身青彩綢緞，端的是玉樹臨風，諸人無不暗自喝采。

花濺淚脫衫置於桌几上，抬頭閉目半晌，便於那衫上作起畫來。

只見他伏案揮毫，再抬頭凝望臨雲，下筆更疾。驀然間一聲長笑，手執衫角，神功運處，柔軟的衣衫筆直無紋，面朝臨雲：「姑娘一曲清韻，濺淚悵有所思，惟有以此為報！」適才臨雲所奏正是古曲中的《有所思》。

眾人望去，無不動容。

但見白衫上筆勢縱橫、墨蹟森森，一女子撫案撥琴，面容淡雅若煙，神態淺笑微嗔，超然處風姿幻化，柔媚處淋漓盡致……正是江南三妓之臨雲撫琴圖！

臨雲目望花濺淚，施然一福。

「好！」余收言撫掌大叫：「只有花兄這等人物方配得起臨雲姑娘的一闋清韻！」

花濺淚含笑為禮：「余兄過譽，雕蟲小技何足掛齒，若沒有臨姑娘的仙籟琴音，那有我手癢獻技之舉！」

水知寒亦笑道：「半曲之流轉，一墨之縱橫。此畫確是已深得臨雲姑娘的神韻。」

花濺淚淡淡歎道：「興之所致，隨意揮毫，安能得美人神韻之萬一……」

左清忍不住低聲冷哼一聲：「以畫對琴，猶如以茶待酒！」

甯詩舞連忙過來打圓場：「曲是好曲，畫是好畫，甯公主的酒也是好酒，各位大人敬請給賤妾一點薄面，我先乾為敬了！」

余收言大笑：「寧姑娘這一杯我是非乾不可，花兄對臨雲姑娘一往情深，我卻是對寧姑娘適才的驚豔念念不忘呢。」

甯詩舞眼波流轉：「余公子真會說話，下次若賞面『甯公主』，再也不用怕欠帳了。」余收言心懷舒暢，璨然大笑，舉杯而飲。

水知寒亦是哈哈大笑：「群卉爭豔方得花團錦簇，好曲好詩如何才只喝一杯，最少也是三杯！」心中卻知余收言一來向花濺淚表明態度支持，二來又贏得甯公主的好感。此人年紀雖小，做法卻是如此老成，不禁暗暗留意，更是戒備。

左清等人不敢再言，大家皆飲了三杯。

清兒盈盈笑道：「花公子以畫對曲，果然絕妙。魯大人文采風流，天下不做二人想，卻不知對姑娘的琴聲有何評解？」

水知寒心中暗凜，清兒此人雖是小婢，卻是大不簡單，此語明捧自己，暗裡卻分明欲挑起花濺淚與自己的矛盾，難道是出於臨雲的授意？心中念頭百轉，卻仍是不露聲色：「我倒想先聽聽眾人的高見！」

劉魁尷尬一笑：「我不懂音律，只覺得此曲動聽，要說評解卻是說不上了……」葛沖與雷驚天亦苦笑點頭，那兩名小城的商賈哪見過如此大場面，也是噤然不發一語。

劉魁眼見化名左清的魯秋道以目示之，連忙道：「左先生是我府上的音律高手，常常有驚人之言，不妨先聽聽他的見解。」

魯秋道洋洋自得，怡然道：「臨雲姑娘一曲《有所思》，花語蟲唧躍然曲意中，想是憶起紅顏薄命，韶華終老，枯燈隻影不若郎情妾意，歎花樣青春，何堪獨守風塵……」言罷目視臨雲，做不勝唏噓狀，自覺此語當能挑逗美人芳心。

臨雲不語，眼望花濺淚。

花濺淚悵然一歎：「我聽出的卻是曲意中的悲天憫人，花無常開，事無俱全，世間之美好大多短暫，縱有花好月圓，奈何瞬間流逝……」言至此竟然喃喃自語：「恨不能識遍天下之美麗，縱與姑娘相逢，卻是流水落花。」

臨雲低頭不語，細品花濺淚的款款柔情。

水知寒心中認定臨雲必與秦聆韻有關，然而眼見余收言不知是友是敵，花濺淚一意維護，以花濺淚適才驚人內功，雖是以他邪道宗師的身分，亦不敢輕談勝負，驀然發難。唯有以言語試探，當下朗聲道：「我卻是從曲音中聽出了殺伐之意，渾若雄兵百萬對峙疆場，雖是引兵不動，卻是一觸即發。」被剛才的曲意所動，言到此處水知寒竟然也不勝唏噓：「自古一將功成萬骨枯，世人只看到王相成不世之功業，卻又有誰能懂得其中的寂寞……」

花濺淚訝然盯著水知寒，二人目光相碰，宛若激起一道火光。

水知寒避開目光，心中已知曉花濺淚在懷疑自己的身分，不免略微有些懊悔。臨雲一曲《有所思》已是觸動了他的心中雄志，言語間不免有失鎮靜。

余收言卻是喟然一歎：「生亦何歡，死亦何苦。我只感覺出了生命的珍貴、命運的坎坷，王侯將相皆是尋常人物，榮華富貴貧賤憂患全是過眼雲煙，亦皆全是拜生命的賜予……咳，你們為何都用如此眼神看著我！」

要知各人從小接受的思想中，君王貴族全是天上星宿下凡，那聽過什麼「王侯將相皆是尋常人物」之類的話，此語實是有些大逆不道，但卻又讓人費勁猜想不定，一時大家全都望向余收言……

眼見氣氛又凝，甯詩舞笑道：「諸位果是各抒見解，只是臨雲姑娘只奏半曲，不知是何用意？」

大家一想果然有此疑竇，一時忘了剛才余收言的話，靜聽臨雲的回答。

臨雲坐案長歎：「我向來至一地只撫琴一曲，幾日後便會離開遷州。只是眼見魯大人雍貴含雅，余少俠氣度從容，更得花公子以衣作畫相贈，實不忍就此相別，是以撫琴半曲，以待二日之後再續此緣。」起身再翩然一福：「二日之後，臨雲仍在此恭迎魯大人、花公子、余公子與左先生的大駕。」

眾人這才恍然。劉魁聽得臨雲只與四人有約，分明是不放自己這個知縣在眼裡，驚怒參半，卻也是不知如何去怪罪，誰讓剛才對臨雲的琴音發表不出什麼高見。只得眼望水知寒，等他示意。

余收言左手輕揚，一道黑光落在水知寒的桌上：「魯大人見此信物，當知我來歷。」眾人凝目看去，那黑光乃是一小小鐵牌，將如此輕巧之物一擲數尺，落桌時卻平穩不發一聲，對余收言的武功均是心下暗驚。

水知寒看著鐵牌，沉思，大笑：「自古曲意高者自然和者寡，臨姑娘之請，魯某與左先生必定踐約。」

花濺淚眼望余收言，心中驚疑不定，大感此人高深莫測。

臨雲輕咳一聲，清兒扶起她：「小姐偶染風寒，先告退了。」不理眾人的挽留與關慰，竟先回房了。

眾人亦覺無趣，再喝了幾杯酒，就此散宴。

出了「甯公主」，花濺淚獨身飄然離去。

水知寒故意與余收言落到最後，先將那面鐵牌交還給余收言：「余少俠深藏不露，我亦差點看走眼了。」

余收言謙然笑道：「水總管的氣勢縱是再斂鋒芒，也是袋中之利錐！」

水知寒也不驚訝余收言認出了自己，歎道：「我扮做魯大人只能瞞過一時，只料想蟲大師的殺手一擊即走，那知會如何正面相對！」

「水總管可是不再懷疑我身分了嗎？」

「修羅牌一共四面，只有刑部最出色的執事方有，我信你。」

余收言大笑：「水總管用人不疑果然令人佩服，刑部洪大人讓卑職代問水總管與魯大人好！」

原來余收言擲給水知寒的鐵牌正是京師刑部號令天下捕快的「修羅牌」，他的真正身分正是刑部堂下的一名捕頭。

明將軍權傾天下，刑部亦只是他借朝廷之名為其辦事的地方，刑部總管洪修羅專職天下刑捕之事，亦不得不對明將軍示好，往往將軍府拿住了什麼人亦常常送到刑部逼供，更是把幾位投靠將軍的歷輕笙弟子派往刑部供事，借著枉死城的魔功以迫問犯人的口供。

水知寒起初雖然對余收言仍有疑心，但見他明明知道自己的身分卻仍是輕語笑談面不改色，更何況「修羅牌」如果落到外人手上，洪修羅定會及早通知將軍府，對余收言的身分不再懷疑，也正是有此良助，方才一口應承下臨雲二天後的四人之約。

這一次余收言終於沒有再露出他招牌式的笑容，正色道：「總管既然說我們已與蟲大師的殺手正面相對，不知可看出什麼名目？」

「余少俠有什麼看法？」

「臨雲應該並非秦聆韻，我看她身體嬌弱，絕非習武之人……」

「蟲大師學究天人，委實難料！不過那個江湖從未謀名的花濺淚倒讓我想起一個人。」

「哦！」余收言細細想了一下：「墨留白？」

水知寒點點頭：「不錯！如此武功，如此畫藝，如此狂放，正是琴棋書畫中『畫中留白』的一慣作態，只是其武功未免太高了，簡直可以直追蟲大師，連我也未必有勝算。」

余收言想起花濺淚那一口聚而不散的內氣，也是心中暗驚：「此人年紀不大，武功卻是如此驚人……」

水知寒哈哈一笑：「余少俠不必過謙，如你這般的年齡有此修為也是不易，卻不知師承何人？」

「收言的武功是家傳的，家父余吟歌。」

水知寒略吃了一驚，余吟歌乃是上一代武林中的一方異士，為人亦正亦邪，不喜名利，只憑劍行走江湖，揚言只憑一己之力替天行道。後來結識四大家族中點睛閣的女子景玉致，方才同隱江湖。

四大家族便是為「閣樓鄉塚」，分別是點睛閣、翩躚樓、溫柔鄉和英雄塚，乃是江湖上最為神秘的四個世家，互有恩怨。武道上更是有驚人的突破，所派出的傳人皆有不世的武功，雖然少現江湖，但每一次出現均會引起軒然大波。

水知寒心中諸念紛來，余吟歌一代梟雄，做事一意孤行，全憑喜好，卻也是俠面居多。其妻景玉致出身的點睛閣也隱為白道中不出頭的領袖家族，卻料不到其子竟然會投靠朝廷的刑部，莫非是另有玄虛？但余收言既然直承其事，不由讓水知寒猜想不透。

余收言知水知寒疑心未去，哈哈一笑：「家父管教太嚴，實不相瞞，我是從家中偷偷逃出來的，我的身分目前也只有水總管一人知道……」

水知寒疑心稍減：「令尊的人品武功我一直很佩服，何況余小兄身兼令尊與點睛閣武功之長，既然有意功名，憑你的武功才智必是一方人傑，將來前途無量。你的身分我自不會對人說，不然豈非有負你的信任。」

余收言苦笑：「我只求在刑部做一名捕快，懲凶捕惡，用另一種方式告訴家父，其實在朝在野都一樣可以替天行道……」

水知寒大笑：「不錯，俠魔之道乃是變幻之數，焉不知許多大魔頭正是自以為是衛道之士。江湖上一向認定我與明將軍淪為邪道，但只看過程，卻是忘了結果，若有日成就功業，後世盛讚，卻是無人談起魔與道的區別了！」心想有此強援，蟲大師懸名一月之期馬上就到，己方應是穩操勝券了。

眼見將到了知縣的府第，余收言對水知寒一揖：「收言另還有刑部要務，明日便搬來縣衙，再聆總管教誨！」

水知寒也不勉強，察顏觀色下心知肚明，呵呵一笑：「那個甯詩舞恐怕也非簡單人物，我亦要讓劉魁查查她來歷，余小弟好自為之。」

余收言臉上微紅，訕訕作別水知寒，卻仍是徑直向「甯公主」方向走去。

水知寒讓劉魁等人先回府，一個人站在縣衙外，眼望余收言消失在街角，突然輕輕發問：「這一次我很容易地感覺到你的出現，而且你的心如潮亂，可是傷得重麼？」長夜的縣衙外，一片寂靜，水知寒在問誰？？？

黑暗中突然傳來一聲啞然的長歎：「量天尺的肩頭外傷倒還罷了，六語大師的『苦口婆心』卻破了我幾十年心境的修為，實在厲害！」

水知寒似乎早知此人的存在，全無半分驚訝之色，淡然道：「不破不立，你以往便是太過執迷於隱匿之道，以至少了一份對敵時的強悍與忘我，這一喝也未必是壞事！」黑暗中的人沉吟不語，似在想著水知寒的話。

水知寒再問：「蟲大師五味崖懸名之期尚有半月即到，遷州城突然多出這許多人物，你怎麼看？」

那個聲音再度傳來，語音破裂，便像是在話語中夾了一片刀鋒：「有你在明，有我在暗，就算蟲大師再有天大的本事，也逃不過此劫！」

水知寒面罩寒霜：「只怕蟲大師便是這世上唯一和你交過手還活著的人，你應該知道他的實力，還敢如此低估他？」

黑暗中桀桀怪笑：「我又何嘗不是唯一一個與他交手還活下來的人，他也不至於低估將軍府的實力，只怕要知難而退了。」

「舒尋玉死在我手上，秦聆韻奉命報仇，齊生劫與墨留白又焉能袖手，何況……」水知寒長長吸了一口氣：「他的影子到底是什麼？」

「影以竊魂為名。然而我卻也想不透如何可以傷人？在我想來或許這個影子並非武器而就只是一個影子。」

「你是說『竊魂影』其實就是一個人？」

「不錯！也許在我們都只留意秦聆韻和墨留白的時候，影子方才出手。」

水知寒目視余收言離去的方向：「余吟歌自命替天行道，做事穩重，在白道上有極好的口碑。而其子卻如此跳脫不羈，你看此人可像麼？」

「此子太招搖，鋒芒畢露，至少不像個影子。何況我知道他的確是洪修羅手上的一招暗棋。」

「哦，你可在刑部見過此人？」

「是的，一年前余收言投靠刑部，三個月內暗中破了幾個大案，卻不居功，很有些他父親余吟歌求道不求名的風範。洪修羅對他也是很看重，其名雖不揚，卻已是刑部有數的五大名捕之一。」

水知寒釋然道：「既是如此，我便放心了，如果此人是敵非友，再與花濺淚等聯手，委實可怖！」

「有你有我，他們能成什麼氣候？」

水知寒道：「舒尋玉的出現，死了衛仲華傷了葛沖，表面上我不向明將軍求援，卻暗中請你過來，便是要引出蟲大師的餘黨，好一網打盡。如今小小遷州城已成了蟲大師與我們之間的一個擂臺，更隱然是白道勢力與將軍府的一次火併，實在是輸不得！」

沉默！

水知寒沉吟良久，再開口時語意冰冷：「我要先殺了花濺淚，不管他是不是墨留白。此人武功太高，不除了他實難安寢。」

「總管何必親自出手，交給我就行了。」

「你未見過此人武功，實在讓人心驚，竟然可以一口內氣遙控五尺外的骰子，我也未必能穩勝於他！」水知寒再歎：「如果那日行刺的是他而不是舒尋玉，實在不知結果又會是如何？」

「哦！江湖上從未聽過其人之名，竟然有如此厲害？」

「蟲大師虛實難測，也許花濺淚就是他最厲害的影子，與臨雲的作態只是演了一場戲給我們看罷了！」

「如此人物，我倒想見識一下了。」

水知寒正容道：「我們現在最大的目標不是殺了影子，而是保護魯秋道。你有傷未癒，便在暗處保護魯秋道吧！」

一道黑影從暗中走出，最先入目的便是眉間一顆黑痣，儼然正是鬼失驚！

「總管敬請放心，鬼失驚定要在蟲大師一月之期內護得魯秋道的安全！」

水知寒眼望天穹，淡淡道：「今夜雲淡風清，後日佳人有約，明晚才是殺人夜！」仰天再長聲一笑：「不知後天臨雲姑娘見不到情深意重的花公子時，會不會掉下一顆情淚……」

第六章　不是不想殺，而是殺不了

余收言來到了「甯公主」，卻沒有徑直上樓，而是施展輕身功夫，從院落外翻牆而入。觀察一下地勢，認準臨雲所住定然是西廂最大的那個房間，神不知鬼不覺地躍上房頂，盤膝而坐，化身於黑暗之中。同時功運全身，敏銳地感覺著周圍的一舉一動。

過不多久，一道白色的影子從房脊上掠了過來，正待翻身落下，驀然發現了余收言，身形一震，含勢待發。

余收言嘴角含笑，輕聲道：「花兄別來無恙！」

來人正是花濺淚，饒是夜行，仍是換了一身白衣，果是藝高人膽大。

花濺淚萬萬沒有想到會在此碰見余收言，不由一愣：「余兄在此做什麼？」

余收言嘿嘿一笑：「我來等兩個人。」

「你知道我要來？」

「呵呵，更深夜寒，正是為誰風露立中宵的好時候，雖然不過一面之緣，我對花兄卻好像已是知之甚多了。」

花濺淚輕撫雙掌：「余兄知我甚深，不枉我與余兄一見投緣。」

余收言一拍身邊的房瓦：「相見不若偶遇，如此月朗星稀之良宵，花兄可否遲赴佳人之約，陪我說幾句話？」

花濺淚瀟灑地坐在余收言的旁邊，渾無防備，氣度令人心折：「何來佳人之約，只是濺淚情不自已，做一個護花的不速之客罷了！」

「哈哈，好一個護花不速之客！」二人心無芥蒂，毫不在意別人發現自己的行藏，竟然是在花樓上放聲談笑。

花濺淚卻以指噓唇：「余兄小聲點，我可不欲讓臨雲知道我……」長長歎了一聲：「唉！家父自命風流天下，四海留情，脂粉叢中聞芳即走，沾香即退，我只道自己也是有了真傳，卻不料一見臨雲，雖是風塵女子，卻是芳華絕代，讓我情孽深種，不能自拔，倒讓余兄見笑了！」

余收言正色道：「花兄正是性情中人，志向高潔，何敢見笑。臨雲姑娘雖是流落風塵，但觀其藝業才識，又是那個名門閨秀可比？」

花濺淚感激得一把握住余收言的手：「余兄此言甚得我心，我自幼立志三願，識遍天下英雄，畫盡山水美景，觀盡人間絕色，今日聆臨雲仙籟之琴，繪臨雲風姿之態，得余兄相知之誼……哈哈，真是精彩！」

余收言一聳肩頭，神態自若：「呵呵，我算得什麼英雄！偶得花兄眷顧，還要多謝你請我來此品茶聽琴呢。」言鋒一轉：「不知花兄今日還留意到什麼特別的人物嗎？」

花濺淚眼望余收言，知其意有所指：「你是說那魯秋道？」

「不錯，你怎麼看他？」

花濺淚沉思一下：「傳言中魯秋道雖是文采飛揚，卻是一趨炎附勢之徒，然而今天所見其氣勢大度，更是隱有絕世武功，委實與傳言不符。你既然這麼問，可是有什麼蹊蹺麼？」

「此人其實乃是水知寒！」

花濺淚大驚：「一水寒？將軍府的大總管？」余收言含笑頷首。

花濺淚奇道：「水知寒為何要裝作魯秋道？豈不是自貶身分？」

余收言見花濺淚語出自然，不似作偽，這才確信他不是蟲大師派來的人：「你不知蟲大師懸名五味崖一月之內必殺魯秋道的事嗎？」

「原來如此！」花濺淚閉目想了一下，已想通其原委：「早聞水知寒的寒浸掌妙絕天下，倒真想找機會見識一下。」

余收言大笑：「花兄聞水知寒之名毫無懼色，小弟已可猜到了你的來歷了。」

花濺淚微微一驚，然後洒然一笑：「那就不要說出來，因為我對你的來歷也很是好奇呢。」

余收言肅容道：「你只要知道我是一個可交的朋友，如此夠了麼？」

花濺淚一拍大腿：「當然足夠了！」

余收言道：「花兄當知此等情況下水知寒對你更有猜忌，務請小心！」

花濺淚不屑道：「多謝余兄提醒，不過我看水知寒對臨雲似乎也有疑慮。哼，真是那樣我還想找他麻煩呢。」

「水知寒成名數載，絕非僥倖，花兄多多保重，我亦言盡於此。」余收言拱手一笑：

「我還要等一個人，花兄請便。」

花濺淚哈哈大笑：「看來今天竟是有兩個癡情的人了，好！反正我日後總會跟著臨雲姑娘，今夜此處便讓與你了。」悄聲在余收言的耳邊道：「甯公主應該是懂武之人，想來早就見了你我，只是在等我離開吧！」言罷拍拍余收言的肩膀，哈哈大笑離去。

余收言微微一笑，目送花濺淚遠去，心中卻猶感受著花濺淚真摯的友誼，如此傳說中的神秘人物，今日卻成了莫逆之交，世事之奇，真是讓人感慨萬千！他發了一會呆，仰望中天月色，口中喃喃道：「我等的第二個人還不出來嗎？」

「余公子你還讓不讓人睡覺了？」一位綠裝女子從房間中施施然地走出，向余收言朗聲發問，正是臨雲的小婢清兒。

余收言悄無聲息地滑下屋頂，落在清兒面前：「呵呵，打擾了姑娘的休息，在下這便離去好嗎？」

清兒也不說話，俏目望著余收言，似乎要看著他消失。

余收言欲走還留，奇道：「姑娘難道沒有一點好奇心嗎？」

清兒淺嗔，搖頭：「做人丫鬟的要什麼好奇心，對主人的意圖只需要去做而不是猜。」

余收言含笑問道：「那麼我說要等兩個人，莫非你知道第二個人是誰？」

清兒嘴角一撇，梨渦乍現，神情煞是好看：「我知道你等的是甯公主，她住東廂院裡，你不妨到那碰碰運氣。」

余收言大笑：「錯了錯了，我等的兩個人，一位是花濺淚，而另一位卻絕不是甯詩舞。」

清兒面呈戒備：「哦，你不會也是想見見小姐吧？」

「呵呵，其實我此次來除了一見花濺淚，另外便只是還想請問清兒姑娘一句話！」

清兒神色微變：「問我什麼話？」

余收言袖手望定清兒的眼睛，用只有二人才聽得到的語聲淡淡問道：「晚上席間，若不是花公子的一口氣和我的一聲笑，那第二個骰子將會擲出的是五點還是六點？」

晚間清兒第一個骰子擲的是四點，如果第二個骰子擲的是五點，臨雲就應該是與第九席化名魯秋道的水知寒同席，如果是六點，臨雲就應該是陪第十席化名左清的真正魯秋道同席……

余收言此語一出，清兒神情毫無變化：「擲的是幾我怎麼知道，你當我是未卜先知的神仙嗎？」

余收言躬身一禮：「在下的話已問完了，姑娘好好想想罷，就此告辭！」言罷轉身離去。

清兒望著余收言姍姍而去的背影，良久後，方才回房。

余收言大模大樣走出「甯公主」，奇怪的是甯詩舞也並不出現，一時無處可去。做為一個捕快，扮什麼就應該像什麼，這一次他扮做一個潦倒浪子，囊中竟然不帶寸金，住店也不行，只得又往縣衙走去，心想看來今晚只好找水知寒安排一下住宿了。

他覺得很滿意，剛才突然詢問清兒擲骰的事，清兒毫無變化的神情其實正好表露出她的不同尋常，他知道自己已經掌握到了某些關鍵之處。

更多的事情湧上心頭，雖然他隱隱猜到了花濺淚的身分，但水知寒成名數年，武功豈是非同小可，花濺淚真有把握敵得住水知寒的寒浸掌嗎？他心中轉著念頭，不覺已來到了縣衙門口，余收言也不找人通報，想了想，飛身翻牆入府，施展輕功，遊身疾走，欲找到水知寒的住所。

余收言突然停下了腳步。要知既然魯秋道在此，晚間水知寒自然應該派重兵把守，防備蟲大師的殺手來行刺，而如今整個縣衙內一片寂靜，很不尋常。

一種異樣的感覺突然湧上了余收言的心頭，彷彿一股無形卻有質的什麼東西凝在空中，如烈火如寒冰……那份感覺侵衣，侵膚，侵入骨中。

這……是殺氣！

除了水知寒，還有誰會發出如此凜冽的殺氣？

余收言不欲引起誤會，朗聲道：「在下余收言對魯大人一見心欽，特來再次拜見。」

水知寒的聲音從左首傳來：「哈哈，余小弟去而復還，可是甯公主不留客嗎？」

余收言苦笑道：「魯大人何苦不給小弟一點面子。其實小弟只是夜無所歸，特來借宿一晚。」

「哈哈，余小弟這邊請。」

殺氣倏然散去，四周再無異常，但余收言已經知道，在此小小縣府中，除了名震天下的將軍府大總管水知寒，還有一個——絕對可怕的高手！

第二日晚上，縣府大堂上。一道屏風隔開大廳，劉魁設宴款待余收言，為其接風洗塵。眾人都已知道了余收言的來歷，刑部洪修羅手下的五大神捕地位超然，隱有御封之意，更何況論職位高低，余收言尚在劉魁這個知縣之上。

水知寒與魯秋道也不再對余收言隱瞞身分，水知寒更是頻頻向余收言勸酒。雖然以前從未聞余收言之名，但見水知寒對其敬重，再加上余收言昨日在「甯公主」的一聲大笑挫了花濺淚的威風，除了魯秋道依然對他不理不睬，葛沖和雷驚天都過來向余收言示好。

余收言最怕喝酒，卻推辭不得，酒過三巡，已是有些不勝酒力的樣子。

窗外，月上梢頭，已是三更時分。

一名縣卒走入大堂，在劉魁耳邊說了什麼，劉魁摒退縣卒，再俯身對著水知寒的耳邊悄悄說了幾句話。

水知寒點點頭，驀然起身：「各位先慢用酒水，我去去就來。」

余收言見水知寒面色凝重，目中奇光閃爍，心下暗驚，已猜到幾分：「水總管一臉殺氣，可是要找什麼人的晦氣嗎？」水知寒也不答話，權當默認。

余收言酒意上湧，顧不得許多：「我已查出花濺淚絕非蟲大師派來的人，水總管可放他一馬嗎？」

眾人這才知道水知寒是去找花濺淚的麻煩，想來剛才那個縣卒正是探察到了花濺淚的住處。雖是昨日見過花濺淚驚人的內力，但都對水知寒有著絕對的信心，紛紛請纓同往助威。

水知寒對眾人一擺手，眼望余收言：「我知道你與花濺淚投緣，但不管此人是何來歷，我已決意殺之，看在你的面上，我給他一個公平的機會。」

余收言知道水知寒當著這麼多人面前一言即出，絕難更改，否則總管的威嚴何在。雖是花濺淚表明態度不怕水知寒，卻也不禁為他擔心，喃喃念道：「一個晚輩也對水總管有如此的威脅嗎？」水知寒冷哼一聲，大步朝門外走去。

余收言站起身來，正欲追上水知寒，卻突然感覺到一道寒意從身後的屏風中傳來，端端正正地鎖定在自己後心的神道大穴上。心頭大震，已知屏風後正是昨晚遇到的那個發出強烈殺氣的神秘高手。

余收言神情不變，假意因酒意上湧站立不穩，跌跌撞撞中一把扶住屏風，暗中用力一扯……

屏風傾下，一人獨坐，自斟自飲。

除了劉魁外，眾人俱是驚呼，此人身處幾大高手身邊數尺之內，竟然讓人沒有一點感應。

只見他戴著一寬大的斗笠，在帷幔暗影中端然靜坐，連面目也看不清。屏風倒下，眾人驚呼。他卻巍然不動，連杯中的酒也不見灑出一滴，怡然送入口中，好像全然不知廳中的動靜。

余收言向這個神秘人望去，一道閃電一樣的目光從黑暗處凜然射來，毫不退讓。目光到處如中刀槍，令人不得不怯意暗生。

余收言從來沒有想到過會遇上如此凌厲幾可殺人的眼光，其他人更是紛紛轉頭避開，不敢與此如箭如槍的目光相碰。

「水總管沒有回來前，最好誰也不要離開。」語音冰冷，不帶任何感情，雖是語含威脅，卻像是說得天經地義，諸人聞之無不變色。

劉魁乾笑一聲：「這位是水總管請來的高手，不喜熱鬧，大家繼續飲酒吧！」當下傳令讓人扶起屏風。雖是隔了屏風，余收言仍感覺到那道眼光停留在背後凝之不去。他心知花濺淚的事多想已是無益，只盼花濺淚能及時表明身分，或許會讓水知寒有所顧忌而不敢出手。

余收言舉杯向眾人勸飲，此時此刻，除了一醉，他還能做什麼？

月光從窗外傾灑入廳中，廳內卻是氣氛沉重，各懷心事，只有劉魁陪魯秋道心不在焉地談著風月之事。也不知過了多久：「咣」然一聲，廳門被人撞開，水知寒漫步行入。

劉魁連忙端杯到水知寒面前：「卑職恭祝水總管凱旋！」

余收言但見水知寒面色冷峻，一如沉霜，不知花濺淚是生是死，但水知寒既然這麼快回來，也許……

水知寒默然不語，端杯一飲而盡。

「砰」地一聲，水知寒緊握雙拳，酒杯在掌中化為碎片……

余收言心中又驚又喜，但要說花濺淚能挫敗水知寒，卻也實難相信。

眾人皆是面面相覷，不敢發聲。

屏風後那個寒冷的聲音再度響起：「總管沒有殺了他嗎？」

這一句正是大家都想問的問題，如果說是黑道宗師水知寒受挫而返，的確是誰也不敢相信，但看其神情中卻全無勝利得意之色，那麼也許花濺淚真是大有來頭的人物，讓水知寒也不敢下手，以致無功而歸。

水知寒──沉思，眼望空靈之處。緊握的拳頭慢慢垂下，發白的手指一點、一點、一點的鬆開，酒杯的碎片應聲而落，掌指間卻毫髮無傷。

水知寒──靜默，忽把剛剛飲下的一杯酒盡數對空噴出，漫天酒浪中竟然有點點血絲。

水知寒──長歎，一字一句，擲地有聲：「不是不想殺，而是殺不了！」

第七章　如柔舞之輕歌、如弦斷之殺機

水知寒目射異光，盯住余收言：「你應該知道花濺淚的來歷！」

余收言夷然不懼：「我只是隱隱猜到了一點，卻不能肯定。」再長歎一聲：「聽到總管如此說，我自是肯定無疑了。」

水知寒仰首望天，沉吟足足有半柱香的時間：「我馬上離開，這裡一切由余神捕負責。魯大人可重扮回自己的身分，……」再眼望屏風後：「我有個感覺，敵人的出手時機就是在明日的甯公主之約，先生自然知道應該如何做。」

屏風後半晌無聲，然後才傳來那陰寒幽冷的聲音：「總管敬請放心，縱使不能對敵人一網打盡，也必護得魯大人安全。」

余收言絕沒有想到水知寒竟然如此信任自己，心下百感交集，水知寒雖是黑道梟雄，卻是身懷靈動不群，卓然大成的氣度與風範。暗自一歎，拱手道：「水總管意欲何往？」

水知寒沉思道：「我必須追殺花濺淚，若是讓其回到翩躚樓引出花嗅香，再引出四大家族的人物，只怕將軍也會頭疼。」

眾人大驚，這才知道花濺淚竟然是「閣樓鄉塚」中翩躚樓的人，翩躚樓是四大家族中最為隱秘的一族，代代單傳，每出江湖必有豔色相伴，上一代傳人嗅香公子自命花中嗅香，風流天下，想到花濺淚的倜儻揮灑大有乃父風采，不由紛紛暗自點頭。

四大家族互有恩怨，卻也是一致對外，而此刻水知寒身負內傷，花濺淚想必也負傷不輕，若是等其回到翩躚樓稟告其父嗅香公子，搞不好便是四大家族連袂而來，縱然明將軍手下人才眾多，但面對江湖上談之色變的四大家族聯手一擊，只怕也是凶多吉少難以應付。所以水知寒才寧可放下此地，一意去追殺花濺淚。

余收言知道水知寒以官銜相稱自己，一是不容拒絕，二來也是讓魯秋道劉魁等人不容抗命，當下收起心中諸多念頭：「余收言一日為官，只知朝廷不知江湖，總管也請放心。」魯秋道、劉魁雖是對余收言心有不服，但見他拿出朝廷這個大盾牌，也是無話可說。

水知寒聽余收言如此表態，心中滿意，再不遲疑，轉身出門，剎那間已在數丈之外，聲音卻猶如在耳：「少則二日，多則五天，我必歸來與諸位同去將軍府領功。」

余收言聽水知寒中氣十足，知道雖是受了內傷卻沒有大礙，心中暗歎。「大家早些休息，明日也顧不得臨雲小姐的四人之約，大家一併去吧！」

眾人散去，余收言卻在想著那屏風後的神秘人物：他會用什麼身分去赴約呢？凝神細察，屏風後卻已是無人。心中知道這人其實才是水知寒留下的最後一枚棋子，而自己不過是一個傀儡罷了。

甯公主樓上，又是笙歌四起。余收言與魯秋道、劉魁、雷驚天、葛沖一行五人踏入甯公主。水知寒本來體貌都似魯秋道，只是多了三縷長髯，此時魯秋道黏上長髯，扮回自己，雖是少了水知寒的氣度，卻也神似。

甯詩舞迎出門外，余收言朗朗大笑：「左先生偶染風寒，劉知縣與雷、葛二位兄長一意要來再聽臨雲小姐的仙音，只好做個不速之客，還望寧姑娘給小姐說明一二。」

甯詩舞俏目在余收言臉上游走，嬌聲笑道：「各位大人平時請還請不來呢，我一定給臨姑娘好好解釋，各位大人先請進樓來吧。」

入了廳，各人分頭座定，魯秋道仍是上席，余收言與劉魁分坐魯秋道身邊，葛沖雷驚天陪在左右。甯詩舞告聲罪，下去請臨雲。

余收言略微感應到一絲寒意，四下卻毫無動靜，那種翩若驚鴻的感覺，使他心中一陣迷失。他知道那個神秘人物已隱在一處，心內震訝，此人來無影去無蹤，而且毅志堅定，為求保護魯秋道的目的寧可在如此明月良宵獨處一隅，委實可怖。

只聽得甯詩舞在走廊外低聲對什麼人說著話，門簾一挑，臨雲手持古琴，面蒙輕紗，只露出如水雙瞳，仍是一身藍服，絲絨貼身，更襯得體態婀娜……她翩然走入廳間，冷哼一聲，坐在下席，正是魯秋道的對面，卻不見小婢清兒。

余收言大笑：「今日清兒可是不來擲骰了嗎？」

臨雲頭也不抬，低頭調音：「清兒小恙在身，不能前來。反正諸位大人失信於我，我也不需陪席，奏一曲便可覆命。」

魯秋道明知不應該多說話，卻還是忍不住開口：「只要能聞臨雲小姐的仙音，便是刀山火海我也是不會失信的。」

劉魁怕別人聽出魯秋道嗓音有變，連忙插言道：「臨姑娘息怒，老夫這幾日翻了不少曲書樂譜，自覺已是大有長進了，所以才敢冒然再來，哈哈。」

余收言冷眼旁觀，耳邊忽傳來那神秘人的聲音：「小心甯詩舞，此人身懷媚術，而且像是浸淫毒物之人。」余收言面色不變，心中卻是有了計較。

甯詩舞飄然而至堂中：「臨雲小姐明日即歸，各位大人如何肯聽罷一曲便早早散宴，不若奴家先來獻舞一曲。」

余收言鼓掌大笑：「寧姑娘何不早說有此絕藝，只可惜左先生無此眼緣。」

甯詩舞輕輕一笑：「奴家只是怕臨姑娘一曲即出，諸位大人已是閉目塞聽了。」

余收言再豪然一笑：「不觀甯公主之舞，未聆臨姑娘之曲，才真是有違視聽。」

樂班一聲響，甯詩舞身隨曲動，風蕩柳枝，荷擺窈窕……各人卻是聽了那神秘人的傳音，無不暗自戒備，只恐甯詩舞突施殺手，大廳之上雖是風情萬種，卻是殺機四伏。只見甯詩舞越舞越快，忽然在廳中急停，長裙如花瓣般撒開，細腰像是從中折斷了一般匍然在地，頭與四肢盡在一線……

「哧」的一聲，甯公主手中一柱線香驀然點燃，青煙嫋嫋，呈一線直上，樂音方始緩緩散去……她竟然並沒有伺機出手?!

大家都暗地閉住呼吸，武功高明者余收言、雷驚天只小心地吸了一口煙塵，卻是毫無異狀，這才向大家點點頭，諸人均放下了心，一時掌聲雷動。

余收言放聲吟道：「漁翁夜傍西山宿，曉汲清湘燃楚竹。寧姑娘情動於中而見諸外，小子已是情難自禁。」

甯詩舞咯咯嬌笑，手撫在余收言的肩上：「公子果是識情識趣的人，詩舞敬你一杯。」

余收言笑道：「這幾日常常在想詩如何可以與舞同名，見了寧姑娘之天成妙姿，始知其名符實。」

劉魁也舉杯笑道：「我在遷州城這麼久，卻還是第一次見甯公主獻舞，果是如詩如舞，來來來，大家一起敬公主一杯。」眾人皆飲了，卻都是眼視今日的主角臨雲，看她如何說。

臨雲淡淡道：「我不飲酒，卻也以茶代酒敬姐姐一杯。」

甯詩舞道：「奴家正好備有上好龍井，且拿來為大家助興。」

有小廝上來斟上了茶，茶香四溢，果是好茶，眾人正待暢懷放飲，余收言卻聽到二個字傳入耳中：「輕……歌！」

余收言恍然大悟，舉手道：「且慢！」

甯詩舞臉色微變，再露笑容：「余公子有什麼話？」

余收言看著甯詩舞的神色，已知端倪，心中卻在想著那個神秘人物。此人見聞廣博，察人入微，加上傳音之術，寒涼殺意，其身分已是呼之欲出。

余收言眼望甯詩舞，目閃異彩，長長歎了一聲：「琴中聆韻果然高明，只可惜你不知道我對蟲大師有多麼的熟悉……」

諸人大驚，眼望臉上尚掛著盈盈笑意的甯詩舞，均是半信半疑。此人就是秦聆韻嗎？

余收言如何能對蟲大師瞭若指掌？

甯詩舞臉色不變：「公子說什麼我不懂！」

「以雀凝之沉香加上峭寒之沸水，這便是蟲大師的『輕歌』！」

甯詩舞終於神態大變，眼角餘光瞥見葛沖與雷驚天已堵在其身後，斷了退路。目光卻是一刻不敢稍離余收言握劍柄的手：「余公子卻是從何得知？」言下之意竟然是承認了自己便是秦聆韻。

劉魁起身大罵：「好你個甯公主，竟然瞞我這麼久。」

魯秋道眼見危機已過，心頭大定：「劉知縣不必自責，這個甯公主必然是假冒的。」

余收言朗然笑道：「我身為御封神捕一職，卻只有三個需要負責追捕的任務，而這第一號的通緝犯便是蟲大師，我怎麼能不對其知之甚詳。」甯詩舞與臨雲這才知道余收言的真正身分，甯詩舞面色蒼白，臨雲卻是低頭若有所思。

余收言再道：「蟲大師浸淫茶道，對各種藥物的理解更是獨步天下，雀凝沉香和峭寒水本身均無毒，合起來卻可以讓身懷內功之人功力三個時辰內盡散，因毒性輕緩，不知不覺中散氣於丹田，是名『輕歌』。」

眾人聽得目瞪口呆，想起適才化名甯詩舞的秦聆韻不動聲色燃起雀凝沉香，順勢以峭寒水沖茶，若不是余收言發現得早，誰能料想到世間竟有這般匪夷所思的下毒之法。

余收言輕噫一聲：「不過蟲大師卻從不用毒，此『輕歌』只是其練功之用，要知功力盡散之時反而更可激發人體本身的潛力，正若人在危急時往往可以發揮出更多的急智與力量，所以『輕歌』雖是毒物，卻少現江湖……」

魯秋道眼見己方占了上風，秦聆韻已不足為患，心頭大快：「秦聆韻你還有何話說？枉你苦心找來臨雲姑娘妄想轉移我們的注意，唉，卿本佳人，奈何作賊！」言罷大笑，心中卻想著如何可以待擒下秦聆韻後找機會凌辱一番。

臨雲抬起頭來，緩緩注視廳中各人。她一直沒有解去面紗，眾人只看到她目光清洌，眼神淒迷，不由殺意稍斂，憐意大起，只聽臨雲輕輕道：「好歹寧姐姐請我來此，方見到各位大人，我不喜刀槍，一曲彈罷轉身便走，從此再不問此地的是非……」

余收言笑道：「臨姑娘說得不錯，何況押送上京的路上我亦只認得甯詩舞不認得秦聆韻。」言下雖有惜花之意，卻已是將秦聆韻當做囊中之物。

秦聆韻竟然席地而坐：「也好，聽一遍臨姑娘的琴也不枉我名字。」緩緩揭下臉上一層薄薄的人皮面具，儼然是一位二十餘歲少女，眉目如畫，膚若凝霜，一臉英氣，孤傲清冷，雖比不上臨雲國色天姿，卻也是有別樣冷若冰雪的美麗。

眾人見余收言如此說，也不便再有其他意見，葛沖與雷驚天仍守在秦聆韻身後，防她逃走，只有余收言知道，在自己和鬼失驚二人虎視之下，秦聆韻已是插翅難逃！

臨雲忽然眼望余收言：「小女子還有個疑問想請教一下余公子。當然，公子無論給我什麼答案，臨雲都將撫琴以賀！」

余收言盯緊臨雲的眼睛，心中泛起一陣熟悉的感覺，輕輕笑道：「姑娘請問！不過我卻不敢保證知無不言。」目中蘊含的神光乍現：「因為前天晚上姑娘也沒有回答我的問題！」

眾人大奇，都不知前天余收言問過臨雲什麼問題？

臨雲身子一震，凝視余收言火一般炙然的眼光，半晌後低頭，幽幽道：「公子不必答了，臨雲這便以曲相贈。」

諸人再奇，余收言卻是大笑：「因為姑娘已經心中問了，我已經在心中答了，卻不知姑娘是不是滿意？」

臨雲眼中笑意漸露，加上吐氣時面紗輕揚，更增嫵媚：「不管滿意不滿意，要彈的琴總是要彈，要做的事總還是要做！」

余收言心中感慨大起，吟道：「人在江湖，身不由己！」

臨雲口中續吟：「營營役役，至死方休。」

眾人已不及品味其中含意，臨雲正襟危坐，眼望琴台，端嚴的神色中隱含著一份天然的嫵媚，透人胸臆，縱是百煉之鋼亦在剎那化為繞指之柔……

只見臨雲雪白如蔥纖長的指尖在七條琴弦上一按一捺，再反手一撥，便如幾隻蝴蝶在琴弦上飛舞，一股清爽的音符破空而起，她神態中彷彿有一種對周遭一切事物漠然不理的毫不在乎，但又似沉浸於琴中什麼事物以致對一切都不再感興趣……

此曲名為《清夜吟》，正隱含一人獨行寒夜，對人世清澈澄明，堪解紅塵，和著臨雲深深投入的感情，透著一種對命運的無奈和落寞……

一串琴音如流水不斷，節奏忽急忽緩，忽快忽慢，每個音律都有著意猶未盡的餘韻，讓人心癢難止，恨不能振臂狂歌，以舒胸臆……琴音忽暗，若有若無，高尖處輕巧，低啞處婉轉，教人不得不全心全意去期待，去品嘗，去體會那音符後的空山鳥語，潺潺水聲……琴聲再急，恍若驚濤裂岸，浪起百丈，天地間風起雲湧，霧靄彼岸，隱含風雷，渾若萬千潮水撲面襲來，永無止歇……琴意再緩，氣氛柔雅，好像夜空中忽又放晴，風捲殘雲，星辰遷變，散盡無痕，點點星月在逐漸漆黑的廣闊夜空中姍姍而至……

琴音再撥高，忽然間萬籟俱寂……眾人心神皆醉，彷彿還在等著那一道逝去的琴聲再回人間……

「錚」然一聲，尾弦斷裂，映著燈光，反射著萬千絢爛色彩，像是一顆流星在天空劃過一道燦爛的光弧……

人靜。心亂。音停。弦斷。殺機忽再起！

一陣微風拂起臨雲的面紗，撫琴之人竟然不是江南三妓之臨雲，而是……清兒！

斷弦筆直如箭，射向呆呆聆曲的魯秋道。

與此同時，一支寬大黝黑的手掌突然從魯秋道身後冒了出來，戟指如鉤，直指那根疾若流星的斷弦……

第八章 她不出手我出手

在清雅弦歌中，變化忽起，眾人正在曲意中沉浸，何曾想到突然殺機乍現！

甯詩舞在弦斷一剎彈身而起，右手中已握住一把精光四射的匕首，瞬間向魯秋道左首的余收言連發八招，左手輕揚，七枚鐵蓮子射向魯秋道右邊的劉魁，饒是一向以暗器成名江湖人稱「飛葉手」的劉魁也鬧了一個手忙腳亂，不及接擋，抽身退開。倒是余收言似早預料到如此變故般，長劍及時在手，見招拆招，逼開甯詩舞。

魯秋道正色迷迷地看著化身臨雲的清兒，正是色授魂消，酥軟風情的時候，那能想到尾弦斷裂，卻是化為一道暗器直射心窩，自忖必死，卻從身後傳來一股大力，將他扯開，雖是摔得好不狼狽，好歹避過了殺身大禍，膽戰心驚之下，一跤坐倒在地，爬不起來，一聲驚呼這才從口唇中蹩出！

一人橫身擋在魯秋道之前，面似寒霜，眉目如鉤，二指夾住斷弦，雙眼冷冷看著清兒，傲然發話：「蟲大師手下的第一殺手也不過如此！」

這個眉間一顆黑痣，身材並不高大，神態中卻充滿了無比危險和侵略性的人，當然就是被譽為百年來最強橫的、黑道殺手之王——鬼失驚！

幾聲輕響，卻是甯詩舞發出鐵蓮子方始撞在牆壁上。雷驚天長劍這才來得及出鞘，纏住甯詩舞，二人以快打快，竟然全然不聞兵刃相交之聲，葛沖揚單掌衝向清兒：「錚」然一聲，清兒手上琴再斷一弦，彈向葛沖，葛沖閃身堪堪避開。

「噹」的一聲，雷驚天的劍終於碰上了甯詩舞的匕首，二人同時一震，停下手來，各自調息。

斷弦一端在鬼失驚右手上，另一端仍連在琴上，清兒暗中發勁，斷弦卻是紋絲不動，再細看對方的形貌，心中那還不知這個毫無端倪突然現身的是何人，淡淡道了一聲：「鬼失驚！」語氣雖含驚意，卻仍是毫不動氣。

「秦聆韻果然厲害，可惜你縱是化身萬千，百算千算，那怕借花濺淚之力調開了水總管，卻忘了——還有我。」鬼失驚舉左手止住正待上前的劉魁，眼光盯緊清兒撫在琴上的手。

清兒一手輕輕取下面紗，露出英氣勃發的面容：「不錯，我才是秦聆韻。」輕歎一聲：「鬼失驚一向是暗中算計別人，這次竟然會暗中做人保鏢，實在是讓人走眼。」

鬼失驚桀桀怪笑：「蟲大師一向一擊即退，這次卻要損兵折將徒勞無功，才是真正讓人走眼！」

秦聆韻低頭看琴：「我尚有的五弦未發，你卻好像已成竹在胸了。」

鬼失驚冷笑：「你不妨再試試！」

秦聆韻看甯詩舞站到身邊，神態激昂，花容卻是如常，已擺出一副寧為玉碎不為瓦全的樣子，心中暗暗歎息。她與甯詩舞早估計到輕歌之毒未必奏效，所以先讓甯詩舞假意承認自己是秦聆韻，讓對方放下戒心，自己則化身臨雲，在眾人聽聞琴曲聲時的失魂落魄中驀然出手，本已是天衣無縫的一道計策，確不料走了水知寒，竟然又來了一個鬼失驚！

將軍府中最可怕的二個人竟然都來到了此地，可見明將軍已決意與蟲大師一決勝負！

秦聆韻想到蟲大師臨行前的叮囑：「切忌心浮氣躁！」長長吸了一口氣，事到如今，也只有全力一拚了！她雖然目光不離鬼失驚，眼角餘光卻暗暗掃向驚魂稍定退到鬼失驚身旁的魯秋道……

然而連蟲大師都傷在鬼失驚手下，她又能在鬼失驚的眼皮底下殺了魯秋道嗎？何況還有旁邊虎視的幾大高手，更有這個讓人難以揣測深淺的余收言！

余收言眼望甯詩舞，雖在一觸即發的刀光劍影中，卻仍是嘴角含笑：「我早看出這個臨雲是清兒姑娘所扮，此等情形，此等琴藝，自然能料到清兒便是秦聆韻，卻還是猜不出甯公主是何方神聖？」

甯詩舞眼見敵人已成合圍之勢，再望著鬼失驚這個江湖上最令人懼怕的殺手，心知今日已無倖理。昂然道：「我是誰並不重要，反正今日是與秦姑娘同進共退！」

余收言仗劍指天，悵然一歎：「秦姑娘七弦已斷其二，氣勢已然被奪，還有出手的必要麼？」

秦聆韻亦歎道：「若是只有鬼失驚一人，還有一拚之力，加上公子，我們好像已是必敗無疑了。」

余收言失笑道：「姑娘莫非還認為可以獨拚鬼先生嗎？只怕是在圖脫身之計吧。」眼望劉魁：「叫劉知縣與雷、葛二位兄台防止敵人逃走，我負責看住甯公主，且看鬼先生怎麼對付蟲大師的第一殺手。」

鬼失驚也是仰天大笑：「連蟲大師也傷在我手上，我倒要看看你這個小姑娘憑什麼大言不慚。」

劉魁眼見大局已定，心中大快，要知魯秋道若在他的地頭上有了什麼損傷，丟官尚在其次，只怕命也難保，當下與雷驚天葛沖轟然應諾，圍在秦、寧二人的身後。

秦聆韻與甯詩舞只面對著鬼失驚、余收言、魯秋道三人，面色凝重，準備全力一博。

秦聆韻指尖輕挑，琴音再起，古時琴分七弦五音，適才一弦黃鐘二弦慢角已然空斷無功，尚有五弦卻仍被她彈出調子，空靈的琴聲中秦聆韻輕輕歎道：「我早對余公子說過了，要彈的琴總是要彈，要做的事總還是要做！縱然力有未逮，卻也只好全力一試……」言未罷秦聆韻面色突然慘白，小指一劃一剔，本已與鬼失驚之間繃得筆直的尾弦再斷，鬼失驚不預有此，力道錯開，一失神間，四弦再斷，齊襲他胸前四道大穴。

秦聆韻終於再度出手。

四弦雖是齊斷，來勢卻是有緩有急，附著秦聆韻滿蓄的內力：「嗤嗤」的破空之聲不絕入耳。

鬼失驚毫無動容，雙手齊發，各撈二弦在手，弦繞臂而上，纏了數圈，斷弦筆直如箭，先是一滯，然後在弦中彎曲成一道弧線，秦聆韻竟然以短攻長，捨棄輕靈的變化，要與對方以內力相拚！然而面對成名數載的鬼失驚，此舉何異於投火之燈蛾！

彎弧緩緩向秦聆韻推去，正是鬼失驚霸道內力的反擊！

秦聆韻清喝一聲，指尖再一劈一挑，四弦全從琴上斷開，竟然撤開了內力。

眾人齊齊吃了一驚，在鬼失驚風卷而至的內力面前如此收功簡直就是自殺，四弦驟然加速直刺向秦聆韻的如花面容，……

秦聆韻面起潮紅：「嘎」然一聲聲如裂帛，最後一根「蕤賓弦」終於斷開，秦聆韻對自身的安危竟然全置之度外，最後一根斷弦脫琴仍是直刺向魯秋道，這是琴中最後亦是最粗的一弦，加上她全身的功力，去勢更疾，隱含風雷之聲，已是秦聆韻的捨命一擊……

眾人再驚，魯秋道面色大變，絕沒有想到秦聆韻身處絕境寧可身受鬼失驚的全力反擊，竟還不忘取自己性命。

卻只見——鬼失驚雙手奇怪的一扭一擺，盡縛在四弦中的雙手已然脫出，四弦只縛住了他手中透明無色的「雲絲」手套，雙掌一鉗，拍向秦聆韻的最後一根弦……

那時，誰也沒有想到鬼失驚的手上竟然戴著手套，誰也沒有料到鬼失驚的武功奇幻至此……

秦聆韻……茫然暗歎，這樣的情況下也不能畢其功，已然絕望。

甯詩舞……滿臉黯然，唯有短刃在手，盡全力挑向疾射而來的四根斷弦。

魯秋道……神情大定，腦中甚至開始幻想著如何讓這個美麗女子在自己身下臣服。

劉魁……喜上眉梢，這一回立下大功，自己日後定然飛黃騰達。

雷驚天……心中嘆服，天下最可怕殺手的機變與心智誰人能及。

葛沖……眼望斷掌，明將軍有鬼失驚這樣的助力，像自己這獨手之人是否已應該告老回鄉了。

鬼失驚……口中哈哈大笑：「蟲大師的弟子果然都是捨生取義的人物，只可惜被我破了你這最後一弦，看你再用什麼出手！」

而余收言……余收言忽起，劍閃，身動，長笑：「她不出手我出手！」

突然間，整個甯公主的大堂中再也沒有了話語、琴聲、弦音、掌風，就只有漫天的劍花，如驚濤、如閃雷、如狂電、如怒風、如燦爛的光雨、如凌厲的霹靂、如狂猛的洪水、如慘烈的火舌……

那是蓄勢已久的一道火光，毫無阻滯，變起無痕；那是無始有終的一道閃電，破空而至，瞬息千里。眾人明明白白地感覺到劍光從開始到完成的每一個變化與動作，清清楚楚地知道那渾若天成的一擊猶若鬼斧天工般不可雕鑿，自自然然就如天穹的繁星在銀河中劃破寂靜……

然而，誰又能料到萬千變化後的劍花合為一道蒼幻沛然的劍芒，目標竟然是……鬼失驚！

鬼失驚。大喝。退。

那一道劍芒。緊追不捨。人靠牆。驚呼。愕。

血光，在鬼失驚眉心間那一顆痣上暴起……

牆裂，煙霧迷茫，鬼失驚穿牆而出，總算避開了這一劍的無數後著，留下一灘血跡，無影無蹤……

劍光，斂而無形，余收言笑吟吟地站在一邊，渾若什麼事情也沒有發生。

魯秋道一聲慘呼，那最後一根斷弦，終於透胸而入。

「噹」的一聲，甯詩舞的匕首堪堪擋住了鬼失驚反撥來的四根弦，弦與匕首同時墮地。

魯秋道撫胸仰天倒地，終是他千逃萬躲，也不免在此遷州城斃命而亡，他一生不知壞了多少良家女子的清白，卻死在這甯公主的花樓中，亦算是報應。

靜。眾人誰也不敢相信眼前的變化，均怔住發不得一聲。

葛沖口唇嚅動，正待發話，見余收言劍光指處，劍氣直逼而來，寂然收聲。

余收言神情自若，處變不驚，肅容朗聲道：「魯秋道貪污巨額兵餉，刑部奉命通緝，其冥頑拒捕，已就地斬決！」

雷驚天劍剛剛舉起一半，悻悻垂下。「叮叮噹噹」幾聲亂響，卻是已然六神無主的劉魁手中暗器落了一地。

明月夜，山道上，三人並肩而行，儼然正是余收言、秦聆韻、甯詩舞三人。

余收言輕聲細問：「寧姑娘現在還不肯告訴我真名嗎？」

「不瞞公子，我實是『焰天涯』江南分舵孫敏兒，甯公主本也就是『焰天涯』在此的基業！」

「哈哈，夏蟲語冰，甯公主，不，孫姑娘原來是封女俠的人，怪不得會如此出力來刺殺魯秋道。」

「夏蟲語冰」是指白道上聲譽日隆的四位俠士：「夏」是指身為白道第一大幫裂空幫幫主夏天雷，「語」則是二十年不語，卻為民請願而破了閉口禪功的華山掌門無語大師，「蟲」自然就是名滿天下只殺貪官的白道第一殺手蟲大師，而「冰」說的便是四年前峨嵋山上一記破浪錐殺了魏公子魏南焰傷了楚天涯的封冰，封冰因報家仇殺了深愛的魏公子，為懷念魏公子與從此下落不明的楚天涯，成立「焰天涯」，承魏公子遺志，在「公子之盾」君東臨的輔佐下一意對抗明將軍，雖然封冰武功並不高，但其身為北城王之女，號令當年北城王餘部：「焰天涯」已成為對抗明將軍最大的勢力。而孫敏兒既然是來自「焰天涯」，協助秦聆韻暗殺明將軍手下第一謀士魯秋道自是不足為奇。

孫敏兒笑道：「不錯，真正的臨雲姑娘現在也在去『焰天涯』的路上，她漂泊一生，如今再也不用擔心流落風塵了。」

一直沒有說話的秦聆韻突然開口：「余公子身分如今可以見告了麼？」

余收言目光投向一望無垠的夜空深處：「哈哈，我就是余收言呀，本是刑部御封捕頭，現在犯下這麼大的事，哪還能有什麼身分！」

孫敏兒笑道：「嘻嘻，那麼你說是奉命通緝魯秋道，看來也是騙人了？不過要不是你騙過了水知寒與鬼失驚……」想起鬼失驚可怕的武功，不禁後怕。

余收言微笑點頭：「幸好誤打誤撞中花濺淚引走了水知寒，不然也實在難以騙過這位將軍府的大總管。」

孫敏兒歎道：「只可惜那一劍沒有要了鬼失驚的命。」

秦聆韻想起適才的驚心動魄處，也是花容慘澹：「鬼失驚一生浸淫殺手之道，感覺最是敏銳，所以余公子那一劍高明處就是只有招法而無殺意，不然他必然事先有所知覺，只是以後公子還要小心，鬼失驚一定會想法報復。」

想到鬼失驚神出鬼沒的手段，余收言也不禁心中暗驚，先放下心事，眼望秦聆韻：「適才在席中，秦姑娘本來要問我的是什麼問題？」

秦聆韻看著這個平生所遇最難以捉摸的人，笑道：「你當時說你有三個要追捕的目標，第一個是蟲大師，還有二個是誰？」

余收言大笑：「你當時那麼鎮靜自如，可是猜出了第二個要追捕的便是魯秋道嗎？」

秦聆韻笑著搖頭：「我當時怎麼敢那樣想，只是覺得你明明認出了臨雲是我所扮，卻不說破，必有蹊蹺，或許是友非敵……」

余收言哈哈大笑：「其實刑部是曾下令追捕魯秋道，但誰也知道那不過是做做樣子罷了，又有誰能想到我竟然真的任你殺了魯秋道，可笑劉魁等人還不敢攔我……」

秦聆韻沉思道：「我入師門最晚，卻從來沒有見過二師兄齊生劫，劍法通神，為人狂傲，最是有神鬼莫測的手段……」

余收言笑著搖頭：「可惜你還是猜錯了，我久聞『棋中生劫』的大名，卻是無緣一見。」

孫敏兒一拍腦袋：「我知道你是誰了。」

「哦，你說說！」

「久聞蟲大師最厲害的武器不是琴棋書畫四大弟子，而是名為『竊魂影』的一種武器，可我覺得影子就應該是人，想來你就是蟲大師的『竊魂影』吧！」

余收言失笑，又一挺胸膛：「胡說，堂堂的刑部神捕又怎麼會是影子呢！」

「哦。」孫敏兒看向秦聆韻：「秦姑娘快告訴我們這個『竊魂影』的來歷吧，事實上江湖中的人誰不是對這件事很好奇呢？」

秦聆韻緩緩搖頭：「我也不知道師父的『竊魂影』到底是什麼！」

孫敏兒大奇，又向余收言問道：「你既然和蟲大師一點關係也沒有，又是正宗的神捕，那你為何要幫我們？」

余收言正容道：「將軍殘暴成性，隻手遮天，魯秋道助紂為虐，江湖中凡是有血性的漢子人人得而誅之。」

孫敏兒恍然大悟：「原來你只是替天行道！」

余收言大笑：「不錯不錯，家父從小就教我，人在江湖，就是為了替天行道。」

「那你第三個要追捕的人卻又是誰？」

余收言豪氣大發，對著孫敏兒眨眨眼睛：「我現在這樣怎麼還能當神捕，不過我總會給自己定下一個目標的。這第三個目標嘛，現在卻是不好說破……」語鋒一轉：「水知寒去追殺花濺淚，我還要去幫幫這個好朋友，就此作別，二位姑娘一路珍重。」言罷竟揮手告別，轉身而去。

孫敏兒望著這個看似對一切毫不在乎，卻事事極有主見的年輕人背影，放聲喊道：「別忘了你下次來找我的時候不用你付帳……」

余收言笑聲隨風傳來：「孫姑娘不用提醒，有人請客的事我是怎麼也忘不了的，或許有天我還會來『焰天涯』與你們相見……」幾個轉折後，已然不見。

秦聆韻抬起頭來，似有所悟：「我想我知道師父的影子到底是什麼了。」

孫敏兒連忙問道：「是什麼？」

秦聆韻不答反問：「你說為什麼我們會走在一起對付明將軍？為什麼臨雲姑娘一個文弱女子會為我們不惜得罪明將軍？為什麼原本素不相識的余收言也會幫我們殺了魯秋道？」

孫敏兒眼睛一亮，若有所覺，拍掌道：「對對對，現在我也知道蟲大師最厲害、讓所有邪魔歪道聞風喪膽的『竊魂之影』到底是什麼了！」

二女對望哈哈而笑，歡笑聲中二個窈窕的身影沒入月夜的蒼茫中……

尾聲

長白山頂，那位老者含笑對舞刀少年道：「風兒，以你的聰明，想必已經猜出蟲大師的『竊魂影』到底是什麼了吧？」

舞刀少年默思半晌，決然抬頭：「我想，那就是正義！」

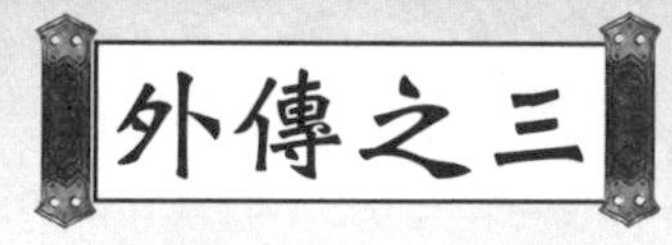

碎空刀

在祝嫣紅的眼中，那道刀光就像是一支將要劃上面門的眉筆，
圈下情人的詩句；
在八大護法的眼中，那道刀光就像是一面在冷風中獵獵作響的大旗，
湧上無盡的戰志；
在雷怒的眼中，那道刀光就像是一種糾結前世纏綿今生的「空」，
刀氣斂去，刀意無窮！
雷怒呆呆看著那一道從未見過卻早有所聞的刀光，
脫口而出：「碎——空——刀！」

第一章 相見歡

——水無定、花有盡、會相逢。可是人生長在、別離中。

一、釘子

直到今天，祝嫣紅還依然記得那日的陽光，那麼柔和，那麼清爽，那麼——泰然……

那時風凜閣的氣氛是凝重的，每個人的臉上都有一種被屈辱後的憤怒，每個人都是心事重重的，面對將至的絕境一籌莫展。

但只除了祝嫣紅。

她在看那八月初秋的陽光，她在怡然地感受那陽光的味道，望著陽光從天窗中漫灑下來，悠然落在廳堂中，所過之處清晰的看得見小粒的微塵被輕風吹動，在房間中流漫著、竄動著，彷彿在接受一場聖潔的洗禮。

她感受著那陽光慢慢悠悠地爬上門檻、窗櫺、桌椅、樑柱，再慢慢地爬上每一個人的臉，踽踽而行。

那時她想，今天的陽光好像有一種四平八穩的韻味……

四平八穩的陽光下坐著一個四平八穩的人。那是她的丈夫——五劍聯盟的盟主雷怒。

雷怒沒有怒，他的臉還是如一貫般板得嚴嚴的，沒有任何表情。他的手還是很穩定，緊緊握住那把陪了他十八年的「怒劍」上，滿布青筋，盤根錯節。

「只有你們八個人了嗎？」

雷怒平靜地問道，其實他知道答案，他之所以要問只是因為他不想讓身邊最後留下的八個人感覺到他對局勢的無能為力，他必須用言語來扭轉心理上的壓力。

「洪荒劍」江執峰拱手道：「稟盟主，自從收到將軍令後，我們遵從盟主的意思讓本盟弟子自行決定是否留下與山莊共存亡，十餘天來每日都有人棄下兵刃離開五劍山莊。到現在為止，整個五劍聯盟，留下來的就只有我們八個人。」頓了頓，江執峰毅然道：「我們八人已決意與盟主共進退，力抗將軍令。」

雷怒沉思，拍桌而起：「從今天起，江湖上再也沒有什麼五劍聯盟，我也不再是什麼五劍聯盟的盟主，我們是兄弟，同生共死的兄弟！」

雷怒的聲音很大，也很豪氣，他握劍的手還是那麼穩定，沒有一絲的顫抖。

可是就在那一刻，站在雷怒身後的祝嫣紅就著肆虐於堂中慢慢攀上他後頸的陽光，在他那粗短的脖子、暴起的青筋上看到了一滴汗水，緩緩地淌下他的脖梗，像一條蹣跚而下的小蟲子，鑽入他的衣領。

「八個人？」她想著，到這個時候雷怒也沒有把自己算到其中嗎？她是什麼呢？他的女人，他的附屬，或是他的一個玩物？

於是她笑了，無聲的笑。笑意先從她的面上擴散開，慢慢在她嘴角凝成一彎嫵媚，在她臉上浮起一抹嫣紅，在肅穆而充斥著一股冰冷的廳堂中溶化開來，遁入陽光中……

雷怒感應到祝嫣紅的笑，奇怪地回頭看了她一眼，心裡不免有些澀澀的歉疚。在這種人人只顧逃生的情況下，她沒有離開自己到底是為什麼？因為她愛他？還是因為她無處可去？

雷怒在暗中搖搖頭，驅趕心中那一絲不能釋懷的疑慮。

無論如何，她留下來了，不是為了什麼五劍聯盟，只是為了我！

這，就足夠了吧！

「盟主錯了，不是八個人，是十個人。」一個聲音淡淡地在門口響起。

「嗆」，除了雷怒與祝嫣紅，廳中的八個人同時抽出了劍，劍有八把，拔劍的聲音只有一下。

雷怒沒有拔劍，雖然他的震訝絕不下於八個手下，可他要保持他的冷靜。

做為一個統領者，如果你失去了冷靜，那將會讓恐懼像瘟疫一樣傳染給手下的每一個人，從而喪失了僅有的戰志。

在這樣的情況下，在將軍令已傳來十天後，如果還喪失了戰志，那就只意味著一件事——死！

來人竟然能無聲無息地出現在風凛閣外，尤其在此風雨欲來，人人戒備的情況下，更是讓人難以相信！

這世上果真有能在五劍聯盟盟主雷怒與其八大護法面前神不知鬼不覺出現的人嗎？有——因為，他就出現了。

那個年輕人就隨隨便便地站在廳口，手裡掌著一方黑黝黝的令牌，陽光彷彿一下暗啞起來，因為那枚令牌正是江湖上聞之色變的將軍令！

這已是五劍山莊收到的第二面將軍令了。

第一次收到將軍令是十天前，十天前送來將軍令的人是將軍府上的一個啞僕。

那個啞僕面相漠然，右腳尚有殘疾，但沒有人敢小看他，因為他是在三招間擊倒了門口六名五劍聯盟的弟子，更與五劍聯盟八大護法中的「擒天劍」關離星硬拚半招後才走入風凛閣，恭恭敬敬地對雷怒獻上將軍令。

隨令有一封信，裡面只有九個字：一個月內解散五劍盟！

軍令初至，莫敢不從；軍令再至，莫與爭鋒，軍令三至，血流成河！

於是偌大的五劍聯盟頃刻瓦解崩析，只剩下在堂中的這幾人——五劍聯盟的盟主雷怒與他手下的八大護法。

這一次，將軍令帶來的又是什麼？

雷怒的瞳孔驟然收縮，死死盯在那方讓他不得不面對眾叛親離的境地的將軍令上，呼吸好像也不能順暢了。

那面將軍令到底有什麼魔力，能令江湖上大好男兒的熱血凝冰，肝膽怯懦？

可是，那個年輕人就那麼隨隨便便地握著將軍令，那麼自然，那麼安詳，就像是一個老車夫握著他的馬鞭，就像一個賣花女子提著她的花籃……

他面色亦是漠然，卻非像那個啞僕有種猛獸噬食般的獰惡，而是有種萬事不縈於懷的素淡，就如一點也沒有將這一方令牌放在心上。

那讓人見之凜然的將軍令在他手上沒有產生一絲威脅感，絕無手執將軍令之人撲面而來的那股肅殺之氣，與他就像兩個絕不相容的物質，令歸令，他是他。給人的感覺是他只不過適逢其會地拿住了將軍令而已！

雷怒努力將目光從將軍令上移開，冷冷看著來人問道：「還有兩個人是誰？」

來人笑了，就像滿室的陽光突然全都聚集在他原本冰冷的面容上，破開了一線生機，他輕輕一擲，將軍令就像是一片羽毛般飄到雷怒的案頭，令擊在桌上，發出一聲沉悶的聲響，顯是勁力甚重，可桌上的物品卻不見一絲的晃動。

「還有兩個人，一個是尊夫人，另一個當然就是我！」

他並不高大，可總是給人一種筆直的感覺，就像一顆釘子，牢牢地釘在了地上，讓人覺得什麼樣的力量也很難將他推倒……

那枚釘子也一下子釘在了祝嫣紅的心上，扎得很深很深，彷彿輕輕一動就會引發蝕骨的疼痛。

於是當所有人都圍住那個年輕人的時候，祝嫣紅不敢動，怕動一下就會讓那枚釘子釘錯了地方，不能深深深深地釘入她的身體……

在那一剎，她只知道這個驀然間從門口傳來的聲音很好聽，有一種堅定的意味，比起丈夫和他手下繃得緊緊的聲音，少了三分肅殺，多了三分從容；最後，還有一分淡泊。

於是在所有目光都集中在來人手上那一方黑黝黝的令牌的時候，她是唯一盯住著他的臉的人。

所以直到今天，祝嫣紅還記得那日的陽光，那麼柔和，那麼清爽，那麼——泰然……

所以直到今天，祝嫣紅還搞不清楚，那天的陽光原本便是如此的絢然，還是因為他的出現將死寂的陽光揉碎洗褪後，再賦予了一線破曉的生機?!

二、面子

「雷怒是個什麼樣的人？」那個衣色光鮮的中年人上得酒樓來，徑直走向臨窗而座的一個看似落魄的老人，輕輕問道。

老人不為所動，看著杯中的酒：「這句話值十兩銀子。」

「啪」，一錠紋銀重重拍在桌上，周圍的杯盞卻絲毫不動，就連杯中的酒水也未見一絲波紋。

那銀子只怕足有二十兩。

老人像是什麼也沒看到一樣搖搖頭：「我既然說是十兩，便是多一錢也是不會要的。你可聽說過吳戲言有說話不算數的時候麼？」

中年人大笑：「好一個君無戲言，你可聽說過我要把給出去的銀子還收回來的道理麼？」

那個老人抬頭看看那個中年人：「大總管果是有大總管的風度，只是不知你是來問話還是來擺威風的？」

那中年人正是京師中明將軍府上的大總管，與明將軍並稱為江湖黑道六大宗師之一，以一雙寒浸掌馳名天下的水知寒。

那個看似落魄的老人乃是江湖上人稱「君無戲言」的吳戲言，自稱對江湖上的事情無不知曉，卻又擺明價碼出賣情報，從不買任何人的帳。他為人遊戲風塵，亦正亦邪。此時就是面對京師中幾人之下萬人之上的將軍府大總管，亦是冷嘲熱諷。

水知寒眼中精光一閃而逝，用手指夾住那錠紋銀，呵呵而笑：「吳先生且莫動氣，是水某的不是。只是這一指剪下去，若是多了或是少了半錢，卻如何是好？」

吳戲言將杯中的酒一飲而盡：「總管太謙遜了，你那雙手剪下來的東西若是有了半分差欠，我便從此戒酒了。」

「叮」的一聲，那錠紋銀應聲而裂，便若刀劈斧削般的齊整。

吳戲言欣然將半塊紋銀放入懷裡：「水總管剛才的問題只怕不是表面上的那麼簡單吧。」

水知寒笑道：「你且說來。」

吳戲言再緩緩倒上一杯酒，眼中泛起一絲鬱色：「雷怒出身江南霹靂堂，為堂主雷亂風第六子，卻自小認定本門武功多取自於霹靂堂的火器之威，是以反投江南各大劍宗，用九年時間習得七套劍法，再四處尋訪名師，終至劍法大成。五年前更是聯合江南流影、追風、弄月、奔雷、嘯電五門，成立了五劍聯盟，被公推為盟主，其勢力已遠遠凌駕在江南諸門派之上，以致為有志一統江湖的明將軍所忌。十二日前明將軍公然發下將軍令，令其在一個月內解散五劍聯盟，不然……嘿嘿，水總管自是不用我說下去了。」

水知寒撫掌大笑：「這些回答好像並不是我本來要問的問題，我要知道的是雷怒是什麼樣的人，他的性格是什麼樣，他的喜怒是什麼，他有什麼特別的嗜好……」

吳戲言再飲一杯酒：「五十兩。」

水知寒奇道：「為何突然要這麼高的價格？」

吳戲言歎了口氣：「是五十兩黃金。」

水知寒眼望自己擺在桌上的那雙手，再不作聲。

這雙手若是剪住一個人的喉嚨，是不是也像剪在那錠銀子上一樣？

吳戲言眼中的鬱色更濃：「我並非是漫天要價，我的情報來自手下的幾百人，我至少要給他們一個交代。」

水知寒的眼光依然盯著自己的手：「君無戲言說的話誰敢不信？我相信你的情報值五十兩黃金，你可是要我命手下去將軍府取來嗎？」

吳戲言歎道：「最可恨的就是我這個君無戲言的招牌，不然我大可回答總管一聲不知道，亦免得現在這麼為難。」

水知寒冷冷道：「你有什麼為難的？」

吳戲言道：「只要總管答應我一件事，這個情報可以免費送上。」

水知寒眼光終於從自己的手上離開：「說。」

「我只要總管保證解決五劍聯盟這件事之前不要再來問我任何問題。」

水知寒大笑：「好，一個月之內，我絕不會再來找你，也不會過問你的任何事。」

吳戲言喃喃道：「還是給我半年吧。」

水知寒精中神光再現：「吳先生認為將軍府不能在一個月之內解決這件事嗎？」

吳戲言無言，竟似默認。

水知寒思索良久：「我答應你。」

吳戲言精神大振，一整面容：「雷怒性格果敢，擅於尋險出擊，當年孤身刺殺媚雲教左使鄧宮便是其成名之始。他獨自一人化裝為媚雲教徒，於法教大會上一擊伏殺鄧宮，再趁亂逃走，其膽色可見；他最愛的有三樣，一是名劍，其名為『怒』，是他從不離身的兵刃，二是美人，其妻嫣紅，是江南大儒祝仲甯之女，當年雷怒收集了十一幅歷代名人字畫，方得以打動祝仲甯之心，將他的寶貝女兒娶了過來；這第三最愛嘛，卻是愛面子……」

水知寒失笑道：「雷怒的名劍與美人早有所聞，可這愛面子一說倒是第一次聽到。」

吳戲言點點頭：「雷怒自幼便被視為霹靂堂新一代掌門的接班人，天資絕高，是以才能習透江南諸門的七套劍法。不過正是因為從小驕狂，所以才極重名聲，創五劍聯盟時為了怕給人詬病，一再申令江湖與霹靂堂脫離關係，便是怕旁人指責其功業全是來自於霹靂堂的威勢。旁人只道雷怒的高傲，卻不知根底全在於他愛惜名聲，縱觀其人，只怕最愛的不是名劍與美人，而就是面子……」

水知寒心下贊同，現在他已覺得所花的代價並不冤枉了。

吳戲言見水知寒面露滿意之色，再斟一杯酒：「我知道總管要問的其實並不是雷怒這個人以及五劍聯盟有什麼實力，而是要問他會怎麼面對將軍令吧？」

水知寒緩緩頷首。

吳戲言續道：「雷怒雖是統領了五大劍派，手下能人不少，但畢竟五派各有尊長，平日共振五派威名時當然是合力對外，無往不利，但真惹上了將軍府這樣的大敵，只怕均是大難臨頭各自飛了。不過雷怒為人剛硬，初出道時仗著霹靂堂的威名，後來便全憑漸漸坐大的勢力，從未逢過什麼挫折，加上其死要面子，所以這一次就算是眾叛親離，也必是集殘部與將軍一戰，堂堂五劍聯盟，若是懷著拚死之志與將軍周旋，只怕亦是不好應付……」

水知寒冷然道：「螳臂當車，何足道哉！」

吳戲言歎道：「雷怒聯合五派本身沒有錯，只是錯在鋒芒太露，不懂低調行事，以致為將軍所忌。其實五劍聯盟雖然勢大，卻也遠抵不上將軍的實力，將軍之所以要拿五劍聯盟開刀，無非是想看看江湖中人的反應，是以才留下一個月的時間，靜等不服將軍的人來援手，屆時再一網打盡。不過雷怒亦應是知情勢之人，明知不敵為何還要緊守五劍山莊，其中恐怕還另有別情……」

水知寒眼中殺機一現，漠然道：「你說得太多了。」

吳戲言垂下雙目：「我人雖老了，一雙眼卻還是很利，總管既然答應了我的條件，我自當把所知的全盤奉上，以免砸了自己的招牌。」

水知寒飲下一杯酒：「你的話讓我聽到還不妨事，若是讓將軍知道了，只怕你走不出京師。」

吳戲言低聲道：「所以這個交易是與總管做的，我今晚就會離京。」

水知寒朗笑道：「我既是答應你在這個月內解決五劍聯盟前不理你的事，你急什麼？」

吳戲言澀然道：「水總管莫忘了我們說的是半年……」

水知寒終於動容：「時勢造英雄，雷怒雖是武功不凡，但若是來到京師，在此藏龍臥虎之地，只怕他根本入不了流。他不過身持遠在將軍勢力漸微的江南，才有了今天的地位。你卻為何很有把握我不能在一個月內蕩平五劍山莊？」

吳戲言道：「雖然江南霹靂堂聲明不再管雷怒的事，而江湖上大多趨炎附勢之徒，當日五劍聯盟如日中天，當然是趨之若鶩；而此時對五劍聯盟不落井下石、趁火打劫已是夠好了。但我知道有一個人是絕不會不管這件事的，而他此刻應該就在五劍山莊中。」

水知寒眉尖一挑：「誰？」

「有事稟報總管。」一個劍客急匆匆地登上酒樓，正是將軍府上的「單劍指天」蘇非奇。

「什麼事？」水知寒見蘇非奇不及施禮，知道必是有了大事。

「送第二道將軍令的啞僕橫死江南，將軍令不知所蹤，屍體已被人送了回來。」

「哦，可查出是何人所傷？」

「啞僕全身並無傷痕，只有額頭到胸腹間一道淡淡的紅線。據鬼先生察看，應是刀氣所傷。」

蘇菲奇口中所說的鬼先生乃是將軍府上的鬼失驚，所轄二十四名弟子，以二十四星宿為名，江湖人稱為「星星漫天」，均是殺人於無形間的超級殺手。

鬼失驚是公認幾百年來江湖上最強橫的殺手，被人稱為黑道上的殺手之王，與白道殺手蟲大師齊名於世，在將軍府上排名也僅在水知寒之下。

水知寒沉吟道：「鬼先生還有什麼話說？」

蘇菲奇道：「鬼先生說他認得這柄刀。」

水知寒渾身一震，望向吳戲言：「我已知道那個人是誰了！」

三、軍令

雷怒靜靜的拿起被擲在桌邊的將軍令，其令不過二寸見方，入手沉重無比，色澤黝黑如墨，撫之似滑似澀，可以感覺到一絲幽冷的寒意。

十天前接到將軍令時，雷怒曾用他那柄無堅不摧的怒劍向其劈去，卻不能損其分毫。料想應是關外玄鐵精製而成，高溫難化，也不知將軍是用何方法鑄成的。

江湖上能人眾多，能用玄鐵煉製成的器具雖不多見，但也不足為奇。然而當這樣一面小小的令牌上刻下一個「明」字的時候，它所意味著的就絕不僅僅是一面令牌了，而是被公稱為天下第一高手明將軍的戰書。

明將軍身為朝廷大將軍，威勢震盪四野，當年只用五年時間平定北疆，逼迫關外各族對中土俯首稱臣，對外一戰功成後轉而安定內務，首當其衝的就是江湖上各門各派。

這數年來，明將軍威誘並用，令江湖上無數門派服膺。

黑道六大宗師中，水知寒身為將軍府的大總管，川東龍判官主動向將軍示好，江西鬼城歷輕笙更是派弟子投向將軍府效力，只有南風風念鐘與北雪雪紛飛不為所動。

黑道各門派更是紛紛以明將軍馬首是瞻，現在唯一能抗衡明將軍的勢力的，大概就只有江湖第一大幫裂空幫了，在其幫主夏天雷的帶領下與將軍的黑道勢力分庭抗禮；再就是如被譽為白道第一殺手的蟲大師，與手下秦聆韻、齊生劫、舒尋玉、墨留白四大弟子以暗殺的方式與將軍對抗。

其他與將軍為敵的小股勢力如雲南的焰天涯，關中的無雙城，海南的落花宮等，不過是仗著地處偏遠，將軍勢力不及，亦僅能自保而已；再就如少林武當等名門大派對將軍的兇焰也無不是靜觀其變，不敢稍有異動。

十四年前，第一面將軍令出現在長白派。

當日御賜藩王封隘侯一意在關外發展振興，更是聯合了被明將軍欺壓許久的塞外各族的勢力，打著替天行道剷除奸臣的旗號拜王立國，其矛頭直指朝廷內一人之下萬人之上的明將軍……

長白派派主許烈領門下五百弟子，公開表態支持封隘侯立國，是北關外除北雪雪紛飛外最有號召力的一股力量……

封隘侯乃是皇族藩王，明將軍沒有奉詔不敢公然為敵，但對長白派可無顧忌。

於是，第一道將軍令便傳到了許烈的手裡，令其十天內盡獻長白派的兵器，並送子為質，以示懲戒。

許烈接令大笑，拔劍斬來使，懸令於廳門，令手下進廳先唾之。

十日後，明將軍親率五百精兵，集同手下高手神不知鬼不覺地殺入長白派……

許烈七招內敗死於將軍之手，長白派五百人全部被殲，從此長白派在江湖除名！

十五天後，封隘侯神秘暴斃於封隘侯府內，全身上下絕無傷痕，僅是眉心一點朱紅……

江湖傳言那是明將軍手下第一殺手鬼失驚的傑作……

而將軍府的大總管，身為黑道六大宗師之一的水知寒竟然留守京師，根本就沒有離京，由此已可見將軍手上雄厚的實力。

五年前，山海關城守路天遠擁兵自立，將軍令第二天便出現在他的面前，令其赴京謝罪。

路天遠不為所動，調兵遣將，封鎖山海關。

十天後第二道將軍令神秘地出現在路天遠愛妾的房中，其妾慘死床上。

路天遠矢志為愛妾復仇，全城戒嚴搜索兇手。

二十天後第三道將軍令出現在路天遠的帥廳中，路天遠及其手下十二將領全部身首異處……

四年前御史蔡耀宗奏本彈劾明將軍，皇上雷霆震怒，蔡御史罷官遠放。臨行前明將軍令人把一方將軍令送予蔡御史……

這一次江湖白道出動了，少林武當峨嵋華山四大門派均派出了高手護駕，號稱天下第一鏢局的唯我鏢局總鏢頭林渡親自隨行，更有許多不知名的江湖高手暗中保護……

五天後，第二道將軍令出現。

少林心覺大師斷了一隻左手，武當華陽真人斷了一隻右手。

十天後，第三道將軍令出現。

峨嵋烈空師太吐了七口血，華山杜長老劍折人傷，林渡被人毒瞎了雙眼，江湖上的高手死傷二十六人……

而蔡御史，胸骨盡裂臉容被毀，沒有人能再認得這具冰冷的屍體曾經是堂堂御史！

……………

這八年來，將軍令一共出現過五次，人死得一次比一次少，卻一次比一次更凶險。

那以後，再也沒有人膽敢公然違背將軍令。

軍令初至，莫敢不從；軍令再至，莫與爭鋒，軍令三至，血流成河！

四、碎空

雷怒靜靜看著這一方只要一出現便會讓江湖上掀起血雨腥風的將軍令，陷入了沉思中……

這一次，他的結局是不是和以前收到將軍令的人都一樣？

他有些猶豫了，以他現在的實力與明將軍對捋無異以卵擊石。

人生在世，有所不為，有所必為。

但，如果失去了性命，還能有什麼可為？

雷怒依然將脊背挺得直直的，他不能在五劍聯盟的八大護法面前失了尊嚴，他們拚死維護自己，自己絕不能讓他們失望……

他更不能讓愛妻嫣紅看到自己軟弱的一面，他是那麼愛她，他要保持在她心目中的英雄氣概……

何況，現在還有一個外人！

雷怒望向那個送來將軍令一臉漫不在乎的年輕人：「你是誰？」

年輕人不語、拔刀、擺肩、甩臂

——劈！

風凜閣在場的所有人都清清楚楚地看到了他的動作，自然而然，猶若高山流水般渾若天生。奇怪的是從他出刀到完成最後一劈，每個人都沒有感覺到一絲威脅，就像是在看一場刀舞，一場完美無缺的表演，只是呆呆看著那一道毫無敵意卻又凛冽無匹的刀光在虛無中迸出、在空中停頓、在眼前消散。

一股霸道卻又彷佛帶著一絲空曠的刀氣便充斥在風凜閣中，刀意中分明含著一種舞蹈般的節奏，讓人敲節激賞、讓人心潮澎湃、讓人血脈賁張、讓人盪氣迴腸……

凌烈激揚處好似怒馬狂奔般給人強大的衝擊力，舉重若輕處卻又似閒庭信步間迎面襲來的一股清風；這兩種矛盾的感覺集合在一起，令人感覺劈來的不是刀，而是被揉碎成七彩再集結重組的一道眩目彩虹，遠在天邊，卻又似觸手可及……

在祝嫣紅的眼中，那道刀光就像是一支將要劃上面門的眉筆，圈下情人的詩句；在八大護法的眼中，那道刀光就像是一面在冷風中獵獵作響的大旗，湧上無盡的戰志；在雷怒的眼中，那道刀光就像是一種糾結前世纏綿今生的「空」，刀氣斂去，刀意無窮！

雷怒呆呆看著那一道從未見過卻早有所聞的刀光，脫口而出：「碎——空——刀！」

年輕人微微一笑，笑容中滿是一種倦意：「這一刀便是送給盟主的見面禮。」

那放在雷怒桌上一度堅不可摧的將軍令應聲而開，化為齊齊整整的兩半！

五、作對

「葉風是什麼樣的人？」

吳戲言沉吟良久，默然搖頭。

水知寒訝然望來：「也有吳先生不知道的事情麼？」

吳戲言歎道：「我不是不知道，而是說不出來。」

水知寒沉思。

吳戲言再歎：「就像讓我說總管是什麼樣的人，我也是說不出來！」

水知寒靜默。

吳戲言三歎：「我說不出來是因為對『碎空刀』葉風的說法太多，反而讓人無從分辨。有人說他是北雪的關門弟子，有人說他是封隘侯的遺孤，有人說他是荒野中長大的孤兒，有人說他是點睛閣、翩躚樓、溫柔鄉、英雄塚這四大神秘家族合力打造的武學天才。但不管怎麼說，只有兩點可以確定，一是其武功極高，雖然不知來歷不見淵源，卻足以與任何一位宗師級的高手抗衡；二是他為人亦正亦邪，獨來獨往，但只要能碰上與將軍作對的事，卻是從不放過……」

水知寒問道：「江湖上怎麼評價他？吳先生儘管直言。」

吳戲言思索良久：「碎空刀人稱『刀意行空，刀氣橫空，刀風掠空，刀光碎空』，以無質之刀氣傷有質之敵手，被譽為江湖百年來第一個能練成虛空刀意的人，刀法之高直追刀王秦空，實是明將軍的勁敵。」

水知寒沉聲問道：「他為什麼專與將軍作對？」

吳戲言道：「這一點江湖上傳言紛紛，但沒有一種說法有說服力。葉風刀法雖高，但以一人之力卻絕對敵不住將軍眾多的高手。可他一向獨來獨往，形跡詭秘，更是為求目的不計手段，或暗中刺殺、或尋敵決鬥、或伺機窺視、或雷霆一擊，出手不中即刻遠飆千里，有此人為敵，就是任何人也會頭痛的……」

水知寒冷然道：「將軍最多視其為一跳梁小丑而已，我倒要看他能跳到幾時？」

吳戲言嘿嘿一笑：「縱然將軍無意認葉風為大敵，可在此將軍勢力威至巔峰時，此人的出現正是一個致命之傷。江湖上人人對明將軍退避三舍，唯獨碎空刀不畏生死，以一人之力對抗將軍，大漲將軍之敵人的士氣，若是其登高一呼，只怕能集結不少有意之徒，令將軍頭疼，江湖上不少人都視其為對抗將軍的一個偶像，是明將軍的心腹之患，亦是明將軍的勁敵。」

水知寒哂然一笑道：「所謂將軍的勁敵，魏公子、暗器王、封隘侯都死了，蟲大師銷聲匿跡，南風、北雪、夏天雷等等也不過是苟延殘喘，早遲都會死在將軍的手上，沒有差別。」

吳戲言再飲一杯酒，臉上已有醉意，喃喃念道：「人生百年，瞬息即過，無非都是一抔黃土，亦沒有什麼差別……」

水知寒眼中殺機乍現，哼道：「這一次我要讓江湖上再也沒有碎空刀這號人物。」

吳戲言心念一轉，神情略變，脫口而出：「上個月才聽聞碎空刀葉風出現在江南，將軍令便立刻毫無來由地傳到了江南蘇州的五劍聯盟……」

水知寒冷冷道：「吳先生大概喝多了，最好管住你的那張嘴。」

吳戲言眼望水知寒冷靜的面容，心中湧上一股寒意，半張著嘴再也發不出一聲來。

難道這一次將軍令突然傳至五劍聯盟，只不過是對付碎空刀葉風的一個局嗎？

六、求思

祝嫣紅無疑是個美麗的女子，可是第一眼看到她的時候，你感覺到的不是她的美麗，而是一種「柔」。

那是一種如水般的沉靜，好似任何一種驚擾都會激起水的漣漪，蕩起波紋。

她的人就像她的長髮，那麼隨意地披下來，就著身體的起伏，圍成一巒纏綿的弧度，加倍強調著她的曲線，這樣一個女子給人的感覺總是嬌柔多於嫵媚的……

而祝嫣紅看起來嬌柔得不堪一握的手上此刻正在撫弄著一把劍。

一把與她這個人絕不相配卻又讓人覺得理所當然的劍。

身為五劍聯盟盟主夫人，怎可無劍？

那把劍是她前年二十五歲生日時丈夫送給她的，只有五寸餘長，小巧精緻，利鋒銳芒，藏青色的劍鍔，淡黃色的流蘇，更像一件藝術品而絕非殺人的利器。

「這柄劍是我三個月前從一古墓中得來的，現在我把它送給你用來防身。」那時，她的丈夫如是說。

他懂得自己的心思嗎？他難道不知道她是一個討厭打打殺殺的女子嗎？他難道不知道她是個因為一片落花一草絮葉一個可愛的玩具一個小動物便會笑著哭著的小女子嗎？

這樣小巧的一柄劍，修修花草修修指甲不是更好嗎？

她心中的想法當然不會說出來，只是細細把玩著這柄小劍，就像把玩著一枚女紅的針。劍身上刻著兩個古意甚濃的篆字——「求思」。

她的心中便輕輕吟起了詩經中的那闋名為《漢廣》的古樂：「南有喬木，不可休息；漢有遊女，不可求思……」

她便喜歡上了這柄劍，喜歡那種哀而不傷，怨而不怒，素淡的、可遇而不可求的傾慕與渴望之意。

今年她已二十七了，兩年的時光可以改變很多事情吧？

「這幾天你要隨時揣著那柄劍，我不要讓你落在敵人手裡。」十天前，她的丈夫如是說。

他不知道，自從他送給她這柄「求思」劍以來，這柄劍便從未離她身。

而這麼多年來，當他想到這柄劍的時候，只不過是提醒她：「我不要你落在敵人手上……」

那一刻她就知道了，她的「求思」不是用來拒敵的，也不是用來修剪花草的，而是用來在被擒受辱前守節自盡的！

她是盟主夫人，她是雷怒的妻子，她不能忍辱偷生，她不能為人所汙，因為那毀掉的不僅是她的貞節，亦有雷怒的尊嚴。

是呀，在這樣的情況下，她做為雷怒的尊嚴是不是更多於她做為他的妻子？

她不知道，她也不想知道。

她只知道，常常被人提在嘴邊津津樂道的「碎空刀」葉風來了，而且要與自己的丈夫並肩共抗明將軍的將軍令。

那個眼睛裡飽含著一種憂鬱、一臉薄薄寞色、一笑就像個小孩子的年輕人，竟然就是名震江湖像一個神話更多於像一個人的——「碎空刀」葉風。

她對這個名字本是沒什麼好感的，她本以為這個名字後面的人不過也是像丈夫和他的手下一樣，大碗喝酒、大塊吃肉、一面談論著女人、一面談論著江湖；用好像可以穿透她衣衫的眼光看著她；說粗口也不會忌諱她的感受；說正事也不必避著她卻也從不讓她參與；就算是她的丈夫，也只會在刀子來的時候擋在她的面前；在拚力殺敵後放縱在她的身上；在她葬花的時候笑她；在她幽怨的時候哄她……

可葉風來了，他的第一句話竟然就說他是與十個人一起抗敵的。

而在那十個人中，在他並肩抗敵的陣容中竟然，竟然包括著她，包括著一個手無縛雞之力只懂彈琴弈棋吟詩種花的小女人……

那一刻祝嫣紅不再覺得自己只是一個男人的私寵，只是一個男人的附屬……

而是突然有了一種被當做朋友、兄弟、戰友、甚至是被當做一個人的快樂……

這一切，只不過因為他來了，因為他的一句話……

而那時，他還沒有出刀，竟然就輕易地斬落了她二十餘年的怨……對！

第二章　破陣子

——莫說弓刀事業，依然詩酒功名。千載圖中今古事，萬石溪頭長短亭。小塘風浪平。

一、怕

傍晚的江南官道上，悠悠行來二個少女。

一影淺綠，一影素藍；一人娉婷，一人窈窕。

正是八月初秋時分，天色已沉，白日中人來人往的官道上除了這二個少女便再不見有其他路人。

藍衣少女肩背一個小包袱，看起來是個丫鬟的樣子，一邊走一邊喘著氣道：「小姐，早先那個客棧老闆便說前面幾十里都沒有住店，你偏偏不聽，現在倒好，只怕非要一路走到蘇州了。」

綠衣少女呵呵笑道：「這樣好的月色，就算走一夜也沒什麼不好。」

藍衣少女氣鼓鼓地道：「我可不像小姐那麼有閒心逸致，現在只想找個地方好好休息一下我那又疫又麻的腿。」

綠衣少女一把搶過藍衣少女肩上的包袱：「水兒累了吧，我來幫你背包袱吧。」

水兒急忙將包袱搶過來，賭氣道：「這怎麼行，我們做丫鬟的天生就是勞累的命，要是讓夫人知道了小姐背包袱，只怕又是一頓責罵。」

綠衣少女嘻嘻笑著：「那有什麼，這包袱又不是很重，我早說了要讓你好好練功夫，現在你知道平日偷懶的後果了吧。」

水兒笑道：「就怕給人看見你背著包袱，還以為你是我的丫鬟呢。」

綠衣少女一愣：「這倒是，我堂堂大小姐給人誤會做丫鬟豈不是很沒面子。」

水兒調笑道：「別人倒也罷了，最怕就是讓他看見了……」

綠衣少女不依道：「哼，人家沒有名字的嗎？『他』呀『他』的，這一路來也不知道你提過幾次了。我來江南只是看看風景，又不是要來見什麼人。」

水兒忍著笑一本正經道：「是呀是呀，小姐最討厭他了，本來說好要遊杭州十天，一聽說他出現在蘇州，錢塘潮也不看了，六和塔也不見了，忙著要先北後南繞個大圈子，借道蘇州城回家去也。」

綠衣少女大窘，作勢要打，水兒連忙躲開告饒，二女笑作一團，官道上一團旖旎風光。

水兒揉揉眼睛：「最可恨是小姐今天一大早便拉著我去看江潮，害得人家現在還是睡眼惺忪的，待明日見了他，小姐你倒是精神百倍，可憐水兒我容顏不整，披頭散髮，活像欠了數個好夢的女鬼……」

綠衣女再次搶過包袱，歉然道：「好水兒，還是我幫你拿包袱吧。待到了蘇州讓你睡個三天三夜。」

水兒看著綠衣少女笨拙地將包袱挎在背後，奇道：「你不怕讓他看見嗎？」

綠衣少女嫣然道：「在這樣寂靜的夜裡，以我的聽風辨器之術，二里外有人接近便能察覺，到時候再把包袱給你就是了。」

綠衣女話音未落，前面已有一個破鑼般的聲音大叫起來：「二位小姐快快停下，前面去不得了。」

綠衣女嚇了一跳，大喝一聲：「什麼人鬼鬼祟祟的藏在那裡？」想到自己剛剛對小婢吹噓自己的聽風辨形之術，饒是她一向嬌矜慣了，也忍不住臉上一紅，就著暗夜如水的月華，更增嫵媚。

「二位姑娘有所不知，前面已被官兵封路了！」一人從前面道邊的一個小亭子中跳將出來，剛要施禮，似是被綠衣女子的姿容所懾，呆在當場，囁嚅著半天再也說不出客套話來。

綠衣女見來人三十餘歲，一身青衣小帽，手搖摺扇，分明是個窮酸秀才，見他眼睛直勾勾地盯著自己，一臉驚豔的神情，不免大是得意，早忘了要先將包袱交給水兒：「先生不用多禮，前面發生什麼事了？」

那秀才一震，如夢初醒般整整衣衫，恭恭敬敬拱手一禮：「前面蘇州城外三里滿是官府的人，似是要查什麼江洋大盜，所有人出城容易，但要進城全都要搜身。」

水兒奇道：「你怕什麼，莫非你是個江洋大盜？」

秀才急忙擺手道：「小生手無縛雞之力，哪能是什麼大盜。只是在此等待天亮，那時城中熟人多一點，總是好說話的。」

綠衣女子上下打量著秀才，一副不屑的樣子：「看不出你在蘇州城中還是有頭有臉的人物呢。」

秀才挺挺胸：「不瞞二位姑娘，鄙家在蘇州城內還是有幾份薄面的，若是天亮了就不怕這些官兵了，到時可以帶二位姑娘好好遊玩一下蘇州冠絕天下的園林，以盡地主之誼。」

綠衣女子撇撇嘴：「幾個官兵什麼了不起？」

秀才跺跺腳：「這些官兵全是京中派來的，驕持蠻橫，搜身時見到有合心意的東西便二話不說的據為己有。更何況我等讀書人，讓人於光天化日下搜身摸索，唉，有辱斯文，實是有辱斯文啊！」

二女一聽登時明白，江湖上傳言將軍令已送至蘇州城中的五劍山莊，明將軍定是已然調兵派將了。

綠衣少女更是芳心暗喜，確信那個「他」果然便是在蘇州城中了。

秀才兀自絮叨不停：「那些官兵都不是什麼良善之輩，若是見到二位姑娘的那個，那個，那個……花容月貌，說不得便那個，那個，那個……」

二女見這秀才一副著急的樣子，再也「那個」不下去了，更是笑作一團。

水兒似乎笑得氣也喘不過來了：「先生不用害怕，碰上我家小姐就算你遇上貴人了，那怕官兵那個、那個如狼似虎，我們也可以帶你那個、那個化險為夷……哈哈。」

綠衣少女見水兒逗那秀才，更是樂不可支，花枝亂顫，看得秀才連忙雙眼望地：「非禮勿視，非禮勿視……」

綠衣少女好不容易才止住笑：「先生和我們一起進城就是了，幾個官兵有什麼好怕的？」

秀才喃喃道：「自古秀才遇見兵，有理說不清，如何可以不怕。」

綠衣少女雙手叉腰：「一物降一物，你可知道那些兵怕什麼？」

秀才一呆：「那些官兵仗勢欺人，還有他們怕的嗎？」

水兒接道：「先生可是被嚇壞了嗎？那些官兵自是怕他們的長官呀。」

綠衣少女笑道：「還是水兒聰明，那些當官的又怕什麼？」

水兒嘻嘻一笑：「當官什麼也不怕，就怕皇帝老兒。」

「皇帝老兒怕什麼？」

「皇帝老兒萬人之上，卻只怕位高權重手握重兵的明將軍。」

「明將軍怕什麼？」

「天下百姓、江湖好漢誰不怕明將軍的威勢，可就有一個人從不買將軍的帳，凡是能和明將軍作對的事都有他的份。」

綠衣少女笑吟吟地望著水兒，故作驚呼：「哇，什麼人能讓明將軍如此頭痛，快快從實招來。」

水兒一挺胸膛：「除了那個號稱『刀意行空，刀氣橫空，刀風掠空，刀光碎空』的碎空刀葉風葉大俠還能有誰？」

秀才望著二女巧笑嫣然，直呼皇帝之名，口吐大逆不道之言，渾不將官兵放在心上，再加上月影婆娑，麗人如玉，明知雙眼不應該傻看著人家不放，卻也是由不得自己了。

綠衣少女聽到了那個名字，又見到秀才呆若木雞的樣子，更是拍手大笑：「先生你可知道這個葉風葉大俠最怕的是什麼？」

秀才一愣，老老實實地搖頭：「我雖聽過葉大俠的名頭，卻也想不出他還會有什麼怕的？」

水兒捂著肚子，強忍著笑：「碎空刀葉風天不怕地不怕，卻只怕海南玉凝谷落花宮宮主的大千金，人稱『身影倩倩、笑容淺淺、素手纖纖、暗器千千』的沈千千沈大小姐。」

秀才聽了這一連串繞口令般的話，早是摸不到頭腦，呆呆地問：「那這個沈大小姐又怕什麼？」

綠衣少女亦是笑疼了肚子，一面拍著胸口一面嬌聲道：「笨蛋，沈大小姐當然是什麼也不用怕了。」

秀才似是被綠衣少女的半嗔半怒弄得暈頭轉向：「為什麼什麼也不怕？」

綠衣少女眼波轉處，看到秀才衣襟左下角繡得一個小小的「散」字，心念電轉，反問道：「你可是江南第一大賭樓快活樓樓主散萬金的那個寶貝公子散復來麼？」

秀才再愣：「你怎麼知道？」他似是突然變聰明了：「你又是誰？」

綠衣少女見自己一語言中，果然不枉臨出門前死記硬背下來的江湖典故，心中大是得意，一根蔥指點著自己的鼻尖，悠悠道：「你若是散復來，我當然就是沈千千了。」

二、炊

祝嫣紅在生火。

祝嫣紅從未想過自己會做這樣的事，她身為江南大儒祝仲甯的寶貝千金，從小便是衣食無憂，隨眾前呼，婢僕後擁。

可是現在，她卻在廚房中為了這一灶怎麼都點不燃的火而發著愁。

五劍山莊只剩下了盟主夫婦和八大護法，再加上新來一個葉風，他們都是江湖上有名有姓的好漢，他們當然不會為了一頓飯而親自下廚。

可是，並不是江湖上的人就不用吃飯，並不是人人都可以像練成絕世武功般幾日不飲不食的。所以，這十個好漢與一個閨秀的伙食只有讓祝嫣紅來負責了。

祝嫣紅並不是不會做飯，相反她的女紅烹飪都是相當有名的，有時心情好時甚至會親自給雷怒做幾樣小菜，看著丈夫狼吞虎嚥的樣子，她會覺得很滿足。

可是，她不會生火，她甚至不會切菜，那些都是下人提前做好的。她從來都是把做菜當做是一種藝術，而不是生活的必需。

你見過磨槍的將軍嗎？你見過研墨的畫匠嗎？

那麼你也一定沒有見過點柴生火的大家閨秀了。

她開始有點後悔昨天讓幾個忠心的婢女離開五劍山莊了，她甚至連從小帶她長大的乳娘鄧媽也沒有留下。

她雖然不會絲毫武功，可她知道那一方黑黝黝的令牌代表什麼，她不想讓其他人陪她送死，更不想因此連累自己的父親。

而她自己——既然嫁給了這樣的丈夫，還有什麼好說的？

當雷怒叫她離開五劍山莊回娘家住一段時間時，她不是沒有考慮過，她當然知道留下來意味著什麼！

可是，她還是留下來了，她不懂什麼江湖義氣，可自幼飽讀詩書的她知道什麼是從一而終，什麼是患難與共。

她只是讓幾個婢女將三歲的兒子小雷帶回了娘家，而她自己，堅決地留了下來。

看到自己決定留下時丈夫如釋重負的表情，她覺得她一點也沒有後悔。

正是因為所有人都離開了他，所以她才更不能在此時離開！

祝嫣紅將幾捆柴禾堆在灶底，拭拭汗珠，擦著了火石，然後學著下人往火下吹氣，一陣煙倒卷過來，熏得她的雙眼生疼。

火還是又熄了，不知是煙熏的緣故還是什麼，她的眼淚再也忍不住流了下來。

一雙白淨秀氣的手不容置疑地接過她手上的火石，輕輕擦著，點著了火摺……

葉風！

祝嫣紅呆了一下，她沒有想過葉風會在此時出現，她以為這個雖然年輕卻早已名滿天下的刀客是絕不會出現在廚房的。

可他就是出現在廚房裡了。

祝嫣紅呆呆地看著那個適才在風凜閣中威武的不可一世的身軀趴在地上，對著灶底緩緩地吹著氣，火苗騰騰地燃起，越來越烈。

葉風直起身來，微微笑道：「記得我第一次生火造飯時，也是像你般手忙腳亂的。」他知道自己的「手忙腳亂」？他看了很久了嗎？剛才自己那麼狼狽的樣子豈不是都落在了他的眼中？

祝嫣紅突然覺得臉紅了，像是掩飾什麼似的輕輕地問：「你也要生火做飯嗎？」

葉風大笑：「你當我是不食煙火的神仙嗎？不吃飯豈不是要餓死了。」

祝嫣紅的臉更紅了：「我以為像你們這樣的人從來都是在酒樓中……」

葉風淡然道：「我第一次生火做飯時才九歲，那不過是在一個荒野中，哪有什麼酒樓。」

祝嫣紅的心輕輕一顫，想要再說些什麼，卻什麼也說不出來。

葉風笑道：「明日我們便去蘇州城最大的酒樓中大吃一餐，也免得夫人親自下廚。」

祝嫣紅點點頭：「你怎麼會來這裡？」

葉風瀟灑地一笑：「夫人是問我為何來五劍山莊，還是問我為何要來廚房呢？」

祝嫣紅一呆，事實上她也不知道自己想問的是什麼。

她的臉更紅了。

見了祝嫣紅的表情，葉風像是解釋什麼一樣連忙道：「其實我來廚房是看看山莊的飲食，現在將軍的人馬隨時可到，要防止敵人在飲水食物中下毒。」

雷怒的聲音在門口響起：「葉大俠說得不錯，我確是疏忽了這一點，明將軍手下能人異士頗多，自有精於下毒之人。以後井水中要養活魚，食物都應吃活物……」

不知怎地，乍然聽到丈夫的聲音，祝嫣紅的心頭一震，一種說不清楚的情緒湧上來，再也不敢抬起頭來。

滿室的炊煙悄悄地將她團團圍住，剎那間好似什麼也看不清了。

三、局

沈千千在笑。

看著散復來一臉驚愕呆呆看著自己的樣子，她無法忍住自己的笑容。身影倩倩，笑容淺淺！

她知道自己很好看，笑的時候就更好看了。

她笑著聽水兒一路數落著散復來這個「呆子」。

於是她就想到了另一個「呆子」──那個讓她千里迢迢從海南落花宮趕到江南，又急急忙忙地從杭州趕到蘇州，為了能再見上一面的「呆子」。

於是她笑得更甜了。

那快活樓為江南第一大賭樓，每日均有四方賭客來此豪賭。

樓主散萬金為人爽勇仗義，人如其名，又嗜好巨賭，一擲萬金而面不改色，沈千千早有所聞，只道其子必是一個仰仗父威的紈絝子弟，卻沒料到散復來是這般膽小怕事之人。

散復來倒也不是一個迂腐的秀才，初見沈千千時的拘謹漸已無存，一路上咬文嚼字、引經據典，沈千千雖是有時聽得大皺眉頭，卻也覺得有趣。

一路說說笑笑，倒也不覺氣悶。不多時來到蘇州城外，見前面果是有大群官兵封道盤查。

散復來越行越是腳軟，壓低聲音道：「不瞞沈姑娘，我實是身懷鉅款，若是按照這些官兵抽稅的慣例，只怕就是要繳幾千兩銀子，那也罷了，最怕這些官兵見財忘義，將我殺人滅口毀屍消跡，沈姑娘既是有辦法，好歹救我一救。」說到最後，連聲音也在發抖了。

沈千千有意逗他：「公子這麼說不怕我先來個見財忘義、殺人滅口嗎？」

散復來一呆，似是才想到這一點，訕訕道：「我見姑娘如此清麗絕俗，溫婉柔弱，想必不是惡人吧！」

沈千千聽他直誇自己的美貌，更是用上了對自己絕不相稱的「溫婉柔弱」，心中得意：「放心吧，到時讓你見見本小姐的手段。」

果然有一個官兵前來盤查，沈千千從懷中拿出一塊事物對那小兵亮了一下：「快快通報你們長官來迎接本小姐，不然耽誤了本小姐的大事要你好看。」

那官兵見沈千千一副有恃無恐大有來頭的樣子，不敢怠慢，飛速通報。

散復來本是以為要硬闖關卡，早是心中忐忑，只是在玉人面前不敢直承膽怯。這下才知道沈千千原是另有法寶，方才放下心中一塊大石，問道：「那是什麼？」

水兒解釋道：「昔日皇室宗親武明王來我落花宮，與宮主相交莫逆，親賜『龍影玉』，此玉天下共有五塊，是皇上老兒分賜五位親王的信物，可比先斬後奏的尚方寶劍，這些小小的官兵見到了，只怕會來叩頭賠罪呢。」

散復來大喜：「沈姑娘為何不早說，害得我這一路上提心吊膽。」

沈千千哈哈大笑：「要不怎麼能顯得出本小姐的手段。」

果然那官兵中的長官一路賠禮，將三人直送入蘇州城中。

進了城的散復來氣勢大不相同，力邀二女去府中作客。

沈千千道：「我們本是來蘇州城中找人的，下次再去你那裡吧。」

散復來一拍胸口：「在這蘇州城中那有我找不到的人，沈姑娘盡可放心，先到我府中小坐片刻，找人的事就包在我身上了。」

沈千千笑道：「只怕你的面子沒有那麼大，請不到人家來。」

散復來哼聲道：「什麼人能有這麼大架子？」

水兒以指按唇，噓聲道：「散公子好像變了個人呢，看來地頭蛇就是不一樣。」

散復來面上一紅，分辯道：「我是說那人至少應該來拜見沈姑娘才對，怎麼能讓沈姑娘去找上門去，真是有失禮數。」

沈千千心中一動，想到那個「呆子」似有情似無情，從來不將自己放在心上的可惡——自己千里迢迢來蘇州，且看他要如何面對自己？會不會親身來見？

當下沈千千道：「也好，反正天色尚早，你便請我吃早點吧。」

散復來大喜：「不若我們便去家父所開的快活樓。」

沈千千大是意動：「母親是從不讓我去賭樓的，去江南第一大賭樓見識一下是最好不過了。」

水兒驚叫一聲：「小姐，要是讓夫人知道了……」

沈千千大咧咧地道：「怕什麼？你不說我不說莫非散公子會說嗎？」

散復來連聲道：「我怎麼敢說，再說沈姑娘只是去嘗嘗我快活樓的早點，又不是去賭。」

那快活樓共分四層，一層是大堂賭廳華地廳，二層是迎接一般大賭客的麗人堂，三層是專讓豪門貴客參賭的仰天閣，四樓則是供豪客專事休息的澄雨館。

三人坐在四樓澄雨館，憑欄臨窗，遠遠望去，晨霧中的蘇州城盡現眼底，天下馳名的名園秀林氤氳若夢，美不勝收。

散復來先是給二女一番介紹，再令人加茶添水，端來無數小吃精點，排了滿滿一桌子，力盡地主之誼，殷勤備致。

沈千千趕了一夜的路，早已是饑腸轆轆，顧不上參觀早想一睹的賭樓，一邊吃著早點一邊想著終於來到蘇州內，與那個「呆子」即刻可見，不由芳心亂跳。

散復來舉杯道：「這是蘇州虎跑泉所沖的上等龍井，小生且以茶代酒敬二位姑娘一杯，以表謝意。」

沈千千心有所思，漫不經心地與水兒散復來碰杯，一飲而盡：「公子客氣了，舉手之勞而已。」

散復來又問道：「姑娘要見的人在什麼地方，可給我一件信物，我親自送到那人面前，領他來見姑娘，如此可好？」

沈千千隨口答道：「他若見了我的『龍影玉』，自然就知道是我來了，介時就麻煩散公子了。」

散復來問道：「姑娘可有把握讓他親自來嗎？」

沈千千心中微顫，直到此時，她也不知道自己在他心中佔有什麼位置，他知道自己來了蘇州是立即放下手邊的事前來相會還是置之不理？她對自己實在是沒有一點把握……心下一橫，既來到了這江南第一賭樓，好歹就狠狠賭一把。嘴上兀自強硬道：「他要是敢不來，我就打爛他的……嘻嘻。」

散復來拍手大笑道：「如此我就放心了。」

沈千千奇道：「你放心什麼？」

散復來面上露出一種詭異的笑容：「我既然給葉風設下這個相思局，他若是不來豈不是有負我的一片苦心？」

沈千千大驚，拍桌而起，卻覺得頭腦中一陣眩暈。

「咣噹」一聲，水兒已是連人帶椅摔倒在地。

沈千千一聲嬌喝，手探入懷內，去取落花宮名震天下的獨門暗器飛葉流花。

散復來動了，這個看起來似是不通一點武功、手無縛雞之力的窮酸秀才這一出手疾若閃電，手上的筷子沿著沈千千的臉到肩到手，從迎香、承泣、肩井、曲池、三焦、虎口一路點將下來，快得只有一眨眼的功夫。

沈千千的手剛剛碰到飛葉流花，便再也無力寸進。

直到這一刻她才知道，這個看起來對自己滿懷驚豔、一臉膽小怕事的散復來是何等一個高手！

好毒的一個相思局！

沈千千已來不及回想這一切不可思議的變故，心上湧起一陣徹骨的寒意，自己莫不是要害了葉風嗎？

一刀碎空，相思也空！

葉風啊葉風，你可知道如何解這個局嗎？

四、破

雷怒與葉風並肩默默走在五劍山莊的花園小徑上，均是一語不發。

葉風適才被雷怒碰見與祝嫣然在一起，雖是心下坦蕩，卻也有些不自然。

雷怒看著一朵花從枝頭上慢慢飄落，終於開口道：「葉兄仗義相助，雷某心中甚是感激。」

葉風見雷怒並未將適才的事放在心上，心下釋然。他本是灑脫之人，當下朗朗笑道：「盟主不用多禮，江湖上誰不知道葉風最喜歡做的就是與明將軍作對的事。」

雷怒緩緩問道：「葉兄可願讓我知道其中緣由嗎？」

葉風面上掠過一絲痛苦，苦笑道：「非是不想讓盟主知道，實是不願回憶。」

雷怒點點頭：「我可不是懷疑你，只是這一次五劍盟與將軍相比實力懸殊，我心中實是沒有一絲把握，不想讓葉兄亦陪我陷此絕境。」

葉風淡淡道：「我從不做十拿九穩的事情，因為那毫無挑戰性可言。」

雷怒沉思良久：「你可知道我最擔心的是什麼嗎？」

葉風直言道：「盟主請指教。」

雷怒道：「第二道將軍令給你截了下來，明將軍必忍不下這口氣，但這幾日卻又毫無動靜，真是令人百思不解。」

葉風笑道：「此為明將軍的高明處，卻也是一個大大的破綻。」

雷怒奇道：「此話怎講？」

葉風道：「明將軍無非是想看看有多少人支持盟主，到時候再一網打盡，立威於天下。可他忘了，江湖上血性男兒大有人在，若是眾志成誠，同仇敵愾，只怕以將軍的實力也未必能輕鬆應付得下來。」

雷怒歎道：「不瞞葉兄說，將軍令一至，五劍聯盟立刻土崩瓦解，我這才親身體會到明將軍在江湖上的威勢，人人皆要避其鋒芒。現在的五劍聯盟名存實亡，我手上的全部實力也就是你所看到的了，這一仗何異於以卵擊石。」

葉風道：「盟主可想過如何應變嗎？」

雷怒道：「我現在心中很亂，既不想手下陪我送死，又不願就此服膺於明將軍，唯有靜觀其變，屆時就算力戰身死，也讓世人知曉我雷怒非是貪生怕死之輩。」

葉風悠然道：「留得青山在，不怕沒柴燒，盟主沒有想過其他的方法嗎？」

雷怒一呆：「我若是帶手下悄悄離開江南，雖是可保性命，可如此一來五劍聯盟從此再也不能在江湖上抬起頭來，雖生猶死，還不若轟轟烈烈地與將軍硬撼一場。」

葉風笑道：「盟主過慮了，將軍令從不虛發，若是盟主堅持到一月之期後，再悄然遠遁，只要盟主一天不死，明將軍的頭便要大幾分。」

雷怒想了想，點點頭：「不過就憑我目前的實力，縱是加上葉公子，要撐過一月之期卻亦是極難。何況明將軍這麼長時間也不發動，蓄勢已久，若是出手必是雷霆一擊。」

葉風道：「將軍令一下，江湖上早已是大起波瀾。盟主可知為何這麼多天以來，除了我便再沒有其他人來與盟主並肩抗敵嗎？」

雷怒頹然道：「江湖上縱有血性男兒，但明知不敵，又何必來送死！」

葉風大笑：「盟主錯了，那只是因為盟主還沒有顯示出與將軍對抗的決心。」

雷怒一驚，若有所思，抬首看著葉風：「葉兄可有什麼提議嗎？」

葉風正容道：「將軍布下了這個看似必死之局，便是要考驗江湖上是否還有敢與之作對的人。要破此局必要出奇兵，以攻代守。否則以盟主這般抱殘守缺、步步為營固是穩妥，但也讓人覺得盟主全無對抗將軍的機會，便是有意相助的人亦要三思而行了。」

雷怒聳然動容：「我應該怎麼辦？」

葉風手握碎空刀柄：「盟主應該讓別人知道你不但不怕明將軍，而且還要先發制人。」

雷怒沉思良久，才緩緩問道：「你可知道以我們現在的實力，自保都大成問題，如何能夠先發制人？」

葉風眼射精光：「五劍聯盟現在就如被纏於繭中的蛹兒，動輒受制於人，卻又不敢掙扎，只恐越纏越緊。將軍實力雖是強大，卻只能織就一張包圍蛹兒的網，我們只要尋一點破繭而出，便從此化蝶而遁，天空海闊。」

雷怒猶豫道：「我們若是先出手，只怕惹怒了將軍，立即便有臨頭大禍……」

葉風凜然道：「盟主若就這樣等下去，最後還不是有臨頭大禍嗎？」

雷怒拍拍頭：「且讓我再好好想想吧！」

葉風心下暗歎，雷怒從小得勢，再加上這幾年來創下五劍聯盟，要風得風，要雨得雨，無人敢擋其鋒。此刻突遇最大的危機，方才顯出缺少百折不撓的信心與臨敵的果敢，早已遠非江湖傳言中的那個敢作敢當、孤身潛入媚雲教刺殺敵人的雷怒了……

一人匆匆行來，正是五劍聯盟八大護法中的「追風劍」杜寧：「門外有人求見葉大俠，並且身懷海南落花宮沈千千沈大小姐的信物，經我等辨認，確是落花宮的『龍影玉』。」

葉風一愣：「沈千千來了？」

雷怒眼望葉風哈哈大笑：「葉兄還不快去看看。」

江湖上有名的美女落花宮沈大小姐一縷芳心繫在浪子葉風身上，早已在江湖上不成其為秘密，更是江湖人茶餘飯後的談資。

羨豔著有之，妒忌者有之，更是為好事之徒添油加醋說得極為不堪，只是當著沈千千與葉風的面自是誰也不敢提起。

葉風尷尬一笑，他只不過與沈千千有過一段的來往，何曾料到這個大小姐千里迢迢從海南找到了江南，美人恩重，雖是自己心中未嘗對她有意，確也是有些感動。

杜寧含有深意地看了雷怒一眼，低聲道：「甘七認得來送信使者是快活樓的人。」

五劍聯盟的八大護法分別便是：「洪荒劍」江執峰；「擒天劍」關離星；「幻滅劍」劉通；「追風劍」杜寧；「流影劍」趙行遠；「弄月劍」蔡荃智；「奔雷劍」方清平；「嘯電劍」甘七，俱是五劍派中的掌教或長老級人物。

其中「嘯電劍」甘七成名在蘇州，對蘇州的江湖人物極為熟悉，所以就算是快活樓一個送信的小嘍羅，他也能一眼認出。

雷怒哦了一聲，皺眉道：「像快活樓這樣的大賭樓向來都是與官府暗中有來往，沈姑娘如何會與他們沾上聯繫？」

葉風對快活樓自是早有耳聞：「久聞快活樓為江南第一大賭樓，我早想見識一下了。」

雷怒道：「葉兄人單勢孤，還是穩妥些好。」

葉風笑道：「誰說我人單勢孤了，我們是整個五劍山莊拖家帶口的十一人一併去。」

杜寧道：「我們都懷疑是敵人調虎離山之計，請葉大俠三思而行。」

葉風揚聲大笑：「若是敵人的詭計，我們正好將計就計，去和將軍鬥一鬥。」

杜寧看了一眼雷怒，猶豫道：「宴無好宴，只怕敵人是有備而來，要教我們來得歸不得。」

葉風拍拍杜寧的肩膀：「杜兄這幾日在做什麼事嗎？」

杜寧一呆：「這幾天來整日提防，那還有閒心做什麼事。」

葉風哈哈大笑：「杜兄想必嘴裡與手裡都淡出鳥來了，還不快隨我去快活樓痛快一番。我們等的不就是與將軍的人大幹一場嗎？」

杜寧恍然大悟，卻還是目視雷怒，等他的意見。

雷怒終於放開心懷：「剛才見得嫣紅下廚燒飯，我心也是不忍，這便去快活樓大吃一餐。若果真是鴻門宴，我們便鬧他個天翻地覆。」

杜寧喜形於色：「我這便去通知其他兄弟。」

葉風叫住杜寧：「杜兄且慢，我還有一事相求。」

「葉大俠請說？」

葉風微笑道：「我便求你最好別再叫我什麼大俠，我們於此時同患難，便都是兄弟。」

杜寧轟然應諾，轉身去了。

雷怒看著杜寧的身影走遠，胸中湧起昔日豪氣，一掌重重拍在葉風肩上：「那你這小子還要叫我盟主嗎？」

葉風哈哈大笑，毫無機心地硬受雷怒一掌：「好，我們兩兄弟這便演一齣江南賭樓大破將軍的好戲！」

葉風與雷怒大步往廳中走去，忽有所覺，卻沒有回頭。

他知道，在五劍山莊後花園的晨風中，一雙清洌的雙眸正在緊緊盯著他的背影！

五、手

散萬金是一個老人。

這個老人平日和世上大多數老人也沒有什麼不同，說話慢條斯理，走路老態龍鍾，甚至還有些囉囉嗦嗦，嘮嘮叨叨。

可是，當散萬金坐到賭桌前時，他就不再像是一個老人，而像是一個統率三軍的大將、運籌帷幄的謀臣，金榜題名的秀才、洞房花燭的新郎……

那一刻他就像完全變了一個人般，鬚髮皆張、目光炯炯、神采飛揚，給人一種無窮無盡的威懾與震撼。

他現在就坐在快活樓第三層仰天閣的那一方大大的賭桌邊，所以他現在就給所有人以一種有若實質的威脅感！

所有的人見了此刻的他都是噤若寒蟬，生怕觸怒了這個老人。

就連他的寶貝兒子散復來也不敢輕易招惹他，而是悄悄地站在散萬金的身後，大氣也不敢出，臉上甚至是一副巴不得走得遠遠的樣子。

只有三個人例外。

這三個人與散萬金分坐在賭桌四面，桌中放著無數賭博的籌碼，絕對可以讓這個世界上最冷靜的賭徒眼紅心跳。

可這三個人都沒有眼紅，依然很冷靜。

因為他們雖然坐在賭桌前，卻絕不是在賭。

此時如果有人往賭桌上看一眼，那麼首先看到的不是那一堆足可以買下整個快活樓的籌碼，而一定是四雙手。

第一雙手是散萬金的手，盤根錯節，生滿老繭，極富張力。

那是很有力感的一雙手，乍眼看上去彷彿那不是一雙手，而是一雙可以從虎狼的胸中掏出心臟的利爪，將一團鋼鐵生生擊碎的一柄大鐵錘！

第二雙手是一雙可怖的手——手指粗短，青筋糾結，血管爆起，虎口極闊，彷彿這雙手天生下來就是為了要握住什麼兇器，然後插入到什麼人的胸膛中！

看到這雙手你首先便會想到，這應該是一雙握著刀的手。

雖然，這雙手上沒有任何雜物！

第三雙手是一雙白皙、文氣的手，指甲剪得很乾淨，邊角上沒有任何一點多餘。

可是當這雙手呈露在眼前時，人們的目光只能鎖定在一個指頭上……

食指——右手食指！

雖然，這是一雙很漂亮很秀氣的手，可總讓人覺得這雙手完美得近於邪異！

第四雙手是一雙修長的手，柔軟而充盈著彈性。

指節是嬌豔的粉紅，指尖略顯誇張得微微翹起，再加上手掌間那種淡淡的嫩黃色，讓人一見就忍不住怦然心動，想用唇來親吻……

這一定是一個女孩子的手，而且是一個很漂亮的女孩子！

可惜這第四雙手的主人卻在大叫，而且叫得一點也不像女孩子：「散萬金，你快放了我，不然我讓你的快活樓從此夷為平地，讓你父子倆去撿破爛，哼，什麼賭王，破爛王……」

這當然就是江湖人稱「身影倩倩、笑容淺淺、素手纖纖、暗器千千」的沈千千。

只是被點了穴道的身影是僵硬的，更是欠奉半點笑容，雖然素手依然纖纖，但如果上面還有暗器的話，只怕散萬金早已成了馬蜂窩。

第二雙手的主人皺了皺眉，第三雙手的主人聳了聳肩。

散萬金面容不變：「復來，叫人準備一些狗糞，只要再聽到沈姑娘叫一聲，就塞到她嘴裡。」

散復來此刻就像一個最乖的孩子，無奈地看了沈千千一眼：「是。」

沈千千應聲閉口，心中早是將散萬金的祖宗八代罵了個遍。

一個聲音朗然響起：「散復來，我和你賭一把，只要你能把狗糞拿上來，我就能塞到你的嘴裡去。」

幾個人的眼睛都亮了，葉風施施然地與雷怒並肩走了上來，身後是五劍山莊的八大護法和輕紗罩面的祝嫣紅。

此時，一個快活樓的小廝方才趕到樓上，誠惶誠恐地通報道：「五劍聯盟盟主雷大俠與碎空刀葉大俠到——」

六、賭

葉風眼中像是根本看不見桌邊旁人，來到沈千千的面前，一掌拍在沈千千的肩頭，淡淡道：「沈姑娘一切都還好嗎？」

沈千千覺得一直僵硬的脖子突然能動了，用力點點頭，心中一酸，雖是努力要忍住，淚水卻像斷線的珍珠般從面上滑落下來，當真是我見猶憐。

葉風卻是暗吃了一驚，他那一掌暗中運起七成的功力，卻也只能解開沈千千上半身的穴道。只覺得沈千千內息中有一股陰寒之氣，與江湖上的點穴手法俱不相同。

散萬金大笑：「本來只想請來葉公子，卻不料雷盟主也來了，看來今日的快活樓真是要好好快活一下。」

雷怒眼蘊殺機：「散樓主的待客之道就是把沈姑娘點上穴道麼？」

葉風勁力暗吐，仍是無法撞開沈千千的穴道，按下心中震驚：「封穴的是何人？」

坐在東首邊的那人舉起右掌，豎起食指，漠然道：「是我！」

葉風抬眼望去，那是一個高瘦修長的人，長而狹的眼中精光閃閃，最惹眼的就是他右掌中那一支豎起的食指。

那支食指就像是在下一道惡毒的魔咒！

葉風微微一笑：「食指點江山！既然你來到此處，我亦就不必對散樓主容情了。」

聽得葉風如此一說，雷怒與八護法俱是暗吃一驚，食指點江山既然公然為散萬金的座上客，這已足以證明散萬金投靠了明將軍，這一次赴的果然是鴻門之宴。

明將軍近幾年發展勢力，引入不少江湖上的能人異士，除了總管水知寒與超級殺手鬼失驚外，另外最負盛名的是五個人，號稱明將軍的五支手指。

這五個手指分別是姆指憑天行、食指點江山、中指行雲生、小指挑千愁，至於五指中最隱秘的無名指卻是無人知道是什麼人，只能以無名稱之。

葉風像是並沒有將點江山放在心上，眼光又掠上西首那個有著一雙可怕手的人。

那是一個根本看不出多大年紀的人，臉色古銅，容貌木訥，身材瘦小，懶洋洋地斜靠在椅上，就像是在享受早晨的陽光。

可所有的人在一剎那都能感覺到，如果他站起身來，必是威猛懾人；如果他動起來，必是勢不可擋。

這個人，絕對是個高手，而且武功必還在食指點江山之上。

葉風瞳孔驟然收縮，與那人目光稍一接觸，便驀然湧上一種連他也說不清楚的情緒，就像那人是他天生的對頭、天生的剋星，卻又有種莫名的親近感。

散萬金大笑：「葉大俠可要好好親近一下這位先生，他可是專程趕到蘇州會你的。」

那人淡淡道：「葉小弟你好！」

葉風出人意料地恭恭敬敬地一揖到地：「晚輩葉風，見過刀王！」

那人哈哈大笑，一張原本呆板的臉立刻因此一笑而變得無比生動：「好一個葉風，竟然一眼就認出了我。」

葉風笑道：「刀王縱是隱忍鋒芒，亦是袋中之利錐！」

刀王手撫長髯：「我本於十年前就已決意再不理世間諸事，專志武道，而這一次下山，便是要特意看看葉小弟的刀！」

刀、王！

這個看起來木訥，就像是一本沾滿了塵土的書的人……

竟然，竟然就是被譽為「江湖只此一刀」的刀王秦空！

刀乃百兵之父，在江湖上用刀的人何止千萬。

也許每一代的江湖都有一個刀王，就像每一代江湖都有劍王、槍王、鞭王……

可是在秦空之後，每個人都認定：以後再也不會有刀王。

刀王秦空剛剛成名時，江湖上使刀的人驟然多了一倍，可是一年後，江湖上再也很難找到使刀的人了。

因為再也不會有人能像刀王一樣將「刀」這種兵器使得如此出神入化。

刀對於刀王來說，就像是他的呼吸他的心跳他的四肢他的感覺一般自然……

當點蒼長老吳宗留決定金盆洗手再不用刀時，有人問他為什麼？

吳宗留想了良久，悵然回答了九個字：「因為我見了刀王的刀！」

而刀王秦空，此刻便赫然出現在蘇州城中的快活樓上。

因為——他要看看葉風的刀！

葉風被譽為武林新一代中用刀的第一高手：「刀意行空，刀氣橫空，刀風掠空，刀光碎空」這十六個字實已道出碎空刀的精髓。

而刀王這一看，怕不是要看出一場百年難見的大戰！

葉風的行為讓在場所有的人不解，他解下腰畔的碎空刀，遞到刀王的面前：「前輩請看。」

刀王的行為更是出人意料，他緊緊盯著尚未出鞘的碎空刀，呵呵而笑：「葉小弟誤會了，我是要看你的刀，但卻不是現在！」

葉風收刀：「刀王要什麼時候看？」

刀王不語，眼視散萬金。

散萬金油然道：「我想請葉大俠與我賭一把。」

葉風失笑道：「開賭場的最忌沾賭，散老爺子毫不避諱，不怕我將你的快活樓贏過來嗎？」

散萬金哈哈大笑：「可惜今天的賭注不是快活樓。」

葉風雙掌一拍，狀極悠閒：「我輸了會怎麼樣？」

刀王秦空大喝一聲：「好！」

葉風朝秦空微微一笑：「若是不好豈不讓前輩失望！」

秦空仰天長笑：「好！自古英雄出少年！我等了這許多年，等得我的刀也快老了，葉風你可千萬不要是我的『失望』！」

要知自從葉風等人進來之後，先是看到沈千千被制，再是食指點江山傲然現身，最後竟是刀王親自出馬，先不算身為江南第一大賭樓樓主散萬金的實力，這任何一人都足以給局中人以龐大的壓力，而葉風到此時依然談笑風生面不改容，這份定力已遠非常人可比。

至少堂堂五劍聯盟盟主雷怒不發一言，已是心生怯意了。

而葉風直接問散萬金賭輸了的賭注，自是猜出了賭贏的賭注便是帶走沈千千。

是以刀王秦空才忍不住大聲喝采。

散萬金心中微凜，碎空刀葉風要比想像中的更難對付。

食指點江山依然是一副事不關己的漠然，秦空則是豪氣外露，再無初見時的藏拙！

散萬金仍是一副笑容：「葉大俠若是贏了，我們自然將沈姑娘和其婢女交出來，並且保證解去穴道，不留任何後患。但葉大俠若是輸了，刀王便要看你的刀了。」

葉風沉吟不語。

食指點江山喝道：「葉大俠要是怕了，這便請回五劍山莊，我等絕不阻攔。」

葉風道：「我有一事不解，可否問一下刀王？」

秦空呵呵而笑：「葉小弟請問，老夫知無不言。」

「以你們現在的實力，就算要留下我也未必不能，為何還要與我賭這一局？」

秦空大笑：「問得好！葉小弟可知這個賭局是老夫的意思？」

葉風奇道：「前輩這是為何？」

秦空傲然道：「葉小弟現在四面是敵，沈姑娘又落在旁人手中，我若是此時看你的刀，你必不服，再說刀王豈是願意乘人之危的？」

葉風恍然大悟，笑道：「前輩高風高節，既然不願此時觀我的刀，可是看好我會贏這一局嗎？」

秦空豪邁大笑：「有意思，有意思。我真是越來越喜歡你這小子了。」

葉風此時心中再無顧忌，知道秦空應該是受人所托要與自己為難，大違這位隱居多年致力武道前輩的心意，是以才想出個這樣一個點子，當下再鞠一躬：「待得此間事了，晚輩定然去忘心峰請教。」

秦空道：「我會在忘心峰等你三個月。不過你且莫太輕敵了，世事多變，誰知道我們下一次相會是什麼時候。也許這局你輸了，我就不得不看看你的刀了。」

刀王秦空正是隱居在蘇州西南六十里外、太湖邊上穹隆山的忘心峰上。

葉風轉過身來：「散樓主想怎麼賭？」

散萬金與食指點江山面面相覷，臉色俱是極為難看，誰曾想請來個刀王秦空竟然會如此滅自家威風。

但刀王此次乃是將軍府大總管水知寒親自請出山來，更何況就憑刀王的威名，誰亦不敢得罪，只得強忍著。

散萬金道：「我既然是開賭樓的，自然是無賭不精，可葉大俠未必精通各式賭法，所以我們就賭最簡單的猜骰子。」

葉風笑道：「好，樓主快人快語，何人擲骰？」

食指點江山冷然道：「我！」

散萬金悠然道：「若是二人同時猜，葉大俠自然是懷疑我們有什麼聯繫做了什麼手腳，是以只要葉大俠猜中骰子的點數，便是我們輸了。」

雷怒等人都是一呆，這種賭法並不是太難了，而是太簡單了。

猜骰子點數原是極難，一般都是三個骰子，猜中的概率不過十六分之一，但對於這等武學高手，自可聽風辨器，聽得骰子的落點。

葉風見食指點江山面含冷笑，知道此人既然叫點江山，自是指上功夫有獨到的地方，這一賭無疑是賭自己能否聽出他的手法，想到適才不能解開沈千千的穴道，此人的功夫定是自成一家。

但事到如今，已然是騎虎難下，便爽然道：「好，就這樣定了！」

第三章　解連環

——奈重門靜院，光景如昨。盡做它、別有留心，便不念當時，雨意初著。

一、指：孤指敢將誇針巧

三個骰子靜靜擺在桌上，散萬金用手一指：「請葉大俠檢查。」

葉風不敢怠慢，雖是明知散萬金自不會使出在骰子中灌鉛灌水銀等下乘手法，但他也需要熟悉骰子的特點。

要知骰子六面各刻有不同的點數，在葉風這樣的高手眼中便已大是不同，由於有漆的地方骰眼被挖空，其重量自然是要少一些，每一面落在桌面上都有不同的聲音。雖是相差極其細微，但總是有差別的。

而高手只要聽清了骰子的落點，大致就可分出是何點朝下，從而判斷出骰子正面上的點數。

葉風面色微變，果然骰中塗的不是一般的清漆，而是鐵銹漆。

骰子用獸骨所製，自然是沒有鐵銹重，是以若是按平日的聽法，便會完全聽錯。塗鐵銹漆的骰子不是沒有，但卻極為少見。如此可知對方應該是有備而來，於此小事上也絕不出差錯，務求一舉成功。

葉風喃喃道：「我上次賭骰子好像已是幾年前了。」

散萬金嘲笑道：「葉大俠可是要換種賭法嗎？」

葉風搖頭失笑道：「那我可否把令公子也加到賭注中來？」

散萬金冷哼一聲，再不敢說話。

葉風與將軍對抗從來不擇手段，要是惹怒了他先扔下一切不顧而去，再回過頭來暗中對付自己，就算有刀王做保鏢也未必能抵擋得住。

雷怒等人眼見葉風縱是身處下風也不忘打擊對手的銳氣，俱是心中暗暗叫好。

沈千千見葉風嘴上調笑敵人，眉間卻是蹙成一團，顯是沒有絲毫把握，心中替他著急，卻也想不出什麼好辦法。若是依著平時的小性子，定是要葉風不管是否解得了自己的穴道，先強行帶走自己了再說。

可現在一來水兒還在對方手上，二來若是葉風輸了，就要面對刀王秦空，那可不是一件說笑的事。

半晌，葉風直起身來，長長歎了一口氣，眼睛瞬也不瞬地盯住食指點江山：「請點兄擲骰吧！」

食指點江山一聲大喝，也不見他如何作勢，右手輕揚：「叮」的一聲，三個骰子被他掃入右掌中的骰筒中，舉手平肩，搖晃起來。

骰子在骰筒中竟然沒有發出一點聲音！

沈千千與祝嫣紅從未見過人擲骰，尚不覺得什麼，雷怒與八大護法這些精於賭技的老江湖卻全是面色大變。

要知擲骰猜點全憑耳力，誰曾料到點江山手上功夫如此精妙，竟然不聞骰子與骰筒相撞的聲音，這讓人如何去猜？

葉風從剛才解沈千千的穴道時便已早知點江山的武技陰柔，此刻必是以一股柔力吸住骰子，令其與骰筒不發生碰撞。可知道歸知道，要從這毫無聲響的擲骰中猜出點數卻是根本無從談起，恐怕只有聽天由命亂猜一氣了。

散萬金面呈得色，卻也不由心驚，以自己這樣浸淫賭術幾十年的人也無法猜得骰子點數，更何況是葉風！

刀王秦空亦是大出意料，心下暗歎，看來與葉風這一仗今日已是不可避免。

這一賭，莫不是葉風有輸無贏！

食指點江山一臉凝重，連換幾種手法，那支彷彿有魔力的手指緊緊貼在骰筒上，或曲彈或輕移，忽然右掌一沉，骰筒已反扣在桌上，竟然仍是不發出一聲響動。

點江山面色慘白，看來也是用盡全力。

靜。

良久。

雷怒等人全被這種出神入化的搖骰手法所懾，又生怕影響了葉風的聽覺，俱都不敢發出一聲。

那支骰筒就像一個充滿邪異靈氣的寶塔，靜靜立在桌上。

點江山的手指一寸、一寸地從骰筒上慢慢移開，目光如刀般射向葉風：「葉大俠，請！」

二、刀：寶刀縷切旋如割

能坐到仰天閣賭博的人，莫不是一方大豪，動輒就是萬兩白銀的大賭注，是以仰天閣的氣氛從來都是凝重的。

可仰天閣的氣氛卻從來沒有凝重至此。

那張足有七尺見方厚實的檀木八仙桌上只留有一個暗黑色的骰筒，就似是一個黑色的符咒，若是揭開了這道符咒帶來的會是什麼樣的變數？

沒有人敢把手放在這張桌上，那是怕防備有人故意用上乘內功借桌傳力，影響骰子的點數。

如果骰筒一旦揭開，仰天閣會不會變成一個屠殺的戰場？

如果葉風輸了，他能不能敵得住成名四十年的刀王？

如果葉風傷在刀王手下，五劍聯盟的人還能不能活著走出快活樓？沈千千又怎麼辦？

所有的人屏息靜氣，望向葉風。

葉風在沉思，眉頭蹙成了一個結，只要他嘴裡吐出一個數字，也許就將決定這裡大部份人的生死！

可他能猜對骰子的點數嗎？

最先打破寂靜的是刀王秦空：「好一個食指點江山，若賭的人是老夫，這就便認輸了！」

散萬金嘿嘿一笑：「葉大俠卻好像未必想認輸。」

葉風輕輕揚眉，卻問出一句石破天驚的話：「水知寒打算何時來？」

點江山大笑：「對付區區五劍盟與一個葉風，還需要總管親自出馬嗎？」

雷怒等人大怒，點江山如此說分明是不將五劍聯盟看在眼裡。

雷怒望著點江山慘白的臉：「不論今日葉兄弟是贏是輸，我都希望能與點兄一戰。」

點江山陰惻惻地笑道：「雷兄敬請寬心，屆時我必第一個攻入五劍山莊領教雷兄的『怒』劍。」

葉風轉頭看著刀王秦空，正容道：「我只是不解，若是我與雷盟主破釜沉舟，拚死一搏，由我抵住前輩，散樓主與元氣已然大傷的點江山如何能敵得住五劍聯盟的反撲？」

點江山大喝道：「葉大俠未免操心得太多了，別忘了沈小姐還在我們手上。」

葉風淡淡道：「左右是死，我們為何不能放手一搏？」

散萬金大笑道：「葉大俠可是打定主意認輸後再要賴以圖僥倖嗎？」

葉風兩眼望向散萬金，散萬金一絲不讓，目光鎖緊，如刀槍相交。

眾人全是暗暗握緊兵器，知道只要一言不和，立時便是血光飛濺之局。

祝嫣紅更是緊張，所有人中只有她是不通半點武功的，而如果大戰開始，定是無人能顧及到自己。

她倒不是怕死，只是猶豫自己懷中的那柄「求思劍」是應該刺向敵人還是應該刺向自己？

她無助地望向雷怒，丈夫冷峻的臉上沒有任何表情，絲毫感覺不到她的注視……

她望向八大護法，所有的人都是含勢待發，盤算著怎麼樣才可以給敵人致命的一擊……

她望向沈千千，沈千千面色慘白，卻仍是極有信心地盯著葉風……

她的目光再沿著沈千千的視線轉向葉風……

她吃驚地發現，葉風笑了！

葉風笑了，一絲笑意慢慢慢慢地掠上葉風原本凝重的面容，先是淺淺地凝在雙眼中，然後從眉目間擴散開，泛至臉孔、嘴角，最後才迸出一個懷著無比信心與魄力的笑容……

那一刻，祝嫣紅感覺葉風的笑就像是他的名字，是一陣從清晨新葉上吹來的風！

散萬金看著葉風突然的笑，亦有些捉摸不透其含義，他一生閱人無數，卻從未有一個人如葉風般讓他覺得深不可測，不由訝聲問道：「葉大俠你笑什麼？」

葉風面上仍是那神秘的微笑：「散樓主可知道你讓我突然想清楚了許多事情麼？」

散萬金忽覺得局勢似乎已全然操縱在葉風手上，剎那間心神恍惚之下，又不知道自己是否犯下了什麼錯誤，一時再也說不出話來了。

點江山大喝道：「葉大俠這般拖延時間有何用處，是漢子就認輸後再分勝負。」

葉風大笑：「誰說我輸了？」

秦空眼中精光一閃：「葉小弟有把握贏下這一注嗎？」

葉風笑而不答。

葉風……長嘯。

葉風……拔刀。

葉風嘴裡輕輕喝出三個字：「大——豹——子。」

葉風……

「……刀……劈……下！

骰筒應聲而開，八仙桌亦是中裂而開，分為兩半，一半端然不動，另一半砰然倒地，激起漫漫煙塵。

半邊桌子上，三個骰子完好無損，赫然全部六點向上，正是骰點中的至尊——大豹子！

「哇！」沈千千再也忍不住蓄了半晌的淚水，若不是穴道未開，定是要撲到葉風懷裡，狠狠咬他一口。

食指點江山與散萬金在葉風驀然拔刀時早是心驚膽戰地退到一邊，狀極狼狽。

唯有刀王秦空端坐原位不動，靜靜看著那一道迅疾的刀光從空中劃過一道美麗的弧線，一閃而逝，再收回葉風的刀鞘中，消失不見。

點江山面色如土，喃喃道：「這算什麼？」

事實上他剛才已拚盡全力出手，只能竭力讓骰子不與骰筒相撞發出響動，就連他自己也不知道骰筒中到底能擲出幾點來。

眾人全都心知肚明，葉風此刀是先劈開骰筒，看到骰筒中原先擲出的骰點數，再借著刀劈在桌面的那一剎傳勁運功，力震桌背，將骰子的點數全換了過來。

雖是有些取巧，但光天化日之下，誰又能證明骰點原來不是十八點的大豹子？

何況就算明知葉風用計，試問誰又能做到在那電光火石的一剎定下精準的判斷，巧妙的用力，將劈開重桌的剛猛與影響骰點的陰柔合為一體，使出這驚天動地的一招！

刀王秦空愣了半天，方才仰天大笑：「終讓我看到了碎空刀，果然沒有讓我失望。」言畢一閃身，轟然一聲，竟已穿門而出，聲音尚遠遠地從門外傳來：「葉小弟這一仗贏得漂亮，我就在忘心峰再多等你一個月……」

刀王竟就這樣走了！

葉風一面拍拍沈千千的肩膀，一面笑嘻嘻地望著點江山與散萬金：「刀王業已說我贏了，二位可有異議嗎？」

雷怒此刻方才從剛才那一刀中驚醒過來，哈哈大笑：「好一把碎空刀，我雷怒從現在起才真的服了你。」

葉風亦是放聲大笑，回頭與雷怒相對擊掌，卻意外地發現站在雷怒身後的祝嫣紅正緊緊盯著自己，眼裡尚有在激動中不知不覺泛起的淚光，心頭驀然無由地一緊，卻兀自強笑道：「雷大哥還不快快帶兄弟們去蘇州城的大酒樓裡痛飲一番。」

三、拳：一拳辟易萬古空

京師華燈閣並非只是一個閣樓，而是一座比起官宦大戶人家在氣派上亦毫不遜色的建築群。背依蒼山，外環清池，雖是看起來朱戶丹窗，飛簷列瓦，十足像一座親王的府第，卻是牆闊樓廣，寬殿高亭，再加上外鬆內緊的防禦，高手雲集，分明就像是一個小型的紫禁城。

這就是名震朝野、威懾江湖的將軍府！

而在華燈閣中錯落間關的建築中，卻有一間絕對與眾不同的小廳。

那是一間黑色的小廳，整個磚壁瓦牆都被塗上了一層奇詭的黑漆，透著一種神秘而怪異的味道，門、窗、柱、樑俱是大戶人家典雅高拙的平常模樣，但若是仔細觀察下，便會發現那是融渾無間的一個整體，均以上等鐵木所製，堅固異常。

黑色的牆壁、黑色的帳幕，就連那隱隱透出的燈光，彷彿也帶著一種慘澹的黑色！

這裡，就是華燈閣的禁地，亦是號稱天下第一高手明宗越明將軍練功的地方。

這間廳就叫做——將軍廳。

水知寒緩緩走到將軍廳前站定，垂手道：「水知寒求見將軍。」

從廳內傳來一個柔和而又威嚴的聲音：「知寒進來吧！」

水知寒每一次來到這間外表上絕對看不出異常的小廳，都會變得很小心。

一山不容二虎，水知寒與明將軍同為天下黑道六大宗師之一，他卻甘心做將軍府的一個總管，不管他再怎麼收斂鋒芒，再怎麼小心翼翼，他總是要耽心會引起將軍的猜忌。

何況人言可畏，眾口爍金，不管明將軍是如何信任他，總會有類似的流言傳到明將軍的耳朵裡……

如果將軍真是對水知寒有疑慮，那後果就連水知寒自己也想像不出來。

那絕對是很可怕的後果！

水知寒深深吸了一口氣，推開小廳的門。

明將軍不是一個特別高大的人。

但，就算明將軍現在是坐在椅中；就算他只是一身平常的便服；就算他的臉目在模糊的燈光下全然看不清楚；就算他並沒有運起他那名動天下的流轉神功；也一樣可以給人一種彷若要擇高出擊的可怕感覺。

「知寒可有什麼事麼？」

如果沒有外人，明將軍從來都是直呼水知寒的名字，而如果有其他人在場，明將軍自是以總管相稱。這一點有時會讓水知寒很不舒服，總感覺到自己在將軍的心裡是有兩種身分，他不知道自己在將軍的心目中只是一個將軍府的總管，或者亦算是明將軍的一個朋友。

他當然不敢去問明將軍。

水知寒像是絲毫感覺不到明將軍撲面而來的氣勢，仍是那麼從容：「第二道將軍令已傳至五劍聯盟，五劍山莊除雷怒與八大護法外均四散而遁。但送令啞僕為碎空刀葉風所殺，我已派食指點江山和中指行雲生分頭前去蘇州，暗中監視五劍山莊的動向。」

明將軍只是淡淡哦了一聲，再無問話，像是對這一切全然不感興趣。

水知寒續道：「姆指憑天行去川西與龍判官傳信，小指挑千愁在關中為刑部辦事，不過無名指無名早已伏在蘇州城內，歷老鬼業已為我說動，亦要去蘇州湊這一趟熱鬧。」

水知寒話中所指的歷老鬼正是黑道六大宗師之一的江西枉死城的歷輕笙。

明將軍微微一愣：「對付一個五劍聯盟也需要這麼興師動眾嗎？」

水知寒道：「這一次明為對付五劍聯盟，暗中其實是為了碎空刀葉風……」

明將軍點點頭：「葉風此人年紀輕輕，卻已隱有大家風範，作事每每出人意表，機靈不失沉雄，張揚不失穩重，實是百年難遇的人才，假以實日，必是難得的一個好對手。」

水知寒心中暗驚，葉風一意視明將軍為死敵，卻能得到將軍的這一番評價，若是傳於江湖，只怕葉風的聲威會立時在任何一個後起之秀上。

水知寒垂首道：「刀王也已出山了，過不了幾日便會有消息傳來。」

明將軍目光如電般掃來：「刀王只欠我一次人情，用他來對付葉風，是不是有些大才小用了。」

水知寒道：「刀王只答應要與葉風在公平情況下比刀，我怕其中尚會有變，過幾日我便會親赴蘇州城，這裡的一切暫時我會讓鬼失驚打理。」

明將軍微一錯愕：「知寒該有幾年沒有親自出手了吧！更令我吃驚的是你寧可不派鬼失

驚出馬而要自己走這一趟，為的是什麼？」

水知寒冷哼道：「五劍聯盟並不足慮，擊潰雷怒無非是要向江湖上立威。但碎空刀葉風這幾年風頭強勁，更是處處與將軍作對，若不及早除之，只恐對將軍的聲威有損。」

明將軍柔聲道：「近年來江湖上的事我俱讓你放手去做，此次將軍令是三年後第一次現身中原武林，必不容失，你能想得如此萬全亦不錯了。」

水知寒謙然道：「知寒全憑將軍的指點。」

明將軍哈哈大笑：「知寒儘管放手去做，我倒要看看江湖在你的手段下會是什麼樣子！」

水知寒聽得明將軍朗朗的笑聲，不知怎地心中湧上一種寒意，自己是否已然鋒芒太露了？

明將軍幾乎難以覺察地歎了一口氣：「自從三年前與暗器王一戰，我突然便明白了天地萬物間自然難化的至理，無論你卑微或偉大、愚頑或智慧，什麼春秋大業、什麼名利權勢，到頭來莫不是一場空。從那一刻起，我便已是心萌退志，若非不忍見朝中大亂，亂黨横生，定是脫手不管，專心我的武學天道……」

那暗器王林青曾是京師中號稱「八方名動」的八大高手中的一位，一心嚮往攀至武道的極峰，故在機緣巧合下得到明將軍師叔巧拙大師用來克制明將軍的一把偷天弓後，與明將軍約戰於泰山絕頂。那一戰馳名天下，暗器王雖是落敗身死，但明將軍卻放言江湖曰二人武功乃是暗器王林青略高一線，暗器王雖敗猶榮！

水知寒當然知道那一戰的緣由，卻何曾想過明將軍竟然因那一戰會有這許多的想法，一時心中百感交集，說不出話來。

（暗器王林青與將軍一戰可參見將軍系列正傳《偷天弓》）

明將軍繼續道：「我自幼身懷大志，有意一統江湖，那亦不過是希望開前人未有之創舉，還世人一個平和秩序的江湖。而現在此心早已淡然漠化，早想把塵事交付他人，甩手而去，知寒既是有意，我手上的一切實力便會慢慢移交與你，只希望你能完成我無心去完成的宏願……」

水知寒心頭狂震，他絕未料到將軍會對自己如此明露心跡，一時也不知此言是真是假，是福是禍……

明將軍淡然一笑，抬手止住正欲分辯的水知寒，氣度中自有令人不敢違逆的氣勢：「我與你相交十餘年，早知你非久居人下之輩，你若是不承認，便是看不起我的智慧了。」

水知寒這一驚更是非同小可，捫心自問，自己從未想過有一天能把明將軍取而代之，可要說到爭雄江湖的野心，卻的確被明將軍一語言中。

明將軍不容水知寒答話，站起身來，背向水知寒負手望著後牆上的一幅字畫，長吟道：「三軍用命千里動，一拳辟易萬古空。知寒這便去吧！」

水知寒望著明將軍沉靜得像一座大山的背影，心中突然湧上一個從來不敢想的念頭……

——若是自己此時驀然出手，能不能破了明將軍名動江湖的流轉神功？

——他的寒浸掌在此時將軍似是全無防備的機會下，能不能一舉奏功？

——若是不出手，將軍似已知曉自己的野心，他還會不會容下自己？

百千種想法在這一剎紛遝而至，全都攀上水知寒的心頭，彷徨不去。

從沒有一刻像現在這般令水知寒難以決斷，一股內息在全身各大穴道間不停遊走，直欲循掌而出……

望著明將軍看似悠閒的背影，這一刻就像是明將軍在給他一個千載難逢的機會，這到底是明將軍在試他心意，還是真的對他毫無防備？

他，是否應該出手？

他、不、敢！

水知寒恭恭敬敬地退出將軍廳外，眼望漫天的點點繁星，長長地舒了一口氣。心頭不由浮現出將軍吟猶在耳的二句詩：

三軍用命千里動，一拳辟易萬古空！

直到這時，水知寒才發現，自己不知不覺間捏得緊緊的拳心中，全是汗水！

四、劍：彈劍作歌奏苦聲

沈千千將一大碗酒一口飲下，嗆得幾乎說不出話來，惹得葉風與雷怒哈哈大笑。

數人在蘇州城內最大的酒樓天元樓上，猜拳行令，幾日來的陰鬱一掃而光。就連祝嫣紅也忍不住陪著眾人飲了幾小口，面上一片酡紅。

適才在快活樓中，刀王秦空既去，散萬金與食指點江山不敢再有異動，遵從賭約，將沈千解了穴道，連同水兒一併讓葉風帶走。

與明將軍勢力的對決中，從沒有這一刻的揚眉吐氣。

見得天色已至午後，葉風再端起一碗酒，笑道：「各位兄弟要是不想讓明將軍今晚劫莊，這一碗後就趕快找些醒酒湯來喝吧。」

眾人紛紛應諾。

沈千千卻道：「本小姐可不管這許多了，今天晚上定要好好睡一覺，葉風你負責為我護法。」

水兒失聲道：「那我今晚豈不是不用服侍小姐了？」

諸人聞言俱是一番調笑，沈千千自知失言，急得直跺腳。

葉風面上掠過一絲苦笑：「沈姑娘你不用隨我們回五劍山莊。」

沈千千奇道：「為什麼？」

葉風柔聲道：「落花宮主要是知道你在這風雨飄搖的蘇州城，不定會多著急……」

沈千千搶著道：「有你葉大俠在，我怕什麼？」

葉風心中著急，本想告訴她此地的凶險，又怕影響己方的士氣，只得道：「你定是背著趙宮主偷偷跑出來的是不是？」

沈千千得意道：「那你可錯了，這一次是娘專門讓我多行走江湖增添閱歷的。」

葉風暗暗叫苦，沈千千雖是身出名門，武功不弱，但臨機對敵的經驗絕對不夠，更是從未真正見過江湖上的血肉相搏，加上面對的均是將軍府的一流高手，自己若是要照顧她，只怕力有不逮。

可沈大小姐的脾氣他又不是不知道，若是明說她武功低微是自己的累贅，只怕首先便是要挨她幾記粉拳。一時沉吟，隨口問道：「你娘就放心讓你們二個女孩子行走江湖嗎？」

水兒插言道：「本來龍大伯是和我們一起的，可小姐偏偏說有他在一起礙手礙腳，在襄陽城中悄悄甩開了他。不然怎麼會讓散復來那個小賊擒住。」言罷猶是心有餘悸。

沈千千俏臉一沉：「誰說是被那小賊擒住了，只是中了他的計誤中了他的毒罷了……」

葉風忍住笑道：「不錯不錯，沈大小姐只是一時不察，為奸人所乘。」

雷怒道：「水兒姑娘說的龍大伯是什麼人？」

水兒顯是對雷怒這個五劍盟盟主頗為害怕，連忙恭敬答道：「龍大伯住在落花宮外三里的流水軒，他的功夫可是極高的，就連宮主也常常在我們面前提及呢。」

雷怒問道：「他叫什麼名字？」

沈千千道：「我們平日都叫他龍大伯，也從未聽母親提到過他的名字。」

雷怒思索道：「他可是平日總是戴一頂蓑笠，喜歡憑溪垂釣麼？」

水兒奇道：「雷盟主如何知道，可是舊識嗎？」

雷怒一拍大腿，面現喜色：「若是他來了，再加上葉兄弟，我們便更有把握對付將軍府的人了。」

看到葉風與八大護法等都露出疑慮之色，雷怒解釋道：「若我猜得不錯，此人必是二十餘年前以七十二招騰空掌法嘯傲江湖的『躍馬騰空』龍騰空。」

八大護法齊齊動容，葉風因是年輕，反而對這老一輩的江湖名人並不是太熟悉。

雷怒續道：「二十年前，落花宮主趙星霜以獨門暗器流花飛葉行走江湖，加上貌美如花，被稱為江湖第一大美女，追求者不計其數。然而趙星霜在江湖上猶若曇花乍現，三年後便回到海南落花宮。而那時風頭最勁的龍騰空亦突然消失無蹤，有不少人都認定……」

水兒顧不得身分，大聲喝止：「龍大伯與宮主以禮相待，雷盟主不要信那些傳言。」

雷怒尷尬一笑：「那亦只是一些傳言罷了，不過名震江湖的龍騰空忽然消失，倒真是引起不少人的猜測。」

沈千千卻是心有所屬，聽到提及母親從未對自己說過的當年往事，猛然意動，大是神往：「我自幼便失了父親，母親更是不許我問起她的舊事，雷大哥可要好好將實情告訴我。」她居然也跟著葉風叫雷怒大哥了。

雷怒笑道：「沈姑娘若是有意，便去我五劍山莊小住幾天，我定把所知一切全盤奉上。」

沈千千掩嘴輕笑，目視葉風，一臉得意：「看看，這可是雷大哥請我去五劍山莊，與你無關。」

葉風心頭暗歎，五劍聯盟勢若危卵，雷怒為求強援，將落花宮拉入對抗將軍的陣營中原也無可厚非，而沈千千既然來了，自己於情於理也無論如何不能輕易放手。

剎那之間，他腦中一陣清明，已然知道了明將軍的用意。

葉風心中痛下決心，虎目四顧，剛想強行制止沈千千入莊，忽見祝嫣紅一邊聽著眾人的對話，一面偷眼望著沈千千，一副喜憂參半的樣子……

葉風心中百念叢生，想到這個堂堂莊主夫人亦需要人保護，頓時已有了計較，揚聲問道：「水兒你可會生火燒飯嗎？」

祝嫣紅身體猛然一震，想到早上在廚房中點火引炊的情景，不敢再看葉風。

水兒隨口答道：「葉大俠問得奇怪，水兒從小就會呢。」

葉風哈哈大笑：「沈大小姐既然是雷盟主的客人，我便請水兒姑娘做五劍山莊的大管家吧！」

水兒喜道：「哇，原來我也有做管家的福氣呢。」

葉風笑道：「這個管家可是只管我們大家膳食的。」

沈千千見葉風不反對自己入莊，早喜翻了心：「水兒定要給我們的諸位大哥做幾道好菜，讓他們也見識一下我沈千千調教出來的江南大名廚的手藝，嘻嘻。」

葉風心中忽湧起一股壯志，揚聲長吟：「彈劍作歌奏苦聲，曳裾王門不稱情。」

這一句正是詩仙李白《行路難》中的句子，充滿了不屈不撓不畏強權的鬥志。

這一刻他已暗暗下定決心，不管明將軍再有什麼陰謀詭計，自己也定要維護這干人的安全，再也不計生死。

五、容：掩容斂目意牽愁

傍晚。

夜色漸已四合。

一輪圓月掛於東天，在沉沉的薄暮裡若隱若現。

葉風在五劍山莊後花園的一座假山上，躺在假山半腰一個石洞中，望著黯淡的天穹，思潮起伏。

沈千千與水兒連夜趕了幾日的路，再加上受了半日的驚嚇，回到五劍山莊再也支持不住，各自回房休息。

雷怒則與八大護法在風凜閣研討對付將軍府的對策。

葉風謝絕了雷怒的邀請，藉口在莊中巡查，獨自來到此處。此刻，他只想一個人靜一靜。

他這次原本計畫只是在江南逗留月餘，遊山看水，怡情養性。誰曾料想到將軍令乍現五劍山莊，在江湖上引起軒然大波，他亦匆匆趕到五劍山莊，助雷怒共抗將軍令。

以往將軍令五現江湖，所到之處血雨腥風，接令之人全然無倖。

但前五次將軍令出現時，莫不是針對與將軍直接為敵的人，而這一次，五劍聯盟雖然漸漸勢大，卻遠在江南一隅，絕對影響不到京師中明將軍的實力。

此次將軍府先後出動了原本並不公開投向某方勢力的散萬金，再加上將軍五指中的食指點江山，更是請出了刀王秦空，而以後還不知會有什麼人趕到蘇州，看今日在快活樓上散萬金鎮定自如地面對自己破釜沉舟的威脅，自是手上尚有還未現身的實力。

可是以敵人如此強勁的實力，卻到現在仍是遲遲不肯發動，一任散亂的五劍盟重複元氣，更是引來了自己和落花宮的沈千千，這一切到底是為何？

在快活樓中，他已隱隱有所感悟，只是那時形勢一觸即發，根本不容他有時間細想。而現在回想起來，心中似已是有些恍然，暗暗心驚。

細碎的腳步聲在葉風耳邊響起，將他從沉思中驚醒過來。

這樣纖巧、優雅、慵懶、緘然的，滿懷著一些沉鬱心事、還略微有些惶惑的腳步，除了五劍山莊的雷夫人，還能有誰？

葉風沒有出聲，不知為何，從第一眼見到她，就直覺出一種異樣。

那時他才踏入風凜閣，便從注視他的數道目光中分辨出了唯一一道對他毫無敵意的眼光，甚至，那眼光中還帶著一些研究他的意味。

那時他立刻就知道她是誰了，可卻還是忍不住懷疑自己是不是認錯了人。

因為在那劍拔弩張人人緊繃著弦的情況下，她給他的感覺就像是一個局外人，一個在旁邊悠閒自得笑看風雲的局外人。

那時的她，在冷若冰霜的面容上有著一雙澄澈如水晶瑩若玉的眸子……

她……款款行來，目光若即若離，神色若明若暗，表情若放若收，情態若清若倦……

他當然知道她的名字，江南大儒祝仲甯之女祝嫣紅不但秀冠江南，更是有名的才女，八年前聽從父命嫁與了雷怒，不知令多少江湖中人羨豔不已。

只是如今雷怒今非昔比，將軍令一至，落到如此眾叛親離的境地，而她在此時此地依然伴在雷怒身邊，令人既是肅然起敬，亦是大有韶華終老紅顏薄命之感。

他有些欽佩她，一個不懂半分武功的女子在險惡的江湖中，依然如一池清水般沉怡無爭著，遺世獨立著，似乎在堅持著、等待著什麼必然的宿命！

她沒有看到他，卻輕移玉步，坐在假山一方突起的岩石上，仰首望天……忽爾遐思，忽爾淺笑，忽爾凝眉，忽爾螓首……良久，輕輕地，幾乎是細不可聞地歎了一聲。

那一聲似是來自天穹深處、從煙垂暮色中輕輕滲透出的歎息如同一塊小石般投進了他的世界，在心湖間迴盪著，宛若一聲靈性的呼喚抽出了他靈魂內的哼唱，在他生命黯淡的陰涼中念響了聖潔的朗誦……

管它紅荷綠柳，管它蟬鳴鶯舞，這一刻他只想挽住那一聲雁過無痕的歎息，將她那絲幽怨狠狠捏碎在他掬起的掌心中，猶若捏碎一種扭曲後也能贏得歡笑的生命……

他想到今晨在廚房中見到她的情形——為了一灶點不著的火而悄然落淚。

那時，他忽就很想為她拭去從眼角中流下的珠淚……或是，亦拭去她眼眉間的輕愁。

她似乎是渾忘了一切般呆呆看著天空，彷佛置身於一個旁人感覺不到的自我世界中，用漠然卻又好奇的目光打量著周遭的一切，敏銳洞察著人情世態的紛擾變化，清妍而無矯飾，孤清而無寥落。

他在此刻立時體會到了她是一個如此矛盾的女子，似有些飄忽後的恍然，似有些輕率後的放肆，有些暗啞後的明朗，有些壓抑後的拘謹……用一種出塵的、沁人心脾的至美情態毫無掩飾地渲染著一種強烈的內心情緒。

月色將祝嫣紅的面目輕輕劃亮。

那時，在葉風的感覺中，祝嫣紅就像，就像是一個華服女子在一間明亮寬廣的大廳中，注視著一面孤單的鏡子！

這種感覺來得如此突然而堅決，並且不容他內心一絲不甘不願的拒絕，從此牢牢地盤踞在他的心中。

如果他現在出聲，她會不會像一隻受驚的小鳥般遠遠飛走？

他不能打擾她，不敢打擾她，甚至——也不願意打擾此時此刻在夜色輕紗的掩映下，美奐絕倫的她！

六、計：解計連環漫遲留

葉風踏入風凜閣的時候，已是初更時分了。

雷怒依然在與八大護法商議著，一旁還坐著興致勃勃的沈千千與哈欠連聲的水兒。

「你到什麼地方去了？本小姐一覺都睡醒了。」沈千千見到葉風，眼睛驀然一亮。

不知怎地，在葉風的感覺中，沈千千乍亮的目光就像一把光華四射的寶劍，刺得他心裡發僵。

葉風淡淡笑了笑：「我去莊外看了看周圍的地形。」

「流影劍」趙行遠讚道：「葉大俠果然深明地利對交戰的影響。」

「洪荒劍」江執峰面有憂色：「五劍山莊處於平地，無險可據，若是將軍的人馬從四面八方突然殺來，實在是很難抵擋。」

雷怒亦歎道：「葉兄來得正好，我們剛才正在討論萬一不敵，應該從何方撤退……」

葉風心中暗叫慚愧，其實他剛才一直藏在那假山上，直到祝嫣紅回房休息後方才從藏身處走出來。

幸好莊中閒雜人等俱已離莊，所以也無人知道葉風剛才到底去了什麼地方。

力分則弱，五劍山莊只剩這幾個人，自是時時都在一起，以免落單後被敵人所趁，葉風想到此處，心中一凜，不由問道：「雷夫人一人住在後堂中，如何不派人保護？」

雷怒一愣，尷尬道：「我倒是忘了這一點，嫣紅喜靜，從不讓人打擾，以往都慣了，現在這個非常時期我倒應是不離她左右才對。」

沈千千道：「我這就去把祝姐姐找來。」

葉風心下微歎，舉手止住沈千千：「也許這樣也好，將軍令出現五次，人一次比一次死得少，除了將軍令第一次現於長白，派中五百弟子俱亡外，以後凡是不懂武功的婦孺都是平安無事……」

雷怒道：「沈姑娘不妨與水兒去探問一下內子，嘿嘿，你們女人家總是可以聊聊的。」

水兒喜道：「早聞雷夫人是江南才女，我定要多問她些女紅琴律等事，小姐你沒有答應我好好逛杭州城，這次總要領我引見一下雷夫人……」

沈千千雖是不想離開葉風，無奈不好違雷怒的意，更是被水兒軟纏硬磨，強拉去了。

眾人見到沈千千去得千百個不情願，都是有會於心，暗暗失笑。

雷怒淡然對「幻滅劍」劉通道：「現在落花宮的沈大小姐亦來到山莊，且不說明將軍定會投鼠忌器，就是對江湖上一些與落花宮交好尚在觀望的門派也有吸引力，你一向負責我五劍盟的消息情報，定要把這個資訊廣布天下。」

劉通應聲稱是。

葉風剛才便對雷怒似有意要支走沈千千略有所覺，如今更是恍然大悟，心中泛起一種說不清楚的情緒，在此五劍山莊存亡之際，雷怒這樣做原也是出於情理，但無論如何讓他的心中很不舒服。

雷怒當然知道葉風的感受，轉頭望向葉風，歎道：「我這亦是不得已，以五劍山莊的實力與將軍府對捋實在不存勝望，只得借助多方的援助。」

葉風的嘴裡就像嚼了一口沙子，澀然點點頭。

五劍聯盟的第一謀士「奔雷劍」方清平向葉風問道：「雷盟主適才說起我們應當先發制人，突襲挑了快活樓，葉大俠對此有什麼看法？」

葉風訝然看向雷怒，雷怒笑道：「我聽了葉兄弟今晨的一席話，已決定讓天下人看看我五劍聯盟非是束手待擒、沒有一搏之力，以便團結各方對抗明將軍的力量，若是能引得裂空幫這樣的大幫會插手，就是明將軍怕也不無顧忌。」

方清平道：「我認為此事尚有待商榷，快活樓不管怎麼說也是江南第一大賭樓，外人未必知道其與將軍已聯成一氣，若是我們冒然發動，江湖上只會覺得我們自不量力四處樹敵……」

雷怒截斷方清平的話頭道：「可現在將軍的實力我們根本找不到，唯有先拿快活樓開刀。何況快活樓擄走沈姑娘，引得今日葉兄弟大鬧賭樓，明眼人一看即知是怎麼回事。」

方清平還待說話，卻被雷怒止住：「葉兄弟有何想法儘管說出來。」

葉風抬頭望去，八大護法的視線全都集中在他的身上，目光中滿是期待之色。

葉風心中忽然明白，自己今日一刀立威，已然讓諸人心服，把他看做目前扭轉不利形勢的唯一救星，而雷怒一意下令出擊，只怕尚有部份原因是怕自己功高一線……

江湖傳言雷怒雖然果敢豪義，遇強不屈，但也有其心胸非闊，剛愎自用酷愛面子一說。在這個講究用實力說話的江湖，人人只服膺武力比自己更高的人，自己這次鋒芒畢露，恐怕真是已遭雷怒之忌。

可事已至此，面對這些信任自己的戰友，他能一走了之嗎？他能眼看五劍山莊血流成河嗎？就算他能狠下心離開這個是非地，沈千千想必會跟他走。可是，總有人走不了……

葉風沉吟半晌，方才說道：「你們可知我今天與散萬金在快活樓上對峙時，突然明白了什麼？」

眾人想到葉風今日明明早想好了法子以刀劈骰筒賭贏那一注，卻偏偏先是擺出欲破釜沉舟與散萬金一拚實力的態度，果然覺得大有蹊蹺。

葉風續道：「以當時的情形，若是我們強行出手，由我纏住刀王，那快活樓不過是一個賭樓，雖也不乏高手，卻憑什麼能敵住五劍聯盟？」

眾人俱在沉思。

葉風正色道：「你們可還記得當時散萬金的神情嗎？他憑什麼可以這般有恃無恐？」當時葉風故意露出賭不贏要與散萬金以死相搏，而當時點江山明顯已擲骰耗去大半功力，可散萬金依然是一絲不讓，毫不畏懼的神色。

諸人回想起那一觸即發、千鈞一線的時刻，均是暗暗點頭，有悟於心。

散萬金只要不是瘋子，那麼在快活樓中必然還另有奇兵！

葉風歎了一口氣：「若我猜得不錯，快活樓中必然還有高人，我們若是去冒然襲擊快活樓，怕只會損兵折將、徒勞無功。」

雷怒終於動容：「既然快活樓已有吃下我們的實力，為何引兵不發？」

這亦正是眾人橫於心頭的疑問。

葉風抬頭望向風凜閣中明滅不定的燭火，一字一句地道：「因為明將軍想殺的人是我！」

第四章　滿庭芳

——幸對清風皓月，苔茵展、雲幕高張。江南好，千鍾美酒，一曲滿庭芳。

一、濁杯酒

最先來到五劍山莊的不是將軍府的人，而是一個「老大」。

江湖上的老大是這樣的一種人——

有酒要先喝下；有事要先動手；有小弟要先罩著；有刀子要先頂著；有麻煩要先挺著；有傷心要先藏著；有計劃要先想著；有錢財要先散著……

也許說起來做一個老大很不容易，也很悲哀，因為一個真正的老大永遠是要在困難面前把自己放在第一位，在享受面前把自己放在第二位。

可是，你也不得不承認，做一個老大也實在是很風光！

「老大」就是一個很風光的老大！

說起江南神閑幫，也許有許多人不知道，可說起神閑幫的幫主——那個為了手下一個小弟的冤情而孤身闖進死牢，斷了三根肋骨後仍是負著一個被折磨得奄奄一息的小弟殺出來的老大，大多數人都會一挑大姆指，讚一聲：「老大！」

神閑幫幫主的名字就叫「老大」！

老大還沒有踏入風凛閣，他招牌式的豪朗笑聲就先傳了進來：「葉大俠、雷盟主何在？我老大陪你們挨刀子來了！」

雷怒微微皺了皺眉頭，葉風的名字竟然排在前面，自己這個盟主威風何存？

葉風大笑：「葉風在此，不怕醉死的就進來。」

但見二人大踏步地走了進來，當先那人身材極為高大健壯，昂胸闊步，虎虎生風，臉闊若盆，滿面虬髯，最令人驚異的是那道濃密烏黑的眉毛，猶若刀削，直飛入鬢，彷彿那是兩柄破鞘而出的寶劍。

他一笑，那兩道宛若刻在面孔上的眉毛就上下抖動著，像是要極不安份地劃面而出：「哈哈哈哈，好一把碎空刀，他奶奶的，比刀我比不過你，比酒我老大怕過誰來著?!」

這樣的意態豪邁，這樣令人見之如飲烈酒的人物，除了老大還能是誰？

雷怒亦是大笑：「好！讓我看看醉了的老大是不是能多挨幾刀子。」

老大先是一把握住葉風的手，上下打量，嘴裡嘖嘖有聲：「他奶奶的，我還當碎空刀是什麼樣三頭六臂的人物，令我不惜陪你們與將軍作對，原來也就是一個娘們樣的小夥子。」

葉風心中喜歡他的豪氣，卻故意歎道：「實不相瞞，將軍府亦當我是三頭六臂的人物，你老大若是將我樣子描述給明將軍，保證如若不是砍你頭問你欺瞞之罪便就是讓你賺個盆滿缽足。」

老大「呸」的一聲，吐了一口濃痰：「奶奶的，我老大是那種人嗎？你小子再說一句我便與你拚了。」

葉風拍拍老大的肩，哈哈大笑：「拚刀可以，拚酒就免了，我還要留點精神對付明將軍呢。」

老大亦是哈哈大笑：「我要是拚了你那把刀，只怕以後再也不能與人拚酒了。嘿嘿，老大我天不怕地不怕，對你那把刀卻真是有點怕。」

葉風謙然道：「老大過獎了。」

老大後面是一個面容極為平凡的人，身形中等，窄眉淡目，瘦臉尖顎，唯一令人留下印象的便只有那豐隆的鼻子。

那人先對葉風深施一禮：「神閑幫軍師欠三分拜見葉大俠。葉大俠快活樓上一刀立威，就連刀王秦空亦鎩羽而歸，且不說葉大俠一向的威名，僅是這一刀就足可令鄙幫幫主心服口服了。」

老大笑罵道：「他奶奶的，最多就是心服而已，誰聽說過老大我口頭上服過誰來著？」

眾人聽他說得有趣，俱是轟堂大笑。

雷怒被冷落了半天，此時方才有機會插口：「神閑幫仗義來援，我五劍盟感激不盡。」

老大一把將欠三分拉過來：「這是本幫的欠軍師，全是他一番說辭才讓我痛下狠心和你們一併與將軍為敵，要謝你便謝我家軍師吧。」

欠三分含笑拱手。

雷怒與八大護法均是老江湖，更是熟悉江南一帶的武林人物，卻是從未聽聞過欠三分這古怪的名字，只得說上幾句客套話。

葉風一向在關外飄忽不定，更是不知道這個人，當下問道：「欠軍師如何說動老大，難道不怕明將軍的勢力嗎？」

欠三分正要作答，老大搶著道：「我早就看不慣明將軍的驕橫跋扈，他奶奶的，江南離他京師天遠地遠，管他鳥事，也要來蘇州城裡撒潑，要不是考慮我手下的幾百兄弟，我早就扯起大旗和他對著幹了。」

欠三分道：「幫主明令幫中，這一次支援五劍山莊不比以往，是九死一生的買賣，令手下弟兄自願前來。結果全幫上下無一人退縮，還是幫主強行讓有家室的弟兄留下，這一趟共來了一百七十六人，除了五十名兄弟分頭潛入蘇州城外，其餘一百二十六人全在莊外待命。」他的聲音亦如他的人一般樸實，不緩不急，徐徐道來，既是井井有條，亦讓人聞之可信，與老大的大嗓門倒真是各有千秋。

老大笑道：「我聽得蘇州城已然有官兵封鎖，帶著兄弟怒馬快刀趕來，滿以為會有一場好廝殺，誰知一路暢行無阻，半個官兵也見不到，想是被嚇得他奶奶的逃之夭夭了。」

葉風聞言心中略微一沉，將軍府讓神閑幫如此輕鬆地趕到五劍山莊，必是有把握一舉全殲，看來對方的實力定是極強，所以才如此有恃無恐！

雷怒乍聞來了這麼多援手，心中大喜：「還不快快讓各位兄弟進莊歇息。」

當下「追風劍」杜寧與「弄月劍」蔡荃智搶著出去迎接神閑幫的人馬。

與將軍對峙這數日來，天天防備著敵人突然殺來，五劍山莊早已是人人精疲力竭，此刻忽來強援，俱是士氣大漲。

方清平為人穩重，問道：「為何尚有五十人要分頭潛入蘇州城？」

老大哈哈大笑：「這就是欠軍師名字的由來了，見敵均留三分力，他奶奶的，一次只使七分勁，務必不會給敵人一網打盡。」

眾人這才恍然，原來這個奇怪的名字來源於此。

欠三分微笑道：「幫主過譽了，對付明將軍這樣的大敵，一定要小心行事。眼下不但要直面將軍府的實力，更要防備蘇州城的其他江湖人物被將軍收買，多派些弟兄預留後路總是不會錯的。」

看諸人紛紛點頭，欠三分轉向雷怒：「不知雷盟主可知道目前明將軍在蘇州城內的實力嗎？」

雷怒歎道：「自從收到將軍令，我五劍聯盟的弟子四散將盡，便若瞎了眼一般，對敵人的佈置安排再無所知。」

欠三分胸有成竹般一笑：「這亦正是我讓五十人暗中潛入蘇州城的意思，兩軍對壘，最需要知己知彼，尤其面對明將軍這樣的強敵，我們更是需要各方面傳來的情報，從中做出比較取捨，方能判斷出敵人的動向，以便及時應變。」

方清平一向勝長智謀，聞言頷首道：「欠兄心思縝密，言之有理，有空定要多多請教！」

雷怒一拍大腿：「我五劍盟便是差這樣一個智計無雙的軍師，從現在起五劍盟正式解散，欠兄便是我們這個對抗將軍的聯盟總指揮，清平兄為副手。要想三軍用命，賞罰不可不嚴，此後就連我雷怒也要聽你們的軍令，做你們的馬前小卒。」

葉風心下暗讚，雷怒能放能收，當堂結盟拜將，儘管江湖傳言上多說其不能容物，但以此時的情景看來，雷怒亦當得起一方梟雄！

欠三分與方清平連忙謙讓，老大亦道：「雷兄言之有理，這一次成立對抗將軍的聯盟，各人的聲望都在其次，關鍵就是要從明將軍的勢力下殺出一條血路來，讓明將軍也知道我江南武林並非都是散萬金那類見風使舵的傢伙，他奶奶的！」

他似是深恐無人知道他的豪氣般，每一句都要有個「他奶奶的」。

欠三分思索一陣道：「千萬不可如此，只會徒亂軍心。不若雷盟主仍為我們新聯盟的總盟主，老大畢竟不熟悉這一帶的地勢，便做為副盟主，我與方兄便是聯盟的左右軍師，而葉大俠一向獨來獨往慣了，自不屑參與我們，便為我聯盟請來的第一客卿、第一虎將！」

大家轟然叫好，彼此再謙讓幾句，此事便這麼定了。

葉風笑道：「神閑幫、五劍莊，不若便叫神劍聯盟吧！」

忽然傳來一聲嬌笑：「還有我落花宮呢？」

沈千千從風凜閣後門中走了出來，一衣粉紅，映著雪白的肌膚，更增俏立，身後則是水兒與祝嫣紅，看沈千千一臉神色飛揚卻是雙目微紅的樣子，想必三人昨夜談得甚晚，此時方才起身。

祝嫣紅一身白紗細裝，盈盈淺笑而行，更襯得身形窈窕，腳步流韻。加上她本不適應於昨夜的遲睡，六分姿容三分慵懶中再加上一分故作的振作，更是顯得氣質綽約不群。

欠三分眼中一亮，隨即隱去：「欠三分拜見雷夫人與沈大小姐。」

「擒天劍」關離星對著沈千千接口失笑道：「若是加個『宮』字，成了什麼『神劍宮聯盟』，好像有點念得不怎麼順口呢。」

雷怒也對沈千千笑道：「你落花宮的名字天下誰人不知，若是與我們放在一起反倒是委屈了。」

沈千千歪頭凝目，一想也是道理：「好吧，神劍盟便是神劍盟吧。」轉頭看向葉風，忽發奇想，滿臉躍躍欲試的樣子：「不若我們來成立個落刀盟？」

葉風一呆，苦笑道：「聽起來怎麼有點手起刀落的感覺？」

沈千千一本正經道：「嗯，刀落盟也不錯，很有些殺氣呢！要不落空盟也好……」

眾人看著葉風一臉的苦相，無不暗暗捧腹。

祝嫣紅含笑輕聲道：「不若叫花刀派吧，既風雅亦暗蘊鋒芒。」

眾人紛紛叫好。

葉風剛才一直忙於應付沈千千的取鬧，此刻抬首看去，方才注意到祝嫣紅的神情。

但見她剛剛梳洗過的臉容中眉目如畫，俏面迎春，頗有些遊目騁懷的颯爽英姿；想到昨晚自己無意中看到的那個薄嗔淺愁的她，兩者相差何止千里，一時神遊物外，幾欲窒住呼吸……

老大大笑道：「我老大久聞沈姑娘與雷夫人的芳名，如今一見果是那個閉月羞花、沉魚落雁什麼的，他……」

老大的聲音嘎然而止，想到有女眷在旁，下面「奶奶的」三字想必是吞落肚中了。

葉風聽老大說得不倫不類，按下一腔淡淡的心事，放開心懷大笑起來：「雷大哥還不快快把莊中所藏的好酒統統拿出來，大家杯酒言歡，共同商榷……哈哈，他奶奶的神劍聯盟大計。」

二、意難平

初秋的八月，正是江南的梅雨時節。

連日的幾場大雨，將整個蘇州城罩在一片霧靄中。

一地落葉，一窗風雨，一簾幔帳，一盞油燈。

杯酒已空，倦鳥已歸，人已安歇，而豪氣呢？

——豪氣尚存。

葉風、雷怒、老大、欠三分與方清平靜靜坐在堂中，他們無疑已是新成立神劍盟中最重要的五個人，而這五個人的每一個決定都會影響著幾百人的性命。

方清平咳了一聲：「這幾日秋雨不停，幾步外人影難辨，加上風聲雨瀝、月黑風高，正是夜襲的最好時機。我們雖是外表一切如常，但內中卻時時刻刻也未放鬆警惕。將軍令一月之期已然過半，可為何直到現在將軍府的人還不伺機出手？委實教人猜想不透。」

老大怪眼一翻：「定是將軍府的人知道我們來了援手，不敢輕易發動。」

老大話雖如此，但他也知將軍府的實力遠在神劍盟之上，一直按兵不動徒惹江湖人的猜疑，定是事有蹊蹺，就連他平日必掛在嘴邊的「他奶奶的」也說不出來了，可見心裡亦是不安。

雷怒望向欠三分：「欠兄有什麼想法？」

這幾日欠三分充分顯示了其領導才能，兵員佈置、莊中防禦等安排得井井有條，已是深為雷怒所看重。

欠三分歎了一口氣：「我有一個想法，卻不知道是不是應該說出來？」

雷怒道：「欠兄但說無妨。」

老大笑罵道：「欠老三你給大家出謀劃策莫不是也要留三分？他奶奶的，看我不打得你頭昏腦漲。」

五人皆笑了，氣氛稍緩。

葉風一直不語。

欠三分看了葉風一眼，神色奇怪：「葉大俠可對將軍府的意圖有所覺嗎？」

葉風亦歎道：「我與將軍作對數年，對敵人的瞭解只怕比對自己還深。」

欠三分緩緩點頭，欲語又止，面呈難色。

方清平奇道：「葉兄與欠兄看出什麼了嗎？」

老大更是不耐煩：「欠老三快說。」

欠三分面朝方清平：「將軍府遠在京師，且與江湖上第一大幫裂空幫正呈對峙狀態，為何會千里迢迢來尋五劍聯盟的麻煩，這裡面定是大有文章。對此方兄可有何見教？」

方清平一呆，沉思道：「裂空幫身處河北，一向為江湖白道第一大幫，人多勢眾，更是直接威脅到京師將軍府，雖是目前只有一些小騷擾，但看此情景，只怕大戰一觸即發。將軍府於此時來挑五劍聯盟，只怕一是想在江湖上立威，二來是要掐斷裂空幫南方補給，呈夾攻之勢。」

欠三分一拍大腿：「方兄與我想的不謀而合，但有一個關鍵，就是南方有什麼大的勢力門派可能給裂空幫威脅？此勢力不但是要與將軍府交好，更是不懼裂空幫的反噬，幾已呼之欲出……」

老大與雷怒面面相覷，忽有所悟，同聲驚呼：「江西枉死城！」

歷鬼判官龍，南風北雪舞。

方過一水寒，得拜將軍府。

這段江湖上流轉甚廣的話說的正是黑道六大宗師明將軍、水知寒、歷輕笙、龍判官、雪紛飛與風念鐘。其中歷輕笙以名為「風雷天動」的爪功與「揪神哭」的音懾之術成名數載，率領門下數百弟子齊聚江西枉死城，一向與將軍府暗中有來往，但若是說其已與將軍府結成聯盟，只怕必會在江湖上引起軒然大波。

方清平道：「可是五劍聯盟身在江南，並不能給江西枉死城絲毫威脅，將軍府要想與枉死城結盟對付裂空幫，大可用別的方法，不用一舉引起江南各大門派的猜忌吧！」

葉風再歎一聲：「歷輕笙與將軍府結盟的條件中必有一項是殺了我。」

欠三分面色不變，凝視葉風：「歷輕笙為人護短，含眦必報。他有七子，幼子歷明六年前死於魏公子之手，三子歷昭卻是死在了碎空刀之下。」

雷怒神情忽明忽暗：「那明將軍大可直接找葉風的麻煩，為何牽上我五劍聯盟？」

欠三分正色道：「碎空刀突現江南，將軍令幾日後便到了五劍聯盟，這其中雖是看似毫無糾葛，但明眼人一望即知。葉大俠想必知我所言不虛。」

葉風歎道：「我雖是知道如此，但將軍令出必行，何以坐看五劍聯盟成為犧牲品。」

雷怒輕哼一聲，方清平忙道：「葉兄高義，我等均是須臾不敢有忘。」

欠三分再問道：「將軍府為何輕易放沈大小姐回五劍山莊，又久久不發動攻襲？其中有何深意？」

老大恍然大悟：「原來就是要讓一向獨來獨往的碎空刀有所牽掛，不能一戰即退，遠走千里，他奶奶的，這條計策真是毒辣。」

江湖上人人俱知碎空刀葉風與將軍府為敵從來都是不擇手段，一擊則退，既有硬抗任何一人的實力，又不怕被其圍攻，所以才讓將軍大是頭疼。

若是葉風為沈千千所累，失去了來去如風的長處，只怕一不小心就陷身重圍中。那時誰亦不能有把握從將軍府眾高手的眼皮下破圍而出？

葉風若有所思，不發一語。

雷怒心中湧上一股怒火，看葉風的樣子自是早料到事必如此。而葉風一來五劍山莊便是力懾眾人，莊中八大護法都是服其武力，反而看輕了自己這個盟主。更何況葉風看起來只是一副為五劍山莊的安危而拔刀相助的樣子，絲毫不提其中關鍵，何曾想過五劍山莊不過是將軍府對付葉風的墊腳之石……

雷怒越想越氣，輕咳一聲，正要發話，門口傳來一陣惶急的腳步聲。

「幻滅劍」劉通直闖進來：「關大哥中了敵人的暗算！」

三、語驚秋

「擒天劍」關離星靜靜躺在一張床板上，面門被抓得稀爛，生命已然離他而去。

劉通啞聲道：「關大哥一早出去聯絡神閑幫城中兄弟，卻忽然失蹤，直到半個時辰前才被人發現倒在蘇州城內一條小巷中，早已氣絕多時了。」

「幻滅劍」劉通與關離星平日交好，此時眼見兄弟身歿，而兇手早已無蹤，雖是明知在此等時刻必是免不了傷亡，可事到臨頭，見兄弟死得如此之慘，仍是避不了難過，虎目蘊淚。

雷怒沉聲道：「可是有人伺機暗殺關兄嗎？」

雷怒此問，大有深意。

暗殺，無疑是一種對敵非常有效的手段，化身於閒雜藏身於敵側，待其不備一舉殺之。或用毒、或用暗器，不擇手段，令人防不勝防。而且無論成功與否，殺手事後均是揚長而遁，遠走千里，讓人摸不到一點頭緒。

江湖上最有名的殺手當然是鬼失驚和蟲大師，一個身為黑道百年來最為強橫的殺手，一個身為白道上德高望眾的貪官剋星。

可看現在的情況，關離星面容被毀得如此厲害，若不是對方暗殺後故意毀容，那便是將軍府不避實力正式與五劍山莊宣戰了！

老大細細檢查關離星的屍身：「身上其他各處再無傷痕，就只有面容上一擊致命的那一爪，他奶奶的，歷輕笙親自出手了麼？」

各人方才聽了剛才欠三分對局勢的分析，指出枉死城與將軍府已然結盟，心中早懷疑是歷輕笙的出手。此時聽老大這麼一說，雖在意料之中，卻仍是止不住心驚肉跳。

要知「擒天劍」關離星身為五劍山莊的八大護法之一，武功僅排在「洪荒劍」江執峰之下，如今卻被人從正面一擊搏殺，且是未驚動任何人，直到晚間屍體才被發現，除了歷輕笙，誰能這麼厲害？

葉風問道：「關兄今日去城中，可有兄弟跟著？」

方清平道：「關大哥出城暗中去聯絡神閑幫的兄弟是我與雷大哥的意思，人知道的越少越好，只帶了二個兄弟隨行。」

雷怒問道：「那兩個兄弟呢？」

劉通強忍悲傷：「那兩個兄弟亦是到現在也未回莊，估計亦是遭了敵人的毒手。」

老大恨聲道：「他奶奶的，我老大定然不放過……」

老大話到一半再也說不下去，以歷輕笙的威名，若是不找他小小神閑幫的麻煩已是燒足高香了，饒是以老大的標悍強橫，亦是不敢再將大話說下去。

方清平分析道：「敵人為何要殺死關大哥，而且如此明目張膽，分明是給我等立威，難道不怕打草驚蛇嗎？」

雷怒亦是沉思半晌：「定是關兄查出了什麼關鍵，所以才迫得將軍府不得不殺人滅口。」

老大非常難得的皺皺眉：「有什麼關鍵？莫不就是發現了歷輕笙的行跡？他奶奶的，我們既然敢和將軍府對著幹，多個歷老鬼也算不得什麼！」

欠三分道：「也許關兄是與歷輕笙無意相遇，歷輕笙此人反覆無常，行事難以惻度，或者不喜有人暗中跟蹤於他，於是才反過頭來一擊伏殺。」

葉風沉吟道：「關兄可見過歷老鬼嗎？」

雷怒搖搖頭，卻又道：「雖是沒見過但也一樣。就似我雖未見過歷老鬼，但得聞其從來一身青衣，鬼氣森森，他那個招牌式的打扮只怕想讓人認不出亦難。」

葉風續道：「若是關兄知道所跟蹤之人是歷老鬼，必然不會貿然行事。所以我還有個設想，那就是關兄發現了什麼敵人不想讓我們知道的事，所以對方才派出歷老鬼這樣的超級高手，下定決心絕計不讓關兄回來報信。」

方清平道：「將軍府巴不得讓其實力明示天下，以便震服一些望風而觀的幫派，像歷老鬼與將軍聯合這樣的大事，只怕不出幾天就會傳遍武林。有什麼事是敵人不想讓我們知道的？」

葉風凜然道：「據我想來，只有一件事。」

雷怒問道：「是什麼？」

葉風不答反問：「將軍府一副集結實力一舉全殲我們的樣子，才由得我們蓄勢以待，可敵人憑什麼如此有把握知道我們不會悄悄撤走，讓他們撲個空？」

雷怒聳然動容：「你是說有內奸？」

葉風朗聲道：「昨日我與方兄借莊中兄弟外出購糧之際悄悄尾隨其後，卻也未發現任何跟蹤。將軍府此舉甚不合常理，除非是我們的一舉一動早已在敵人的算計之中，所以才不虞我等有詐。如此分析，多半就是我們其中有內奸，而此刻於無聲無息中殺了關大哥，更是證實了我的想法。」

方清平緩緩點頭。

老大眼中凶光一閃：「誰是內奸？他奶奶的，若要我知道了定是要他好看。」

雷怒道：「神閑幫一百多號人，誰能保證沒有被將軍收買的人，我們現在唯有靜觀其變，暗中查訪……」

欠三分淡淡截住雷怒道：「雷盟主且莫驚慌，也許這內奸是五劍聯盟的人，不然將軍府如何能算定我神閑幫要來此處？」

老大亦怒視雷怒：「我神閑幫每一個人都是和我刀頭舔血並肩廝殺的好弟兄，他奶奶的，雷盟主此話好像是說我們來錯了！」

欠三分亦道：「雷盟主別忘了，就算是我們不來，五劍山莊恐怕照樣是瓦礫無存。」

雷怒大怒，大喝道：「至少我們五劍聯盟是戰死在一起，勝過如此為宵小所乘。」

欠三分冷笑一聲：「雷盟主前幾日才說五劍聯盟再不存在，今天又出爾反爾了嗎？」

雷怒臉上陣紅陣青，想要翻臉又知實屬不智，卻也忍不下這口氣。

一時氣氛緊張，只怕一言不和，才成立的神劍盟就會土崩瓦解。

方清平惶恐道：「大家莫要如此，徒讓將軍府得計。且聽聽葉兄有什麼看法？」

葉風深吸一口氣，看著老大沉聲道：「老大你來五劍山莊為的是什麼？不就是為了與雷兄共抗將軍嗎？此時正當同仇敵愾，何必自家先鬧起來。」

欠三分冷笑道：「我們來此為的是能有與葉大俠並肩作戰的榮幸，可不是為了什麼五劍聯盟。」

雷怒再也按捺不住，便要發作。方清平大驚，死死拽住雷怒的衣袖：「大哥！」

葉風眼中驚疑一閃而過：「唇寒齒亡，五劍山莊若是倒了，下一個便是江南武林，像神閑幫這等從不買將軍府帳的幫派，只怕就是首當其衝。」

欠三分忽對葉風與雷怒長揖一躬：「三分適才為了神閑幫的聲名，一時意氣從事，說話魯莽，請二位莫怪。」

老大哈哈大笑：「欠軍師也錯了一次，現在只有神劍盟，何來神閑幫，他奶奶的，該罰。」

雷怒終於緩過氣來，悻悻道：「我亦是多有衝撞，大家這便揭過不提吧！」

一場風雨，總算平息。

可在每個人的內心裡，是否真的平息？

葉風轉換話題道：「大家可否想過，以將軍府的實力既然可以神不知鬼不覺地殺死關兄，為何又要讓我等找到其遺體？」

欠三分略一沉思：「只怕敵人就是要我等互相猜忌，破我聯手之勢。」

雷怒亦是動容：「我們差點中了敵人的詭計。」

老大哈哈一笑，大力拍拍欠三分的肩膀：「他奶奶的，要不是欠軍師提醒，差一點我們就先打起來了。」

欠三分謙然笑道：「我剛才也是一時糊塗，還虧得葉大俠冷靜從事。」

葉風緊緊皺著眉，不知為何，心裡湧上一種非常不詳的預感。

他知道一定有什麼事引起了他的警覺，仔細思來想去，卻又毫無半分頭緒。

可那種迷茫而又仿似已猜破某些關鍵的感覺，在他心中久久揮之不去。

這一季，果然是一個多事之秋！

四、種風情

三天後，散萬金在快活樓大宴歷輕笙，枉死城與將軍府結盟的消息傳遍武林……

五天後，密報京師方向又來數名高手，為首的正是將軍府的大總管，以一雙寒浸掌馳名天下的水知寒……

七日後，蘇州府全城戒嚴，江湖上人人都知道，五劍聯盟一直不降，將軍府已然決心大舉入侵，一氣挑下五劍山莊……

而自從神閑幫一百多人進駐五劍山莊後，五劍山莊再無動靜。

江湖上沒有人看好五劍山莊，分佈在全國各地的賭莊中開下的賭局是：葉風能否無恙脫身？

盤口賠率為一賠二十，面對水知寒與歷輕笙這二大黑道宗師的聯手，再也沒有人看好這幾年江湖中風頭最勁的碎空刀！

葉風真的躲不過這一劫嗎？他現在在做什麼？

葉風在看天空。

葉風又躺在那後花園的假山中，雙手枕在腦後，兩眼望天，他在想什麼也許只有他自己知道。

難得天色又放晴，葉風便來到此處，面對即將到來避無可避的大戰，他只想靜一靜，想一想。

他的神色依然那麼堅定，依然充滿著自信。可是在他的心中，是否也一樣的平靜不波？歷輕笙結盟將軍府，水知寒親赴蘇州城，雷怒顯是對自己甚有顧忌，內奸又是何人？一切的一切在他心底翻來湧去，想得頭似乎也疼了，索性不去理這些事……

而莫名的，他的心中便浮現出那日在此時見到祝嫣紅的一刻，那一道惻然的身影，那一聲幽怨的歎息……

葉風漂泊江湖這許多年，流連青樓、徘徊高院，可見過的許多女子從沒有一個人能像祝嫣紅這般給他以莫大的震撼，就似是心底埋藏多年的一個清甜美夢忽然地浮了上來──蹁躚蝶衣，蕩然眼中，輕言淺語，回漾心湖……

而他來到此處，是不是在內心深處亦想著能再次碰見她呢？

他為自己的想法大吃了一驚。

「葉大哥你在這裡做什麼？」一聲大叫將他從思緒中驚醒。

抬頭一看，沈千千步履輕盈地向他行來，滿臉的慧黠笑意，後面跟來的正是水兒和祝嫣紅。

他不由暗暗責怪自己，如適才那般心不守舍，竟然連沈千千走近了也不知道，若來的是敵人，後果難料。

葉風爬起身來，先向祝嫣紅點點頭算打過招呼，這才微微一笑：「我在看天空。」

沈千千奇道：「天空有什麼好看的？」

葉風道：「我不是看天空，我是看星星。」

水兒與葉風熟悉了，知道葉風為人隨和，也敢開他的玩笑：「原來我們的碎空刀葉大俠打算棄武學理，要做相師開館哩？」

祝嫣紅也掩口笑道：「若是葉公子開個算命鋪子，保證財源滾滾，不知道要有多少姑娘踩斷門檻呢。」

沈千千對著葉風大叫：「不行不行，算命的都是瞎子，除非你先讓我刺瞎了眼睛，不然一看就是騙財騙色的江湖騙子……」

葉風給她三人左右調笑，偷眼望去但見個個貌美若花，梅菊鬥豔，各擅勝場，心中只覺得一陣愜意。

祝嫣紅又道：「葉公子可看出了什麼玄虛嗎？」

葉風心神不屬，脫口而道：「雷夫人上次可看出什麼玄虛？」

祝嫣紅全身一震，抬眼望來，葉風自知失言，又不敢與她眼光相碰，一時手足無措。

沈千千拍手笑道：「原來祝姐姐也是喜歡看天的？」

祝嫣紅也是莫名的臉紅過耳，又生怕沈千千誤會什麼，故作淡淡道：「我常常來後花園中賞月看花，怕是讓夫君當做笑話告訴了葉公子呢。」

葉風乾咳一聲，心頭卻泛起一種與祝嫣紅分享秘密的欣喜：「我倒不是賞月，只是看星罷了。」

沈千千笑著追問道：「我們的葉大俠可是從中又領略了什麼武學至理嗎？」

葉風道：「哪有什麼武學至理，我只不過想看看第一顆星星是如何升起的。」

水兒奇道：「星星一出來就是一大片，如何分辨哪一顆星星才是最先升起的？

祝嫣紅怕人見她臉紅，以袖遮面，又覺得太做作了，勉強裝作無事的笑道：「想是葉公子眼力特別好，自然是比旁人早看到了。」

葉風笑道：「我少年學武的那時，有一天忽發奇想，人的出世都有先後之分，而據說世間的人莫不都是天上的星宿下凡，而這天上的點點繁星中是否也有一個是最先出現的？可每每抬頭，看到的都是漫天星辰，無從分別先後，於是就下定決心，一定要找出最先出現在天邊的那顆星星。於是第二天我專門早早坐在一棵老樹下，抬頭望天，等著第一顆星星的出現……」

幾女聽他說得有趣，均是面呈微笑，沈千千更是追問不休：「你可看到了嗎？」

葉風攤手一歎：「每次我都以為自己找到了，可是一轉眼間，便發現其他的地方早有了一顆星星，是以從來也沒有找出來過。」

祝嫣紅心中微動，她本是多愁善感的女子，葉風此語雖是無心，卻又隱含至理，不由有些呆住了。

她一時但覺得天地萬物間，隨處都可感受生命的真諦，人世浮沉，紛擾過境。昂首望向天穹，但見一輪如鋸冷月，像是收割去了滿空的執著與豪情，唯有數點小小的星子，在遙遠遙遠的天穹深處，閃著幽冷的清輝……

那一刻的祝嫣紅念及自身處境，只覺世事如棋，歲月輪番對弈於棋盤中，你來我往，最終不過收放於棋盒中，仍舊是黑白二子……

驚乍為何？激賞為何？生死為何？名利為何？情性又為何？

沈千千與水兒倒是沒有這許多想法，聽得津津有味。

葉風續道：「我心中越是不服氣，可數次都是無功而返，久而久之，便成了一種習慣，一旦有了閑餘，便會找個地方靜靜看天，妄想找出那第一顆升起的星星……」

沈千千大笑：「你定是從小不好好練功，所以才有這麼多時間去看星星，想來是挨了師父不少板子。」

葉風大笑：「我從小就在曠野中長大，每日相伴的便只有猛獸毒蛇，哪有什麼師父。」

葉風的來歷詭秘，從來無人知道他的師門，此言一出，沈千千與水兒等自是以為他不願說出來。

祝嫣紅並非江湖人，卻是深信不疑，想到那日葉風說自己很小的時候便學會了生火做飯，聞言更是一震。看看他威武的樣子，誰能料到從小吃過這許多的苦頭，想像著一個孩子獨自在曠野中，時刻提防著不知從哪裡鑽出來的猛獸毒蛇，再念及自己送回娘家的孩子，心中就像打翻了五味瓶一樣，又是憐惜又是唏噓，一時不知是何滋味……

葉風想起一事，對沈千千道：「只怕敵人這幾日就要出手，沈姑娘如果聽我一言，最好儘快離開五劍山莊，免得陷入這場是非中。」

沈千千小嘴一嘶：「又來了！放心吧，我不會耽誤你葉大俠的殺敵大計的，只會在一旁給你搖旗吶喊，為你助威。」

水兒亦道：「何況連祝姐姐都不怕，我們身懷武功怕什麼？」

祝嫣紅拋卻滿腔雜念，幽幽一歎：「我倒覺得葉公子說得有理，嫣紅出嫁隨夫身不由己，便是陪夫君一起葬身於此，亦是心滿意足了。」

葉風心中暗歎，將軍府這次故意隱忍不動，表面上示弱，讓沈千千這等從未見過將軍府雷霆手段的人已然輕敵，自己總不能讓人把沈千千綁出五劍山莊。

再說事已至此，將軍府既然敢拿江南五劍聯盟開刀，怕也不懼惹上落花宮這樣的大敵，若是分派人手保護沈千千回落花宮，一來分散了自己的力量，二來將軍府也未必會放其一馬。

事到如今，自己只有隨機應變，努力維護沈千千的安全。

可……若是祝嫣紅遇上危險，他又應該如何呢？雷怒那時還顧得上自己的夫人嗎？

葉風心中一片混亂，剛想再換個話題，心中忽有所覺，抬頭望去，欠三分的身影出現在後花園門口，見葉風目光掃來，哈哈一笑：「呵呵，風雨欲來，葉大俠還有心在此陪沈姑娘賞花看月，卿卿我我，果然是藝高人膽大！」

沈千千臉上一紅：「亂嚼舌頭的傢伙，你沒見我們四個人都在這裡嗎？什麼『卿卿我我』的那麼難聽？」話雖如此，卻是心中甚喜。

欠三分哈哈大笑：「沈姑娘與葉大俠早是江湖上人人羨慕的一對，若不是正好巡察來此，我一定不要做那擾人清夢的不速客。」

葉風眼光閃處，卻見祝嫣紅神色略微一黯，而欠三分的眼中同時亦是精光一閃，心中湧起一種說不清楚的念頭，沉聲道：「欠兄有事請講，我與沈姑娘清清白白，欠兄不要壞了人家姑娘的名節。」

欠三分搖手道：「我沒有什麼事。本是負責保護夫人與小姐，既是葉大俠在此，這便撤去守衛，免得……哈哈。」大笑聲中，就此而去。

葉風望著欠三分遠去的身影，良久良久，亦沒有說話。

五、照無眠

欠三分的驀然出現，似乎是破壞了一絲氣氛，祝嫣紅藉口要回去休息，沈千千雖是心中千百個不願意，也是不好意思再留下來。

葉風推說自己尚要多留一會，便與三女告別。

加上欠三分剛才已然撤去守衛，此時偌大個後花園中，便只有葉風一人。

葉風又陷入了沉思。

幾日前他就有一種對欠三分的懷疑，這個名不現江湖的人左右逢源，機變靈巧，考慮事情心思縝密，冷靜非常，可有時卻又會在有意無意間顯露出一種急燥，顯得甚是矛盾。

那日老大差點與雷怒翻臉，而欠三分在其中無疑是在暗中推波助瀾，卻又不把自己的想法明示於人，而是用一種巧妙的暗示讓老大將話說出來。表面看來是尊敬老大，不願給人引起喧賓奪主的感覺，可總是讓葉風疑慮。

何況欠三分那日一語挑明，說神閑幫來到五劍山莊全是看在葉風的面上，分明是不將雷怒放在眼中，更是引起了雷怒的猜忌。事後雖是馬上鄭重道歉，可那一道心病卻被欠三分看似在盛怒中無意揭開，再也揮之不去。

聽老大才來五劍山莊的言語，神閑幫之所以要來此地助五劍山莊共抗將軍府，多半是聽從了欠三分的說辭。

神閑幫雖是逞一時之快，讓江湖人對其百般讚賞，這倒是符合老大的風格，但這種硬抗將軍府的做法其實何異於以卵擊石，老大思慮簡單，一心只想大振其聲威可以略過不提，但是欠三分從中又能得到了什麼好處？

人在江湖，除了行俠世間和掙扎求存，無非便是為名、為利。

像欠三分這樣的人，他像是為了一腔俠義而寧可賠上自己加上整個神閑幫性命的人麼？若非如此，他圖的是什麼？像神閑幫這樣插手各行各業只為求財的幫派自是不缺錢，那麼，欠三分圖的就是權嗎？

葉風的心中怦然一震，他已知道為何他這幾日總會對欠三分有一絲懷疑！

因為——他從未見過哪一個神閑幫徒是欠三分的心腹！

老大一個血性中人，不諳陰謀詭計，無疑已被這個軍師暗中操縱在手上，但他想要從老大手中奪權首先還是要先暗中培植自己的黨羽，而這幾日看來神閑幫眾俱是對老大誓死效忠，毫無異心……

而像欠三分這樣一個掌管數百人幫派的堂堂軍師，手上如何會沒有自己信任的人？那麼，暗中潛入蘇州府的那五十名神閑幫徒，會是什麼人？

「擒天劍」關離星去蘇州城中聯絡那五十人，而這事情只是方清平與雷怒的主意，事先欠三分毫不知情。是不是關離星在無意中發現了那五十人其實在與將軍府暗中來往，所以才被歷輕笙殺人滅口？？？

而將軍府殺了關離星後故布疑陣，棄屍不顧，乃為虛實相間之計，故意令五劍山莊猜疑不定。欠三分因是沒有及時得到將軍府的情報，所以才故作聰明地引起五劍山莊內部的矛盾……

要知將軍府既然明是沖著五劍山莊而來，暗裡卻是一心對付葉風，這幾日不見一絲行動，必是希望葉風與五劍山莊情義日增，到時候捨不得棄眾而去，立下與山莊共存亡的拚死之志……

欠三分意在激化五劍山莊的矛盾實屬不智，若是葉風一怒之下與雷怒鬧翻，就此遠遁千里，下次將軍府再想有這麼好對付碎空刀的機會又是談何容易？

而這幾日來，欠三分努力與自己和雷怒示好，顯得全無芥蒂。而以欠三分這樣足智多謀的人，如何會分不清五劍山莊已是外合內分，各有異志，軍心渙散。

這必是欠三分重新得到了將軍府的指示，務必要葉風無法從五劍山莊中脫開身來。

適才在後花園中欠三分故意提及沈千千與自己的關係，更是要加重他肩上的責任。

而欠三分必然沒有放過祝嫣紅異樣的表情，剛才葉風看到他眼中精光一現，說不定以此又定下了什麼毒計……

所有的疑問至此全部迎刃而解，而前提是——欠三分就是將軍府派來的內奸。

也只有如此，方能解釋欠三分種種令人不解的地方。

葉風的心中怦怦亂跳，知道自己絕不能讓欠三分看出任何端倪，五劍山莊與神閑幫要想順利從將軍府的虎視中安然脫身，只有先穩住欠三分，然後再將計就計，見機行事。

葉風心中計議已定，正要起身去找雷怒密談，一聲輕響傳到耳中，抬頭望去，驀然一震。

一個黑黝黝的人影出現在花園後門，雖是背朝月色，臉目全然看不清楚，但仍可感覺到有一道炯炯的目光瞬也不瞬地望向他。

那人身形並不高大，且只是平平常常地負手而立，卻是穩若亭淵，給人一種潛在的威勢。

葉風心頭大驚，五劍山莊外鬆內緊，人人戒備，而此人通過好幾道明卡暗哨，來得如此無聲無息，卻又像是無甚敵意，剛才分明是故意發出響動讓自己得知。

心念轉處，見到那人雖是毫無動作，就似要這般站立千百年。可他映在牆上的影子，竟似在微微晃動，給人一種他的身體彷彿在不停移形換位，卻只是因為其速極快所以才欺瞞了自己眼睛的神秘感覺。

來人好像是做了一個笑的表情，柔聲道：「如此良宵美景，同為不眠之人，葉少俠可有心情隨我走一趟麼？」

六、同君酌

葉風朗朗笑道：「若是我放聲一呼，閣下可有從五劍山莊破圍而出的把握嗎？」

來人肩膀輕聳，似是毫不在意葉風的威脅。

葉風心中略驚，此人的那份泰山崩於面前不動聲色的定力還倒罷了，更可懼的是其聳肩作勢，身形上卻仍是毫無破綻，縱是以他之能也不敢輕易將碎空刀出手。

來人大步踏入後花園中，借著月色，葉風看見其一身黑衣，龍行虎步，一頭束髮迎風而舞，氣勢天成。只是面上蒙了一塊黑布，見不到其中虛實，唯有一雙眸子精光閃閃，目光刺來處如刀如槍，猶若實質。

便是以葉風的自甘淡泊、桀驁不馴，此時亦有種想後退幾步避其鋒芒的可怕感覺。

葉風冷哼一聲：「兄台何須蒙面，既然見不得人，我又如何願意陪你借地說話？」

來人仰天哈哈大笑，看似狂放，但聲音卻聚成一線，只傳入葉風的耳中，若是此時旁邊有人，定是不解他如何能作態而笑卻全然不發出聲音。

「葉少俠不需驚慌，我若是有心算計你，何用出此下策？」

葉風淡然一笑，運功化開對方強大的壓力：「這些年來也不知道有多少人想算計我，可有人得逞了嗎？」

來人目光轉向花園入口，遙望五劍山莊的後堂：「葉少俠是怕一旦離開了此處，有人對沈姑娘不利嗎？」

葉風心頭劇震，自問在這種雙方氣機交纏的時候絕不敢像對方那般輕描淡寫地移開目光，來人若非是對自己毫無敵意，便定是對自己武功絲毫不放在心上的絕世高手。

那人像是猜出葉風心中所想的一樣：「葉少俠錯了，我非是對你的碎空刀毫無顧忌，只是我相信你不是猝然出手的人罷了。」

葉風心中稍定，卻也分不清來人語意中的真假，呵呵笑道：「你倒是對我很瞭解？」

來人輕輕一笑：「不過在我想瞭解的人之中，葉少俠卻是排在最後一個的。」

葉風一面儘量讓自己不為其氣勢所動，一面要保持談笑自若，甚是辛苦，出道多年以來，倒真是第一次感覺如此窩囊委屈：「世間萬物，俱能令人產生各種奇怪的聯想，一生之中要瞭解的人和事，何止千萬，兄台想必是說笑了。」

來人肅聲道：「人生在世，白駒過隙，哪有這許多的功夫將心思花在閒人雜事之上。葉少俠亦不必妄自菲薄，這世上值得我瞭解的人一共只有五人而已。」

葉風緊守靈台一點清明，毫不為其泱泱大度所動：「茫茫人世中，人與人的相遇何等玄妙，若是偏差一線便可能是錯身千里，能為兄台看上眼倒真是有緣了。」

來人眼露讚許之色，似是對葉風的不卑不亢相當滿意：「你竟不想知道我所瞭解的五個人是什麼人嗎？」

葉風失笑道：「似兄台這般盤根問底何有半分的隨緣而言，率性而為，分明就是落了下乘。」

來人撫掌大笑：「葉少俠此言甚合吾意。天機難測，所謂一些巧合機緣也不乏投機取巧之士的生搬硬套，不過我偏偏就不要這些什麼順意天理合乎自然的相遇，說我率性又怎樣，說我狂放又怎樣，我來找上葉少俠，不管少俠是不是想見我亦要把話說完，這就是緣！」

葉風但覺來人口氣之大，無以復加，偏偏其說話語出自然，天生一種令人頷首的氣度，自己亦非口舌笨拙之人，竟也對來人的話無從辯駁。心知唯有突出奇兵，方可扳得上風。

當下葉風哈哈一笑：「兄台的人我見了，話亦聽了，這便告辭回床上睡他個昏天昏地去也。」

來人輕歎一聲：「我執意來此就是想看看葉少俠的風采，這一點薄面葉少俠也不給我嗎？」

葉風笑道：「兄台值此形勢微妙之際來找我，分明是想借助外界給我壓力，不妨你給我些面子，待得此間事了再陪你通宵暢談。」

來人大笑：「我來見你何須借助外力？只是適逢其會，一時心癢而已。何況人生在世，誰不是時時進退維谷，左右為難，大丈夫立身於世，正是要不懼挑戰，方成大器，葉少俠此說豈不是徒然讓我看扁了你。」

葉風眼中神光一閃：「饒是你舌燦蓮花，我亦不想與你多言。否則事事如你所願，豈不更是讓你看扁了我？」

來人雖是敵我難明，卻是語意平和、從容不迫、風範淋漓、氣度雍容，令人一見就大生好感。

可不知為何，葉風心中卻總有一種對此人又熟悉又畏懼的感覺，似乎來人天生就是自己無可釋然的大敵，是以才句句針鋒相對，不留餘地。其實已是有違心性，至少已是大異於他表面上一貫的謙沖含蓄。

來人淡淡稱了一聲「好」，再無言語，似是要等葉風轉身走開。

就算葉風膽大包天，也不敢在如此不明底細的高手面前背過身去，眼光更是不敢離開對方那雙晶瑩如玉的手，當下強作笑臉：「兄台遠來是客，這便先請吧！」

來人悵然半晌，忽道：「也罷，好歹我來了一次，且敬葉少俠一杯，過後轉身就走，以後是否能再相見，那就全憑天意了，葉少俠意下如何？」

葉風笑道：「真想不到兄台隨身還攜有好酒！」

來人亦笑道：「酒不在我身上。」

葉風一驚：「酒在哪裡？」

來人不語，卻是左右前後各踏了一步，端然立定，雙目凜然射來：「葉少俠準備好了嗎？」

葉風但覺得對方只是隨隨便便地踏出四步，一種風雨欲來的氣氛就突然捲湧而來，後花園中霎時殺機四伏，滿庭花樹紛紛折枝而下，便若是下了一場花雨……

葉風大驚，誰料想此人運功聚氣讓人沒有一點感應，右手迅快地撫住碎空刀柄，便要拔刀拒敵！

來人忽就出現在葉風面前，一隻右手如同從天外飛來般毫無痕跡地從小變大，按向葉風執在刀柄的右手，嘴上猶清吟道：「幸對清風皓月……」

葉風臨危不亂，腳步略往後移，左掌駢指如戟，點向對方那隻晶瑩若玉的大手。

「苔茵展、雲幕高張……」

來人變招極快，右掌吞吐不定，或變爪如鉤，或凝指若劍，將葉風的左指卸往外門，仍是向葉風按在刀柄的右手抓去……

葉風執在刀柄上的右掌發力，刀鞘沿腰側平平移開二尺，從右側已然彈向左側，右掌一招「清風徐來」，迎向對方右掌，左手化指為拳，劃過一道弧線，似是要襲向對方太陽穴，卻又中途變向，繞回身側，仍是要以左手拔出碎空刀……

「江南好，千鍾美酒……」

那人嘴上絲毫不停，一口中氣沒有任何間斷，吟得猶若閒庭信步般的瀟灑。左手卻突然出招，竟是蓄勢以久的一拳，順著葉風回握刀柄的左手擊下，其勢雖疾，卻是快得不聞一絲風聲。

看此勢道，若是讓他擊實了，只怕葉風的腰亦會給他一拳擊斷……

葉風一擰腰力，刀鞘便如活物一般揚天而起，直指向對方左拳虎口，若是來人不變招，等若是用自己的力道硬將穴道撞將上去……

「一曲滿庭芳——」

來人繼續吟哦，但這最後一句的每一字都是拖得極長。

念到「一曲」時來人已是化左拳為掌，一把就輕輕鬆鬆地抓住刀鞘，掌中使出一股強大雄渾的吸力，務讓名震江湖的碎空刀不能出鞘……

葉風左手按在刀柄上，卻非是往後奪刀，而是集力往前推去，來人若還是用吸力，保不定會給刀鞘重撞在左手上，雖是無鋒之刃，但上面附有葉風七成的功力，絕非易與……

來人念到「滿」字時，左掌一鬆，碎空刀竟然連鞘帶刀滑入他的袖中。

葉風悶哼一聲，力道錯用，原本以為要硬拚的一記全然擊在空蕩蕩的袖中，心頭好不難受，身體也猛然一傾……

但葉風身經百戰，變招迅捷，左掌中指曲彈而出，正對來人的脈門……

「庭——」

來人左袖颮起，一股柔力連刀帶鞘包容著碎空刀，似是要一舉奪下葉風的成名武器……

葉風大喝一聲，借對方一揮之力身體轉了小半個圈子，看似為敵所趁腳步虛浮，但右手卻趁勢再度握住了碎空刀柄，力貫刀背，全身功力破體而出……

「芳——」

葉風右掌回身握住刀柄，來人的右掌再無沮滯，直直拍向葉風的脅下，但碎空刀已在這一刻力碎刀鞘而出……

「砰」然一聲大震，碎空刀刀鞘粉碎，一道雪亮的刀光從那人的袖中破袖而出，直點來人的咽喉，來人一聲輕歎，已快要沾上葉風脅下的右掌再度變招，一指彈在刀脊無鋒之處。

刀、指一觸即分，二人內力相碰，來人如一片隨風的柳絮般飄然蕩了出去……

葉風全身一震，身形緩了下來。

他本意是要趁對方身退之際窮追不捨，但這猶若針尖破體的一指力道沉雄，已然破去他剛才的全身功力的滿勢一擊，讓他再也無餘力出手。

葉風勉強揚起碎空刀，遙指八尺外渾若無事的敵人，心神幾乎崩潰。

這是他出道以來從未見過的大敵，只有他知道，剛才電光火石間的幾招相拚，已然讓自己耗盡全力，幾無續戰之力！

來人雙目下垂，盯著自己碎裂了一道大縫的左袖，哈哈大笑：「好酒呀好酒！葉少俠果然沒有讓我失望。所謂杯酒樂生平，此杯酒已足夠我回味數日了！」

言罷竟就飄然而去。

——幸對清風皓月，苔茵展、雲幕高張。江南好，千鍾美酒，一曲滿庭芳！

這正是北宋大學士蘇軾的名句，然則此人在兩人生死相搏之際吟哦而出，渾像是充滿了與友相知相得把酒言歡的意味，誰能料想到剛才只要葉風稍有疏忽，便已是受制於人，動輒慘斃當場的結局。

葉風長、長、長、長地舒了一口氣。

此人武功之高，實在是他之前從未想像到的。

他是誰？

葉風一面運氣於丹田，以便儘快回復功力，一面心念電轉，如此武功，又一副與自己頗有淵源的樣子，他只能想到二個人。

一個自是隨落花宮主歸隱海南，二十年前就威震江湖的「躍馬騰空」龍騰空，或是為了沈千千，來看看落花宮的大小姐芳心所寄之人是否如名符實?!

而第二個人，葉風——不敢想！

第五章 定風波

——把酒花前欲問公，須知花面不長紅。待得酒醒君不見。千片，不隨流水即隨風。

一、劍之決斷在於利

夜，更深了。

晚星斜落，山風晃枝，草蟲微吟，鳥音漸靜。

正是江南多雨季節，天氣變換無常。但見遠處一朵厚重的烏雲慢悠悠地飄近著，勢緩且沉，就像是等待著一聲熬煎了數日的呵欠，便會給原本寧靜的夜色憑添一份風雨欲來的飄搖。

當頭卻是一輪明月掛懸中天，在五劍山莊高樓軒台的掩映下，照得整個大地蒼茫一片，猶若白晝。

按照一般的情況，若是兩軍對壘，一方想要偷襲敵軍，此刻應是最不利於攻方的天時，因為幾里外均可見物，無從隱藏身形。

可對於目前的情況來說，卻是不利於五劍山莊這守禦的一方。因為將軍府明顯要勢高一籌，更是決意全殲五劍山莊的抵抗力量，如此天氣正好可防備對方趁隙逃走。

將至的暴風雨更是仿似吐射出欲要橫掃千軍的叫囂……

葉風長長吐出一口氣，功運圓滿，但覺得丹田中一股內氣生生不息，像是無窮無盡般從四肢百骸流回再傳湧而出，精神比起剛才更勝一籌。心知經與那神秘人盡力一戰，對自己的修為大有好處，內力又再精進了一層。

回想起剛才交手的一剎，雖僅僅是幾個照面，但其中凶險驚悸處猶勝以往任何一次大戰，稍有不慎，便是敗亡之局，而對方一副好整以暇遊刃有餘的樣子，竟似還未盡全力。

想到此處，不由收起了斜睨天下群雄之心，深知天外有天，人外有人。自己此次若能得脫大難，只有勵精圖治，再攀武學的高峰……

葉風呆呆想了片刻，忽憶起本應去與雷怒商量欠三分之事，當下打整精神，重鼓鬥志，往雷怒的住所走去。

自從將軍令傳到五劍山莊，身為五劍聯盟盟主的雷怒便愁得再未睡上一次好覺。

也許是事務繁忙，也許是雷怒覺得對祝嫣紅有愧於心——畢竟在這樣的情況下，他完全有理由讓祝嫣紅先回娘家住些日子。

於是，這些日子以來，雷怒都沒有回後院安歇，而是住在風凜閣邊的一間小廳中。葉風來到雷怒的住所前，但見其中黑沉沉的沒有半分燈火，心中生疑。恰好一位神閑幫徒巡查過來，葉風便叫住他：「雷盟主到什麼地方去了？」那幫徒奇怪地看了葉風一眼，似是不明白他如何會出現在這裡：「報上葉大俠，我神閑幫在蘇州城中的兄弟回來了幾十人，大夥都去莊外前去迎接了。」

葉風心中一震：「此刻尚有多少人守莊？」

「此時便只有幾個巡察的兄弟，葉大俠放心吧，將軍府的人早已嚇破了膽，不敢來犯。」

「他們何時出發的？」

「已走了有一柱香的時間了。」

葉風大叫不好，雖然老大一向對手下宣稱將軍的勢力並不足慮，以便安頓軍心。但各位兄弟聽了老大的言語，自是深信不疑，再加上將軍府這麼久也不發動襲擊，已令己方輕敵大意。

想到適才自己心中對欠三分的盤算分析，若自己果然沒有猜錯，此刻大夥一併去莊外迎接的那幫兄弟只怕就是將軍府的精兵……

怪不得剛才自己在後花園與那神秘人一場惡鬥，竟然沒有人知道。

葉風心中著急，卻也不便對這個幫徒說出，只得吩咐他多盡心力，自己則飛速向莊門口趕去，希望能搶在雷怒之前揭破欠三分的毒計。

剛剛到了風凜閣，葉風猛然止步。

祝嫣紅正站在風凜閣前，看來是在等雷怒回來，而她身後幾尺處，正是那看起來面容木訥卻是智計無雙的欠三分。

欠三分看到葉風先是微微一震，隨即笑道：「葉大俠來得正好，雷兄與老大去莊外迎接神閑幫的兄弟，沈姑娘喜愛熱鬧也跟著去了。」

葉風看到欠三分微震的神情心中已有了計較，欠三分定是知道那神秘人的出現，更是深悉那神秘人的厲害，所以才料不到葉風會若無其事的從容脫身。

當下葉風故做毫無戒心踏前幾步，心中計算著欠三分與祝嫣紅的距離：「這麼大的事為何不通知我？」

欠三分笑道：「我見葉兄在後花園中靜休，只怕是參詳武學，不敢打擾。」

葉風裝作心事重重的樣子：「哪是什麼參詳武學，本不過是閑極無聊想睡一覺，誰知竟然有人找上門來給我試刀。」再行進幾步，與欠三分的距離只有七尺。

他雖不知道欠三分的武功深淺，但想必非是庸手，在當前這個距離下他已有七分把握在欠三分以祝嫣紅要脅自己前制住他，心中猶豫是否應該立刻出手。

欠三分一臉毫不似作偽的詫異神情：「何人敢來偷襲葉大俠？」

葉風正色道：「來人並非偷襲，而是要拖住我。他雖是沒有出手，但卻給我強大至極的壓力，令我不敢略有分心。」

他這番話半真半假，那神秘人並非沒有出手，但的確給了他前所未有的壓力。

欠三分問道：「什麼人厲害至斯？」

葉風一副心有餘悸的樣子：「若我猜得不錯，來人就是水知寒。」他當然知道來人並非水知寒，他只是想試探出欠三分是否已與將軍府通了資訊，是以才布下迷陣。

欠三分似是毫無機心般，卻有意無意間往祝嫣紅踏近了一步，驚呼一聲：「水知寒?!」

葉風點點頭，皺眉道：「他只是對我說了幾句話，卻沒有出手。」

欠三分肅容道：「葉大俠的武功令將軍府大總管亦不敢輕易出手相試，僅此就足以名震江湖了。」

葉風搖搖頭：「據我猜測，水知寒只不過是不想讓我與他人會合，借此拖住我，好讓將軍府的其他人從容佈置下陷阱……」

欠三分動容道：「你是說雷盟主他們這次出迎我幫兄弟會碰上陷阱？」

祝嫣紅原本靜靜聽著二人對話，聞言心切，不由驚呼一聲，下意識地朝著葉風踏前一步……

葉風要的就是這個時機，一面朝祝嫣紅迎去一面笑道：「夫人不必驚慌，我們自有主意……」

葉風話音未落：「砰」的一聲響動，五劍山莊外約三里處飛起一朵斗大的煙花，直沖上天，在空中炸開，映得漫天皆碧……

與此同時，一道奪人心魄的劍光從風凜閣中直穿而出，刺向葉風的右肋。

那道劍光沛然無匹。

那道劍意激蕩狂暴。

那道劍勢昂揚猛烈。

可那把劍卻慢得就像天邊悠悠飄來的一朵白雲，在劍光、劍意、劍勢都鎖緊葉風時，那把劍卻是待得葉風下意識乍然拔刀格擋後，先是緩了一線，避開碎空刀出手的銳氣，方若洪水決堤般潰然而至……

就連葉風身前幾尺的祝嫣紅亦被籠罩在這道極工心計蓄勢已久方才驟然發出的一劍下。

好快的一劍！

好利的一劍！

好決斷的一劍！

好毒辣的一劍！

二、情之惘然在於通

這一劍擊不倒葉風。

當他一見到欠三分與祝嫣紅的時候早已暗蘊神功，細察左右，料到了這突如其來的偷襲。

但這一劍卻難住了葉風。

在那短短的一剎，他的心中閃過了對這一劍的七種破法——可無論他拆招、閃避、格擋、反擊都會不可避免地讓祝嫣紅在二人狂猛至極的對衝中受到影響……

他應該怎麼應對這一劍？

葉風臨危不亂，右腳踏上半步，身形微側，先抬起左掌將祝嫣紅從戰團中送出，掌落時如封似閉，沿著對方的劍路似是撫琴般五指齊彈，令對方劍勢稍緩；右手再揚，碎空刀在空中劃過一道優美的弧線，堪堪撞上那把慢得不合情理的劍！

刀劍相交，如金石乍響。來劍被碎空刀卸往外門，漫天如雨的劍光紛紛碎裂，一道黑影現身於風凜閣前，悶哼一聲，往後急退。

碎空刀如影隨行般緊緊跟著那道黑影，似是不斬下對方的人頭絕不空回。

黑影回劍格擋。劍折。碎空刀鍥而不捨。

黑影背撞門柱。柱斷。碎空刀窮追無滯。

黑影借力轉向。塵起。碎空刀破霧而出。

黑影猛然立定。發掌。碎空刀急閃而過。

驚、呼！

一支手從半空中落下，掉在地上，彈起、落下，滾了幾滾後，血水方才汩汩而出……

好霸道、好慘烈的一刀！

欠三分剛剛穩住祝嫣紅跌來的身體，大變之下再也來不及細想，左手抓住祝嫣紅的肩頭，右手一把亮晃晃的匕首已然抵在祝嫣紅嬌嫩的面頰上，一臉悸容，呆呆望著手執碎空刀的葉風……

葉風頭也不回，眼睛仍是死死盯住那個正在捂著手腕踉蹌退開的黑影，反手一刀指向欠三分：「欠兄最好不要妄動，我這把刀一旦出鞘了，有時連我也控制不了它的殺意！」

適才葉風在後花園中被那神秘人一陣猛攻，到最後才勉強出手扳回一點均勢，真是出道以來從未有過的窩囊感覺。此刻一刀破敵，氣勢澎湃下傲氣橫生，重拾信心，當真是凜烈猶若天神。

那黑影緩緩直起身，一任斷腕血水長流，喃喃道：「好一個葉風，好一把碎空刀！」

葉風眼角望向那條斷腕上最為顯眼的中指一枚大戒指，冷然道：「中指行雲生！」

黑影一臉怨毒：「這一刀行雲生誓死不忘！」

葉風不屑地一笑，腦後猶若長了眼睛般喝道：「欠兄是不是以為要脅住雷夫人就可以逼我就範？」

欠三分原本的計畫是讓行雲生趁葉風不備驀然出手，料想葉風定是手忙腳亂，自己則是假裝上前助葉風拒敵，抽隙暗算葉風。

何曾想葉風的武功如此霸道，最可怕的是葉風竟然未卜先知般預敵先機，似是早就料到有人暗算，是以出其不意下僅僅一招就讓將軍五指裡的中指行雲生遭到重創……

在那電光火石的瞬間，從頭到尾碎空刀看似只出了一刀……

一刀斷腕！

這一刀令欠三分所有的計畫全都落空，更是對碎空刀產生了無邊無際的畏懼，若不是現在手上還有祝嫣紅這個人質，只怕早就逃之夭夭了。

這一刻欠三分再也不敢輕視這個看起來不過二十餘歲的碎空刀葉風，匕首緊緊抵住祝嫣紅的臉頰，再也不敢妄動，連話也不多答一句，只盼將軍府的援兵趕快來到。

葉風心中暗歎，他雖是料到旁邊必有將軍府的伏兵，而且隱伏的敵人要想不讓自己發現形跡，必然是個高手。可仍是沒有料到來的竟然是將軍府僅次於水知寒鬼失驚下——將軍五指裡的中指行雲生。

行雲生那一劍力量、角度、變化都是絕佳，更是趁煙花乍起祝嫣紅接近自己的那一稍縱即逝的時機，加上欠三分窺伺左右，幾成必殺之局。幸好自己早對欠三分有所懷疑，時刻防範著任何異動，這才借了敵人的大意一招傷敵，可祝嫣紅仍是不可避免地落在欠三分的手上。

葉風緩緩轉過身來，面對欠三分，笑道：「不知欠兄是將軍府何人，觀你行事，必是有名有姓的人物，何必自藏身分，行如此下做的行徑？」

欠三分對葉風的冷嘲熱諷渾如不覺：「我不是什麼大人物，葉兄過獎了。」

葉風眼中精光一閃，心中大悟：「原來是無名指無名，難怪如此了得。竟然能借得神閑幫來五劍山莊翻雲覆雨，我若是不殺你，豈不是太對不起神閑幫將要戰死的數百兄弟了！」想到老大與一百多神閑幫眾必然不能倖免，葉風眼中殺機大起。

欠三分心中一凜，葉風竟然能從自己的一句回話中就猜出了自己的身分，再加上刀氣直逼而來，龐大的壓力幾乎讓他崩潰。

行雲生一面點穴止血療傷，一面陰惻惻地對化名欠三分的無名道：「只要葉風有點動作，先殺了那個女人。」

葉風大笑：「雷夫人與我有何干？我今日已決意殺你二人，你可聽說過葉風會對敵人手軟麼？」

無名漸漸回復冷靜：「若是雷怒知道他心愛的夫人因你而死，不知道還會不會認你這個兄弟？」他故意在「兄弟」二字上加重語氣，便是要挑起葉風心緒上的波動，想要令葉風有所顧忌。

葉風冷然道：「雷怒生死未卜，我憑什麼不能先拿你二人祭刀？」

無名嘿嘿一笑：「我也不殺死祝姑娘，只要在她臉上劃上一刀，日後你二人相對時會有什麼感覺？」他晚間在後花園中早看出了葉風對祝嫣紅的一絲異樣，此刻再故意不以「雷夫人」而以「祝姑娘」相稱祝嫣紅，確是極工心計。

葉風心中躊躇，無名在此拖延時間，分明是想等水知寒等人伏擊雷怒成功後再來算計自己，可自己真能對無名匕首下的祝嫣紅無動於衷嗎？

他知道，他不能！

祝嫣紅一直沒有說話，亦不見她面上有什麼害怕驚恐的神情，只是靜靜地半倚在無名的懷中，對那柄面頰上的匕首視若無物。

自從嫁與了雷怒，不知從何時起，她的心情就如古井般再也不起一絲波紋，丈夫雷怒整日只知道發展他的野心，縱對她軟語溫言，可她仍覺得自己只是他的一個女人，一件附庸而已。

對於雷怒來說，她的美麗讓他欣賞；她的柔弱讓他呵惜；她的氣質讓他驚豔；她的家室讓他驕傲。

或許，一切就僅此而已。

她有時也希望自己是一個武者，隻身仗劍，行走天涯。

那樣，是不是會讓她覺得生命會有趣一些呢？

她不知道，因為，她不是一個武者，亦永遠不是。

幸好有了兒子小雷，她才可以放下從未對人說過的心事，安心相夫教子。可現在，兒子不在身旁，丈夫或者已遭橫禍，而自己……

她想到丈夫告訴過她：「我不要你落在敵人手中！」

那麼就是這樣吧，比起將至的侮辱，死算什麼？

如此一個人死都不怕？她還怕什麼？

更何況，她還可以死在……他的面前！

那個笑起來眼睛會說話的男人；那個可以為她不惜趴在地上吹燃一灶柴火的男人；那個會在天上找第一顆升起星星的男人；那個看似豪氣沖天卻總讓自己覺得他像一個可憐的孩子的男人……

如果她不死，那麼他就會死吧！

雖然他們只見了幾天，卻覺得他已為她做了許多事！

所以——

她不要——

她，不，要，他，再，為，自，己，死！

祝嫣紅的手已偷偷握住了懷中的求思劍，無名的注意力全在葉風身上，根本沒有想到這個柔弱的女子懷中竟然會有一柄劍……

她剛才不過是在猶豫，這一劍應該扎向自己的心臟，還是應該扎向身後那個一臉木訥卻狡猾多端的無名！

行雲生因為視線被葉風擋住，看不到祝嫣紅的情況。而葉風卻清清楚楚看到了祝嫣紅的動作。

他的眼睛在刀光中舞動著；他的呼吸在劍影中急促著；他的肌肉在對峙中驀然崩緊著；他的心臟在關切中驟然收縮著……

他不知道自己為何對她，對一個別人的、甚至是自己兄弟的妻子會如此關心？

她給過他許多從未想到過的震撼——從她的巧笑嫣然中；從她的眉目矜持間；從她的款款清妍裡；從她的絕代風姿裡……

記得第一眼看到她，她的眼神就像二支箭，一支射給他洶湧而至的快樂，一支射給他平淡悠長的憂傷……

認識不過幾天，他就恍然覺得認識了她很久，

所以——

他不要——

他，不，要，她，死，在，他，面，前！

當葉風看到祝嫣紅的臉上突現出一種毅然的果敢，一種決絕的淒豔時，一種與祝嫣紅之間彷彿略帶些惘然的靈犀也攸然而通……

碎空刀終於再度碎空而出！

三、音之懾魂在於怖

人的五指中，姆指勝於力雄，食指勝於靈動，中指勝於修長，小指勝於纖巧。而無名指呢？無名指似乎是可有可無的，可是無論你做什麼事，無名指都是不可或缺的。無名指就像是一個影子，你可以忽視它的存在，可你也不得不承認，它就是存在著的，而且往往是配合完成一件事情的關鍵。

無名就是這樣一個影子。

作為無名這樣一個無跡無形的暗藏者，必然是一個觀察力很強的人。更多的時候他就只像是一個游離於人群外的影子，冷冷地察看著目標，掌握其性格、行動、喜好、習慣……

然後他會把收集來的一切情報進行分析，判斷出對手的弱點，然後在最適當的時機給目標最致命的一擊。

碰上無名這樣幾乎讓人感覺不到威脅的影子殺手，那怕再謹慎的人都會在不知不覺中露出破綻，而一個人只要還有破綻，只要他的破綻落在無名的眼中，那麼迎接他的，也許只有一條路——死路。

無論成功與否，影子事後都是遠遁千里，再無影蹤。

在將軍府中，對碎空刀葉風有過充分的研究，認定其雖然獨行江湖飄忽無蹤，對敵人更是辣手無情，但葉風最大的弱點也偏偏就在於一個「情」字。

是以水知寒才定下緩攻五劍山莊，就是要讓葉風與一幫戰友產生感情、不能輕易脫身的計畫。

無名已認定了葉風的破綻不是沈千千就是祝嫣紅，而沈千千現在想來已然落網，祝嫣紅又在自己的匕首下，葉風如何可以不就範？

可葉風偏偏仍沒有給他絲毫投鼠忌器的感覺，面對無名與行雲生兩大高手，哪怕是祝嫣紅刀刃加身亦是談笑自若，不露慌張。

無名已經開始對自己的判斷有所懷疑了。

做為一個影子殺手，這一次無名的行動已是大違心性，由於怕引起他人的懷疑，要想順利打入五劍山莊的內部，無名不得不扮演一個智計無雙、對局勢明察秋毫的角色——欠三分。

欠三分這個角色也沒有什麼不好，只不過，你要注意別人，也就會引起人的注意。

如果一個慣於做影子的人引起了別人的注意，是不是就算是一種失敗？

直到現在，無名也不知道葉風是如何識破自己的。

無名突然有些後悔，他後悔小看了葉風。

更何況，當碎空刀那足可晃痛任何人眼睛的刀光突然襲到面前時，任何一個人也會後悔的。

無名的心中更是充滿著恨意。

自從第一眼看到祝嫣紅，他就為她那絕世的風姿所動，可是那時他不敢表露出任何一絲異樣，他只希望自己此次立下大功，就可以有一天讓這個水般溫柔的女子在自己的身下臣服……

可是，今夜見到了祝嫣紅望向葉風的眼光，他突然就知道，在祝嫣紅的眼裡，只有葉風這樣的人才能讓她的目光留連不去，甚至……讓她有那麼一絲的心動。

而現在，就算她現在被他挾持在懷裡，他依然覺得，她離自己還是很遠，很遠。

如果得不到她，是不是就寧可毀了她？

無名沒想到葉風真的敢出刀。

他自以為憑著祝嫣紅這個葉風不得不在乎的人質，足以拖延時間待得水知寒趕來了……

可是，葉風就是葉風！

碎空刀來勢迅快，甫見葉風的右手一抬，雪亮的刀光頃刻蕩至，含著壯士痛別易水般的一去不回之勢，直劈無名的左肩。

無名開始猶豫了，此時他只要手上稍稍一用力，祝嫣紅必是香消玉殞，他相信那會給葉風極大的打擊，甚至擊碎葉風的鬥志。

可是，他有把握再面對葉風這一如了斷百世怨懟的一刀嗎？就算他能躲過這一刀，若是此役葉風不死，他會不會要天天防備著這樣一個可怕敵人的暗襲？

而就在此時，祝嫣紅猛然擰身，一把明晃晃淬著令人心悸寒光的小劍直刺無名的小腹……

無名大叫一聲，心中發狠，左掌將祝嫣紅推向葉風的刀芒，右手的匕首向祝嫣紅的臉目上狠狠刺下，就算葉風要他死，他也要讓葉風從此不得安心……

祝嫣紅一劍刺空，身體已然失去平衡，直向葉風倒去。眼睜睜地看著那把閃著幽光的匕首向自己的臉上刺下，心頭忽就掠過一絲平日想也不敢想的念頭——若是死在他面前，他應該會記得自己更久吧？

葉風心中大震，他這一刀含忿出手，或是無名硬接不避，他完全有把握讓無名飲恨刀下。可是料不到無名竟然如此強橫，寧可不顧碎空刀的威脅，也要先殺了祝嫣紅。看此來勢，就算他一刀能將無名劈成兩半，無名的匕首也勢必將刺入祝嫣紅的身體……

葉風暗歎一聲，碎空刀劈至一半，忽又自然而然地變了方向，挑向無名手上的匕首。

無名但覺匕首上傳來一股柔和的力道，自己發狠而刺的一刀像是突然陷入了一個泥沼中，軟綿綿地發不出半分力量，隨即一股強勁的勢道從碎空刀上傳來，匕首堪堪在祝嫣紅的左臉劃過，便被碎空刀挑飛。

祝嫣紅一聲慘呼，面容上血光乍現。

碎空刀雖是立即變招，但終是差了一線，乃至祝嫣紅仍為無名所傷。

「退！」無名一聲大叫，飛身後撤，行雲生亦在同時往反方向逃出。

碎空刀剎那間威凌剛猛化為繞指陰柔的奇詭已然令他們驚懼、令他們惶惑，再無半分鬥志！

葉風悲嘯一聲，將祝嫣紅跌來的身子攬入懷中，祝嫣紅的左臉被無名的匕首劃了一道長達三寸的口子，幸好入刀不深，未曾傷及筋骨，但匕首上蘊含的勁力震碎了面孔上的血脈，一片血肉模糊……

祝嫣紅只覺得腦中一陣暈眩，神智卻仍是清醒，那一刻她只見到葉風眼中閃過深深的憂傷，心裡不知怎麼亦是一痛，渾忘了臉上的劇痛，只想伸出手來幫他合上眼皮，讓他好好睡去，再不思及眼前的疼苦……他，還只是一個孩子吧?!

祝嫣紅竟然笑了，笑容從不停流出的血液中擠出，像是渲染著一種淒豔，她的手彷彿已然搭上了葉風冷峻的面容上，終又無力的垂下，嘴上猶笑道：「葉公子好威風，壞人都被你趕走了。」

葉風嘴角輕動，想說什麼卻沒有說出來。只是眼望著天邊那輪明月，幫祝嫣紅點了幾個穴道止血，手碰上她輕軟的面頰時，心中微震，那一刻已是下定決心：決不能再讓任何人傷害她。

疼痛此時方才從面容上傳來，祝嫣紅咬住嘴唇，竭力忍住不讓自己叫出聲來。

葉風解下外衣，先撕開一小塊衣襟幫她包紮，再將外衣撕成長條，默默地將祝嫣紅縛在背上。

祝嫣紅有些恍惚。血液滲入了她的左眼，望見的任何事物都是帶著一份慘澹的暗紅。他便在那份暗紅中略有些慌張的動作著，少了他一貫的從容。

她甚至沒有想過他在做什麼，一任他將自己縛在他寬厚的背上，她只是在想自己為什麼會如此信任他，甚於這世間的任何一個人，甚至……多於信任自己的丈夫。

葉風長長吸了一口氣，沉聲道：「我們這就殺出去！」

祝嫣紅沒有說話，她知道自己在心裡點著頭，他的話語中充滿了信心，讓人毫不懷疑只要他說出來的，就一定能做到！

葉風大踏步地向後院行去，邊走邊解釋道：「將軍府的目標在我身上，神劍盟的兄弟已然中伏，所以我現在若是趕去必然會落入敵人的陷阱中，請夫人相信我，先行脫身後我必會尋機去救雷大哥。」

他需要解釋嗎？祝嫣紅呆呆地想著，沈千千又怎麼辦呢？

葉風已然踏出了山莊後門，續道：「敵人必是在莊外布下重兵等我前去，卻絕料不到我會棄五劍盟友而不顧，所以現在從後莊走就是我們逃出重圍的唯一機會……」

要是沒有自己他是不是更容易脫身呢？祝嫣紅想著，我是不是應該讓他一個人離開？可是，她有些捨不得伏在他背上的那份安寧的感覺，就像是幼年的時候摔了一跤後伏在父親的懷裡噘著小嘴撒著嬌……

葉風聽不到祝嫣紅的回應：「夫人不用擔心，雷大哥吉人天相，必會化險為夷的。」雷怒、丈夫！祝嫣紅這才驀然驚醒般，掙扎了一下：「放我下來。」

葉風沒有停步：「待我將夫人安置在一個安全的地方，我自會回來打探雷大哥的消息。」自己再不是從前那個小姑娘了！祝嫣紅想著，我已是人婦，已為人母……

「放我下來吧！」祝嫣紅淡淡地堅持道。

葉風心中一緊，終於站住，這已是一片曠野，四周除了蛙蟲夜鳴便再無動靜：「現在四處都可能有敵人，但我有把握帶著你一起殺出去！」

他能嗎？背上縛著自己，他還能像以往那樣從容殺敵、破圍而出嗎？她突然恨自己為什麼不會武功，不能與他並肩殺敵，而只能做他的一個……累贅。

祝嫣紅搖了搖頭，聲音裡有著一種平靜與堅強：「葉公子，請你放我下來！」

葉風忽然全身一震，卻沒有絲毫的動作，祝嫣紅正要再掙扎下來，卻驚訝地聽到夜風中依然迴盪著自己的聲音。

放我下來……放我下來……放我下來……

那並不是祝嫣紅的聲音，而是在這片沉寂的大地上傳來一種空洞而淒厲的回音。

祝嫣紅的身體猛然一緊，那聲音尖利而嘶啞，就像是有千萬隻小蟲子在咬噬著一具風乾的屍體；就像是一把魯鈍的鋸子在一塊朽木上磨擦……

那聲音還像是一把細細的尖針直刺入她的心臟，在裡面翻騰著、攪動著、徘徊著、嘶喊著……

祝嫣紅突然覺得全身發冷，一種莫名的恐懼湧上心頭，幾欲要放聲大叫才能驅逐這份突如其來的……怖！

葉風反手握住了她的手，祝嫣紅心神漸寬，一股令人全身放鬆的暖意從葉風的手上傳來，讓她很是受用。

然後，她聽到葉風的聲音從黑沉沉的夜色中朗朗直傳出去：「歷輕笙要替兒子報仇，也需要如此裝神弄鬼麼？」

四、俠之豪情在於氣

煙花乍起，大亂立生。

雷怒與老大帶領一百人馬出莊迎接的確是神閑幫徒，但這幫人卻是用刀劍來歡迎他們的。大變頃刻而至，僅僅一個照面，出莊迎接的神劍盟兵已然被砍倒數十人，對方毫不顧忌殺死的都曾是自己的戰友，下手決不容情。

老大驚叫：「你們瘋了嗎？」

回答他的是當頭劈來的二把鋼刀，迎胸刺來的三柄長劍。

雷怒終於怒了，他與剩下的七名護法再加上沈千千和水兒結成一個圓陣，邊殺邊退，衝出戰團，在一旁呆呆地看著神閑幫的火併。

那五十人神閑幫徒雖然人數處在劣勢，但個個武藝高強，又是攻了對方一個措手不及，一時老大率領的人馬被衝得七零八落，各自為戰。驚慌中更是不知何人是敵，見人就殺，許多神劍盟的兄弟都不慎為自己人所傷，一時情景慘不忍睹，血流成河，皓月當空下的此處便如一個修羅屠場。

老大帶領幾個親隨殺出一條血路，已是血染全身，衝到雷怒面前：「他奶奶的，我們中伏了，快走！」

雷怒下意識地往旁邊一讓，躲開老大，這一刻他只覺得眾叛親離，誰知道老大會不會突然砍自己一刀。

直到現在，雷怒亦不明白到底發生了什麼事，這些年來他養尊處優，已是少有與人對敵。此刻橫禍忽至，一時不免有些手足無措了。

那幫神閑幫眾大多是攻擊老大的人馬，對雷怒等人的壓力不大，這一切更是讓雷怒疑惑。

老大見雷怒先是一呆，然後避開自己，知他疑慮自己，亦不及分辯，一面擋開幾個襲向自己的兵刃，再一腳踢飛了一個神閑幫徒，卻被一把大關刀擋住，抬頭看去，正是江南第一大賭樓快活樓的樓主散萬金。

他們來迎接的竟然是暗中潛入蘇州城的神閑幫徒與快活樓的盟兵，在此情形，誰都知道必是欠三分那裡出了問題。

老大破口大罵道：「他奶奶的，欠三分你給我滾出來，水知寒你也給我滾出來！」

一聲長笑從後方響起：「老大既然召我出來，水某自當從命。你的欠軍師實為將軍府上無名指無名，大家各為其主，老大也不必太責怪他了。」

雷怒回頭望去，一個中年人施施然走了出來，但見他一身青衣，面容清俊，濃眉劍目，頷下三縷長髯，負手長立，手無兵器，一副道骨仙風的樣子。

如此來勢，如此形象，除了名動天下的將軍府大總管水知寒，還能是誰?!

水知寒身後還有十幾人，食指點江山赫然在列，其餘想來都是將軍府內的高手，各占周圍高處要點，圍成一個半圓形，已然斷去他們的退路。

雷怒恨聲道：「水知寒！」

「都停手罷！」水知寒從容擺手一笑：「雷兄從收到將軍令的那天起，自然早料到今日的結果，為何還是如此一副吃驚的模樣？」

水知寒的出現無疑有著強烈的震懾作用，一時大家俱都停了手，個個虎目圓睜。

一時戰局分為四方對峙著，一方是潛入蘇州城的神閑幫眾與快活樓的人馬，在散萬金與散復來的指揮下攔住神劍盟的前路；一方是雷怒與七大護法結成圓陣，將沈千千和水兒護在其中；另一方自是將軍府的高手在水知寒的率領下截住後路；老大則是忙著吩咐尚剩餘的五十多名神閑幫眾互相包紮傷口，止血療傷。

老大眼見手下兄弟雖是人人奮勇，卻也大都臉有懼色，知道水知寒的威名已然讓軍心大亂，加上剛才的一陣突襲，折損嚴重，心中氣苦，大罵道：「他奶奶的水知寒你好不要臉，用這樣的陰謀詭計，有本事就……」

水知寒放聲而笑：「上兵伐謀，兵法中講究迎敵始至、掩其不備、攻其懈怠，若是依你老大的話，孫武諸葛豈非都是不要臉面之人了嗎？」

水知寒這番話侃侃而談，語意中充滿了鎮靜與自信，讓旁人無從辯駁。

更可怕的是水知寒笑聲雖是不大，每個人卻都覺得那笑聲就在耳邊隆隆而至，老大餘下的話被水知寒的笑聲生生截斷，眾人雖見老大開口，卻是不聞他的任何聲音……

水知寒名為天下六大宗師之一，先不論以往的威名，單單這份內力就足以讓人喪失餘下的鬥志了！

雷怒眼見水知寒身後十幾人個個眼中精光內蘊，氣定神閑，俱是高手。心知對方實力遠在自己之上，想來外面還有官兵重重圍困，自覺已無倖理，把心一橫：「五劍聯盟從來只有戰死的好漢，水總管若是夠膽色，便請與我雷怒一戰。」

諸人眼見水知寒顯出如此精湛的內功，雷怒依然是毫不畏懼的當面挑戰，更是含著哀兵之氣勢，不惜一死求仁，心中也是不由佩服。

水知寒微微一笑：「我本是有意成全雷兄，無奈雷兄尚有與點江山的一戰，我總要照顧手下的情緒吧？」水知寒這話雖是彬彬有禮，卻又極不把雷怒放在眼裡，暗示他遠非自己之敵，更是明示雷怒與點江山之戰中，他亦是不看好雷怒。

雷怒意外地沒有怒，這一刻他已知道自己身陷重圍，絕無可能殺出生天，放下苟全之心，不作他想，只求能多殺幾個敵人，緩緩從肋下抽出他成名兵刃「怒」劍，雙眼望定水知寒身後的點江山：「點兄，請！」

食指點江山正欲向水知寒請戰，水知寒微一擺手，止住點江山，越眾而出，呵呵而笑：「雷兄且莫著急，非我誇言，若是雷兄不慎戰死，這裡的人俱會心志失守，只怕再無一人能逃命。」

雷怒知水知寒所言非虛，卻也是沒有絲毫主意：「你待要如何？」

水知寒卻不答話，森然的目光掠過沈千千，淡然道：「看在落花宮主的面子上，水某實不欲與故人之後為敵，沈大小姐可自願留下嗎？」

沈千千雖是一向膽大，卻也被剛才的狠勇廝殺所悸，此刻心中尚是怦怦亂跳，但她一向不肯服軟，接上水知寒的目光，嘴上猶是強硬：「事已至此，本小姐就和你拚了，反正我母親總不會放過你的。」

水知寒一哂：「沈小姐千金之體，水某萬萬不敢得罪，只想留你盤桓數日，以盡故人之情。」

沈千千道：「我要是不願意呢？」

水知寒冷然道：「沈小姐想是一向驕恃慣了，此時此刻還由得你作主嗎？」

老大眼見兄弟死傷無數，再也忍將不住，一擺手上鋼刀：「且慢，他奶奶的，欠三分你這個混蛋先滾出來。」

水知寒道：「無名此時應該是在照應碎空刀葉風，不若我請老大前去見他可好？」

沈千千哼聲道：「就憑那種小人也想對付葉大哥……」

水知寒淡然自若：「一個無名自是不夠，不過再加上一個中指行雲生，沈小姐以為葉風能有幾成勝算呢？」

沈千千斥道：「不過是將軍府的二個手指頭罷了。」

水知寒眼中神光一閃：「要是還有一個一心為子復仇的歷老鬼暗伏在旁，碎空刀還有機會麼？」

眾人心中大震，沈千千更是花容慘澹。

六大宗師中武功最為詭秘的歷輕笙竟然親自出手對付葉風，再加上無名與行雲生，葉風真是沒有半分機會了。

老大豪然大笑：「這些年來，將軍府處心積慮對付碎空刀也未見得能傷他半根毫毛，水知寒你可敢和我賭一把麼？他奶奶的，我賭葉風絕計死不了，倒是各位以後晚上睡覺前最好先看看有沒有被碎空刀盯上。」

老大此言一出，大增己方士氣，葉風若不是那麼難對付，也不會讓將軍府出動歷輕笙了。

水知寒哈哈大笑，環目四視：「老大就是老大，死到臨頭還是有如此的豪氣。不如來和我賭賭你能接我幾掌？若是你能接住三掌，我們就立即撤回京師！」

水知寒的寒浸掌天下馳名，誰能有把握硬碰硬的接他三掌？他既然說得如此有把握，不問可知自是有十成的信心在三掌內擊敗老大。

更何況剛才水知寒顯露出一手精深的內力，試問在場各人誰能有此修為？此刻他雖是口氣極大，卻沒有一個人覺得他在誇大事實。

老大立定，仰天大笑，揚手擲出手上的鋼刀，蒲扇般的大手一拍：「他奶奶的，三掌就三掌！」

那擲出的鋼刀端端釘在一棵大樹上，深達二尺，半邊刀身猶在樹外不停顫動。

老大轉頭對著身邊尚餘的幾十個幫眾大喝道：「各位兄弟聽了，若我不幸戰死，你們能留得命就是最好，若是不能就和他們拚了，就是殺不了敵人也要狠狠咬上一口，要是墜了我老大的威風，他奶奶的，閻王地府裡我可不罩著你們了！」

幾十人熱血上湧，轟然應諾，聲震曠野，豪情萬千。

老大哈哈大笑，眼睛死死盯住水知寒，一拍胸脯，一字一句：「姓水的，往這來打！」

五、拳之貫通在於勁

水知寒雙眼一亮，射出令人見之凜然的目光，也不見他身形有何晃動，略微一步踏上，已然移至老大面前，舉掌橫劈：「第一掌！」

要知老大剛才雄渾放言，已然將士氣激到最高點，水知寒縱是滿腹言辭，卻也消不去老大那種捨生忘死的豪情、澎湃洶湧的氣勢。是以水知寒當機立斷，不給對方任何回氣的機會，務要速戰速決，在三掌內一舉奏功，以示震懾。

這一掌似拙勝巧，沒有任何規跡可尋，看起來就似是輕描淡寫的一掌，雖是罩定了老大胸腹間各處要害，卻又是輕飄飄地像是全無半分勁力，但若是說水知寒有心容讓卻又分明不像。

而且名動天下的將軍府大總管的出手，縱是看起來毫無威脅，誰又敢輕視這一掌？

更何況眼見著水知寒一縷輕煙般的身影形同鬼魅山魈般的疾速，更增這一掌的奇詭。

老大不敢怠慢，大喝一聲，吐氣開聲，鬚髮皆揚，一拳迎出！

拳掌相交，不聞任何聲響，水知寒退回原地，冷冷地看著老大。

老大但覺水知寒的掌力輕柔，觸之如若無物，自己那集了十成力量的一拳竟如泥牛入海般沒有半分感應，恍若擊在空處，一時胸口空蕩蕩的好不難受。

正愕然間，一股質地怪異的寒涼之氣驀然反撞回來，循著經脈直襲心臟！

老大再喝一聲，饒是以他的強橫狂悍，也不得不後退三步，一時胸口如遭鐵錘狂擊，喉頭一甜，一口鮮血忍不住泛將上來，霎時滿臉充血，雙目赤紅，配合著他粗豪的面孔，狀極淒厲。

老大強咬牙關，硬生生地將血吞下，眼睛死死盯著水知寒的手，一個字一個字地從喉中艱難蹙出：「還──有──兩──掌！」

水知寒鼓掌而笑：「好一個老大！給你十息的時間回氣，第二掌便不是那麼好接了！」

十息的時間便是十次呼吸，在這等生死相搏的情況下任何一絲喘息之機都是寶貴的，而水知寒渾若無事般說將出來，既是一派洋洋大家風範，亦是顯示了其強大的信心。

雷怒等人縱是與水知寒對敵，也不得不心中佩服──水知寒身為天下有數的高手，這份氣度確是常人難及。

老大深吸一口氣，調停半晌，左掌右拳護在胸口：「請！」

水知寒臉罩寒霜，右掌從小腹至胸口緩緩劃了半圈，全身衣襟無風自動，眾人離其八步開外尚可以感覺到一股寒流在空氣中湧動，知道水知寒必是全力出手！

老大見水知寒的架勢，已知這一掌必然威力無比，剛才那一掌已然讓他身負內傷，雖是有十息的調解，仍是不能壓下胸腹間的隱痛，眼角掃見眾人對他既期待又擔心的神色，將心一橫，哈哈大笑：「水總管儘管放手出擊，他奶奶的，天下竟然有這麼邪門的掌力！」

水知寒動了，這一動卻是威凌天下，一掌拍向老大，疾迅處猶勝第一掌，威力更是不可同日而語，暴起漫天塵土，就連幾丈外的樹木亦隨著他身體的移動而枝搖葉晃，其勢力不可擋。

老大一臉凝重，左掌軟軟地垂落胸間，右拳卻是攏起一股風雷之聲直迎水知寒，竟是要與水知寒以硬碰硬。

眾人心弦驟然繃緊，連大氣也不敢出。

「砰」然一聲大震，飛揚起的塵土將二人的身形完全包圍，旁人再也看不清楚。

水知寒再度退回原地，老大卻是穩立原處不動，鬚髮皆張，雙目圓睜，狀極威武。

神閑幫眾不知就理，見老大將水知寒再度擊退，俱是歡聲雷動。就連沈千千與水兒也是鼓掌為老大加油。

雷怒眼力高明，心中劇震。

水知寒這一掌不但威猛張狂，與老大掌力相接的一剎竟然產生了一股強大的吸墜之力，將老大的身體緊緊吸住，不允他退步化去掌力，這一掌竟然沒有半分外泄地全然讓老大承受了！

這，是什麼樣可怕的武功?!

「哇」地一聲，老大再也忍不住滿腔似要沸騰的氣血，張口噴出漫天血雨，這一掌已然徹底擊潰了他，全身經脈盡被這剛猛無儔的一掌震斷，就算現在立時療傷能保住性命，武功也是已然全廢！

老大憑著一股頑強的意志站立不倒，一張口鮮血狂湧而出：「還有一……」

那個「掌」字再也無力吐出來，又是一大口鮮血噴將出來，染紅了整個衣衫。

水知寒長歎一聲，姆指一挑：「好漢子！你若認輸，我便讓你離開此處！」

老大面露堅忍，咬住牙關，先望望自家兄弟，再望向水知寒，緩緩搖頭！意思是絕不肯獨生！

水知寒看著老大，眼中閃過一絲惻然：「我若放你手下兄弟一馬，你可瞑目?」

老大不語，點頭。

水知寒氣沉丹田，舌綻春雷，大喝一聲：「好！」

老大聞聲全身一震，雙目大睜，五官中血液狂噴而出，竟然被水知寒以一聲大喝引發內傷，就此斃命，屍體猶是直立不倒！

靜！

夜風徐徐吹來，每個人的心中都是一片冰冷！

沒有人能料到水知寒厲害若斯，只用了二掌一聲便讓剛才還威風凜然不可一世的老大——敗亡身死！

水知寒長長呼出一口氣，轉頭對左右道：「讓開一條通道，放神閑幫各位兄弟走，至於神閑幫主……」水知寒反手一指老大，輕輕一歎：「厚葬之！」

包圍圈依言讓開一條通道，神閑幫眾縱是有心以死相拚，但見了水知寒的神功，均知於事無補。加上老大已死，幫中內亂，群龍無首，早是意冷心灰，當下幾十名神閑幫眾默然撤出。

老大猶睜怒目，已然失去生命的屍身似是還冷然地注視著這片殘酷的戰場！

水知寒面朝雷怒：「我並非嗜殺之人，老大若不死，這裡必還是一片殺戮，雷兄當知我的無奈……」

雷怒見到水知寒絕世的武功，一腔心情早已被驚懼得冰涼，萬萬料不到水知寒還會和顏相對，一時不知如何回答。

水知寒歎道：「將軍只是志在碎空刀葉風，雷兄若是降我，可保不死！」

雷怒自忖必死，何曾料到能有如此轉機，心神終告失守。但當著這許多部下的面，如果應聲降了這一世也休想抬起頭做人。心下躊躇，嘴唇翕動幾下，仍是半句話也說不出來。

方清平大喝道：「我們決意戰死，水總管再勿多言。」他與關離星最是交好，這幾日又是與老大相交甚篤，此刻心傷好友慘死，更是被老大之死激起了血性。

水知寒淡然道：「五劍山莊發話的人好像應該是雷盟主吧？」

方清平怒道：「五劍山莊只有戰死的好漢，絕無投降的懦夫！」

水知寒不睬方清平，轉頭看向雷怒：「雷兄怎麼說？」

雷怒心中天人交戰，勉強掙出一句：「我如何可以相信水總管能容我？」這句話已顯得雷怒大是意動。

水知寒歎道：「我連神閑幫的人都可以放走，何況雷兄這樣有才之士，只要對將軍忠心，我保你日後又是一番大好前程。」

方清平虎目蘊淚，嘶聲吼道：「雷大哥！」

雷怒緩緩看去，手下七大護法表情各異，有的憤而緊握兵刃，不惜一死殉志；有的卻是面現怯意，一臉期待。

沈千千見到老大慘死，早是淚流滿面，嬌呼一聲：「我們拚了！」

水知寒冷然望去：「沈小姐明知我不會對你動粗，可是願意眼睜睜看到這一干大好男兒命喪於此嗎？」

沈千千聞之語塞，她自是不能讓別人陪她送死，唯有擦乾眼淚，手中扣著落花宮的獨門暗器飛葉流花，眼視雷怒，只待他一聲令下，就將奮力出手。

雷怒眼視地面，話語從喉間慢慢吐出：「各位兄弟跟我這些年來，一起出生入死，方才創下五劍聯盟，我雷怒能有往日的風光，亦全靠諸位的支持。」再抬眼看著方清平：「方兄是我五劍聯盟的智囊，我一向多倚重於你，若是沒有方兄，可以說便沒有我雷怒……」

方清平聽到雷怒如此說，心中憶起當年時光，百感交集：「我本是一草莽劍客，終日只知坐氣練劍、窮首皓經，原無大志。多蒙雷大哥的教誨，才知道人生在世應當成就一番事業，這才一心加入五劍聯盟，若無雷大哥的指引，我方清平亦不會有今天……」

雷大哥唏噓一歎：「我若是就此降了將軍，你定會非常看不起我了！」

方清平挺胸道：「大哥若是降了，我會非常痛心，必將一死明志，期望以一腔熱血喚回大哥昔日雄志！」

雷怒雙目閃過複雜的神情，望向水知寒，就要說話。

水知寒不待雷怒發言，肅容道：「雷兄不必降我，將軍府要的只是葉風的人頭，日後江南五劍山莊亦只是我的盟友，非是我的手下，雷兄自然知道應該怎麼做。」

方清平大喝道：「碎空刀為解五劍山莊之急不惜以身犯險，大哥若是出賣葉風定會為天下人所恥笑……」

水知寒負手仰望天空漸漸飄來的一朵烏雲，漠然道：「葉風現在或許已死在歷輕笙的手上，所以我更要雷兄現在一言而決，以免被我誤認為雷兄仍在看風使舵。」

葉風！又是葉風！！

雷怒的心中湧起一種又是妒忌又是佩服的感覺，若是沒有葉風，他現在也許仍是風風光光的一方大豪，可亦有可能完全沒有被水知寒利用的價值，只得喪命於此了！

水知寒再冷笑一聲，補充道：「事實上現在留給雷兄的路亦是不多！」

雷怒臉上掠過一絲痛楚之色，水知寒的話威誘並用，卻也是實情。若是葉風能逃出歷輕笙的伏擊，他自然還是日後對付葉風的一枚棋子，但若是葉風死在歷輕笙手下，自己在水知寒的眼中只怕就是全無作用，殺之亦不可惜了……

可就算現在因為利害關係降了將軍府，水知寒必然對自己仍有疑慮，日後自己最多也只是一個將軍府上的門客，無法得到將軍的信任與重用，更是為江湖人所唾棄……

這個決心，雷怒下得很難、很難！

雷怒悵然良久，走前幾步，握上方清平的雙手，歎道：「方兄定是怪我的優柔寡斷了。」

方清平毅然道：「我相信雷大哥定會做出不讓我失望的決定。」

水知寒冷笑不語，靜等雷怒的決斷！

雷怒眼睛慢慢掃過手下：「我雷怒能有今天，全拜諸位所賜。而事到如今，我再也不能給你們什麼，唯有捨得自己的一世英名，好讓諸位避過此劫……」

方清平大驚，才要答話，但覺從雷怒的手上傳來一股剛勁，扣住了他的脈門，全身一軟，小腹一痛，雷怒的怒劍已然破體而入。

方清平雙目怒瞪，緩緩倒下，猶聽得雷怒淒聲道：「雷怒自此便是總管的人了，殺門下逆徒以明心志！」

噹啷噹啷的幾聲亂響，剩餘六大護法的兵刃散落一地。

水知寒哈哈大笑：「雷兄當機立斷，水某定不負雷兄的期望。」

沈千千嬌聲怒吼，手上暗器就要出手，肋下一麻，竟是被站在身邊的「流影劍」趙行遠點中穴道，軟倒在地。水兒驚呼一聲，也被「追風劍」杜寧擒下。

水知寒雙眼凜然掃來：「沈小姐不用驚慌，你的情郎葉風就會來救你的。」言罷哈哈大笑，得意至極。

天色驀然一暗，一朵烏雲已然罩住頭頂，暴雨頃刻將至。

驚變再起，一人從快活樓的人群中電射而出，一把抓起沈千千，雙腳蹬地，騰空而起，空中一個轉折，回撲向散萬金那一方……

水知寒大喝一聲，飛身而起，一掌拍去。

來人半空回身，硬接水知寒一掌，卻是用上一個卸字訣，借水知寒的掌力在空中再度發力，身形變向，便如一隻大鳥般投向茫茫夜空中，雖是帶著沈千千，卻仍是迅捷無比。

事發突然，水知寒這一掌只使得出六成勁道，被來人震落在地，驚呼一聲：「龍騰空！」

那人身在空中，語聲猶是漫若平常：「若不是水總管得意忘形之下，龍某也未必能一擊奏功……」在樹林間幾個轉折後，消失不見。

眾、人、靜、默。

行雲生一身血漬，右手捂著左腕趺趺撞撞地從後趕來：「報上總管，屬下無能，未能完成任務。」

水知寒眼視行雲生的斷腕，眼中抹過一絲訝色：「無名呢？」

行雲生道：「葉風帶著雷夫人往西逃去，無名在後遠遠盯著。按葉風離去的時間計算，估計現在應該已遇上歷城主。」

歷輕笙一向駐在江西枉死城，是以行雲生以城主稱之。

水知寒默然半晌，點頭示意讓行雲生下去休息，自己則是負手望天，陷入靜靜的思考中，再無言語。

咔嚓一聲雷響，暴雨終於傾盆而至。

將軍府眾人面面相覷，唯恐惹怒水知寒，再不敢多說一句話。

唯有雷怒一臉黯然，雙手仍是緊緊撐著方清平已然冰冷的屍身！

六、刀之風神在於光

那聲音令祝嫣紅心跳、目眩、頭暈、眼花、噁心、驚怖，甚至還有一點……絕望！

那聲音瘋狂處像是一枚鼠牙齧食在心上，嘶啞處像是一把鏽刀磨在石上，輕柔處又像是一片枯黃的樹葉颯落在草蔭間，迷茫處像是一彎潺潺的泉水滴落在古井裡……

祝嫣紅發現自己的心跳得很快，而她立即又驚覺到自己的心跳聲必然瞞不過將自己縛在肩上的葉風。

於是，在那片烏雲罩住天空時，在那方黑暗淹沒大地時，在那聲雷鳴奏響時，在那道閃電襲來時——她的臉紅了，她的眉開了，她的眼閉了，她的手緊了……

在這仿似是一條弧線的暗夜裡，她只能感覺到自己的心跳聲……

葉風緊緊抿著嘴，保持著不急不緩的速度在風雨中前進。

他的心亦跳動得很厲害。

因為，天下六大邪道宗師中武功最為詭秘的歷輕笙隨時會出現在他的面前！

一聲炸雷響過，天驀然黑了下來，整個大地就像被吞入了一個怪物的腹中，眼前再不能視物。

葉風驟然停步，他已感覺到有人接近。

可是，在這樣的環境下，他還能有幾分把握擊退歷輕笙？

黑暗，亙古的黑暗。

空氣中像是蒙了一層幕布般的黑霧。

冷風帶著憤怒，在耳邊嗚嗚作響。

雨點沙沙而下，就似一些幽寒的冰屑擊打在臉上。

雷音轟隆響起，就似一方橢圓的印章從天穹中降落，重重砸在人的心臟上……

一道閃電劃過，天地間剎然明亮，顯露出一片慘澹的蒼白。

祝嫣紅一聲驚呼，前面八尺處，一棵大樹前，有一道高大、青灰、晦暗、陰沉的身影！

電光一閃而逝，又是一片不見五指的漆黑，可剛才的影像仍如一次乍醒的惡夢般在祝嫣紅腦中勾留不去……

她不由自主地抱緊葉風的肩頭，忽又醒覺這必會影響他的出招，那一刻她不知道應該怎麼辦，只好竭力放鬆崩得緊緊的身體，睜著雙眼在黑暗中尋找著、探索著、等待著……

這一刻，她知道她的心跳全都集聚在這可怕的黑夜中，亦集聚在葉風的身上。

她聽得見他粗重的呼吸從黑暗中傳來，她聞得到他的氣息在漆黑中膨脹，她感覺得到他腦後的長髮在風中飄揚，她清楚地知道他的身體在緊緊護住她……

可是，她不知道，葉風能不能敵得住那道黑影，那道高大得令人驚恐的黑影看起來就像是從遠古洪荒中竄來的猛獸！

她的心就快爆炸了，她知道他們都在等，在等下一道閃電，在等對方的身形出現在自己的期待中、視線裡、怒吼處、刀劍下！

也許，這時所有的期待都不過是一盞燈光，一點星火。

或者，就是那一道燦爛的、決定勝負生死的……明亮！

第二道閃電！

可那棵大樹下再也沒有那道黑影。

他在哪？

葉風猛然轉身……

祝嫣紅立刻就看到了——

明、亮！

——驚懼的明亮。

——腥紅的明亮。

二道妖異的紅光像是一叢莫測的鬼火般從右首照來，入目處如中刀槍般令人一悸！

風聲、雨聲、雷聲、電聲剎時全都聽不到了，只能聽到一種鬼怪般尖利的嘶叫，一雙巨大的魔爪在空中張狂著，十指彈動，長長的指甲上泛著淡藍的寒光……

祝嫣紅幾乎要大叫出來，可她發現一點也聽不到自己的叫聲，她想用一隻手捂住嘴巴，可她發現她渾身沒有一點力道。

耳中只有那淒厲的慘叫，眼前只有那漫天的爪影……

揪神哭、照魂大法、風雷天動——這正是歷輕笙的三大魔功。

歷輕笙終於出手了，可葉風，葉風在做什麼？

葉風在退。

邊退邊擋。

他的右手撫住碎空刀柄，卻根本無意拔刀。

他的腳步虛浮，左掌完全是下意識地拆封著那雙魔爪。

這時的葉風彷彿完全被歷輕笙的揪神哭與照魂大法所惑，目光呆滯，定定地望住歷輕笙那雙腥紅的雙眼，僅能勉強擋住對方名為「風雷天動」的爪功。

他還能擋得幾招？

「叮」的一聲，歷輕笙右手食指一彈，那長達半尺的指甲竟然脫手而出，正正擊在葉風的左手上。

葉風慘呼一聲，中門大露，歷輕笙的左爪直襲而來，若是讓其抓實了，只怕立刻就是開膛破腹之禍。

祝嫣紅心中一緊，奮盡全力將手探入懷中，握住了「求思劍」。

那一刻，她只知道，如果葉風死了，她必將用求思劍捅入自己的胸膛，她不知道自己去死是為了不能受辱於人，還是為了不願在他為自己死後獨生……

突然，便有一道凌厲的刀光劃過黑沉沉的夜幕。

碎——空——刀！

那道刀光劃亮了整個天穹，比狂雷更厲，比閃電更亮。

就像只開一次的花。就像只碎一回的玉。

那是一抹絢爛的銀光，一道優雅的弧線，一種玉石俱焚的豪勇，一次空前絕後的進擊……

祝嫣紅聽到一聲仿若虎豹遇襲孤狼長嗥般的吼叫，由近至遠遁去，終不可聞。

刀光斂去，仍是一片暗空。

葉風又動了，繼續往前走去，步伐堅決而沉穩，踏在黝黑的夜幕中，一往無前。

祝嫣紅輕哼一聲，胸口那一口鬱氣此時方才吐出，輕輕地問：「你沒事吧？」

葉風微微一笑，略帶誇張地挺起胸：「夫人敬請放心，敵人已經被我殺退了。」

映著碎空刀上若隱若現的光華，祝嫣紅這時才看見，葉風的左手有一抹蜿蜒的血痕，就著雨水，像一條暗紅色的小蛇，沿著袖口，蹣跚流下。

第六章 錦纏道

——聽鳩啼幾聲，耳邊相促。勸路旁、立馬莫踟躇，嬌羞只恐人偷目。

一、一步一從容

「你受傷了？」

「不要緊，若不是我故意露出破綻引歷輕笙放手出擊，怎能輕易擊退他。」

「原來你是故意呀，剛才可嚇死我了。」

「歷輕笙總是太相信揪神哭與照魂大法這類惑人耳目之術，若是全憑真實武功，我決不會勝得如此容易。」

「呵呵，你剛才裝得真像，我真是以為你被他迷住了。」

「哈哈，我那一刀足令歷老鬼五天之內不能動手，這個教訓夠他受了。」

「現在再沒有其他敵人了嗎？」

「水知寒終料不到我會反向而行，應該是沒有埋伏了。」

「那……」

「怎麼？」

「我……自己可以走。」

「夫人莫怪，我們尚未脫險，敵人隨時有可能追上我們……」

「我……知道。」

雨依然在下。

初秋的雨，總是那麼寒涼。

二人的衣衫都被淋得透濕，葉風倒還罷了，祝嫣紅卻覺得經受不起，不免打起了寒戰。

葉風立生感應，當下運功於背，助祝嫣紅驅寒。

祝嫣紅本是衣衫盡濕，緊貼於身，伏在葉風背上本已大是羞慚，這時但覺得一股熱力從葉風背上傳來，加之合著這個男子渾身剛強濃重的氣息，更是芳心大亂，一時又想掙扎下地又是難以自禁地想擁緊這處溫暖，不由滿面通紅，情難自控。

葉風卻是渾然不覺，仍是大步前行。

「我們去什麼地方？」

「安全的地方。」

「什麼地方才安全？」

「穹隆山、忘心峰。」

「刀王?!」

「不錯。」

「刀王不是想殺你嗎？」

「他只是想看我的刀罷了。」

「可是……」

「就算他殺了我，我也可以保證他一定會護著夫人的。」

「……」

「你為何不問我為什麼？」

「那是你們男人的事。」

「哈哈，你這麼相信刀王嗎？」

「不，我只是相信你！」

「！」葉風心頭微微一顫，一時胸口五味翻騰，酸甜相間。

祝嫣紅努力想找些話語來說，卻亦不知道說什麼好。

回想與葉風認識的這段日子，這個男子從一開始便以他坦率的真誠與強大的自信給了她好感，亦給了她一份毫無保留的信任。

自從那日在灶邊引炊，一份微妙而不可言說的感覺就悄悄瀰漫在二人中間，有些揖手作謝的客套，亦有相視一笑的靈犀；有些河漢迢迢的距離，亦有僅隔一線的默契。

那是任何人也不能給她的一種感受，即便是丈夫雷怒，縱然有當年的揚揚意氣，縱然有床笫間的款語溫柔，亦讓她覺得離自己很遠、很遠。

看到他那道尚在滴血的傷口，再循上望向他袖口間露出的纖長手腕，足像一首瘦瘦的詩、澀澀的畫，如濃墨焦涸後的筆意隱顯出那份分明的脈絡，不知怎地，祝嫣紅的心中就是輕輕輕輕的一痛。

儘管他總是那麼意態豪邁，神采飛揚，可有時，她就覺得他仍是一個孩子，一個滿心淒苦卻還是一臉倔強的孩子。

每當她從他堅固的外表下讀出一抹脆弱的惺忪，就像是在一掛滿是粒金碎玉的項圈上突看到了一道嵌合過的裂痕，那麼憾然，那麼疼惜，讓她總想攬他入懷，容他安眠。

她在驚覺自己的越步，卻依然有種暗暗偷歡的愉悅。

她在心頭微微太息，湧起一片惆悵，就像是知道自己正在陷入一場終成幻滅的繁華，卻寧可盼望在那場不得不醒卻寧願永不清醒的幻夢中為之失魂、為之惘然……

如果有那一條只走一次的長街，掠起的是千姿夢影，你會不會為之撤足？

如果有那一回只燃一次的明燭，驚起的是百般情懷，你會不會為之吹燈？

雨漸轉細，輕輕飄灑在道邊草叢林間，忽而沙沙，忽而瀝瀝。

葉風此時心中一片平和，從容行步。

他在想，若是這一路永也走不完，若是就能負著她沿著這條似是永見不到盡頭的路上緩緩行去，管它周圍樹深草長，管它旁邊車騎湧流，就這麼一步步地踏破榮辱福禍，是不是就可以更灑脫？

是不是就可以更從容？

二、一杯一快意

穹隆山地處蘇州城西南六十里外，緊靠太湖。而出了蘇州城界後，葉風卻轉而向北。祝嫣紅提醒他是否走錯了路，葉風卻是笑而不答。眼見將要行入一個小鎮，葉風將祝嫣紅放下：「今日且先住在客棧中，休息半日，明天我們再繼續趕路。」

祝嫣紅默默點頭，雖然在心中奇怪他的行為，卻什麼也沒有問。自己衣衫盡濕，大是不雅，更何況一夜未眠，也需要住店休息。

此時方是黎明，小鎮上的店鋪人家卻也起得甚早，當下尋得一家客棧，要了一間上房。眼見安頓好祝嫣紅後，葉風道：「夫人不用著急，我先去蘇州城內探問一下雷大哥的消息，個把時辰後便會回來。」

祝嫣紅本想打趣問他是否也在擔心沈千千的下落，可不知是念到雷怒的生死未卜，還是另有什麼原因，終於一句話也未問出來。只是呆呆望著他略微的一笑後，揚長而去。

葉風走了。

祝嫣紅卻在床上輾轉反側，怎麼也睡不著。

臉上的傷口在火辣辣的疼痛，就像是一條長滿尖爪的多足小蟲從面上踽踽爬過。

她翻身下床，拿過一面銅鏡，那道醜陋的傷疤立刻就映入她的眼中，已然結痂的傷口外散佈著暗紅的血絲，就如什麼昆蟲的觸鬚；翻露出的肌肉撕咧著，就像一張獰笑著的嘴唇，惡毒而邪異……

她驚叫一聲，用手撫住臉上的傷口，全身止不住地顫抖起來。

那條醜惡的刀痕，打碎了浪漫中的清秋，掐滅了夜空裡的星火，凋殘了月露下的朝衣。

當他給自己點穴治傷的時候，他的手是不是也因此而顫抖，當他見到自己這個樣子時，他的心中會不會有嫌惡的念頭？

她歎口氣，放下捂在臉上的手，她或妍或醜，原本亦是與他無關。

她想到了命懸一線的丈夫，想到了呀呀學語的兒子，想到了白髮蒼然的老父，想到了自己這半生無端的華年。

從小到大，從青衫韶齡到及釵華婦，總是有人倚寵著她，呵護著她，依順著她，奉媚著她，可不知為什麼，她就是不快樂……

無論是書香門第的家世，名士大儒的慈父，紛揚意氣的夫君，膝下頑皮的愛子，總是不能讓她由衷的快樂，人生中總是缺少那麼一線可以笑傲的激情，就如面對滿桌華宴，總是差了那麼一杯緩緩暖入喉間的美酒。

葉風呢？

他亦不能讓她快樂，但她總以為他可以牽引她踏入快樂，去一個全新的世界裡感應著內心的擾動。

見到他的時候，她就知道這個軒昂的男子可以是第一個投入她心湖的石子，也許一沉而沒，也許微瀾不驚，可再怎麼樣，她亦願意用他的衝擊來敲碎自己這二十餘年來的古井不波。

她呆呆地想，自己定是個自私的女人，輕蔑著榮華富貴，淡泊著世態炎涼，而偏偏要去找那一記震盪殿堂的暮鼓晨鐘，為的到底是不是就那一份徹悟？

從來沒有人告訴她，她亦從來不曾對人說過這份心事。

在男人的眼中，在丈夫的眼中，她應該知足，應該幸福，可她偏偏就知道，她一點也不知足，一點也不幸福！

或許，人生都不過是一場尋歡，風煙交鎖於一刻，扣響的不過是那微弱的一絲火星。

一隻蜘蛛從天花板上掛下，耀武揚威般停在半空，忽又像受了什麼驚擾，迅快地沿著蛛絲往上攀去……

祝嫣紅的心情灌鉛般沉重，她的生活是不是就像那隻蜘蛛般，一旦離開了蛛網，便只會在風雨裡飄搖，稍稍一種驚擾便會讓她再度收回那踏出的一步……

「打酒來！」她驚詫地發現這句話是從自己的口中說出的。

她從來是一個淑女，而這一刻，在這影投木牆、心事隔窗的小店中，在丈夫生死未卜、前路混沌不清的時候，她突然就想醉一次，想把那嗆人的液體灌入愁腸，任那薰然的愜意解開心底的糾結。

房門應聲而開，一人笑吟吟端杯而入：「一杯相屬君當歌！如此良辰，夫人肯與在下把酒言歡，自是無有不遵。」

來人一身客棧小二的打扮，一臉陰沉木訥，正是曾化名欠三分的將軍府中的無名指——無名！

祝嫣紅大驚，滿腹心事一掃而空，退後幾步：「你……」

無名嘿嘿淫笑：「這一路來夫人與葉風肌膚相接，郎情妾意好不風流。可惜了葉風這個不解風情的呆子，留下夫人一人情火中燒，我只好來幫夫人舒筋活骨了……」言罷哈哈大笑，其狀極為不堪。

祝嫣紅臉罩青霜：「你住嘴！」

無名縱身欲要撲前：「哈哈，夫人也知道有些事情是不用動嘴的。」

祒嫣紅竭力躲閃，心頭恍然，無名定是一路跟蹤葉風和自己來此，見葉風離去，這才出來與自己為難：「你這個背恩棄義的小人，我丈夫呢？」

無名長笑：「雷怒與老大早被水總管重兵圍住，神劍盟全軍覆沒，夫人現在已是名花無主的自由之身了。」

祝嫣紅心中一緊，當下抽出求思劍，心萌死志，靜靜道：「你再過來一步我便死在這裡。」

無名眼見祝嫣紅一臉正氣凜然，卻也不敢輕易上前。他親眼見葉風遠遠離去，料想是去蘇州城打探消息，時辰尚早，要擒這個自己早就心動的美人也不急在一時，眼珠一轉：

「夫人不想再見葉風一面嗎？」

祝嫣紅手中求思劍微微一震，已被無名說中心事。自己本欲要一死相抗，以保名節，可心中偏偏又希望葉風能及時趕回來迎救自己，心中充滿了欲捨還留的矛盾。

無名歎道：「可惜江湖上人人都知葉風是雷怒的兄弟，加上夫人花容已傷，只怕葉風縱然想與夫人鴛鴦偕歡，亦未必敢冒天下之大不韙，不若便與在下……」

「你住口！」祝嫣紅心中氣苦，雖明知無名句句是實，自己與葉風亦是清清白白，可那字字句句仍是敲在心上，長吸一口氣，咬緊銀牙，手上發力，便要自刎於前，但她一向嬌弱，此刻雖是立心求死，手上卻也是禁不住一顫。

無名說了這麼多，等的就是這稍縱即逝的時機，酒杯脫手而出，正擊中求思劍柄，祝嫣紅手一軟，求思劍脫手飛出，耳邊猶聽得無名哈哈大笑：「夫人莫急，待會定叫你求死不能……」

無名生怕酒杯撞劍會劃傷祝嫣紅，是以這一擲用的是一股巧妙的回勁，酒杯撞在劍上卻絲毫無損，反而帶著求思劍一併向迴旋落……

無名飛身衝上前來，伸手去抓向求思劍……

一雙手從旁邊迅捷地伸來，一手抄住酒杯，另一隻手卻抄起求思劍……

劍光一閃，無名定在當場！

一個人笑嘻嘻地出現在祝嫣紅的面前，左手將酒杯舉向唇邊，誇張地做了一個一口飲盡的勢子，右手先是將求思劍在無名身上拭擦了一下，再遞與祝嫣紅：「夫人受驚了……」

葉風！

這般神出鬼沒適時出現的人，除了葉風還能是誰？

祝嫣紅這一刻再也顧不得莊重與矜持，淚水奪目而出，一下撲入葉風的懷裡，緊緊抱住他寬厚的肩膀，一任淚水打濕他的衣襟……

無名仍是定在原地不動，喉間一抹紅線在慢慢擴大，血水洶湧而出，手無力地指著葉風，一個字也說不出來。

葉風輕輕拍著祝嫣紅的肩，眼光掃過無名的咽喉，淡然道：「我早知道有你在跟蹤，這才故意重返蘇州城引你出來，卻還是料不到將軍座下堂堂無名指竟會化裝成酒店的夥計，差點就讓你得手了。」

「你……偷……襲！」無名從喉頭艱難地吐出三個字。

葉風雙眼凝視無名，傲然道：「我葉風對付將軍從來都是不擇手段，欠兄現在才知道這一點豈不是太遲了！」

無名眼露懼色，直到這一刻，他才真正明白葉風的厲害。

而葉風直到此時仍是稱他「欠兄」，更是莫大的諷刺！

葉風努力推開祝嫣紅柔軟的身體，心中亦是一分異樣。當下鎮定心魔，十足誇張地對祝嫣紅躬身一禮，一手攤向門口：「我們還要趕路，此下再也無人跟蹤，夫人敬請先行。」

二人從無名的身邊走過，頭也不回地出門而去。

無名喉中咯咯作響，終於仰天倒下，再也爬不起來！

三、一曲一溫柔

無名既死，二人心懷俱是大暢，當下再往蘇州城西南的穹隆山方向走去。

蘇州地處江南水鄉，又是以園林稱著於世，是以人流來往頗密，道路繁多。料想便是以水知寒之能也輕易猜想不到二人的去向，更何況葉風選去穹隆山更是一步險棋，誰能想到他會主動找上刀王？

黃昏時分，二人終於來到了穹隆山。

穹隆山位於太湖之濱，那太湖自古便是江南的魚米之鄉，自給自足，衣食無憂，百姓均是面色平和，一副安居樂業的景況，令人望之再想不起刀兵與禍亂。

二人心知追兵已去，雖是仍有些牽念其餘人的安危，但經過一夜的激戰，分外珍惜此刻的從容，這一路上走走停停，倒也逍遙自在，渾然忘卻了這幾日的腥風血雨。

葉風從小在塞外長大，以往來江南都是走馬觀花般，這一路來聽得祝嫣紅巧語嫣然，指點風景，笑論風土人情，大增不少見識。他天性本是瀟脫不羈，當下放寬心胸，遊目騁懷，再揀些塞外的逸事趣聞講與祝嫣紅聽，惹得祝嫣紅亦是忘憂怡懷，不知不覺間二人的距離已是大大縮短。

入山先踏入一不知名的小谷，但見密林遮雲，芳草連天，山崖峻峭，石秀泉清。

一陣清風挾著太湖水汽徐徐襲來，遠山處一輪夕陽豔紅欲墜，層林如染，百鳥和鳴。每跨出一步，就似離充滿爾虞我詐、你爭我奪的殘酷現實愈遠一步……

剎時間二人都湧上一種悠然情懷，真希望能就此隱居於世，終老山林，再不問人世繁複，歲月蹉跎……

祝嫣紅聽得葉風的腳步放緩，一步步有節奏地踏在山階碎石上，就如擊節合拍般，忍不住開口輕唱：「萬傾太湖上，朝暮浸寒光。吳王去後，台榭千古鎖悲涼……」

葉風微笑不語，細品曲意。

祝嫣紅繼續唱道：「誰信蓬山仙子，天與經綸才器，等閒厭名韁……」

這幾句勾起葉風的滿腹心志，加上祝嫣紅蘇儂軟語，檀曲輕唱，更是心結欲解難解，直想放聲長嘯，以抒胸懷。

「斂翼下霄漢，雅意在滄浪……」

葉風雙手輕拍，心底早是跟著曲意和唱著……

「晚秋裡，煙寂靜，雨微涼。危亭好景，佳樹修竹繞回塘……」

葉風偷眼望去，但見祝嫣紅雙頰微紅，隔著薄薄暮色中舒緩詞調裡，嬌豔欲滴……

「不用移舟酌酒，自有青山綠水，掩映似瀟湘……」

葉風目光觸及祝嫣紅左臉那一道傷口，恨自己不能及時保護她的安全，加上此刻玉人款款移步於旁，淺語低吟在側，心頭不由湧上了萬千種憐惜，似黯然似暢懷，百念叢生……

祝嫣紅對葉風的情態渾然不覺，眼望秀麗遠山，輕輕唱出最後一句：「莫問平生意，別有好思量！」

一曲既罷，曲意猶是綿綿不絕，在幽山空谷中漸高漸遠，扣人心懷。

——莫問平生意，別有好思量。

祝嫣紅心頭暗歎，憶及自身，愁腸頓生。自己每日尋隙望天之際，豈不正是感懷無人解得心意，縱使此時與他攜手同遊，滿目開懷，亦不過是曇花一現，便若那令千萬人哀的悠悠一觸，日後要分要離，終是無計稍做淹留……

葉風胸中亦是百結橫生，想到自己浪蕩天涯，與她一個名門閨秀能有此時片刻之聚，足慰平生。在有情無情、若濃若淡間再也割捨不下對她的一縷遐思，心底猶在暗暗應和著那句「不用移舟酌酒，自有青山綠水，掩映似瀟湘……」

一時二人再也無語，只聞得腳步聲細碎地踏在山徑上，偶然偷眼望向對方，卻又驚見對方的目光正適時飄來，忙又移開眼波，心潮翻湧，再也無休無盡……

祝嫣紅終耐不得此種微妙，開口打破僵局：「嫣紅見此處風景和麗，一時忘形而歌，倒讓葉公子見笑了。」

葉風淡淡一笑：「夫人唱得很好，我卻從未聽過此詞，不免為之驚歎。」

祝嫣紅掩嘴而笑：「此曲是宋人尹洙的水調歌頭，葉公子不需自謙，像你這般江湖高手，能文武雙修，才是讓人驚歎呢！」

葉風道：「我小時做過人家的書僮，是以對詞曲略知一二。」

祝嫣紅奇道：「葉公子竟然還做過書僮，真是讓人意想不到。」

葉風長歎一聲，低頭不語。

祝嫣紅心中暗暗失悔，葉風一意與將軍為敵，說不定便是身負血海深仇。這幾日與他交往更密，觀他行事，聞他支言片語中，少年時定是吃了不少苦頭，不然何以從小長於荒野，又去做大戶人家的下人……

祝嫣紅心中湧起憐意，見他鬢髮被山風吹亂，直想用手幫他撫平，卻又不敢，只聽得自己心中怦怦亂跳，忽又驚覺，莫不是已然愛上了他？明知自己未必配得上他，可與他這一路行來，仍是情不自禁地為他手神所動。

想起自己已為人婦人母，明明不該如此動情，可偏偏又如待字閨中的少女般難以自持，若是日後與他分手，怕是一生亦忘不了他，這二十餘年尚還從未有過如此患得患失的心境，這份滋味當真是令人永難忘懷……

胡思亂想間，祝嫣紅一張臉立時通紅，心中又是嬌羞又是歡喜，忐忑難平。

葉風忽然立定腳步，祝嫣紅不虞有此，剛剛踏出一步卻被葉風一把兜住，強拉了回來，一時心中大亂，不知應該如何是好……

卻聽得葉風冷然的聲音飄入耳中：「出來！」

草林間一陣簌簌亂響，一人鑽了出來，卻是快活樓樓主散萬金的寶貝兒子散復來。

散復來身上滿是殘枝敗葉，狼狽不堪，想是在山腰上遠遠發現了葉風，急忙躲了起來，卻不料還是被葉風發現。

祝嫣紅此時方知道自己會錯了意，低哼一聲，覺得面上火般燃燒起來，幸好夜色已沉，料想別人看不到。

散復來先是躬身一禮，雖是想做得自然，但心中震驚，那有平日的半分瀟灑，囁嚅道：「散復來見過葉大俠、雷夫人。」

葉風冷哼一聲：「你來此做什麼？」

散復來眼珠亂轉：「晚輩奉水總管之命，前來拜見刀王。」也虧他能對著年紀相差不大的葉風自稱晚輩。

葉風眼角餘光掃了一眼祝嫣紅，問道：「雷盟主呢？」

偏偏此時祝嫣紅亦在問：「沈姑娘呢？」

二人一呆對視，俱都忍不住笑了起來。

散復來如何不知葉風的狠辣，見二人一笑，氣氛一鬆，連忙打蛇隨棍上，謙恭答道：「老大戰死當場，沈姑娘與雷盟主都被水總管擒下，此刻仍在蘇州城。」他此語不盡不實，卻是希望葉風為救沈千千與雷怒可以令自己帶路去救，至不濟也可以當他是人質用來交換，總好過被碎空刀劈死了。

葉風聽得散復來語意不誠，加上心中早想過會是如何的結局，大喝道：「散兄要不要賭賭我劈你幾刀才能聽到實話？」

散復來大震，膝下一軟，幾乎跪了下來，心裡尚存一絲僥倖，顫聲道：「沈姑娘被擒是實，雷盟主已遭橫禍……」

祝嫣紅「啊」的一聲驚呼，葉風想要伸手扶她，卻見她雖是渾身巨震，卻仍是穩穩地站在原地，只是嬌軀微微地不停顫抖著。

葉風心中猶豫，散復來到此來見刀王定是奉水知寒之命，誤打誤撞中發現了自己的行藏，就算殺之，水知寒也必知道是自己來此，於事無補；更何況見了祝嫣紅心神俱碎的樣子，心中再無殺意。冷然喝道：「滾吧！」

散復來絕未想到這般輕易就可脫身，心頭猶在懷疑，出言試探道：「刀王應水總管之約，正要出山找葉大俠的麻煩，葉大俠若是要上忘心峰，只怕……」

葉風心想水知寒如知道自己來此，祝嫣紅就算托與刀王亦未必安全，心中盤算著下一步計畫，隨口應道：「我自有主張，散兄此時還不走，不怕我改變主意嗎？」

一個威嚴的聲音從峰上傳了下來：「葉風既然來了，我就決不會放他走。麻煩散公子回稟水總管，十日之後，再來給葉風收屍吧！」

葉風眼中神光一閃：「刀王別來無恙?!」

那個聲音哈哈大笑，笑聲在山谷中隆隆作響：「來來來，這一次且讓我再好好看看碎空刀！」

葉風一整衣襟，也不理會散復來，帶著祝嫣紅向山上走去。一路揚聲長嘯，嘯聲直震山谷，激起的回音久久也不散去！

四、一擊一節奏

穹隆山的頂峰闊達百丈，樹高草長，迎風飄搖，更有看不到的山泉淙淙流響。憑遠望處，太湖壯瀾平波盡現眼前，卻又在霧靄中若隱若現。

葉風與祝嫣紅剛剛踏上頂峰，眼前忽然一暗，夕陽的最後一絲餘暉終於消褪在湖面上，一輪將滿未滿的明月倒映在湖中，漾著綠水青山，緩緩起伏。

山頂上並無寺廟，只是簡單地結了一座茅廬，廬前卻是無人，唯聽得倦鳥低鳴歸巢、水泉潺潺作響，更有清芬的草氣悠揚撲面。

整個峰頂就若是一個首次被打開的桃源洞府般寂無人聲，令人疑真疑幻。

葉風環目四射，忽然一震。

山崖邊一人背朝山頂，散髮而立，背負長刀，凝望著蒼茫暮色，雖是身材瘦小，卻立若亭淵，就像已在那裡站立了千百年一般，正是刀王秦空。

刀王像是有所感應般轉過頭來，正正接住葉風的目光，爽朗一笑，古板的面容上立刻宛若破霧晴空般豪情盡露：「你來了！」

葉風示意祝嫣紅留在原地，自己大步向刀王走去，微微點頭：「我來了！」

山風勁吹，幾乎讓人站立不穩。刀王滿頭白髮隨風而蕩，灑脫飄然至極。

葉風全無顧忌地走到刀王身邊，並肩而立，立時大訝，原來面前看似絕壁的山崖邊竟然有一條鐵鍊橫空而去，直伸入迷霧籠罩的虛無中，不知是通往什麼地方。

刀王目光隨著那條不知所向的鐵鍊延伸出去：「你可知那是什麼地方？」

葉風恭謹答道：「晚輩不知。」

刀王目光一凜，喝道：「在我的眼中只有好刀與壞刀，沒有前輩與晚輩。」

葉風微微一笑：「在我眼中只有忘心峰上的高風亮節，亦並沒有前輩！」

刀王先是一愣，哈哈大笑起來：「有意思有意思。不過此處雖是名為忘心峰，卻非忘心之地！」

葉風不解：「何處才是忘心之地？」

刀王再目視鐵鍊的去處：「那裡才是。」

葉風恍然大悟，此鏈定是通往對面一處險峰，聽秦空的語氣，那裡應該是一代刀王練刀悟道之所。不由心生嚮往，嘴上猶道：「秦兄錯了，何處不可忘心?!」

刀王再愣，給這差了自己四十歲的小子不倫不類地喊上一聲秦兄，心頭大大不是滋味，可剛才有言在先，卻也是欲怪無從，加上葉風語意中隱含機鋒，不由再度哈哈大笑起來。

葉風直到現在也不知刀王是敵是友，但總是從心底感覺到此老一片赤誠，一意只為攀求武道，心中泛起尊敬：「刀王執意喚我上山，不知有何指教？」

刀王反問道：「你可知道我為何非要看你的刀？」

葉風思索道：「聽刀王那日在快活樓上的語意，似是為人所托，才不得不與我為難。」

刀王微一點頭：「此不過是一個原因，卻絕非最重要的原因。」

葉風心中略有所感：「請刀王明示。」

刀王卻是答非所問：「自古刀乃百兵之王，然而縱觀現在的江湖，奇兵異器層出不窮，用刀的人雖多，但真正的高手又有幾個？」

葉風點頭：「或許正是因為刀是江湖上最常見的兵刃，流派眾多，反而讓人多方求藝，不能專一，是以才難有大成。」

刀王身體微震：「我卻沒有想過這一點。葉兄弟的刀法是來自何人？」

葉風心中讚賞，要知江湖上打探別人師門來歷都是大忌，更何況是打探從無人知道來歷的碎空刀。刀王如此問分明是對刀成癡，渾然不覺任何禁忌，更是宛若平常的一句問話般語出自然，不見絲毫芥蒂。

葉風淡淡一笑，望向雲深處：「我來自塞外，大漠、戈壁、草原、陽光均是我的師父。」

刀王撫掌大笑：「好一個碎空刀，年紀輕輕便能以天地為師，不枉我那麼看好你。」

葉風苦笑道：「不瞞刀王，我自幼身懷血海深仇，想要練成絕技，卻是無師可拜。後來意外得遇高人，傳我內功，方才重鼓報仇之志。」他似是想起往事，長歎一聲：「那位高人卻堅不允我以師相稱，更是不許我提及他的名字，請刀王見諒。」

刀王奇道：「那日在快活樓見你以剛柔之勁碎桌破骰，內力別出蹊徑，有如此良師何不求得一項絕藝？我更是想不通有什麼人能看到你這樣好的資質而不動心收徒……」

葉風眼中閃過無比尊敬的神色：「那人說我若是學他武功，必然會因專志練就某項絕藝而徒然荒費了大好資質，且日後成就也必會限於他之下，是以只傳我內功基礎，寧任我以天地為師，自創機杼。」

刀王呆了片刻，一拍大腿，雙目湧起一種複雜的神色：「好！好！好！」他連說三聲好，胸中似有無數言語，卻再也說不出來。

葉風長出了一口氣，知道刀王已然猜出那人是誰，剎那間心中充滿了相知相得之情。這本是他最大的秘密，更是苦於從不能對人說起自己最尊敬的那個人，數年來的鬱情在這一刻被刀王的三個「好」字盡道其中，一時百感交集，幾欲對著峭崖絕壁放聲大吼，以舒胸臆。

刀王像是知曉葉風所想，拍拍他的肩膀，葉風坦然受之。山風更烈更洌，二人並肩憑險而立，衣袂迎風飄飄，心中卻俱是一片滾燙的火熱。

葉風但覺此刻與刀王心意相通，不由笑道：「看來刀王已不用看我的刀了。」

刀王搖搖頭：「我看你的刀非是為了還明將軍一個人情，實是另有目的。你可願聽我細細道來其中緣故嗎？」

葉風不語，抬眼望向刀王，靜待下文。

刀王思索良久，沉聲道：「縱觀武林各大用刀名門，五虎門人才不濟，點蒼派內亂叢生，終南派偏安一隅，神刀會意圖治安。其餘小的幫派盟會更是不成氣候，縱是偶爾冒出個高手，亦不過是曇花一現。我一心致力將刀藝發揚光大，面對此景，怎不令人扼腕歎息。」

葉風心中暗歎，知道刀王已將刀看做是生命中最重要的事物，所以才會眼見刀道淪落，唏噓至此。

刀王眼視遠處：「再看江湖上幾位大家，明將軍的流轉神功、無語大師的閉口禪功、水知寒的寒浸掌、歷輕笙的風雷天動和鬼失驚的摘心攬月都是手上的功夫，暫且不論；龍判官的還夢筆、蟲大師的量天尺、夏天雷的九霄戟、風念鐘的飛絮環亦均為奇門神兵，而北雪雪紛飛天縱之材，用的雖非奇兵，卻也是名為歸心的一把寶劍……」

那夏天雷為江湖第一大幫裂空幫幫主，蟲大師為專殺貪官的白道殺手，無語大師身為華山掌門，俱是白道上名動一時的人物，加上焰天涯中對抗明將軍的女俠封冰，合稱為「夏蟲語冰」，與黑道六大宗師分庭抗禮。

鬼失驚卻是獨來獨往被稱為百年最為強橫的殺手，已然收在明將軍府中。

葉風聽到了這許多名動江湖的人物，再加上刀王故意將北雪雪紛飛的歸心劍放在最後，話語中不乏尊崇，知道他已猜出為自己打通經脈無私傳功的正是北雪雪紛飛。

一念及這平生最敬重的人名，葉風心潮澎湃下放聲長嘯，聲震穹隆山中，足足有半柱香的時間，方才收聲。

刀王看著葉風豪情沖天，眼露欣賞之色。

葉風長施一禮：「小子一時情難自抑，請前輩繼續說下去。」

刀王面含微笑，毫無不悅之色，渾若無事地繼續道：「武林中名頭稍響的門派中，海南落花宮的飛葉流花屬於暗器，無雙城的成名絕技是為補天針。就如江湖上最為隱秘的四大家族，諸如點睛閣的醉歡掌、翩躚樓的折花手、溫柔鄉的纏思索和英雄塚的霹靂功，亦都不是以刀成名的武功。是以縱觀茫茫江湖上，單以刀而論的英雄，便只有老夫與你了！」

葉風謙然一笑：「能得刀王如此推崇，葉風無悔矣。」

刀王眼見葉風不卑不亢，淡然自若，又是一陣放聲長笑：「所以你現在應知我為什麼要看你的刀了。不管有沒有將軍請我出山，這一看遲早都會發生。」

葉風胸中豪氣上湧：「我來忘心峰，便是要讓刀王看刀的，何況我也很想看看刀王的不老刃。」

刀王成名數載的刀正是名為「不老」！

刀王大笑：「哈哈，好小子，吾道不孤啊！」

葉風微笑，合掌為禮。

刀王笑畢。沉思、肅容、長歎：「只可惜這一看早了幾年。」

葉風問道：「晚幾年又會如何？」

刀王不答，冷然一笑，慢、慢、慢、慢地解下背上的刀。

是解刀，不是拔刀。

只見刀王先是將背上的包袱輕輕捧在手上，左手平端不動，右手一層一層地緩緩解開包在外層的油布。

那層油布已然陳舊，夾縫中還落有不少灰塵，看來已是有多年未打開了。

葉風瞳孔驟然收縮。

刀王的每一下動作都像是帶著一種奇異的節奏，似在嗚嗚作響的山風中擊打著節拍，低吟著、放歌著、舞蹈著……

刀王雖只是平平常常的幾個動作，可在葉風眼中卻看出了一種封王拜相般的莊重；抽繭剝絲般的細心；品竹調絲般的精緻；研墨揮毫般的瀟灑……

那已不僅僅是解刀，而是有一種將生命供奉於高堂殿宇般的虔誠！

布盡、刀現。

那把樣式古拙的刀仿若有生命般跳入刀王的右手，刀王執刀退開三步，目光鎖緊葉風，深深吸了一口氣：「你可知道這世間只能有一個刀王？」

葉風緩緩點頭。

那一刻的刀王瘦小的身軀驀然顯得高大起來，就像是那把不老刃給他注入了什麼魔力，但見他神情肅穆，眉目怒睜，衣袂飄飛，鬚髮皆揚，全身骨節格格輕響。

不老刃在刀王的手上彷佛重若千斤，一寸一寸地從腰間抬起，待得刀與胸執平，刀王抬眼望向葉風，目光如電般射來，一字一句地道：

「拔、你、的、刀！」

五、一刀一虛空

什麼時候的刀王是最可怕的？

當然是有一把刀握在刀王的手上時。

哪怕那把刀不過是一塊鏽了千年的凡鐵，哪怕那把刀不過是一柄不經敲折的木劍！

只要是被刀王握住的，就是一把千古神器！

更何況，現在刀王手中的是他威震江湖幾十年的「不老刃」！

刀光劃亮了陰沉的暮色，在瞬息間似乎整個天地亦為之定格，整個穹空亦在為之屏息。

什麼時候的葉風是最可怕的？

那是碎空刀尚未出鞘的時候。

不依常法進擊的碎空刀如果不出鞘，就根本無從知道其刀路、刀意、刀氣、刀勢……

沒有人知道乍出鞘的碎空刀會從什麼角度突然襲來，會從什麼地方一擊致命！

不出鞘的碎空刀能不能抵得住蓄滿勢道而全力出手的不老刃？

穹隆山頂上，江湖上最負名望的二大刀客相遇，誰能勝過誰？

那一刻在祝嫣紅的眼中是許多緩慢而動盪的碎片，暮色下的葉風與刀王就像兩道飄忽的影子，她睜大了眼睛，亦只能看到被電一般的刀光所照亮的身姿，越來越快，越來越急。

她想，要不是為了自己，葉風還會不會主動來找刀王？

然後她忽然擔心起來，不知不覺中淚水已然模糊了雙眼，最後凝固在記憶中的，便只有初見葉風時那爽朗的笑，不羈的眉眼，執刀立於風凜閣的樣子……

當不老刃雪亮的刀光劈面而來時，葉風沒有退讓。他的右手尚搭在碎空刀柄上，上半身卻急速地晃動著，就像有一隻無形的繩索將他在懸崖邊來回扯動，每每從間不容髮的縫隙中避開不老刃。

「好！」刀王一招勢盡無功，退回原處，讚道：「老夫稱雄江湖四十年，能刀不出鞘就破我一招的，你是第一人。」

葉風眉尖一挑，「刀王第一招三分力實七分力虛，我若是拔刀硬拚，只怕會引出無數後著，索性尋險一搏，何堪刀王如此稱道。」

刀王傲然道：「葉小兄你有所不知，二十年來我苦窮心智，創出七刀，此招名為『有間』，實為這七招之始，而你能看破其中刀意，從容避開，已足夠我誇你一句了。」

葉風一笑：「無刃入有間，看來我是在誤打誤撞上才破了這一招。」

刀王豪然大笑：「好一個碎空刀，好一個無刃入有間！我將這七刀喚做『忘心七式』，乃是我畢生刀藝的精華，只要你能接下這七刀，老夫立時便認輸了。」

葉風亦是大笑：「能與刀王力拚七招，正是小子夢寐以求。」

刀王大喝一聲，雙手緩緩舉刀向天，臂間就如挽了千斤的重物；可腳步卻是虛浮無根，就如踏在浮萍新雪上，落勁極輕。給人一種就要飛天而起，再凌空撲擊的感覺。

葉風眼露凝重之色，稍退開半步，右手仍是握在碎空刀柄上，卻仍是無意拔刀，而是純取守勢。

也不見刀王如何作勢，僅僅踏出一步就已倏然而至葉風的面前，不老刃在空中劃過一道弧線，閃電般迎頭劈下……

葉風再退半步，右手輕挑，碎空刀連刀帶鞘往下疾沉，卻是點向刀王踏前的右腳。

刀王大惑不解，若是讓葉風的刀鞘點實了，縱然可廢自己一足，可不老刃挾勢而來，只怕要將葉風劈成兩半！葉風這一招是何用意？

正思忖間，刀光一閃，碎空刀終於脫鞘而出，直迎不老刃，而刀鞘卻仍是飛刺向刀王的右腳……

刀王以左足為基點發力，身體就像一個陀螺般反向旋開，右腳正好避開碎空刀鞘，只是那劈頭而至的一刀也失了準頭，從葉風的耳邊斜滑而過。

刀王再度退到原地，面上驚喜相交，點頭道：「我倒從來沒有想過可以用這種方法破我這一招『兜天』。」

葉風猶感覺到刀王這猛烈的一刀從眉間髮稍前掠過的勁風，髮根亦被撕扯得隱隱作痛：「刀王這一招太過霸道，若是不以奇招破之只怕必要濺血而止。」

刀王眼視浮上天邊的一輪明月，靜默良久，方才發話：「你可知我那日在快活樓第一次見你的碎空刀時，有幾成把握可以勝你？」

葉風皺皺眉：「請刀王明示。」

刀王歎道：「那日你劈向點江山骰筒的一刀，由於我身在局外，旁觀者清，是以看得清清楚楚。那一刀力由心生，剛柔相濟，我實是半分把握也沒有。」

葉風低頭不語，靜等刀王的下文。

刀王轉頭眼望葉風，厲喝道：「不過我現在卻有九成的把握可以殺你，你知道為什麼嗎？」

葉風臉色不變，想了想道：「刀王可是怪我未出全力嗎？」

刀王搖搖頭：「在我的忘心七式的催逼下，沒有人敢不用全力。只不過用刀的人最重刀意，而你此時刀上全無殺意，在此動輒生死立決的時候，實與送死無異。」

葉風歎道：「葉風明知刀王對我愛護有加，實是激不起胸中殺意。」

刀王再喝道：「你錯了。若是你故意留手，我亦勢必不能將刀意使足，屆時只怕就是你我一同斃命於此！」

葉風渾身一震，他的刀法雖是無師自通，但悟之於自然天道，經刀王稍稍一點化，立刻就明白了其中的微妙。

刀王此語大有道理，若是葉風有退讓之意，刀王縱然能照樣毫不留情，但在這般情況下心中必有一絲不甘，刀勢亦會在不知不覺中消滅。若是與一般庸手對敵自是無妨，但遇上葉風這般同級的高手，如果不老刃擊中葉風，刀勢一挫下已然不能再敵住葉風中招後於本能下的反擊，那樣最大的可能便只會是兩敗俱傷。

只有對敵雙方盡出全力，若是真能拚個勢均力敵，才會在互相對峙的情況下漸漸化解對方的刀意，力爭求得不勝不敗之局……

葉風想通其中道理，心魔頓解，右手碎空刀平指刀王：「刀王盡可放心，尚有五刀，葉風必將全力一搏！」

刀王哈哈一笑，不老刃迅疾劈出。

這一刀又是與前二刀不同，刀勢輕靈飄逸，身隨刀走，刀路似流水般蜿蜒不盡，源源無窮，一刀就似化作了千百刀，從各個不同的角度旋劈而至。

在刀王連續數刀的催迫下，不老刃的刀意渾然一體，圓鈍無鋒，空氣中就像突然出現了一個大漩渦，而漩渦中心刀氣最烈處，正正對著葉風。

那一刻葉風的耳中全是不老刃尖利的呼嘯，眼中滿是不老刃凜冽的刀光，幾乎不能視物。

這看似輕靈的一刀，聲勢上卻是如此剛猛。

葉風被人稱為「刀意行空，刀氣橫空，刀風掠空，刀光碎空」，這種看似輕柔實則渾厚的刀路正是其所長，如今被刀王這般循勢攻來，一時卻也不知如何化解。

葉風大喝一聲，碎空刀往前急挑，全憑一股超然的直覺，以強對強，以簡化繁，以拙擊巧，變化五次後終於擊擋在不老刃的刀鋒上……

「噹」的一聲大震，交手三招來，不老刃與碎空刀第一次相碰。

葉風倒退三步，方才化去蓄滿刀王四十年功力的一刀，心口血氣翻騰，知道功力上比刀王差了不止一籌，若是其他對手還可用招數上的變化來彌補，但碰上刀王這樣招數上絕不遜於自己的刀術大師，實是敗面居多。

刀王原地端立不動，一股笑意從嘴角逸出：「你能在那千鈞一髮的時刻看出我這招『虛空』的最強處，以硬碰硬而化解，果是不枉碎空之名。」

葉風只覺得右手酸麻，若是刀王此刻強攻而來，只怕立時便要處於下風，知道刀王是故意給自己留隙回氣，苦笑道：「不瞞刀王說，此招『虛空』幾乎將我全身骨頭擊散了架。」

刀王卻像是看穿葉風的心思般泰然一笑：「你也不必妄自菲薄，我這三刀用盡全力，欲要再攻卻也是有心無力了。」

葉風心中震撼，也不答話，只是抱刀微施一禮。

刀王眼望天空漫天星辰，語出奇兵：「你知道什麼是美麗嗎？」

葉風愕然，再也把握不到刀王的心意。

到了此時，他已是全然處於下風。

六、一生一尋歡

祝嫣紅的聲音從側面響了起來：「美麗不過是一種流於表面的東西，所謂千古佳人、荷笠斜陽，最終都不過是紅顏悵老、青山遠歸，真正能在心中美麗永恆的，唯有刻骨的一剎記憶而已！」

刀王眼中掠過一抹悵然之色：「美麗從無實質，亦無標準，一切均是由心而感。正如俗世中的紅顏在佛道眼中無非一臭皮囊，而佛道眼中的徹悟通透對凡人來說亦是癡人說夢。」

祝嫣紅道：「按老人家所說，豈不是一切皆妄，一切皆空，這世上原沒有什麼美麗？」

刀王呵呵而笑：「每個人心中的美麗都是不同的，如我一生都在追尋著那刀道的極致，每當看到寒光冶冶，刀芒碎入虛空的那一剎絢爛，心中的感悟豈是局外人所能瞭解的。」

祝嫣紅奇道：「老人家心中的美麗就是如此簡單嗎？」

刀王對著祝嫣紅說話，眼中卻是緊盯著葉風：「為何要那麼繁複？春來冬去，花謝花開，亦只有一次最盛。含蕊待放時最是誘人遐思，待得怒放枝頭後，零落凋謝時，才驚覺一切不過如此，不外如是也。」

葉風心頭一震：「刀王的意思是人生並沒有完滿無缺，所追求的不過是那遙不可至的完美與盛極而衰間的一剎平衡？」

刀王含笑點頭，祝嫣紅若有所思。

若是此時尚有旁人，看他們談笑甚歡，無論如何也想不到剛才的凌厲拚殺、生死一線。

葉風心有所悟，他的刀法妙悟天機，純乎自然，卻缺少理論上的指點，而此刻刀王正是在逐漸引他踏上刀道的第一步。

刀王驀然動了起來。

但見他腳踩奇異的步法，似在花間草叢中穿插而行，左晃右閃，祝嫣紅看得眼也暈了。

刀王身法再變，瘦小的形體突然穩若磐石般停立不動，刀護胸間，目光炯炯望向葉風：「你且攻我一招試試。」

葉風一呆，刀王的身體看似隨意而為，無端而立，卻像是與整個穹隆山合為一體，自己面對的彷彿不是一個人，而是一座大山，欲攻無門。

刀王傲然道：「此招名為『無咎』，是將自己化身於無，化無為空，與天地同存。不是老夫誇口，若我純取守勢，天下能近我身的人不出五人。」

葉風心中一動，試著將自己的心神退出戰團，渾忘了自我的存在。

一種奇妙的感覺傳來，但覺雙足踩在地上濕漉漉的嫩草上，涼絲絲的感覺從足心傳上來，腳下的土地彷彿是有了生命的什麼活物，身體驀然充盈著無窮無盡的力量。

在不老刃的氣機牽動下，碎空刀斜斜揚起，在空中嗤嗤作響，卻是劈向刀王側身二尺的一片空曠處……

刀王一呆，葉風這猶若天馬行空般的一刀不露半分煙火氣，後著若隱若現，看似無用，但自己勢必不能任其展開刀勢，只得抽刀往上迎去。

葉風的碎空刀突然上挑，刺向刀王的咽喉，自然而然，就似原本就是要擊向對方的咽喉。這一刀引發了「無咎」的無窮後著，刀王大喝一聲，一腳踏前，刀光直劈而下，看其勢道必能在葉風擊中他之前先斬到葉風。

葉風一擊即退，心神恢復平常。

對戰幾招來，這尚是葉風第一次掌握主動，而刀王的這一招「無咎」中固若金湯的防守已然被化解。

刀王大笑，刀光循著葉風的退勢追擊而來，口頭猶是叫道：「痛快痛快。葉小弟天資之高，老夫平生僅見。且再看這一招『凝變』。」

刀王這一刀卻是古怪，不老刃攻至葉風身前時，驀然放緩一線，卻不收招，而是任由刀力將發未發，刀勢欲斷未斷，靈動至極。充滿了海闊天空、遊刃自得、自由寫意、不沾塵埃的超脫意味。

葉風但覺四圍似是布下了一層刀雨，自己就像是在刀海的驚濤駭浪中一葉浮沉的小舟，又似在龍捲風的風眼中心，雖然海濤暴風尚未及身，卻是遠遠牽制著自己的一舉一動，就算暫時能保一時之安，卻也絕不能持久……

刀王身影在葉風周圍遊走不定，忽而出刀，卻又淺試即止，沒有一記虛招，卻也沒有一刀將勁道用老，刀意緊鎖葉風不放，口中喝道：「虛實相間、動靜相間、斷續相間、擊伏相間，正為此招『凝變』之精要，小子可明白了嗎？」

葉風聞言驚醒，加上刀王傳以身授，立時便掌握了此刀法「凝變」中的精義，可明白歸明白，如何化解此招卻仍是一籌莫展，當下只有抱元守神，苦苦防禦。

只見刀王的不老刃從四面八方攻來，葉風端立刀氣中心，見招拆招，身體就像釘在地上般巍然不動。

然而刀王的刀勢就若海浪奔騰沖襲到岸邊，縱然一條浪花激濺後消失在沙石之間，後一條浪花又緊接著追逐而來，無窮無盡。

更何況刀王每一招都不擊實，所耗功力極少，而葉風窮於應付下必是先一步力盡……

葉風凝神破招，腦海卻是一片清明。

如刀王所說，此「凝變」定是虛招極多，而自己只要尋到那虛實相間處，在刀王虛招用盡實招未發之際插刀而入，必能破得此招。

葉風幾次尋到刀王的一絲遲緩，卻知道那是刀王引自己出手發力的誘招，如何敢試？

而刀王的動作極快，刀與刀的間隙不容一髮，何處才是虛實相間的地方？

刀王的心中更是震撼，他封關於忘心峰上二十餘年，專致刀道，這忘心七式實是他畢生武學的大成，雖是只有七式，但其中變化萬千，比起天下任何一門刀法亦絕不遜色。

而現在堪堪第五式「凝變」已將使完，葉風卻是守得極密，縱然稍落下風，仍是未露半分敗相，單以刀法而論，自己實是不能占得半分上風。

刀王心中雄志大起，長嘯一聲，運起四十年的功力：「凝變」集結在葉風周圍的虛實之招全面爆發，就像是磨盤碾豆般往中心的葉風擠壓而去。

葉風但覺四面勁道突增，刀王所有的虛招驀然化實，那份強大的壓力幾欲令他吐血……

葉風終於移步了！

這一步似有龍虎之勢，雄姿勃發，這一步在對戰雙方稍觸即發的空隙中昂揚而出，隱然有氣吞山河之勢。

刀王眼中神光一現，這一步正是符合「凝變」中動靜相間的意味，饒是以他之能，亦不得不稍退小半步，好保持對葉風的最佳攻擊距離。

葉風終於抓到了刀王虛實相間的刹那，碎空刀劃空而出。

他知道只要能與刀王一刀接實，縱是自己功力遠及不上對方，但兩刀相交的那一絲頓挫已足夠脫出這招「凝變」的包圍了。

在刀王的點撥下，在不老刃的重壓下，葉風的潛能俱被激發而出。

這一刀懷著橫貫長空一往不回的氣勢，已是他武功的極致。縱是以刀王之能，若不是鏖戰多時，精、神、氣都達到顛峰狀態，只怕亦無法抵擋這被置之於死地時方才引發出來、破釜沉舟、玉石俱焚的一刀……

刀意行空，刀氣橫空，刀風掠空，刀光碎空！

碎空刀這一刀劈下，是不是就能分出勝負，甚至分出生死？

這一刀……

竟然，竟然全擊在空處！

刀王貫滿的勁力在一剎那全然消失不見，剛才的作勢竟然都是虛招！

葉風全力的一招擊空，再也把不住勢子，往前多衝出半步，心叫不好，而這一刻，他的身形已被刀王帶動，幾乎失去了平衡，再無一絲還手之力！

不老刃就像一道來自遠古窮荒的符咒般從天而落，徑直劈向葉風的天靈……

祝嫣紅本已看得心驚肉跳，此時再也忍不住悸呼一聲，雙手捂住了眼睛，似乎這一切只要看不見就不會發生……

良久。

祝嫣紅聽得刀王滿懷疲倦的一聲歎息：「這一刀是忘心七式的第六招──『尋歡』！」

祝嫣紅慢慢挪開雙手，她會不會看到葉風頸折頭斷的慘況？

她一狠心，努力睜開了眼睛……

然後，她看到了一幅終身難忘的景象。

那一瞬間的景象是如此深深深深地印在了祝嫣紅的腦海中，交織成一片惘然，就像一場繁華殞落，散盡成煙，一切都不過是幻滅的佈景……

她大大張著嘴，驚呆了！

第七章 水龍吟

——斷崖千丈孤松，掛冠更在松高處。平生袖手，故應休矣，功名良苦。

一、一語奇突 揖別舊日樊籠

刀王擎天而立，弓步前衝，雙手握刀下劈……

他的面容如經了千年的風霜，在星輝的照耀下，在月夜的掩映下，泛出一種古拙的青白色，手腕上脈絡盡顯，青筋迭露，就如一尊化石雕像般屹立在山崖邊，狀若天神，威武雄奇，不可一世！

而他手上的不老刃凌厲的去勢，卻正是劈向葉風的頭頂！

不老刃在觸到葉風頭頂的那一瞬間停住了，葉風的束髮金簪被沛然無匹的刀氣劈為兩半，尚被刀勢緊緊壓逼在頭頂上；還未完全化去的刀氣吹得葉風已散開的頭髮向後披灑著、飛舞著，蕩在漫天星辰下，映在霹靂刀光中。

更可怖的是刀王雖是靜止不動，但那一股滂然而下的重壓之勢，卻幾乎像是要把葉風深深深深地釘入地下。

葉風一臉死灰，頭痛若裂，這一生從未有過一刻是如此地接近死神。

刀王雖是及時收刀，但那挾勢而來的刀意已然劈中了他，若不是頭上的金簪化去大半刀氣，只怕他再也不會看到這茫茫星光。

「我……敗了！」葉風喃喃道，直承失利的沮喪令他萬分痛苦，出道以來從未敗過的碎空刀終於敗了，而且敗得如此之慘。

就在這短短的幾天中，葉風先是在五劍山莊的後花園中受挫於那個神秘人，已然在他心中留下了深深的陰影。而此時再敗於刀王之手，一貫堅定的信心在頃刻間土崩瓦解，再也無法恢復過來。

刀王深吸氣，收刀，靜立不動。

葉風頭上的兩半金簪失去了不老刃的壓力，叮然落地。

葉風呆呆地看著刀王雄偉的身姿，腦中一片空白。

什麼報仇大計，什麼笑傲江湖，什麼鮮衣怒馬，什麼意氣揚揚。所有的美麗不過是一場人生的鬧劇，只要適才那一刀再多劈下半分，只要那一刀再少留些餘勁……

好一招「尋歡」！

或許，人生不過就只是那一場不問結果的尋歡，歡倒盡頭，仍是遍尋不至！

隔了良久，刀王輕輕問道：「何為性情？」

葉風茫然抬頭，見刀王一臉蕭索，毫無半分得意之情，目光如一支刺透他心臟的長箭般瞬亦不瞬地釘著他，驀然間便是渾身一震。

少年時的艱辛悲苦與理想豪情在剎那重新回歸，他已不是碎空刀葉風，他只不過仍是那個身懷血仇、用鏗鏘宣洩喘息、用囂張毀滅狂熱的慘澹少年……

葉風眼中射出痛苦的神色，大聲嘶叫著：「何為性情?!我管他什麼是性情、什麼是名利。我不要看別人的臉色做人，我不要我的親人在我面前死去而無能為力，我不要整日在荒漠上東躲西藏像一條狗，我不要一面用小刀在腿上刻著『報仇』一面痛罵自己的無用。我要做一個用刀說話的人，我要一個公道的世界，我要那些對我毀家滅族的人付出代價……」

葉風雙腳一軟，半跪在地上，頭上大滴大滴的汗珠在近於瘋狂的崩潰中迸泄而出，墜入黑黃的土地中……

他二十年來苦修武功，經過了那麼多旁人無法想像無法體會的艱辛磨難，支持他的唯一信念就是報仇！

而直到此刻，他才知道自己一向引以為傲的武功在真正的高手面前亦是脆弱得不堪一擊！

而他真正的敵人、真正的仇人的武功更是無法望其項背！

刀王那一刀不但擊碎了他的鬥志，亦擊碎了他的身心！

祝嫣紅再也忍不住奪眶而出的淚水……

那一刻，她彷彿親身感受到了葉風心中深不見底噴薄欲出的痛楚，曾經那麼爽朗泰然的笑聲已如過眼雲煙般再不可聞，那麼堅定固執的信心在此時徹底崩決……

剎那間她忘了如今生死未卜的丈夫雷怒，忘了一直在心中隱隱牽掛的兒子小雷，忘了曾是暗暗妒忌著的「笑容淺淺身影纖纖」的沈大小姐，忘了自己臉上那一道只怕永難痊癒的血淋淋的傷口，忘了日後應該何去何從……

可她還是記得初見他時滿堂沉鬱中唯一明亮的笑容，還是記得他伏下身軀將灶底的火徐徐吹燃的瀟灑英姿，還是記得他見到無名的刀下自己一臉血污時充滿著忘形與怯然的關切，還是記得擊退歷輕笙時他手腕上蜿蜒流下的赤紅……

這一刻，就在葉風從生死線上掙扎而出的這一刻，就在葉風流著眼淚滿面死灰、幾無餘勇面對人生的這一刻，祝嫣紅終於知道了自己是多麼在乎這個像個孩子一樣哭泣著的男人，她的心在為他而疼、為他而裂、為他而熬煎。

如果可以，她願意為他去承受那雖未奪去他的生命卻奪去了他所有鬥志的一刀……

只要，只要他還能笑得那麼燦爛，那麼明亮，就像初見他那一日絢然的陽光！

這一刻，她就知道，她愛上了他，在他承受一生中最大的失敗時！

刀王仰天長歎：「仇恨啊！是不是非要以血洩憤才能完成？」

葉風猛然抬頭，目光如火一般燃燒去殘留的淚痕：「你不是我，我的仇恨只有用血才能清洗！」

刀王冷笑：「你也不是我，不然你現在不會這般窩囊，跪在地上等死！」

葉風眼中魔意漸盛：「我終有一天會擊敗你，擊敗我所有的敵人！」

刀王一把將葉風從地上提起來，一字一句地道：「要想擊倒敵人，先要自己站直了！」

葉風再是痙攣般的一顫，刀王的話如醍醐灌頂般令他如夢初醒。

葉風緩緩站直身體，一指一指地扳開刀王抓在他衣襟上的大手，眼中迸出火光：「我能站起來，用我自己的力量。」

刀王長笑，一指崖邊：「你看，這些草木縱然經過風吹雨打，縱然經過幾百代的榮枯，最後總會留有一片迎風挺立！」

葉風循著刀王的手勢看去，長吸了一口氣，漸漸恢復平常。

他能忍，他已經忍了二十年，他還可以繼續苦練二十年，直到他的刀再斬下仇人的頭顱……

刀王道：「你可知道我剛才為何要拚盡全力，不顧損耗真元亦必要讓你敗這一場？」

葉風訝然抬頭，卻見刀王似是驟然老了好幾歲，才知道這一戰刀王勝得絕不輕鬆。

刀王緩緩道：「我不過是要你知道，既然敗過一次，便再無所懼！」

敗過一次，再無所懼！

當你履險若夷地走過了嵯峨長崖，當你搖搖欲墜地經歷了險死還生。當你將擊倒自己的重挫踩踏在腳下、重新站立起來的時候，你還有什麼值得畏懼?!

所以，才有了臥薪而嘗膽。

所以，才有了置死而後生！

直到此時，葉風才終於明白了刀王對自己的一片苦心！

刀王似是陷入深思，長長歎了一聲：「我似你這般年紀時，亦是不知天高地厚。以為一刀在手，馳騁江湖，快意恩仇，直到遇上了他，才知道天外有天，人外有人。武學之道，浩瀚無盡，縱然窮一世之心力，亦未必能一窺至境……」

葉風沉聲問道：「他是誰?!」

刀王眼中掠過一絲複雜的神情：「除了天下第一高手明宗越明將軍，還能有誰讓我嘆服至此！」

葉風心頭一緊：「刀王方才說此次出山是應人之邀，是他嗎？」

刀王道：「是水知寒傳他之命。」

葉風冷哼一聲：「他本可直接找上我，何必要讓刀王出山？」

刀王歎道：「你錯了。我這一生快意恩仇，卻只欠過他一個人情。他亦知道若是不找個機會讓我回報，我必是耿耿於懷，鬱志難解，只怕還會影響我在武道上的修為。」

葉風冷笑：「刀王似是對他毫無敵意？」

刀王正容道：「他是我這一生最感激的一個敵人！」

葉風訝道：「敵人也可以感激嗎？」

刀王道：「武學之荊途，不破不立，若不是有個如此強橫的大敵，我亦創不出這忘心七式了。」

葉風心中有所感應，想法脫口而出：「不錯，要不是有此強仇，我亦不會練就今天的武功。」

刀王大笑：「葉小兄是否想在武道上再進一步？」

葉風剛才話一出口，已是有了一絲悔意，聞言不答，只是緩緩點頭。

刀王笑容突收，一指祝嫣紅，對著葉風問道：「你喜歡她嗎？」

葉風心神狂震，何曾想過刀王於此時石破天驚般問出這樣的問題。不由側頭看向祝嫣紅，但見她嬌豔容顏上閃過一絲猝不及防的慌亂，垂首不語，頰側尚掛著殘存的淚漬……

刀王似是毫無留意到二人的驚慌與尷尬，再問向祝嫣紅：「祝姑娘你是否喜歡葉風呢？」

祝嫣紅身軀微微發抖，驀然抬起頭來，眼中表露出一種異樣的堅決，冷靜的聲音在空中娓娓飄散：「嫣紅適才見到葉公子遇險，心神激蕩難抑，在那一刻嫣紅就突然明白了一切。老人家既然發問，我只好實言作答，雖明知有違婦道，嫣紅卻也知道心中實是牽掛著葉公子……」

刀王再度暢懷大笑，聲震雲霄，彷彿已然洞察了所有紅塵世情。

二、二音震谷　嘯望天涯長路

穹隆山上，忘心峰前。

氣氛竟是如此的微妙。

葉風萬萬沒有想到祝嫣紅會在刀王面前直承心事，登時手足無措。

反倒是祝嫣紅輕拂晚風吹亂的秀髮，意態從容。

刀王眼視祝嫣紅：「你如此坦白，不怕被世人嘲笑嗎？」

祝嫣紅昂然答道：「嫣紅蒲柳之姿，明知配不上葉公子。但所謂人有竅要，心有所思，我既有所思，為何不敢坦白？何況我與葉公子間冰清玉潔，及禮而止，世人有何資格嘲笑我？老人家剛才既然說起人生的美麗無恒，稍縱即逝，與其待得百年後痛悔終身，不若及時坦露心音，縱執迷沉陷亦是無尤無悔，哪還管得了旁人的譏笑訕語?!」

便是以刀王對世情的洞悉明察亦料不到自己的一句問話會引來祝嫣紅這番回答，聽得癡了。看到葉風亦是一臉迷茫，呆呆盯著祝嫣紅，就似是初次認識她一般。

祝嫣紅轉身朝山頂上那小茅屋行去：「嫣紅言盡於此，現在夫君生死未卜，不便與二位多言，失禮莫怪！」

葉風與刀王一直呆看著祝嫣紅步入茅屋中，失愣了半晌，刀王方才喃喃歎了一聲：「如此女子，如此奇女子啊！」

葉風默然不響，但他的心中已如海潮般翻騰洶湧，諸多念頭紛遝而來，卻是一句話也說不出來了。

刀王長吸一口氣，盯住葉風：「你可知我忘心七式的由來？」

葉風心中正是不知如何是好，既是希望刀王多提起幾句祝嫣紅，又是希望能及時轉開話題，一時心中患得患失，茫然若夢。聽刀王如此問，隨口答道：「所謂忘心，自是有種先避情於世、方得成大道的意思吧。」

刀王道：「你只說對了一半。我尚未窺天道，實還做不到忘心，但經這幾十年的參悟，我卻終於明白了要忘心先要忘情，要忘情先要移情的道理……」

葉風神志略有些清明了，喃喃道：「尚未種情如何移情？」

刀王肅容道：「葉小弟此言差矣。人生在世，非是草木，孰能無情？人有七情，喜怒哀樂仇怨悲歡何不是情？如你這般自幼立志報仇，幾十年念念不忘，種情之深，豈是他人可比?!」

葉風終於恢復常態，失笑道：「刀王的意思莫不是讓我移仇情於感情上？這種事亦可勉強麼？」

刀王大笑：「我非是勉強你，老夫這一輩子看了多少人物、多少風流，若還看不出你對祝姑娘暗種的情根，豈非是白活了這一把歲數？呵呵，久聞你與落花宮的大小姐交好，此刻亦正合移情之意。」

葉風被刀王弄得哭笑不得，自己與沈千千實是江湖閒言碎語生造出來的一場誤會，縱然沈千千有意，自己卻是未必有心。當下咳了一聲：「刀王莫要誤會。再說雷夫人與我相見亦不過數天，雷怒若是果真不幸身死，我……」

刀王打斷葉風的話：「你心中可鐘意祝姑娘嗎？」他倒是堅持以祝姑娘相稱祝嫣紅。

葉風一時語塞，自問其實對祝嫣紅不無情意，但她早為人婦，於情於禮都是說不出口。

刀王冷笑道：「枉你一個大男人還比不上婦道人家的爽快。」

葉風大急，脫口道：「就算我承認喜歡她又如何，她早是名花有主，我更是應該尊她一聲嫂子才對……」

刀王眼中目光閃爍，雙掌互擊，再緊緊交纏在一起，彷彿痛下了什麼決斷：「這便行了。世俗禮法於我來看全是一紙空文，別說雷怒已死，就算雷怒不死，一紙休書便什麼事也解決了。只要你不嫌她，旁人怎麼說又干你何事？」

葉風心中怦然意動，嘴上猶是囁嚅道：「可我身懷血仇家恨，原本不應身陷情海，誤己誤人……」

刀王咄然大喝：「你有家仇又如何？她已嫁人又如何？誰說英雄就無兒女情長？是頂天立地的漢子更要把握苦短人生的每一刻歡娛。大丈夫立身於世，所求的非名非利，便只是那一份滾湧於胸口的痛快！」

刀王的聲音猶如當頭的一記棒喝，葉風貯滿胸中的血氣豪情再也抑制不住地翻騰上來，握拳大喝：「對！葉風苟存於世間，不為名利，不求聞達，哪怕驚世駭俗，哪怕為人不齒，要的也就是這兩個字——『痛快』！」

刀王見得葉風豪勇復生、鬥志重振，雙眼間閃過一絲欣慰，忍不住放聲長嘯。

葉風心結已解，聞聲意有所動，亦是長嘯相應。

一聲雄渾，一聲朗越，在穹隆山中激昂迴響，良久方始散去。

刀王按下如火情懷，沉聲道：「水知寒武功既高，為人又能屈能伸，心思縝密，極是難鬥。他既知你來此，必不會甘休，我雖讓散復來轉告他十日後再來此處，但以水知寒的心計，雖是不願直接違背我的意思，必也是遠遠派人守住穹隆山各個出口，你可想過脫身的辦法嗎？」

葉風點點頭：「水知寒怎麼也料不到刀王會對我如此眷顧，更是以為我有雷夫人這個包袱，必然輕敵。加上穹隆山雖然不大，但分兵圍山其力單薄，就算水知寒、歷輕笙親至，我也有把握尋隙而出。」

刀王見葉風重拾信心，輕拍他的肩膀以示讚賞，卻又擠擠眼睛：「你叫祝姑娘叫嫣紅都好，可不要再叫雷夫人了，哈哈。」

葉風臉上微紅：「我正是有些不放心她……」

刀王道：「你可以把她留在我這，屆時我親自送她回娘家，過些日子你去嘉興會她好了。」

祝嫣紅的父親江南大儒祝仲甯正是在嘉興。

葉風暗下決心，想到縱然自己未對祝嫣紅動情，就憑雷怒慘遭身死，日後亦要好好維護於她。

刀王似是看出了葉風的想法：「先不要去管那許多事，我知道你還惦記著要去救沈千千，但她身為落花宮少宮主，借水知寒天大的膽子也不敢冒犯，最多就是扣留著她引你入彀。」

葉風緩緩點頭，知道現在生死關頭，必須放下一切，才有望練成武功。

刀王笑著安慰道：「到時我們新老刀王一齊出馬，你在明我在暗，就算沈姑娘落在明將軍的華燈閣也能救出她來。」他竟然已封葉風為新刀王，聽得葉風搖頭失笑。

葉風心神放寬，卻想起一事：「明將軍要是知道刀王放過我，又會如何？」

刀王豪笑：「明將軍心意難測，就算他知道又能如何，大不了再鬥一場好了。不過老夫可不是要放碎空刀一馬，而是要你真正擊敗我，從容而退，那樣我也不算有負明將軍所托。」

葉風抬眼望去，見刀王一臉慈愛看著自己，目光中滿是期待，心頭一震。

刀王道：「你可知我為何冒險非要將你留下十日嗎？」

葉風垂頭尋思，已有所悟，卻是在心潮起伏下一個字也說不出來。

刀王緩緩續道：「我便是要你在這十日之中忘記你的深仇大恨，移情於祝姑娘。等你悟通我的忘情心法，再接下甚至擊敗我的忘心七式，你就可以下山了。從此後任憑天空海闊，再也無人能小覷於你。」

葉風眼眶一熱：「刀王放心，葉風定然不負重望！」

刀王手指那根直通往霧靄深處的鐵鍊：「對面沿鐵鍊過去十餘丈便是一座無名山峰，四面懸空無路，唯有從此鏈才可回到忘心峰，那便是我練功坐道的地方。我已備下了足夠支持一個月的清水乾糧，這十日你便與祝姑娘去那裡吧，不過可要用心學我的忘情大法，十日後若是還不能接下我的忘心七式，便乾脆在這等死好了！」

葉風眼望鐵錬盡處，迷霧層層圍繞下，饒是以他的目力竟然也不能看出對面的玄虛來，知道那裡定有刀王留下的對武學刀道的慧悟心法，這份大禮可是十足珍貴。

刀王欣然道：「這十日我便留在此處給你做個護花使者，縱是水知寒與歷輕笙齊來，我也不會讓他們討得好去。」

葉風心知刀王恩重，喉頭一哽，千言萬語亦難說出半個字來。

刀王見了葉風的樣子哈哈大笑，手掌重重拍上葉風的肩頭：「老夫這二十年來眼見刀道淪落，一直是鬱志難解，卻從未有過今天這般的痛快！小子你可知你雖惜敗於我手，卻令我彷佛見到了日後如何重振刀道笑傲江湖的碎空刀，足慰老懷矣！」

葉風心懷震盪，只覺面前這個老人對自己實是有再造深恩，忍不住熱血翻湧，倒身下拜。

刀王側身避開，竟是不受葉風一禮：「你且莫拜我，難道要我自認刀王秦空的氣度比不上雪紛飛那老兒嗎?!」

葉風一呆，胸口猶若被灌入了一大碗暖暖的老酒，一身的熱血都沸騰了起來，鼻子一酸，淚水再也止不住奪眶而出。

刀王抬首望天，似是對葉風的動容視若不見。胸口卻亦是急劇起伏著，雙拳緊握，就像是在痛下什麼決心般，口中猶是大笑道：「你小子不是叫過我一聲秦兄嗎？再叫一聲試試，哈哈哈哈……」

三、三滴珠淚　好夢留人安睡

刀王憑立山崖邊，滿面傲寒，靜靜看著葉風重又負起祝嫣紅，一步步踏上那條鐵鍊，慢慢消失在視線中。

似有似無的歎息凝固在他胸口，欲吐還收的聲音徘徊在他唇邊，卻終於化為一眼的暗啞顧盼，投向惟餘天地……

葉風負著祝嫣紅踏上了那根細長的鐵鍊。

夤夜深沉，天空渾濛，鐵鍊刺穿青穹的野渡，秋寒掐滅山火的餘溫。碧澈蒼鬱中，荒野青草間，摎指斷痕裡，這一剎盡皆獨步於記憶……無常的命運是否必有這一次無怨的重合？

他的心裡再無傲世的驕橫、沸揚的仇焰、失血的慘澹、殆盡的野性。唯有暴風醉眼中天堂的餘韻、嫵媚招納裡精緻的誘惑。

赤臂與素手相握，一任乳霧在腳下繚繞；一任夜鳥在耳邊哼唱；一任嵯峨險崖的猙獰竊笑；一任萬丈深淵的偷眼沉淪……

他……掩閉視聽，只是一步一步穩穩地踐踩在山風晃蕩中，如同踏上一條毅然難返的不歸之路。

她……關上睫門，只是一次一次讓心跳激揚於鉛帳低空下，猶若慢弄輕撥流火歲月的箜篌之弦。

情懷在灰煙中呼吸，在市聲中躑躅。

逆風與漩流共合謀，在眼界中清瘦。

這一路，好長！

可就算蒼黃的故事被風掀過之後，誰又能忘得了這一刻放任心音的呼鳴，這一刻放膽縱情的囂張?!

鐵鍊不過十數丈，終至盡頭。

葉風放下祝嫣紅，二人並肩立於山崖邊，不由回頭望向來路。

但見夜色沉沉，山霧縈繞，再不見對面忘心峰上的刀王，唯有夜幕在眼中層層翻湧，山風在耳邊嗚嗚轟鳴。

二人回想適才在那根細若小指的鐵鍊上，那牽扯一線的忐忑情思溶盡夜色中，沉澱晚風裡，恍然若夢。兩顆撲騰亂跳的心臟便如掉入了一杯濃濃的蜜汁中，既是甜得暢快，又是滯然欲停……

這短短的十數丈，便若是已踏過了人世輪迴的數載春秋。

那無名峰頂不過二丈見方，一座青石小屋靜靜佇立著，雲鎖霧蒸下，宛若一個與世隔絕的小天地。

祝嫣紅剛才雖是在忘心峰頂的小屋中，但夜深谷靜，對葉風與刀王的對話聽得一清二楚。得知葉風亦是直承歡喜自己，心思恍惚下，既覺得配他不上，卻又有著初戀情懷般的欲捨難離，心事全被這薰然晚風吹得凌亂飄零，俏面上早是一片酡紅……

經過這一路來與葉風的生死相依，心懸意通，什麼教義禮法似乎都不再重要，這多年的幽幽怨懟似乎全有所值，兩滴情淚終於衝破眼眶的羈絆，堪堪丟在胸前……

葉風心有所覺，偷眼望去，但見祝嫣紅一張側面似嗔似喜，本已嫣紅的臉更是紅得通透，在夜色的掩映下清麗不可方物，偏又有兩滴珠淚盈盈欲落，忍不住心頭一緊，雙拳輕握……

祝嫣紅此刻方驚覺到一雙纖纖素手仍在與葉風相握，心頭一震。這才記起自己早已為人婦的事實，再不是從前無憂無慮的垂髫少女，更何況乍聞丈夫雷怒的死訊，此刻因情醉而忘形實是大大的不該，連忙從葉風掌中抽出手來，顫聲道：「嫣紅未亡之人，實難堪公子錯愛。只盼能助公子練功有成得報大仇，心願已盡。」

一股沖天豪氣夾雜著似水柔情直撞入葉風的胸口：「葉風原本只是一流落天涯的浪子，只知快意恩仇，不懂溫柔滋味，憂苦實多。這幾日與你有緣相處，更能得佳人垂青，方知人生亦有快樂。刀王說得對，人生便猶若星升月落般美麗無常，我不過是一介武夫，自幼便少有人教我什麼大道理。只知道人生在世，跌宕浮沉，有多少想做的事都是不可能做到的。唯求此生靜好、現世安穩，牽子之手，與子偕老，放任一把痛快，此生更有何憾！」

葉風這段話語意鏗鏘、擲地有聲。

祝嫣紅望著他凜傲不群、生死不渝的風概，心中激起滔然巨浪。但覺人生如絮搦風，如萍凌渡，一般的隨波逐流，載浮載沉，百年之後，哪還顧得什麼俗塵嗔怒，若能與他相依一世，守住靜好的此生，呵住安穩的現世，更有何求？

祝嫣紅靜默半晌，痛下決心般幽幽道：「公子莫要說了。待得你神功大成，嫣紅便自回家為夫服喪守節。日後公子若無嫌棄，可到嘉興來會，嫣紅雖是蒲柳之姿，亦願薦枕席。」

葉風胸口劇震，祝嫣紅如此明示心跡，更是深恐有損自己的聲名，這才寧可不顧江南大儒千金小姐的身分，暗示他並不需明媒正娶，實是對己種情極深。心中感動，再次抓住她纖纖柔荑：「葉風再不識好歹，也知道嫣紅對我的一片深情。何況剛才聞得刀王言語，世俗禮教都是一紙空物，我才不會將閒言碎語放在心上……」這尚是他第一次直呼她的名字「嫣紅」。

祝嫣紅輕掙了一下，亦由得葉風牽住自己的手，歎了一聲：「莫忘了你尚身負血恨家仇？」

葉風揚聲長笑：「你若是擔心你父親不肯見諒，不若陪我去塞外，我可先將你安置在攬幽谷，屆時得報大仇再來接你，日後並轡馳騁大漠草原中，再不問江湖仇殺。」

攬幽谷正是北雪雪紛飛所在之地。

祝嫣紅低頭不語，適才情懷激湧，脫口說出心中對他的一份情誼。此時方想起家中的年事漸高的白髮老父，不過三歲的呀呀孩兒，自問如何能灑脫地陪他去塞外，縱是老父見諒，孩子又怎能抵得住塞外苦寒……

但這一切卻又何忍明告葉風，一時柔腸難解，心知前路茫茫，唯有先放下一切，助葉風練成神功，亦算給他一個交代……

葉風哪知祝嫣紅心中這諸多的念頭，見她垂首不語，只當她已默認。心中高興，牽她來到那青石小屋邊，笑道：「且先猜猜這裡面有什麼？」

祝嫣紅強作笑容：「可不要只是一個蒲團，一面牆壁。」

葉風大笑，推門而入：「你當刀王是得道高僧嗎？」

屋內極是簡單，僅有一張石床，一副石桌石椅，角落邊擺放著一些乾糧清水，除此外再無他物。

祝嫣紅驚叫一聲：「竟然連鍋灶都沒有呢。」

二人同又想起那日灶邊引火的情景，一時相顧而笑，心中都是無限旖旎。

葉風眼利，先見到石桌上端端正正地放著一本書冊，劃著火石點燃桌上的明燭，拿起一看，封頁上四個大字——「忘心七式」。

想到日後若要想與祝嫣紅牽手同騎於塞外，必要先度得此時難關，當下更不遲疑，翻書而看。

但見書中密密麻麻寫滿了蠅頭小楷，且有各式圖樣，心中大喜。

葉風的內功傳自北雪，刀法卻是得於自己對天地間的頓悟，少的就是明師指點，現有了刀王幾十年慧悟的親授，自是大不相同。

祝嫣紅識趣不再多言，但眼見此處只有一張石床，若是二人獨處一室，雖是信任他，卻也心中忐忑不安。當下靜靜坐在石床上，心中思潮起伏。

葉風忽然驚覺，面上泛紅：「嫣紅且先安歇，我從小就習慣在野外露宿，便是去外面練功一夜也是無妨的。」微微一笑，轉身出門。

祝嫣紅聽得葉風說從小習慣在外野宿，心口不由一酸，想到他從小吃過的苦頭，又憐又愛，卻是無論如何說不出留他在室內的話，只得任他去了。

回想這些日子裡的擔心受怕，慘遭橫禍的丈夫，又是掛牽遠在嘉興的父親孩兒，柔腸寸結，幾不能寐。聽著窗外的風聲，又是掛念門外人的寒涼，直苦思到三更時分，幾日的身心勞累終於沉沉襲來，這才在迷糊間睡去……

葉風在石屋外盤膝而坐，抱元守一，按著刀王的「忘心七式」修習，在心中比劃著刀法招式，渾不知時辰早晚。

葉風功運數周天後，心中已是記牢了忘心七式的心法。

忘心七式雖只有七招，但變化繁複，博大精深處實不亞於任何一門大成的刀法，更有許多匪夷所思與常理不合之處。

好在葉風從未練過任何門派的武功，胸無成法，是以學起來事半功倍。但饒是如此，也不可能一夜盡通，只能將招式口訣與運功法門盡數記下，待得日後在實踐中慢慢領悟。

抬眼間方才發現，不知不覺中已是天色漸亮。

百思千慮湧上腦海，想到與祝嫣紅終於放下一切羈絆，直承心事，葉風心中不由一蕩。

從門縫中偷眼望去，但見合衣熟睡中的祝嫣紅不知做了什麼好夢，面上露出淺淺的笑容，而一顆尚未乾涸的淚珠卻還掛在臉頰上，泫然欲滴……

四、四海眼空　昂奮鐵馬赤鬃

忘心峰頂的小茅屋前，擺放著一張石桌，幾張石凳，桌上唯有一壺清茶，幾個茶杯。

刀王正端坐在桌邊，可他的掌中卻不是一杯茶，而是將不老刃抽出鞘中，端於手上細細察看。

刀有兩面，一面鋒銳，一面魯鈍。

人生在世，做的每件事情，下的每個決斷，是否亦如這一把刀，既可助人，亦可傷人？

十天之約轉瞬即過，現在已是第八天了。

這八天來他雖對葉風與祝嫣紅不聞不問，但心中卻實是牽掛。

凜冽的山風將他一頭白髮揚起，亦揚起了一懷心事。

他強迫讓葉祝二人真情流露，絕非他一向做人本性。

那日在快活樓見到葉風一刀立威，出手之巧，應變之奇，天資之高，均是生平僅見，早已動了傳功之念。約葉風來忘心峰，實是懷著一種複雜的心情，既希望他能領悟自己的忘心七式，再創神功，將刀道發揚光大；但如此一來卻又必是得罪明將軍，福禍莫辨。

自從明將軍二十五年前與京師神留派關睢門主包素心一戰後，流轉神功威懾天下，這數年都被穩尊為天下第一高手，縱有暗器王林青那一次名傳千古的泰山絕頂一戰，明將軍直承武功不及林青，但林青卻是在那一戰中橫死當場，反而更增明將軍在武道上的威望。

這些年來明將軍執意一統江湖，掀起了武林中的血雨腥風，許多追求名利的武林人士亦都投靠將軍府，現在連歷輕笙亦與將軍府結為聯盟，只有裂空幫等有限的幾個大幫會苦苦支撐著白道武林……

眼見武道未落，生靈塗炭，刀王心知無論是出於江湖道義或是武道修為，自己都絕不應坐視不理。

但刀王秦空雖是眼高於頂，但亦自知武功尚在明將軍之下，自己年事漸高，雖然經過二十年的苦心研究出了忘心七式，但能否敵住明將軍的流轉神功，卻是沒有半分把握。

葉風或許就是日後能制住明將軍的唯一人選。

可葉風年輕氣盛，終於因將軍令傳至五劍聯盟而遭將軍府的全力圍捕。而以葉風此刻的武功，縱使能逃過將軍府的追殺，亦難免會受到重創，日後在刀法上能否再有大成更是未知之數。是以刀王才在值此生死存亡之際，不得不出此下策迫其移情於祝嫣紅身上，務要葉風在十日內練成自己的忘心七式……

可自己二十年才悟出的忘心七式，葉風能在短短十天中掌握嗎？

更何況……

刀王忽有感應，驀然起立，眼視山道。

「二十年不見，秦兄別來無恙？」二人緩緩踏上峰頂，當先一人長笑道。

刀王聞言撫掌大笑：「龍兄這二十年蹤影全無，老夫整日掛念，安能無恙？」

來人約是六十餘歲，身形高大，容貌清雋，卻是虬髯滿面，豪勇無雙。竟然就是二十年前忽然消失於江湖與落花宮主同隱海南的「躍馬騰空」龍騰空。

身後跟著一位少女，雖是一臉輕愁，卻依是身影纖纖笑容淺淺，可不正是落花宮的大小姐沈千千。

龍騰空大馬金刀地坐在刀王對面，自顧自地再倒上三杯茶，緩緩道：「這二十年來，雖然無緣相見，但往日的交情卻是時刻不敢有忘。」

刀王舉杯而飲，想起歲月匆匆，轉眼間舊日時光已成昨日黃花，大家都已是白髮蒼然，心頭唏噓有感。

不待二人敘舊，沈千千搶先問道：「葉風可是在此？」

刀王心中暗歎，葉風此刻與祝嫣紅在一起，沈千千突然來此橫生枝節，不知是福是禍，只好點頭應道：「葉風此刻正在修習神功，一時不便與姑娘相見。」

沈千千大喜：「我們這一路來聽到許多傳言，有人甚至說他已被將軍府擒下，甚至當場戰死，現在可算放心了。」

龍騰空對刀王搖頭苦笑：「此時江南戰亂叢生，凶險至極，我本是想帶著大小姐立刻返回落花宮，無奈……」

沈千千搶道：「水兒尚未救出來呢，我們可不能這樣回去，實在不行便讓母親向將軍府要人。」

刀王亦是搖頭苦笑，若是落花宮主公然對將軍府宣戰，憑著落花宮的號召力，必能集結大批武林中人，只怕江湖上再無寧日。

龍騰空正容道：「將軍府已與枉死城聯手，我們必得從長計議。」

沈千千聞得葉風無恙，心中歡喜，一張繃了一路的俏臉早是雲開霧散，嬌笑道：「有什麼好怕的？水知寒與歷輕笙未必敵得住龍大伯與刀王，何況我們還有一個碎空刀呢。」

刀王輕歎一聲：「水知寒與歷輕笙倒還罷了，若是惹出了明將軍，只怕……」

一個聲音淡淡接道：「明將軍的武功真有那麼厲害嗎？」

三人轉頭，葉風與祝嫣紅並肩立在山崖霧靄中，曉風吹得衣袂飄飄，男的俊朗，女的嬌豔，直如一對神仙俠侶。

沈千千眼睛一亮，這一路上的掛念與委屈此刻全都重重翻騰起，淚水幾乎都要湧將出來，淒聲道：「葉大哥！」

葉風微微一笑：「我還想著應該如何去救沈姑娘呢，想不到你早已逃出來了。」

沈千千本想反駁自己是「殺」出來而絕非「逃」出來，但這些天來耽了許多的心事，此刻終又重見葉風，咽喉一哽，只是傻傻地望著這個「呆子」，什麼話也說不出來了。

刀王奇道：「你怎麼出來了？」

葉風垂手恭謹道：「有勞刀王無私相授，葉風已然悟得忘心七式的精髓。」

刀王大笑：「好！想不到我二十年的苦思冥想被你八日通透。我只是想不通，為何這麼傷我面子的事，此刻聽來竟是如此欣然呢？」

葉風眼中湧起感激之色：「刀王大恩，葉風終身難忘！」

刀王眼中悵意一閃而逝，大笑道：「我來給葉小兄引見一下，這位便是二十年前以七十二路騰空掌法和一張潘安玉貌名震武林的龍騰空龍老爺子，想當年落花宮主亦對他青眼有加，讓我們大是妒忌呀，哈哈……」

葉風這幾日與祝嫣紅相對，雖無越禮之處，但兩心相悅，舊日執迷報仇的心結早已淡薄，聽得刀王開龍騰空的玩笑，也不免少年心性，先是對龍騰空深施一禮，大笑道：「秦兄快快將龍老爺子的舊日軼事挑些有趣的說來。」

眾人聽葉風稱刀王秦兄，而刀王臉上一副哭笑不得卻又不無得意的樣子，俱是一呆，只有祝嫣紅知道其中關鍵，忍不住掩嘴偷笑。

沈千千大覺好奇，連聲詢問刀王。

刀王只得細細解釋，說到那一場忘心峰上的六招大戰，更是口若懸河，眉飛色舞，更加上葉風在旁邊的會心而笑，祝嫣紅又不時從局外人的角度插言解說，直聽得龍沈二人心中痛悔沒有早來幾天，錯過了這驚天動地的一幕。

龍騰空尚是初見葉風，但見其丰神俊朗，眼中神光忽隱忽現，顯是身懷絕世武功。雖是一臉滿不在乎的態度，神情裡卻是瀟灑不羈中又略帶一份薄薄的落寞之色，更難得沒有半分年輕人的驕狂之氣，說話甚有條理卻又不疾不徐，神態穩重而不乏鋒芒銳利，心中暗讚。

可他久經塵世，見到葉風與祝嫣紅有意無意間的眼神交匯，曖昧難言，不禁暗暗失驚，一時沉吟不語。

刀王說到得意處，忍不住大力拍著葉風的肩膀：「我這一生閱人無數，卻實是第一次見到葉小弟這樣的人物，年紀輕輕武功已趨大成，而且靜中有動，每每在平穩中屢有奇兵妙手，更是難得不驕不躁，靈機變通，假以時日，必是武林中的一個奇蹟。」

葉風謙然笑道：「若無秦兄的指點，葉風尚不知天高地厚呢。」

刀王瞠目以對：「好小子，真就叫我秦兄呀。」

龍騰空亦笑道：「葉小弟不用謙虛，你秦兄這老傢伙從不服人，今天破天荒地這一番稱讚，只怕才真是心中得意的不知天高地厚，哈哈。」

刀王再是一掌拍向龍騰空：「你這老不死的傢伙也敢開我的玩笑，來來來，讓我見識一下這些年你的騰空掌法有什麼進度，能敵住我的忘心七式嗎？」

葉風身處兩大絕世高手中間，卻依是不緊不慢，絲毫不見拘束：「忘心七式與騰空掌法是留給明將軍的，現在露了底豈不是讓敵人笑話。」

龍騰空再是一陣豪笑：「我這些年天天守在落花宮，無人練功試掌，手上幾乎都要長青苔了，明將軍若是來了，我才好一舒這些年的鬱氣。」

葉風雖對龍騰空的威名少有所聞，但先有聞雷怒對其的推重，此時再聽得刀王的言語，加上龍騰空相貌清俊，神態自若，對明將軍這樣的人物亦是毫無畏懼之色，心中欽服他的氣度，忍不住亦是放聲道：「明將軍是我的，秦兄與龍兄你二人就瓜分水知寒與歷輕笙吧！」

龍騰空再被葉風稱了一聲「龍兄」，先是一怔，旋即釋懷：「水知寒當然是我的，嘿嘿，我姓龍，他姓水，且與他奏一闋『水龍吟』，以壯我武林正道的聲勢！」

刀王故意苦著臉歎道：「算是歷輕笙倒楣，先是挨了一記碎空刀，又要接我不老刃，只是我如何好意思欺他舊傷未癒呢？」

龍騰空這才知道葉風竟然獨力擊敗了歷輕笙，忙再問起當時情景。

葉風想起那日與歷輕笙的一戰，心頭猶有餘悸：「歷老鬼的魔功果是厲害，先是趁著雨夜暗伏一側，再以揪神哭迷我視聽，最後用照魂大法懾我心智，這才發動風雷天動的爪功痛下殺手，伺機報他的殺子大仇。只是他料不到我根本不受他這些迷魂之術的影響，假意中彀引他輕敵發招，這才一擊破之……」

龍騰空大笑：「歷老鬼一向自譽武功詭秘，更是癡迷於懾魂邪術，這一次萬萬料不到葉小弟有如此堅強的心志，無功受創而返，只怕更是大大打擊了其在心境上的修為。我斷定以後六大宗師中歷老鬼已可除名了。」

葉風心中暗歎，想到自己年少時受過那許多非人的苦難，心志早已是練就得堅不可催。

刀王笑道：「將軍府這些年如此鋒芒畢露，橫視武林，但此刻碰上我們三兄弟連袂而出，亦絕討不了好。」

龍騰空大笑，順著刀王的語氣道：「不錯，這一次且看我們三兄弟的本事。」

他竟然也是以兄弟相稱小他幾近四十歲的葉風。聽得祝嫣紅與沈千千俱在心底偷笑。

葉風抬眼望來，二老均是對他一臉的期待之色，知道深恩難言謝，唯有緊握刀柄，振臂舉天以明心志。

三人六目相望，胸中俱是一份氣吞山河的鐵馬豪情，心想就算是將軍府大兵齊至，明將軍親自出手，只怕亦有一拚之力，不由齊聲大笑。

沈千千見葉風與龍騰空一見如故，心中歡喜。她女兒家畢竟面薄，不好直接對葉風說話，只得先找上祝嫣紅：「祝姐姐這幾日可是擔驚受怕了吧。」

祝嫣紅這幾日與葉風終日相處，一顆芳心早是千纏萬繞在他的身上，此刻乍見沈千千，一份自卑突然湧將上來，更是覺得對沈千千有愧於心，雖是不好明說，亦只得話中有話的淡然道：「事由天定，多想無益。嫣紅一介嬌弱女子，不求為報夫仇，只想安度餘生，再無他求……」

沈千千奇道：「雷大哥又沒有死，你報什麼夫仇？不過，哼！……」

忽然驚悉雷怒尚在人世，葉風與祝嫣紅心中劇震，面色齊齊大變。

葉風轉眼望向刀王，滿腹問話在喉邊徘徊良久終是一句也說不出來。

但見刀王揚首望天，適才的一臉笑容忽變得冰冷：「我早說過，忘心七式若要大成，移情後尚須忘情，你現在可懂了麼？」

五、五味心事　更與誰人訴說

葉風見到刀王神態，心神震盪，顫聲問道：「前輩竟是早知此中緣由嗎？」

刀王臉上泛起痛苦之色：「若非如此，怎能讓你悟通忘情大法。」

葉風瞧向祝嫣紅，但見她雙唇緊抿，一臉惘然，似是在為雷怒尚在人世而欣然，亦像是在為這驚天巨變而黯然神傷。

龍騰空精通世故，早已看出了端倪，沉聲道：「秦兄亦是為了葉小弟好，不然在此四面受敵的境地裡，若不早日練成武功只怕……」

葉風截斷龍騰空的話，大聲質問道：「刀王你這般豈不是害苦了嫣紅？」事到臨頭，他再也無心用秦兄來稱呼刀王了。

刀王冷然一笑：「我自會給你一個交代。」

葉風胸中就像被潑了一杯冰水，怒氣卻再也抑制不住地翻湧上來。

這幾日在想像中與祝嫣紅把臂並肩，在大漠草原上相守一世的等等念頭突然間全成泡影，一切都如鏡花水月般好夢乍醒，蕩然無存，一時心頭氣苦，口不擇言：「你要如何給我交代，去把雷怒殺了嗎？」

刀王長歎：「若是殺了雷怒，你的忘情大法豈不全廢了？」

祝嫣紅的聲音淡淡地響起：「刀王無需自責，嫣紅早知配不上葉公子，有了這幾日的緣份心願已足。日後只會安心相夫教子，做個賢妻良母，絕不會再見葉公子一面。」

葉風大叫一聲，望向祝嫣紅，眼中幾乎要噴出火來，聲音卻是冷靜無比：「你早定下了如此主意是不是？」

祝嫣紅接觸到葉風火一般的眼光，慌忙垂下頭去。

那一道目光就像求思劍般刺入她柔軟的胸膛，細細地切割著她的心，一寸寸磨損著，一滴滴淌著血，耳邊猶聽到葉風大聲問著：「是不是，你回答我是不是？」

祝嫣紅抬起頭來，盯著葉風的面容，心中酸楚，面上卻竭力保持著一份平和，柔聲道：「葉公子敬請見諒，就算夫君已亡，可嫣紅家中尚有老父孩兒，本是萬萬不能陪你去塞外的……」

葉風聞言先是渾身一震，呆了半晌，竟然仰天大笑起來。

「唉！」沈千千終於看出了一絲苗頭，悵然一聲悠悠長歎。

但見祝嫣紅面呈堅忍，滿目蒼然；沈千千臉現驚容，愕然無語；葉風卻是雙目赤紅，唇裂齦血，直如瘋了般笑個不停。

刀王與龍騰空面面相覷，都不知要如何勸解。

葉風的笑聲良久方歇，緩緩將視線從天空中收回來，面上已是恢復到一慣的寵辱不驚，就像是已立下什麼決心。

葉風先是對刀王深深一躬：「葉風知道前輩對我用心良苦，所以心中決不會有所怪責……」

刀王長歎一聲：「你怪我也罷，反正你已學會忘心七式，亦算是我的一份補償。」

葉風冷然一笑，寒聲道：「刀王錯了，若真要有所忘，葉風寧可忘記前輩所傳神功亦不忘情！」

刀王詫然望來，卻見葉風深深看向祝嫣紅：「若是我現在仍是不顧一切的執迷不悟，你可願再陪我一起，去做一對離經叛道的瘋子嗎？」

祝嫣紅嬌軀一震，如何想到葉風對自己情深至此，芳心裡已是一團亂麻，縱有千語萬言如何回答得出口。

沈千千再也忍不住滿腹的悲傷：「哇」的一聲哭將出來。

葉風對沈千千滿面淚痕的情態渾若不見，仍是望定祝嫣紅：「我非是迫你，雷大哥想亦是通情理之人，只要你願意，我去親自向他負荊請罪。」

祝嫣紅雙目盈淚：「嫣紅實不是公子良配，沈姑娘品貌皆優，才是……」

葉風毅然打斷祝嫣紅，柔聲道：「這些年來，我的心中全為仇恨所填滿，每日只知苦練武功，一意雪恨，從不知快樂為何物。直至遇見你，有了與你相處的這幾日，才覺得以往的自己實是一個不折不扣的大傻瓜，一任快樂從身邊流走。就算你就此與我辭別，我的心中日後亦永是只有與你在一起的快樂！而現在只求能再與你每日共對……」葉風長吸一口氣，一字一句擲地有聲：「縱是千夫所指，萬人唾棄，又何足道哉！」

祝嫣紅再也忍不住，撲至葉風的懷裡，大哭道：「公子放心，我便回去對他明說，若是不能求得一紙休書，嫣紅最多便是一死還君之深情！」

刀王與龍騰空聽得目瞪口呆，葉風一向是江湖上的無情浪子，祝嫣紅更是名門閨秀，卻何曾料到這二人竟然情癡至此，冒天下之大不韙，公然將這份驚天地泣鬼神的愛戀示之於眾！

葉風輕拍懷中祝嫣紅的肩膀，雙目射出異彩：「我不許你死，我們一起去見他好了。」

沈千千呆然佇立，既是心傷，又是妒忌，更是為他二人的這份癡情所感，淚水如決堤般源源不絕地湧出。

龍騰空正容道：「世間男女，何為良配？我看你們亦不必去見雷怒，他此刻已降將軍府了。」

刀王驚問：「散復來對我說是雷怒遭水知寒親手擒下，可是不盡不實嗎？」

龍騰空長歎一聲：「雷怒親手殺了方清平降了水知寒，這都是我親眼所見。」

葉風眼中精光一閃：「既然如此，我對雷怒就更無歉疚了。」話雖是如此，但雷怒畢竟曾是與他並肩抗敵，心中那份不安怎也揮之不去。

沈千千強忍悲傷：「雷怒還想擒下我，幸好龍大伯一直藏身於快活樓的人馬中，這才趁水知寒不備救了我。」

刀王萬萬料不到自己一意幫葉風練成忘情大法竟然會發生這許多變故，看葉風此刻的情景哪有半分忘情的樣子，不由心中懊惱沮喪至極，頹然坐下，鬱然長歎。

龍騰空卻是哈哈大笑，端起茶杯：「葉小弟性情中人，老夫且以茶代酒，先敬你一杯。」言罷一飲而盡。

葉風萬料不到龍騰空會表示支持自己，舉杯飲了，心下卻是一片茫然。

刀王喃喃道：「性情中人有什麼用，學不了我的忘心七式，遲早都被人殺了。」

龍騰空道：「刀王執迷刀道，只道忘情方窺至境，我卻大不以為然。」

沈千千胸口起伏，也是端起一杯茶一口飲下，一腔怨氣也盡皆發了出來：「人若真是忘了情，練成天下第一還不是一具行屍走肉。」言罷大聲咳嗽，卻是被那杯茶嗆住了。

刀王望向龍騰空：「我苦思二十年方悟得此忘情心法，你輕輕巧巧一句『不以為然』就給我否定了，我如何能服？」

龍騰空肅容道：「人的本性俱不相同，凡事應有變通，因材而教。以葉兄弟這般癡情之人豈能練好你的忘情大法？」

刀王一呆，無言以對。

龍騰空雙眼大有深意望向葉風：「以武功心法而論，忘情入情其實僅是一線之隔。如不能忘，不若投身以入，一任熾熱痛烈，或許反是別有天地。」

葉風雙目一亮，若有所思。

龍騰空眼望沈千千，憂色劃過面容，抬眼望向刀王：「秦兄可知我這些年為何流連海南麼？」

刀王沒好氣應道：「我怎麼知道，定是你對落花宮主還念念不忘。」

龍騰空悵然長歎：「你說得不錯，卻只想出了一半。因為我知道星霜對我亦是念念不忘的。」他言中的星霜自是二十年前豔懾武林的江湖第一大美人落花宮主趙星霜了。

沈千千驚呼一聲，絕料不到龍騰空竟然自承母親亦鍾情於他，以龍騰空的身分，此言應是不虛，但觀他這幾年行事，與母親見面都沒有幾次，若是說他們暗中私通款曲，卻是無論如何也難相信。

龍騰空再飲一杯茶，眼望空杯，似是陷入回憶中，良久才道：「我在落花宮外三里處的流水軒一住便是二十年，若不是她對我曾有過濃情厚意，我又如何耐得住這整整二十年的寂寞！」

龍騰空二十年前隨落花宮主一併消失，早有好事者將之四處宣揚，而且龍騰空無論品貌才學武功見識亦均是落花宮主的良配，許多追求者均是望而卻步。

但後來落花宮主下嫁海南沈家，又生下了沈千千，誰都再無懷疑，只道全是江湖誤傳，誰料到今天龍騰空竟然煞有介事地將這段情史說了出來。

連葉風與祝嫣紅都屏息靜氣，專心聽龍騰空的下文。

沈千千顫聲問道：「為何母親從不對我說起？」

龍騰空眼中愁結橫生：「落花宮隱為嶺南武林盟主，其名為飛葉流花的暗器手法更是武林一絕……唉，這也不算什麼，怪只怪星霜自幼便是落花宮的少宮主，身懷家門重望……天意若此，天意若此啊！」

刀王奇道：「趙星霜身為宮主又如何，龍騰空的名字也不至於辱沒了落花宮。」

龍騰空慘然一笑：「落花宮之所以以落花為名，便是得自於其武功心法，落花有情，流水無意！若是落花宮女子嫁與了她鍾情的男子，一旦男女歡好，便是經脈錯亂，武功盡廢的結局……」

「啊！」沈千千與祝嫣紅同聲驚呼，這才明白為何龍騰空住的地方以流水為名，而這落花宮最大的秘密竟然連沈千千亦是第一次得知。

「啪！」刀王一掌重重拍在石桌上，悶聲長歎：「龍兄與我相知數年，當年更是同甘共苦的好兄弟，但我對你不辭而別的行徑卻是一直頗有微詞。到得現在，我才算是對你心服口服。」

要知趙星霜身為落花宮主，就算肯為龍騰空甘廢武功，可她若是有了什麼意外，不但關係到落花宮的名聲，更涉及到數百人的安危，而龍騰空也勢必不肯她做如此犧牲。最可敬是龍騰空明知苦戀無望，仍是寧可捨棄所有，一意陪著趙星霜隱居海南，這二十年來定是飽受相思煎熬，其種情之深更是遠非旁人所能臆度。

葉風舉杯倒茶，對著龍騰空恭敬奉上：「我敬前輩一杯！」

龍騰空哈哈大笑，與葉風盡皆乾了杯中茶：「葉兄弟現在知道了——別說是雷怒殺友求榮，為人所不齒；就算所有人都罵你們大逆不道，有違禮教，我亦是決意支持你的。」

葉風對龍騰空深行一躬，眼望向祝嫣紅，二人相視含笑。畢竟比起龍騰空，他們的阻力要小得多，這一刻二人的心中再無滯礙，心想縱是有著天大的困難，也必是可以克服的。

龍騰空眼視沈千千，再是一聲長歎：「千千，現在你應該知道龍大伯為何執意不讓你去找葉兄弟了吧！」

沈千千的心中早是一片紊亂，剛才看到葉風對祝嫣紅的如火情焰，心中尚在幻想若是他有一日能對自己如此，自己定是這世上最幸福的人。不由暗下決心，心想只要精誠所至，或許總有日能感動他，哪怕與祝嫣紅二女共侍一夫也未嘗不可……

何曾想自己竟是如此苦命，就算葉風對她有心，她亦是與他無緣無份。一時心火上湧，再也抑制不住，捂面直朝山下衝去。

幾人不虞沈千千失神若此，龍騰空連忙起身去追。

變故在此刻忽生，一道黑影從山道側面直衝而起，在空中與龍騰空擦身而過。

砰然一聲大響，那道黑影與龍騰空對了一掌，飄然落在山道上，傲然長笑：「這一掌是還給龍兄的。」

龍騰空落地踉蹌幾步，方才站穩身形，一道血絲從嘴角流下，眼望來人，恨聲道：「水知寒！」

六、六馬仰秣　水龍音催神奪

水知寒悠然負手而立，卻是以一人之力守住道口，一副有恃無恐甕中捉鼈的神態：「龍兄不必心中不忿，若不是看在刀王與你兄弟情深，我決計不會讓你上到忘心峰頂與他相會的。」

龍騰空不理水知寒的嘲諷，閉目運功，刀王伸手握住龍騰空的手，助他療傷。

適才變生不測，加上眾人全都失神於龍騰空所說的舊事中，這才讓水知寒不知不覺地潛身暗伏於側，趁龍騰空去追沈千千的空隙，一擊奏功。

山道上人聲鼎沸，陸續上來許多人，點將山、行雲生、散萬金、散復來等赫然在列，其餘的想來俱是將軍府的高手。另有一幫黑衣人，面色冷漠，眼目無神，行動快捷，看來應是枉死城的弟子。

上山的數人分占要點，對葉風等人完成合圍之勢。

水知寒的寒浸掌何等厲害，更是蓄勢已久，而龍騰空匆忙應戰，最多只使得出五六成的功力，硬拚之下，這一掌傷得甚重。此刻龍騰空只覺得一股寒氣在經脈中來回遊走，欲驅無門，就連助他行功的刀王亦分不得神，苦苦運功與這絲質地怪異的寒流相抗。

葉風尚是心不守舍，是以讓將軍府的人從容完成包圍。

由此亦可見水知寒心計之深，僅憑一掌之力便牽制住三大高手。

最後踏上忘心峰頂的是一個青衣人，手中卻是捉著沈千千。

那青衣人眼睛直勾勾地盯著葉風，桀然怪笑道：「葉風你還沒有死，很好、很好！」他的聲音又尖又利，就如同一把鏽刀刮過瓷盤般的嘶嘶暗啞，語意中更是充滿了一股怨毒之氣，令人聞之不由心中起了一陣寒意。

來人正是江西枉死城主、黑道六大宗師中的歷輕笙。

葉風對歷輕笙猶如不見，只是眼視他懷中的沈千千，嘴上卻是哈哈大笑：「歷老鬼的刀傷好得倒是迅快，早知我那一刀砍得再重一些，讓你多躺幾天。」

歷輕笙眼中閃過一絲恨意：「我要是多躺幾天，只怕你的沈大小姐的貞潔就難保了。」

手上略鬆，一任沈千千在懷中掙扎扭動，若不是當著這許多手下人要維護宗師的身分，只怕早就動手相欺了。

沈千千神色淒然，雙目隱含懼色，兩手雖被歷輕笙緊緊抓住，雙腿猶在空中亂蹬。歷輕笙竟是故意不封她身上穴道，由她掙扎以惑葉風心智。若不是沈千千被點住了啞穴，只怕早就是破口大罵了。

葉風怒視歷輕笙，口中卻是不緊不慢地對水知寒道：「水總管與此卑鄙之徒齊名，不知有何感想？」

水知寒眉頭微皺，將軍府實是不願與落花宮為敵，但亦不能直斥歷輕笙，傷了自家的銳氣，當下呵呵一笑：「剛才龍兄不是說落花宮女子不能嫁於心愛之人麼？我看若是沈小姐委身下嫁歷城主，倒也是件美事。」

歷輕笙哈哈大笑：「最好將趙星霜一併娶過來，不然我還得叫她一聲岳母，豈不是太過無趣！」

龍騰空集氣療傷，耳目卻仍是靈敏，聞言悶哼一聲，全身一震。

葉風冷眼看去，知道水知寒與歷輕笙故意激怒龍騰空，影響他運功療傷。卻不知對方為何不趁現在出手襲擊，如今只憑他與刀王之力，縱是能勉強脫身，其餘人也必無倖免。

水知寒亦是大笑道：「看來今日碎空刀葉風想護的還不只一朵花呢！」

葉風心中一動，對水知寒的計畫已然明白。水知寒定是意欲全殲，所以才由得歷輕笙侮辱沈千千，必要激起各人的血性，拚死相抗而不尋隙逃出。

當下葉風心中已有計議，望著歷輕笙哈哈大笑：「卻不知歷老鬼還剩幾個兒子來認繼母？」

歷輕笙大怒，他的三子歷昭正是死於葉風之手，舊仇新恨湧將上來，再也按捺不住，一把將沈千千往空中拋去，騰身而起，雙爪如鉤，直向葉風抓來。

碎空刀瞬間出鞘，葉風身隨刀走，騰空而起與歷輕笙硬拚一記。

叮叮叮叮幾聲脆響，歷輕笙十指亂彈，指氣縱橫，盡皆擊在碎空刀上。

二人勢盡，各自翻回原處。

沈千千人在空中一聲輕叱，落花宮成名暗器飛葉流花剛剛握在手中，卻忽覺得一股陰力此時方才撞中手肘穴道，再也把持不住滿手的暗器，身體一軟，從半空落下，重又被歷輕笙接在手中。

眾人心中暗暗驚悸，歷輕笙的魔功果是非同小可，竟然能隔體凝力緩發，令人防不勝防。

葉風落地時卻連退七八步方才穩住身形，碎空刀遙指歷輕笙，恨聲道：「歷老鬼你倒是恢復得快。」

將軍府與枉死城的人見此情景，不問而知自是歷輕笙占了上風，俱都鼓掌打氣。

歷輕笙放聲狂笑，狀極得意：「上次你背著雷夫人，這次我抱著沈小姐，倒真是公平得很。」

祝嫣紅道：「雷怒呢？」

水知寒含笑道：「若不取得葉風的項上人頭，雷盟主無顏相見夫人。」

水知寒此話極是陰損，更是暗示葉風與祝嫣紅有了苟且之事。饒是以葉風的靈變，雖是與祝嫣紅仍是清清白白，亦是無言以對。

龍騰空的聲音隆然響起：「雷怒殺友降敵，人所不齒，只怕將天下人的首級都放在他面前，亦是無顏相對。」

葉風轉頭看去，龍騰空已然功運圓滿，睜開雙目，終於放下了一番心事。

水知寒卻是望向刀王：「今日之事不知刀王做何立場？」

刀王大喝一聲：「我說了十日後必給總管一個交代，總管竟然如此信不過我，還有什麼好說的？」

水知寒輕聲道：「碎空刀一向詭計迭出，我只是怕刀王有失，特來接應。」

刀王毫不買帳：「總管趁著人多勢眾，既是暗算龍兄在先，又是挾著沈姑娘在手，我自看不慣，若是要殺葉風，先問過我刀王吧！」

水知寒皺眉道：「我與龍兄的過節暫且揭過不提，將軍府與碎空刀卻是勢不兩立，再加上歷城主的殺子大恨，就算我對葉兄有惜才之意，但若是就此收手，手下亦必然不服。刀王可知我苦衷？」

刀王沉聲道：「將軍府若是公平與葉風一戰，我絕計不會插手。可視目前形勢，分明便是持眾凌寡，我便是第一個不服。」

水知寒撫掌大笑道：「刀王快人快語，如此便可一言而決。我既然好不容易才將碎空刀逼入絕地，總要有個交代，這便與葉風公平一戰，若是他能擊敗我，我立刻下山，從此只要葉風不找上將軍府，我們便絕不去沾惹他，你看可好？」

刀王頓時語塞，水知寒此話合情合理，更是順著自己的意思要求公平一戰，若再是出言反駁反失風度。

心頭靈光一閃，終於明白了水知寒的毒計，若是自己與龍騰空葉風合力突圍，天下誰能抵得住？是以水知寒先用言語擠兌住自己，寧可與葉風單打獨鬥，就算葉風能勝過他也必是強弩之末，再想要突圍也是有心無力了。

可是以江湖規矩而論，在水知寒這番說辭下，葉風無論如何亦是不能怯戰不出的。

水知寒是天下有數的高手，葉風能敵得住他嗎？

刀王心念電轉，已有定計，此法雙方各有利弊，亦只有先耗去水知寒與歷輕笙這兩大高手的戰力，己方才有可能全體突圍……

由此可見水知寒亦來了不久，不知道葉風與祝嫣紅已是情深難解，不然葉風為了祝嫣紅，必也不肯獨自殺出重圍。

當下刀王點頭道：「總管既是如此說，我決無異議。」心中卻想好了若是葉風不敵水知寒，自己再尋機出手。

水知寒轉頭望向葉風，仍是一副胸有成竹不緊不慢的樣子：「葉兄可準備好了嗎？」

葉風眼中神光一閃，正欲上前迎戰，龍騰空接口道：「水知寒你也好意思向小輩挑戰？且讓我來接你的寒浸掌。」

水知寒漠然道：「龍兄此舉可是代表落花宮向將軍府宣戰嗎？」

龍騰空大笑：「水總管說笑了，以將軍府的仗勢欺人，若是想與落花宮開戰，還用得著找這樣下三濫的藉口嗎？」

葉風等人聽龍騰空罵得意態淋漓，心中俱都是無比痛快。

水知寒面容一冷：「龍兄這些年來寄人籬下，變得只會討口頭上的便宜了嗎？」

龍騰空哈哈大笑，龍行虎步，越眾而出，雙掌當胸而立，意態豪邁至極，咄聲大喝：「炙陽騰空，冷月寒浸，忘心峰頂，水龍長吟！我們若再是這般婆婆媽媽，豈不徒讓小輩笑話了？」

水知寒眼中神光一閃，語中猶是一團和氣：「龍兄要不要多休息一會，幸好我剛才那一掌志在阻截，尚未出全力。」

龍騰空豪然大笑：「水知寒就是水知寒，達觀通透！如此敵手，世所難求，水總管儘管痛下殺手，我早已是等不及了！」

龍騰空這些年來隱居流水軒，心智恬定，自甘淡泊。此時方遇到可以一拚的敵手，不由重振當年壯志，氣勢凌壓而來，豪情蓋天！

水知寒豈是易與之輩，眼見龍騰空聲勢驚人，身邊手下眼露驚容，虎目一睜，也是放聲大笑：「好一個水龍長吟！如此水某便恭敬不若從命了！」

龍騰空也不多言，大喝一聲，沉腰坐馬，一掌擊出。

騰空掌源自少林一派，掌力剛猛。但經龍騰空多年苦修，去蕪存精，化繁為簡，七十二招騰空掌法脫胎換骨，實是至剛至陽的名震天下的內家功夫。

這一掌的沖天掌勢倒還罷了，可怖的是掌力中帶著一股高溫熱氣，猶若炎陽烈日般，將軍府靠前站立的人均抵不住那股席捲而來的熱浪，紛紛後退。

水知寒舉掌一揚，竟然隔空將那石桌上的一杯清茶吸入手中，力透掌間，石杯粉碎。寒浸掌力運至十成，那杯中之茶沖杯而出，化為一道水箭，直刺龍騰空的雙目，口中猶道：「水某先敬一杯，以舒龍兄二十年的鬱氣！」

水箭在空中驀然一滯，在水知寒的至寒掌力催逼下，竟然凝水成冰，化為一支冰劍，轉刺向龍騰空擊來的右掌。

神乎其技，莫過於此！

龍騰空右掌忽收忽放，左掌一式「行雲從容」從側面擊向那支冰劍。

水知寒長笑一聲，身形一側，冰劍變向再挑向龍騰空的肩頭，左掌已與龍騰空左掌接實。砰然一震，二人各自退開二步，再猱身鬥在一處。

眾人看得眼花繚亂，但見龍騰空身形翩若驚鴻、宛若游龍，掌力更是威猛無倫，一丈見方的範圍內盡被其籠罩住，氣勢驚人；而水知寒身形靈動，冰劍變化諸多，巧妙橫生，貼身尋隙，每每從不可能的地方刺出，攻敵之所必救。

將軍府的人何曾想過以寒浸掌法成名的水知寒竟然以茶水化劍，使出如此精巧的劍法，不由均是彩聲雷動。

鬥至酣處，卻見那支冰劍越來越短，長劍變為短劍，短劍化做匕首，竟然是抵不住龍騰空掌中的熱浪，正在一點點融化。

將軍府的人終於啞然無聲，水知寒身為將軍府總管多年，加上近年來明將軍深居簡出，實已是將軍府的第一號實權人物。以往出手不多卻從未敗過，可這一次，莫非水知寒會敗給龍騰空嗎？

只有歷輕笙臉色不變，頻頻點頭，有悟於心。

這二大高手的決戰，旁觀者均是受益匪淺。

刀王與葉風均是暗皺眉頭，水知寒以掌成名，卻是用劍法便堪堪敵住龍騰空，若是棄短揚長伺機發出他那名動天下的寒浸掌，卻又是如何了局？

龍騰空卻是心中暗暗叫苦，他本已受到水知寒剛才偷襲重創，雖是及時壓下傷勢，但鬥得久了，終是內力不濟。而水知寒不與他硬拚，一味纏身遊鬥，正是要引發他的傷勢，待得自己成強弩之末，方會一舉強攻。

而眼見冰劍越縮越短，知道待其化盡，貼身而鬥，便是水知寒的寒浸掌滿勢而出的時候。而此刻勢成騎虎，若是就此停手認輸，一世英名倒還罷了，卻如何對得起落入敵手的沈千千、相知數年的刀王、一見投緣的葉風……

龍騰空眼角略掃，望見沈千千關切的眼光、刀王一臉的緊張，再看到葉風滿目的擔心，祝嫣然驚現的憂容……

他自知這一生為情所困，早已是生無可戀，若是能拚著一死救下心愛之人的女兒沈千千，再能讓葉風與祝嫣紅有情人終成眷屬，心願已足……

想到此處，不由將心一橫，就算自己死在水知寒的手下，亦要讓其再無餘威！

再鬥數招，水知寒成竹在胸，發出一記虛招，直刺龍騰空的胸膛，料想其無論如何必得閃避，便讓已短至二寸的冰劍化去，以水點擊其臉目，使出寒浸掌欺身搏擊……

誰料想酣戰中忽然瞧見龍騰空雙眸神光一閃，現過一絲痛烈決斷之色，心知不妙。但見龍騰空對自己的發招不閃不避，反而主動迎上冰劍，趁冰劍入體一滯間的功夫，右掌含著殘餘的幾十年精修內力全勢擊出……

水知寒臉上驚容乍現，卻如何來得及變招。

幸好他身經百戰，應變迅快，臨時勉強將身形一側，避開要害，但龍騰空來勢何等迅捷，更是含著一股破釜沉舟的狠勇。水知寒眼睜睜見著龍騰空的右掌結結實實地拍在自己右肩上，大叫一聲，往後飛退……

眾人齊聲驚呼，刀王與葉風一左一右扶住龍騰空，但見冰劍深入胸腔，瞬間已為熱血化為無形，但上面附著水知寒霸道的內力，不僅已震斷了龍騰空的心脈，更將整個胸膛炸得血肉模糊，慘不忍睹！

龍騰空卻是哈哈大笑，一任血水從胸前傷口中汩汩噴出：「水知寒，我要你這一生也忘不了我這一掌！」

水知寒亦是連吐幾大口鮮血，慘白的臉上露出佩服的神色：「龍兄捨生成仁，水某決不敢輕言相忘！」

龍騰空那一掌含著幾十年精純的內力，自是非同小可。水知寒雖是避過了心腹要害，但右肩遭此重創，幾乎全廢，心知自己數月之內再也不能與人動手。

龍騰空再是大笑數聲，忽然僵住，雙目怒睜，氣息全無。

穹隆山上，忘心峰頂，一代英雄，就此殞命！

第八章 點絳唇

——天與多情，不與長相守。分飛後，淚痕和酒，沾了雙羅袖。

一、大好頭顱，不過一刀碎之

山風怒號，雲蒸霧湧。

穹隆山忘心峰頂上，水知寒與龍騰空這兩大高手一場劇鬥，竟是一死一傷之慘烈之局。

葉風胸口起伏，虎目蘊淚，與龍騰空雖只是初見，但見他坦蕩磊落，謙然大度，一派前輩風範。更是為他數十年無改的癡情所動，心中早與他肝膽相照，認作是生平知己。

原本葉風今日乍聞巨變，得知雷怒未死，自己與祝嫣紅的一切均化做泛泛泡影，更是絕難容於世情，早是黯然神傷，心灰若死。幸得龍騰空及時出言支持，更是將自身際遇直言相告，才重令葉風鼓起餘勇，緊守鬥志。

而此刻葉風親眼見到龍騰空慘死當場，雖是與水知寒公平一戰，但若不是水知寒偷襲在先，無形間耗去了龍騰空的戰力，這一戰的勝負尚在未知。

葉風心中一口怨憤之氣再也按捺不住，仰天悲嘯一聲，雙眸射出寒光，罩定歷輕笙：「歷老鬼，可敢與我決一死戰嗎？」

歷輕笙面色不變：「葉風小兒死到臨頭還是這麼嘴硬，我就讓你速行一步，好趕上龍老頭一起作伴，哈哈！」

刀王按住葉風的手，目光冷峻：「這一戰關係重大，千萬莫要急燥！」

葉風深吸一口氣，將洶湧的心緒平復下來，這一戰不但關係到自身的榮譽生死，更是關係到祝嫣紅與沈千千的安危。

歷輕笙將沈千千交與身邊枉死城弟子，隨手封住她穴道：「小美人莫怕，待我殺了你的小情郎後再與你親熱。」

葉風看向水知寒，朗聲問道：「若是我勝了，水總管能保證沈姑娘的安全嗎？」

葉風此語大有深意，要知將軍府與枉死城的結盟亦是權宜之計，雙方各懷異志，現在水知寒傷在龍騰空手下，將軍府眾人無首，若是歷輕笙趁機顯示實力，服懾眾人，保不定日後又是將軍府的心腹之患。

何況水知寒目前重傷，既不能強壓歷輕笙，亦不好示弱於眾，這個問題實是不好回答。

歷輕笙哈哈大笑：「想不到龍老兒一死，葉小兒便亂了方寸！如此大言不慚，妄言擊敗我，何異癡人說夢。」

葉風不理歷輕笙，仍是望向水知寒：「若是我殺了歷老鬼，水總管能不能保證他手下弟子不侵犯沈姑娘？」

將軍府與枉死城的眾人聽得葉風如此放言，俱是大聲聒噪，為歷輕笙助威，顯是沒有人看好葉風。

水知寒正在運功療傷，明知不應開口說話，但無論如何也不能任由葉風出言挑撥。何況他亦絕不信葉風能擊敗歷輕笙，當下強壓下傷勢，澀聲答道：「沈姑娘為歷城主所擒，我對此並無權過問。但歷城主一代豪雄，自不會與小姑娘為難。」

刀王終於將眼光從龍騰空的屍身上移開，冷然道：「若是葉風勝了仍有人傷害沈姑娘，我刀王發誓天涯海角亦要此人的性命！」

眾人靜聲，刀王此語一出，試問誰能沒有顧忌。

沈千千雖是穴道被制，口不能言，但見到葉風與刀王一意維護自己，仍是止不住淚水漣漣而落。

歷輕笙眼見己方氣勢減弱，怪笑連聲：「葉風你既將後事都準備好了，還不快來送死？」

葉風大笑：「我早已發招，歷老鬼你還懵然不覺嗎？」

此言一出，刀王鼓掌，水知寒凜然，眾人靜默。

歷輕笙一呆，方知葉風如此作勢實是戰略上的神來之筆，不但化去水知寒擊敗龍騰空的餘威，更是增強必勝的信心；加上自己不久前剛為碎空刀所傷，心理上已是輸了一籌。高手對戰，攻心為上，看來葉風此人實是不可小覷。

歷輕笙再不多言，越眾而出，沉勢運功，原本並不肥胖的身體驀然膨脹起來，一身青衣無風自動，如波浪般起伏。

雖是光天白日下，在場眾人亦無不感覺到一種森森鬼氣撲面而來。

葉風長吸一口氣，將諸般心事驅出胸中。一個箭步以凜傲之勢跨出，手中碎空刀擎天高舉，似緩似急、似放似收，先在空中略微一凝，驟然加速迎風斬至！

刀王心中大定，這一招正是他忘心七式中的第二式「兜天」，但見到葉風掌中的碎空刀如持泰嶽般的凝重，如拂羽衣般的輕柔，已是掌握到這一招的精髓。

歷輕笙目露異光，雙手一揚，揉身而上，竟是以攻對攻。

但聽得嗚嗚怪聲不絕如縷，如狼嗥鬼泣般令人聽之悸然。

刀王定睛看去，原來歷輕笙每個指頭上俱戴著一個碩大的紅色指環，想是指環中空，迎風而發出怪響，竟是將其「揪神哭」的音懾之術藏於爪影掌風中傳送而出。

那指環紅得通透、紅得發豔，令人想到的就只是一大灘一大灘的鮮血……

原來歷輕笙上次受挫於葉風，便是緣自輕敵之下全力使出「揪神哭」與「照魂大法」，而此等懾魂之術必要全心施術，乃至不能盡力展開武功，誰料葉風心志堅定全不受惑，反而趁機故布迷陣，裝作心神為音所懾，引歷輕笙發招，方才尋隙重創了他。

經那一役，歷輕笙早已收起對葉風的輕視之心，是以此刻一上來便是盡出全力，使出壓箱底的絕活。

那指環經過精心打造，其音各異，且不同的方向、速度、角度、風力下都會發出不同的聲音，若金石、若風嘯、若磬鼓、若裂帛，一時偌大個忘心峰頂上只聞得鬼哭神嚎，悸人心魄；陰風陣陣，令人恍覺墜入了地獄冥府裡，陷身於百世輪迴中……

而歷輕笙對這些異響卻是置若罔聞，何況他再不用分神使出揪神哭等音懾之術，一時將名為「風雷天動」的爪功發揮得淋漓盡致。

幾十招下來，就只見漫天枯瘦的爪影將葉風圍在其中，碎空刀的雪亮刀光偶爾一現，便驀然隱去。

刀王緊皺眉頭，看著葉風只能苦苦防禦，有時明明有機會出刀扳成平手，卻是時機一晃即逝，轉眼間又困在歷輕笙的重重爪影中，真恨不得能以身代之。

將軍府與枉死城眾人卻都看出歷輕笙大占上風，但在歷輕笙全力催動的魔功下，更是聽得那指環發出令人心浮氣躁、煩悶欲嘔的聲響，心頭俱是一片森然寒涼，連打氣喝彩的興致也沒有了。

葉風的武功來於天地自然之道，純走精神一路。這幾日再得刀王點撥，又是新習了忘心七式，武功已然大進，此刻就算與刀王相較亦是不遑多讓，和歷輕笙亦不無一拚之力。

他知道歷輕笙成名多年，心中早就認定碎空刀絕不是其對手，上次蘇州城外只是失手於驕狂。是以剛才先與歷輕笙硬拚半招時故意示弱，亦是惑敵之計。

可是今日葉風先是驚悉雷怒尚在，心神大亂；再是目睹龍騰空的慘死，激起了內心的血性。何況他本性非是無情之人，所以此刻雖是手中忘心七式的招法已漸漸嫻熟，卻如何能投入那忘心忘情的心法中去。

再加上驚變之餘，在歷輕笙的指環魔音的催動下，心中百念叢生，靈神失守，武功更是大打折扣，發揮不出平日的五成，一時竟被歷輕笙攻得險象環生。

歷輕笙本是成名數載的武道宗師，若是不能儘快拿下一個後生小輩，雖勝亦是面上無光，是以出手更急，務求在數招內擊斃葉風，以報殺子大仇。

葉風出道以來，遇到的全是武功高明之人，武功在幾經波折後方趨大成，餘力綿長，後勁十足。是以雖是漸呈敗象，仍是毫不慌亂，有幾次更是全憑本能的應變堪堪逃過歷輕笙的殺招。

歷輕笙身在局中，如何不知葉風的心魔正勝，一邊加急攻勢，一邊放聲調笑：「葉小兒還不速速就死，龍老頭都等不及你了……」

葉風心志堅忍，聞言絲毫不為所動，但腦中仍是禁不住回想起龍騰空的音容笑貌……心念電轉下，龍騰空的寥寥數語重又在耳邊迴響起，想到他與落花宮主原是一對人人羨豔的江湖愛侶，卻是因落花宮的武功限制而咫尺天涯，只能以落花有意流水無情而自解心結。再思及自己與祝嫣紅的境地，黯然神傷……

歷輕笙眼見葉風神色淒切，招法散亂，更是運足十成魔功，攻勢更如狂風暴雨般披灑而至……

葉風於此刻生死交關下，自知再難敵得數招，心神搖盪下，腦海中諸念翻騰。

——兒時血淚家仇、少年的報仇大計、苦練武功的艱辛、縱情江湖的豪情……

歷輕笙招法又變，左掌氣度雄渾，右爪指力縱橫，眼露綠火，囁唇長吟：「揪神哭」與「照魂大法」再度施展，指環在十指上旋轉不休，淒厲的嘯聲不絕入耳……

——雪紛飛的慈祥親切，刀王的殷殷期望，沈千千的如花俏面，龍騰空的語重心長……

歷輕笙的身形沖天而起，青衣遮日，鬼影沖天，猶若惡魔再世……

——眼角間最後掠過祝嫣紅的面容，柔若春水，沁若夏冰，鬱若秋紅，暖若冬陽……

歷輕笙已如一隻大鷹般凌空撲擊而下，掌力吞吐，十指如鉤……

——「忘情入情其實僅是一線之隔。如不能忘，不若投身以入……」龍騰空的那句話驀然送入耳中，猶若故人重臨……

歷輕笙怪喝一聲，十隻指環脫手而出，竟是分襲葉風十處大穴，漫天爪影忽只化為二隻，一隻剖向胸腹，一隻抓向面門……

祝嫣紅的驚叫猶若從天穹雲深處悠悠傳來……

葉風身在慘烈戰局中，仍是不由全身震盪！

這幾日與祝嫣紅相處，雖是修習忘情大法，但心中何曾有半分忘情，卻反因強迫自己忘情而懷著那一分的不休不甘，投入得更是徹底、更是痛烈。

那些相處的零星片段如海潮般湧捲而至，與她執手互看，與她相視一笑，與她並肩眺望，與她靈犀相通……

既然有過了那段時光，日後的艱難險阻算得了什麼？世人的唾棄辱罵算得了什麼？相思的惆悵憔悴算得了什麼？

此刻的生死一線又算得了什麼？

那一刻，葉風驀然悟通了龍騰空的話！

反正這幾日相處過來，與她早是輕蔑過凡塵世俗，奮身過離經叛道！

反正這一路生死過來，與她早已踏踐過明滅劍火，迸濺過雪亮刀光！

若不能忘情於刀，何不陷情於刀！！！

十隻指環攜著悸人心魄的嗚嗚聲響旋空而至，枯瘦的魔爪帶著撕心裂肺的沛然內勁狂湧而至……

那麼紅豔欲落的指環，彷彿是來自冥府鬼靈默吟的惡咒！

那麼陰濃勝墨的爪影，彷彿是滲著黃泉冰凍千古的冷冽！

而在這一刻，而就在這千鈞一髮、命懸一線的剎那，碎空刀終於破空而出！

那麼凜傲兀立如潑墨線條般的刀意……

那麼狂猛奔騰如沸燙長河般的刀氣……

那麼簡練明潔如詩之平仄般的刀風……

那麼璀璨絢麗如匹練銀河般的刀光……

刀意行空，刀氣橫空，刀風掠空，刀光碎空！

天地，亦為之一黯！

眾人呆呆地看著那妙到毫顛的一刀如天馬行空般在空中一劃而過，再無影蹤。

歷輕笙大叫一聲，觸電般退出戰團，就此靜立不動！

十隻指環中的九隻被分為齊齊整整的兩半，叮噹落下。

葉風杵刀於地，勉強撐住搖搖欲墜的身體，垂首不語。

他的胸前衣襟全碎，五道深可見骨的爪痕中，嵌著一枚暗紅如血的指環！

誰勝？誰負？

那一刀到底出手了麼？那一刀到底命中了麼？

誰也不知道，整個忘心峰頂靜聞針落！

葉風身體輕輕搖晃幾下，終於站穩，緩緩抬起頭來，竟已是滿面淚痕，口中猶是喃喃道：「大好頭顱，不過是一刀碎之！」

與此同時，歷輕笙仰面朝天重重倒下。

他的面門上，一道縱橫直下的淺紅色刀痕由淺至淡、由淡轉濃、由濃再深、由深終裂，汩汩血水仿若流泉般噴湧而出！

二、忘心之風

靜！

沒有人能相信六大宗師中武功最為詭秘的枉死城主歷輕笙竟會敗給碎空刀葉風。

而且，不是敗退，是敗亡！

葉風身體輕震，嵌在胸口的指環驀然飛出，落地叮咚有聲。

葉風捂胸、劇咳，連吐出好幾口鮮血。祝嫣紅再也顧不得許多，上前一把扶住他。

但見葉風面若淡金，呼吸急促，胸前的傷口流出的盡是黑血！

歷輕笙臨死前拚力一擊，亦幾乎擊潰了葉風。

幸好，他還活著！

枉死城的人馬這才騷動起來，幾人衝上前去查看歷輕笙的屍身，更多的人則是手執各式兵刃朝葉風衝來，場面混亂不堪！

「住手！」刀王執刀上前，神威凜凜地一聲大喝。

眾人應聲止步，刀王幾十年的餘威，誰敢輕捋？

刀王雙目緊盯水知寒：「水總管的說話到底算不算數？」

水知寒亦萬萬料不到葉風竟然能在公平決戰中殺死歷輕笙，聽得刀王問起，方才勉強按下心悸，略微沉思片刻，沉聲道：「葉風擊敗的只是歷城主而已！」

刀王一怔，適才水知寒提議是由他出手與葉風公平一戰，若是葉風能擊敗水知寒，將軍府的人馬立刻下山，從此不找葉風的麻煩。

而水知寒卻是先對上了龍騰空，雖是葉風擊斃了與水知寒齊名的歷輕笙，但水知寒若要這般強詞奪理，刀王亦是無法。

好個葉風，奮力推開祝嫣紅，站穩身體，目光炯炯盯向水知寒：「既是如此，總管請下場再戰。」

水知寒心中一寒，他自問已是全無戰力，誰料想葉風擊斃歷輕笙後還是如此狠勇！將軍府中除了水知寒地位最高的點江山朗聲道：「我願代總管與葉風一戰！」此時，任誰都看得出葉風現在只是強弩之末，絕計抵不住將軍五指中的食指點江山。

刀王臉罩寒霜：「好一個將軍府，如此卑鄙的行徑也敢在光天化日下說出嗎？」

水知寒冷冷一笑：「事既至此，我與葉風之戰就此作罷。可無名指無名死在碎空刀下，中指行雲生亦遭斷腕之痛，食指點江山心懷喪友之痛，要單獨挑戰碎空刀，在情在理，我亦是無法阻止。」

刀王豪然大笑：「那我要先挑上點江山，想來水總管也是無法阻止了？」

水知寒瞳孔驟然收縮：「刀王可忘了我們的約定嗎？」

刀王大喝：「我們約好我與葉風公平一戰以報明將軍的一份人情，卻不是在這種情形下趁人之危。」

水知寒漠然道：「看來刀王已決意維護葉風嗎？」

刀王不語，不老刃已擎在手中，望著水知寒，重重點頭。

水知寒眼神一冷：「好！將軍府眾人聽著，誰殺了刀王，誰就可以接上無名的位置。」再望向那個看管沈千千的枉死城弟子：「刀王殺我一個人，便砍去落花宮大小姐的一隻手指，手指砍完了砍腳趾，腳趾砍完了斬耳挖鼻……」

將軍府的眾人齊聲應承，更有幾人已躍躍欲試，若不是礙著刀王的威名，只怕早已衝了上來。

刀王大怒：「水知寒你還有高手風度嗎？」

水知寒大笑：「有刀王毀諾在先，我還要什麼風度？」

刀王心口如遭雷炙，他本是重應諾而輕生死之性情中人，此事說起來畢竟是自己理虧。但無論如何亦不能讓葉風被將軍府的人所害。

刀王一擺不老刃，心中已有計較：「我自會給將軍一個交代，不過要想殺死我可不容易，卻不知水總管能不能活到那一刻！」

水知寒亦是心中一凜，刀王若是不計生死全力來殺自己，只怕空有這許多將軍府與枉死城的高手亦未必抵擋得住。

但水知寒久經大風大浪，如何會被刀王嚇住，淡然道：「刀王你儘管試試，我保證你不能近我五步之內！」

刀王長吸一口氣，眼望葉風與祝嫣紅，但見葉風面上一片沉靜，與祝嫣紅雙手緊握，四目對望，在此生死關頭，二人全然放開一切，唯求能再多相聚片刻。

葉風感應到刀王的目光，抬目望來，淡淡一笑：「秦兄不必為我倆生死擔心，只須放手殺敵，若是能拉上水知寒陪葬就是最好不過了。」

刀王聽到葉風再叫自己一聲秦兄，心頭一酸，知道葉風早原諒他故意隱瞞雷怒未死之事，更是當他是兄弟，才不會出言求懇他賣友求生。

刀王剛見好友龍騰空之死，再睹葉祝二人的深情，胸中一份血性湧上，仰天哈哈大笑：「好好好！忘情大法竟然教出了至情之人！」轉眼看向水知寒：「水知寒你儘管叫人來送死吧，看我刀下可否輕饒！」

水知寒眼見葉祝二人的神情，心中早明白了七八分，冷笑一聲，發令道：「雷夫人務要活擒，送給雷盟主發落。」

祝嫣紅聽到水知寒叫自己名字，目光掃來，纖纖素手一翻，已將求思劍執在手上，嫣然一笑：「水先生不必如此，我必將隨葉公子於地下，你若是有心，便將我的屍骨還給他吧！」

眾人眼見祝嫣紅雙頰赤紅，嘴角含笑，眉眼生春，妙目流韻，雖是面上一道醜惡的刀痕猶在，卻仍是被初嘗的愛情滋味浸潤得清妍絕俗、不可方物……

更難得她身為女流，不通武功，看似孱弱嬌小，但在刀槍面前娓娓輕言，視生死如無物，更是令人聳然動容。諸人一接上她翩翩飄來的目光，無不自慚形穢，俱都垂下頭去。

葉風微微一笑，抬手拂開祝嫣紅被風吹亂的秀髮，再取下她手中的求思劍，望著峰下的萬丈深淵：「我何忍讓這些刀劍來碰你的冰肌玉骨，若是刀王力戰不支，我們便跳下去可好？」

祝嫣紅笑道：「你可要抱緊我，最好摔作一體，讓他們連我們的遺骨也分不開！」

一陣山風勁襲而來，葉風身形一晃，終於緊緊擁住祝嫣紅，放聲大笑：「嫣紅放心，我定會如這般抱緊你的。」

祝嫣紅亦是緊緊抱住葉風，相聚數日來，這一刻方才是真正的肌膚相接，不禁心搖意蕩，魂飛神馳，喃喃道：「我們跳下去時，必也會有這一場忘心之風……」

眾、人、全、都、呆、住、了！

眼見葉風與祝嫣紅在此亂軍中意態從容，真情流露，執手相擁，毫不避他人眼光，這份孽情雖是有悖世俗，卻當真是驚天地泣鬼神！

沈千千雖是穴道被制，但耳目依然靈便，剛才親眼見從小看自己長大的龍騰空身死，此刻再見到葉祝二人的款款深情，早已忍不住哭成淚人，只覺得若是能和他二人同日而死，也不枉走入紅塵這一遭……

刀王虎目中竟然也暗蘊淚光，不由放聲長嘯，以抒心志。

水知寒眼中閃過一絲複雜無比的神色，一時竟不知道是否應該發令動手。

一聲歎息，飄飄然地傳入每一個人的耳中。

那歎息聲來得如此突然，來得如此輕柔，卻又來得如此深慨，每個人就覺得有人在耳邊吹了一口氣般，有幾個人不由都驚跳起來。

一個黑色的身影突然就出現在忘心峰頂上，正在刀王身後二丈處，背向眾人，面臨險崖，負手望天。

那是一道令人覺得突兀、矛盾的背影。

那道背影立在山崖的最邊緣處，出現得那麼無由，卻又站立得那麼自然；有種登高振臂統領三軍的狂傲，亦似有種暗夜長燈獨行千里的蕭索……

忘心峰頂上，風起、地動、雲深、霧鎖，一切就像一幅仙人手執神來之筆繪下的圖畫，所有的拚死殘殺、血雨腥風在這一刻都變得那般不真實，俱都化為無形。

而那道身影，卻似嵌入了這潑墨寫意的圖畫之中，與整個山嶺景色渾然一體，無從分割。

勁冽的山風吹起他青白色的長袍、拂動他淡灰色的流蘇，在亂風中流漫著、舞擺著，給人的感覺就若昂然立著一個神話中人，直欲隨風羽化登仙，飛天而去……

但更令人驚詫莫名是，他那一頭垂肩的長長黑髮卻絲毫不亂，似乎那狂嘯著的山風只能吹動他的長袍，卻不能將他那頭黑髮撼動半分！

刀王沒有回頭，但他已感覺到有人出現在他身後，臉現驚容。此人無聲無息地從眾人的虎視中突然出現，這份功力，這份神秘，天下還有誰能辦到？

葉風因是側面而立，眼角已掃見那道背影，不由心中一緊。

他認得這個背影正是那日在五劍山莊後花園中見到的神秘人，而此人的武功之高，就算是刀王只怕也不能敵！

將軍府諸人一陣騷亂，早有幾個伏身跪下。

水知寒倒吸一口涼氣，聲音亦是有些發顫了，拱手一揖：「水知寒拜見明將軍！」

三、敬你一杯血性豪情

明將軍！！！

葉風心中一震，這個神秘人果然就是朝廷中一人之下萬人之上、江湖上公認的第一高手明宗越，明大將軍！

他對此人的身分雖是早有懷疑，此刻得水知寒的證實，還是忍不住渾身一震。心神驟然失守下，新傷舊恨一併湧上，幾乎再吐出一口血來。

明將軍沒有回頭，甚至動都沒有動一下，仍是端立山崖邊，似乎已全心全意地沉浸在雲層翻滾、霧靄迷濛的景色中……

水知寒頗有些迷惑地望著明將軍的背影，許是負傷的緣故，忽覺得將軍的身影越來越淡，直欲化為山風中、遁入無常間。

事實上所有的人都有一種突兀的感覺，明將軍彷彿已溶入那片風景中，不分彼此。如音之餘韻，如畫之留白。

那道背影就像是一座已站立千年的雕像，百年前存在著，百年後也依然存在著……

整個忘心峰頂再無半分聲響。

「留下沈千千，總管這就帶人回京吧。」良久後，明將軍似威嚴似平和的聲音才響了起來。

水知寒一愣，他的心中縱然對明將軍的乍然出現有了千萬種的猜想，也萬萬料不到明將軍一開口就是讓他回京。

側目看向左右，眾人臉色陰晴不定，皆是猶豫不決。

水知寒沉聲問道：「如何處置葉風？」

明將軍淡淡道：「我既然來了，便是要與他來一次了斷。無論結果如何，日後總管都要置身事外，再不管葉風的事。我說得可明白麼？」

水知寒聞言語塞，他跟隨明將軍這麼多年，自問極少能真實地把握到將軍的心意，而此刻聽明將軍的口氣，竟然是打算要放葉風一馬。

水知寒心中一橫，躬身恭謹道：「此子武功已趨大成，剛才更是於公平決戰中令歷輕笙敗亡，尚請將軍三思。」

明將軍依然是不緊不慢的語氣：「若非葉風能殺了歷輕笙，我亦不會出來了。」

水知寒道：「將軍意欲如何？」

明將軍低首沉思，不答。

水知寒昂然道：「如果將軍想要親自出手，知寒願為將軍掠陣。」

明將軍驀然轉身，一頭長髮如匹練般揮灑開來，目光炯炯盯著水知寒：「總管需要我再重複一次命令嗎？」

水知寒垂下目光，心中驀然湧上一個荒謬的念頭，如果此時抗命不遵，有多少人會站在自己這邊？

這些年來水知寒大力扶植新人，培養自己的實力，此刻將軍府的來人中大多都是只對自己效忠的，可以說他早已是暗中架空了明將軍……

可是，在明將軍多年積威下，又有幾人敢公然對抗，加上自己已負重傷，何況旁邊還有一個虎視眈眈不明心意的刀王……

在這種情況下，他如何敢公然違抗明將軍的命令？

水知寒心中暗歎一聲，痛下決斷，抱拳道：「知寒從命！」轉頭對眾位手下道：「諸位都聽到了，將軍有令，從此以後，只要葉風不犯我等，將軍府與碎空刀的舊怨便一筆勾銷！」

將軍府與枉死城的人終於全退下了山。

葉風與祝嫣紅雙手緊牽，心道反正最後大不了就是一死，再無所懼。

刀王收刀而立，面上陰晴不定，明將軍的出現實是太過突然，更是不明他的心意，心中迷惑。

已解開穴道的沈千千呆呆站著，一任山風吹亂心緒，一片茫然。

明將軍目光閃爍不定，似是在打量葉風，又似在想著心事。

整個忘心峰頂上，鴉然無聲。

刀王長吸一口氣，打破僵局：「請問明將軍如此做法是何用意？」

明將軍不答反問：「刀王以為我為何要來此？」

刀王豪然一笑：「你是來向我討債麼？」

明將軍淡淡道：「我本來是很想看看刀王這些年來有什麼進步，可事到臨頭卻突然改變了主意。你欠我的，我隨時可收，何必來討！」

刀王冷哼一聲，不老刃已擎在手中：「你不妨來試試！」

明將軍抬頭迎視刀王凜冽的目光，柔聲道：「你可知道我二十年前為何饒你不殺？」

葉風心頭一悸，何曾想刀王所說欠明將軍一個人情竟然是如此生死大事。而將軍此刻當著幾人的面前明說出來，竟是不給刀王留絲毫的情面。

刀王一震，面色變得慘白，不老刃遙指明將軍：「你讓我做的事我做不到，你現在如要想殺我，敬請出手！」

明將軍唇邊露出一絲意味深長的笑，舉止從容，渾不因刀王的刀勢而有半分失措，聲音仍是柔和有韻：「你為何做不到？」

刀王目光如火，擲地有聲：「因為我根本不想做！」

明將軍大笑：「我那時不殺你，不過是以為你經過二十年的臥薪嚐膽，能給我一個驚喜。可惜如今看來，刀王已然老了。」

刀王大喝一聲，「誰說我老了！」

明將軍銳目如針：「見了碎空刀劈中歷老鬼的那一刀，我心目中的刀王已然不是你了！」

刀王呆了半晌，執刀奮然道：「無論如何，我決不許你傷害他。」

明將軍哈哈大笑：「我既然能給你二十年，為何不能給他？」轉頭望向葉風：「以你的天資，日後當是可與我一戰的勁敵。可惜我不能給你太多的時間，七年後我們再約戰於此，葉小兄意下如何？」

葉風心中一震，何曾想到自己心中這個大敵竟會如此看重自己，一時愕然，說不出話來。

刀王亦是動容：「為何是七年？」

明將軍歎道：「我今年已是五十有三，七年後便已是花甲老人，這七年亦是給我自己一個期限、一種壓力，讓我不致於寂寞之餘渾忘了進窺武道的極峰！」

寂寞！

也許那是一種高處不勝寒的凜傲，也許那是一種弦斷無知音的蕭索。

葉風朗然道：「既然如此，將軍何需讓水知寒放過我，安知我不需要這樣群敵環伺的壓力？」

明將軍聞言不怒反笑：「好！我倒真是小覷了你，你養好傷後儘管去找水知寒的麻煩，不過可別未等到七年之約便讓他殺了。」

葉風冷然望著明將軍：「不用你開口，我也決不要你這份人情，不然日後對戰豈不是縛手縛腳，未戰先敗！」

明將軍撫掌，再度放聲而笑：「好一把碎空刀，只盼到時你可千萬不要讓我失望，我這些年早已等不及了。」

葉風強按住心潮，問道：「你在等什麼？」

明將軍輕聲道：「我等的東西屆時你自會明白！」

祝嫣紅淡淡道：「明將軍可也是等那份堪堪觸手可及卻又寧任盼待一生的美麗嗎？」

明將軍一愣，現出若有所思的神情，望著祝嫣紅與葉風，眼中大有深意：「所謂人有悲歡離合，月有陰晴圓缺。世間之事如雌雄相峙、陰陽莫辨，從來都是只有極端，沒有中庸。男歡女愛間如是，空名虛利間如是，富貴榮華間亦如是。那虛空之中，什麼才是永恆？到頭來，你應該知道的就一定會知道，若是想不明白便怎麼也不會明白。」

幾人靜靜聽著明將軍這段話，心頭均是一片茫然。既隱隱覺得他說話含有至理，但其中亦是空泛浮華，雖讓人若有所感，卻是依然不明所以。

葉風暗歎一聲，何曾想過明將軍會在此忘心峰頂有這一番言語。既像是在點化自己，又是渾然不解其中意味，不由心頭一陣恍惚，一時只覺敵友難辨，再也分不清這個生平最大的敵人的用意了。

刀王低首不語，他從來輕生死重應諾，剛才雖覺得自己一力維護葉風理直氣壯，但此刻見明將軍毫無敵意，不提他違諾之事，又覺得對明將軍有愧於心……

明將軍目光掃視眾人，忽然一笑：「我言盡於此，這便告辭諸位。」竟然作勢欲走。

葉風心中憶起一事：「明將軍留步，葉風有一事相詢。」

明將軍應聲止步：「葉小弟請問。」

葉風回憶起那日在五劍山莊後花園中與明將軍相遇的情景，歷歷在目：「將軍那日說起這世上只想瞭解五個人，又說我便是第五個，不知另外四人是誰？」

刀王、祝嫣紅與沈千千都大為好奇，屏息靜氣等待明將軍的答覆。

明將軍略微錯愕，抬頭望天，似是勾起了往事。

良久後，明將軍才微微一笑：「說與你聽也是無妨，這第四個人亦是一個少年英雄，便是京師中號稱『一覽眾山小』的凌霄公子何其狂，為人輕疏狂傲，但卻是武道上的不世天才。」

眾人早聞過凌霄公子何其狂的大名，單從他的名字中便讀出那一抹驕狂，想不到明將軍居然對其如此推崇。

刀王點頭道：「何其狂的武功變幻莫測，年紀輕輕便有如此成就，實在不枉將軍的看重。卻不知第三個人是誰？」

明將軍臉上閃過一絲奇異的神色：「第三個人是一位女子，我卻不想說她的名字。」

幾人心頭釋然，明將軍這些年威名太盛，江湖中人都將其視為神話，卻忘了他亦有凡人的七情六欲，自然也有喜歡的女人，一時都覺得與明將軍的距離大大接近了。

明將軍見到諸人臉上的神情，哈哈一笑：「我最想瞭解的第二個人你們剛才已見過了。」

葉風心中一動，脫口而出：「水知寒！」

明將軍緩緩點頭。

眾人恍然大悟，水知寒一代宗師，這些年卻甘為將軍所用，到底為的是什麼？

這個問題只怕唯有水知寒自己明白了。

明將軍靜默半晌，眼閃精光，望著葉風道：「你的碎空刀純走精神之道，憑的就是一份不滯于物的心志。『刀不是你，你卻是刀』。這一點你可千萬要記住了。」

「刀不是你，你卻是刀！！！」

葉風聞言一怔，明將軍此語如金玉良言、晨鐘暮鼓般點醒了他，心中大有所悟，卻實在不明白將軍為何要如此待他，不由抬頭向他望去。

明將軍微微一笑，出言卻是石破天驚：「葉小弟不必多疑，只因我看出你對我有了一絲好感，深怕這會影響到我們七年後的決戰呢！」

葉風愕然，心中思索一番，昂然答道：「敬請放心，我與將軍之仇不共戴天！」

明將軍哈哈大笑：「我卻尚存一線懷疑，只怕葉小兄見我放過你二次，屆時不能盡力而戰。難以發揮碎空刀的精髓，豈不是讓我大失所望。所以我已決意再給你加上一份仇恨……」

葉風此時再也把握不到明將軍的心意，失聲發問：「你要如何？」

明將軍轉頭冷冷望向刀王：「刀王一向是我看重之人，可敢讓我敬你一杯血性豪情麼？」

刀王心頭一凜，已隱知其意，將心一橫，放聲大笑：「我們道不同不相為謀，恕我敬謝不敏。」

明將軍冷哼一聲，轉身飄然而去。

沈千千畢竟少女心性，一時渾忘了剛才的悲痛，追聲問道：「第一個卻是什麼人？」

明將軍的聲音從山腰傳來，卻是答非所問：「刀王還記得欠我的情嗎？」

刀王眼光一黯，仍是朗朗傳聲道：「老夫看到刀道有繼，生平心願已了。你想我如何？」

明將軍去得好快，這一次的聲音卻是從山腳下傳來，卻仍似近在身旁般沒有絲毫減弱，「好！既然有了新刀王，你以後便不用再使刀了吧……」

刀王垂頭沉思良久，忽然揚首向天，放聲道：「你放心，我刀王欠下的，總是要還！」

不老刃刀光一亮，刀王左手揮刀，可那一道如燦勝日華的刀光——竟是斬向自己的右臂……

葉風大驚，欲要上前阻止，奈何身有重傷，一個踉蹌，竟是眼睜睜看著刀王的右臂迎入刀光中，目光中尚含著一份壯勇的淒涼。

幾人同聲驚呼，血光迸現，刀王已是自斷一臂……

「沈姑娘你現在應該知道了……」刀王雖是痛得臉色劇變，卻猶對沈千千勉強擠出一個笑容：「明將軍最想瞭解的人，其實——就是他自己！」

四、最急是晚風，最瘦是黃花

這一夜，像是怎麼也望不到天明。

沉甸甸的黑暗中，左是虛空，右也是虛空。一雙空濛的眸子，又能看到什麼？感應到什麼？

祝嫣紅本不想流淚，她一直認定自己是個堅強得甚至有些固執的女人，可這一刻，她直覺著沉沉的黑夜將她軟軟地包圍著，心頭莫名地泛起一絲柔弱，一滴溫熱的液體怯怯地滑下臉龐，被皮膚吸乾，留下一小片淚漬。

夜涼如水，晚風最急。

聽著木窗拍打著窗櫺，似乎也一下下地敲在她的心上。

撐了這麼久的她，明日果真是一回解脫嗎？

忘心峰上，龍騰空身死，刀王斷臂，葉風重傷，沈千千心碎，而祝嫣紅……

她執意下山孤身來見雷怒，無論如何，她總要給他一個交代吧！

葉風沒有留她，但她從他的目光中看出了他的等待，他會留在那無名峰頂上，在那曾共同生活過八天的小屋中等她回來。

他應該知道自己的心意吧！而沈千千照顧著重傷的他，自己是不是也可以放心呢？

這一路來，她的心時如朝陽般燦爛，時如夕陽般迷惘，時而似青天如洗，時而似烏雲齊聚。

可每當想到他，每當想到他陽光破曉般的一笑，想到他在萬軍叢中抱緊自己的那一刻，她的心臟就會跳動得更加頻繁、更加劇烈，直到這時她才發現，那份世態難容的感情竟已深深揉合入她的生命中……

這麼多年來，似乎直到有了他，她才重新有了屬於自己的——坦然潔淨的情懷、歡躍清純的心靈、多情赤誠的雙眸、生機奔湧的血脈……

她，更有何求?!

五劍山莊尚餘下的六大護法將她迎進五劍山莊，昔日的弟子也陸續回來了不少，五劍山莊似乎又恢復了舊時的豪氣。可經過這麼許多變故，在祝嫣紅的心中，這殿堂依舊人亦依舊的五劍山莊，總是彷彿憑空多了一種寥落與沉悶，更有一種難言的苦澀。

而雷怒，今晚就將回來。

今晚，她將面對丈夫雷怒的責罵、呵斥？還是一份沉痛、悔悟？

她不知道。她只想靜靜地解開這份心結，她只知道，不管雷怒是不是原諒她是不是理解她，她都會隨著葉風海角天涯，相顧平生……

除非，雷怒殺了她！

但，這份心事她如何能與葉風明說？她不欲讓他知道她已深愛著他，再也離不開他。如能求得一紙休書更好，若不是能，她如何捨得讓心目中的英雄為流言所擾，消磨意氣？

如果是那樣，她寧可為雷怒於狂憤中所殺，她寧可葉風忘記她……

是以在那忘心峰頂，她才離開的那麼果敢，離開的那麼決絕。

她不要他再為此負疚，不要他再為自己做些什麼，雖然她感覺得到他的目光一直磨損著她的腳步，他的心音一直在牽扯著她的身影，幾乎讓她鈍重地邁不開步子……

門口傳來一陣熟悉的足聲，打斷了祝嫣紅的思緒。那是丈夫的腳步聲！

「吱呀」一聲，門被怯怯地推開，雷怒靜靜地站在門邊，就著鋪灑滿庭的月光，他的影子映在祝嫣紅的身邊，就像是一座黑沉沉地大山。

「你回來了！」祝嫣紅習慣性的站起相迎。

雷怒不語，仍是端立在門口，也許是庭院中的婆娑樹影，也許是房室內的流離月光，他的身體看起來就像是不停地顫抖著。

「我……」祝嫣紅驀然慌亂起來，想好的說詞全然無蹤，不管怎麼說，他亦是與她同床共枕數年的結髮夫妻啊！

想到那些為他侍寢安枕的日子，想到為她梳妝畫眉的閒事，再想到娘家中不過三歲的孩子，她的心中就像是被刺了一刀。

「你不用說了，我都知道。」雷怒長長歎了一聲，嘶聲道。

他都知道了嗎？他真的能明白嗎？

祝嫣紅復又重重地坐在床沿上，這一刻她突然很恨，恨老父要為了那些字畫那些虛名將自己嫁給雷怒，恨為何不能在雲英未嫁的時候遇見葉風，恨命運捉弄的無常，恨紅塵圈定的世俗，甚至，她在恨自己為何就不能愛上自己的丈夫？

雷怒的聲音澀然而暗啞：「我本還以為留下一條命，以後便可與你隱居山間田園，終老一生，從此不問江湖爭鬥……」

祝嫣紅心中一震，垂首不語，曾幾何時，這不正是她對他的期求嗎？

可惜物是人非，流逝的一切再難以找回來了。

雷怒抬眼望來，目中漲滿酸楚：「我知道這些年我冷落了你，可那時我以為做為一個男子漢大丈夫，只有功成名就才會讓他的妻子歡喜。而我現在知道了，嫣紅要的並非是一分生命中精彩的片段，而是要逃避開世間的紛爭和煩惱，去領悟一種名利中人無暇體會的美好……」

祝嫣紅心神震盪，原來丈夫亦是如此的瞭解她，不由舌根發軟，一轉念間方勉強給自己找到一個理由：「可你卻萬萬不該殺了方清平，即便是為了我，你亦不應該行如此行徑……」

雷怒眼中閃過一份愧疚，「那時我已被迷了心竅，一意苟全殘生。可是，我的心中無時無刻不在痛恨自己，這些日子以來我絕沒有再與將軍府的人來往，就連快活樓的人向我通報消息亦被我趕走。我這幾天都在暗中聯合師門，加上歷輕笙已死，水知寒重傷，只要時機成熟，借助我雷家霹靂堂的力量，我必要給將軍府反戈一擊，給我錯殺的好兄弟報仇。」

祝嫣紅喃喃道：「你不怕江湖人說你反覆無常麼？我一個弱質女流可以不要尊嚴，可你堂堂大丈夫如何再立身於世？」

雷怒長歎一聲，潸然落下淚來：「你可知我這一切都是為了你，我已錯了一次，失去了好兄弟，我不要再失去你，就算你念在我們孩子的份上，亦不要離開我……」

祝嫣紅隱隱覺得想到了什麼關鍵處，只是第一次見到雷怒哭泣，一時心志恍惚，只得幽然長歎：「你要我怎麼做？」

雷怒道：「只要你願意留在我身邊，我負責親自去和葉風說項。畢竟我與他曾是同甘共苦的兄弟，他應該知我苦衷。」

祝嫣紅歎道：「你盡可直接找他說，如果他願意……」她的語音戛然而止，若是葉風真的放棄她，她又能如何？她還會繼續與雷怒合好如初嗎？

這世上真有能重圓的破鏡？真有能收回的覆水嗎？

雷怒眼中閃過喜色：「你同意就好辦。只是這幾日再也尋不到葉風與沈千千的下落，刀王斷臂下山後亦再無蹤影……」

祝嫣紅這才明白，刀王斷臂下了穹隆山，葉風與沈千千定是在忘心峰頂那無名崖中，因為那條鐵鍊形跡隱秘，上山搜尋的人眼見山頭無人，料想葉風定是另尋藏身處，是以便忽略過去了。

雷怒道：「我想你定是知道他的去向，只要告訴我，這便去動身找他。」

祝嫣紅心頭一震，忽然明白了關鍵。

雷怒既然說再不與將軍府的人聯繫，連快活樓傳訊的人亦趕走，他的消息從何而來？

雷怒一點沒有注意到祝嫣紅的臉色逐漸變冷，尚在繼續道：「其實我對葉風的武功行事均很佩服……」

祝嫣紅輕歎一聲，問道：「你怎麼知道刀王斷臂了？」

雷怒一呆：「刀王下山時為人所見……」

祝嫣紅再問：「歷輕笙之死與水知寒身負重傷，這本是極為隱秘的事，你又如何得知？」

雷怒無言，臉色變了數下，由紅轉青。

祝嫣紅哽咽道：「你殺了方清平還不夠嗎？為何還想殺葉風？」

雷怒眼中寒光一閃，忿然昂首：「若不是他，我五劍山莊怎麼會落到這個地步？」

祝嫣紅搖頭道：「就算沒有他，日後你遲早也會與將軍府衝突，不過時間上的早晚而已。」

雷怒望向祝嫣紅，慢慢地道：「他有什麼好？可以讓你這種人都不守婦道？」

她從那雙陰冷的眸子中讀出了一抹狠毒，禁不住心驚肉跳：「我這種人？我這種人是什麼人？」

雷怒冷然一哼：「忘心峰頂上你們這兩個狗男女做了什麼？」

「狗男女?!」那一剎祝嫣紅的心如若墜入冰窖：「你不要胡說，我對天發誓，我與他至今仍是清白的……」

「清白？」雷怒勃然大怒，作勢欲抓向祝嫣紅，手卻終於停在半空：「你那時當著許多人的面與他擁抱的時候可想過我嗎？我雷怒有你這樣的女人，真是顏面無存，祖上蒙羞……」

祝嫣紅大聲打斷雷怒的話：「你不要再說了，我這次回來，唯求一紙休書！」

雷怒哈哈大笑，狀若瘋狂：「好呀，你讓葉風那小子親自跪在我身前，我便立刻給你下一封休書，順便公告天下，讓世人都知道有你們這樣沒有禮義不顧廉恥的狗男女，再看看他是不是會嫌棄你這種連孩子都不要的賤貨……」

祝嫣紅再也按捺不住，起身朝門口走去，大聲道：「你同意也罷，不同意也罷，反正我仍將會去找他，與他相守一生，我知道他不會嫌棄我，這一世也不會！」

她定定神，望向雷怒那雙充滿歹毒的眼光：「你若是能狠下心，便殺了我吧！」

祝嫣紅經過雷怒身邊時，感覺到他動了一下，似乎要伸手拉住她，卻終於沒有……

這一步跨出房門後，是不是就真是海闊天空？

「嫣紅！」雷怒淒然叫了一聲：「你……瘦了！」

滿庭落花飛舞，而她是不是就是眾花叢中，最瘦的那一枝？

祝嫣紅沒有停下腳步，但鼻中一酸，雙目終於淌下淚來。

五、青絲之媚

葉風躺在無名峰的那間小屋中，沈千千一改往日嬌蠻，靜靜坐在床沿，陪他說話。

這幾日來，在沈千千的悉心照顧下，他的傷勢終於不再惡化。

歷輕笙臨死前釘入他胸口的那一指環還且罷了，那開膛破腹的一爪卻是非同小可。若不是當時歷輕笙收招而退，爪間勁力內收，只怕他已與歷輕笙同歸於盡了。

可那爪上尚蘊有劇毒，又是正中心脈處，幸好他當時陷情入刀，胸中充注著渾忘天地生機勃勃的濃情。心意高遠下，從而將那份毒素的滅絕之機化解為無形，才不至於當場毒發身亡。

此刻外傷雖已好得大半，但胸腹的內傷卻還待慢慢調理。

沈千千看著葉風發呆的樣子，柔聲道：「又在想她了？」

葉風赧然一笑，轉開話題：「這幾日辛苦了你，我現在傷已好了大半，你暫先去休息一會吧。」

沈千千這幾日明知葉風對祝嫣紅一片情深，心中又是佩服又是妒忌。而自己偏偏身負落花宮的武功，與他有緣無份，心中淒苦，收起綺念，卻仍要處處強作笑顏，加上已足有數日未眠，早已是疲憊不堪。但亦只是輕輕一笑：「不礙事，我不累。」

葉風心中對沈千千有愧，卻也想不出說什麼話，只得閉口不語。

沈千千幽幽道：「你還記得我們初見時的情景嗎？」

葉風點點頭，面含微笑：「那時你一副凶霸霸的樣子，現在想來也是好笑得緊。」

沈千千的心思似是回到了往日時光，嬌笑道：「那時我與水兒女扮男裝，去挑那嶺南七惡的山寨。卻不料已被你捷足先登，七惡統統被你點了穴道，倒了一地……」

葉風哈哈一笑：「七惡雖是惡名在外，卻也非是傷天害理之徒，我正愁不知如何處理他們呢，可巧你就來了。」

沈千千忍不住「噗哧」一笑：「那時我尚不知你是武林中大名鼎鼎的碎空刀，只見你對著躺了一地的七惡皺著眉頭，一邊搖著頭一邊歎著氣喃喃道：『你們且告訴我你們身上的哪塊肉最適合給我下酒？』哈哈，倒是把我嚇了一跳。」

葉風也是忍俊不住：「我只是嚇唬一下他們，好讓他們以後不再作惡。誰知你與水兒七嘴八舌的一打岔，又說腿上活肉最香又說耳朵清脆可口，倒真是驚得那七位面色如土，生怕哪塊肉被你看中了……」

沈千千笑得喘不過氣來，一面拍著胸口一面道：「你還說什麼舌頭下酒最是爽口、臉上皮厚加倍有咬口什麼的，聽得人噁心死了……」

葉風大笑：「若非如此，怎麼能讓一向為霸一方的嶺南七惡棄惡從善……」

看著葉風一臉歡容，沈千千的心彷佛重又回到那一天，只記得那個滿面毫不在乎卻又似帶著一點薄薄鬱色的年輕人，見到她先是俏皮的眨眨眼睛，第一句話竟然是：「這位公子，可要分一塊人肉嘗嘗麼？」

於是，她便墜入了他那好似深若無底的黑瞳中，再也不能自拔……

二人說起舊事，談笑甚歡。

沈千千忽想到生死未卜的水兒，擔心道：「也不知水兒怎麼樣了，定是受了不少的驚嚇。」

葉風正色道：「水知寒好歹亦是個人物，加上對落花宮亦不無顧忌，應該不會為難她。待得我傷好了，就去將軍府大鬧一場，將水兒救回來。」

沈千千擺手道：「明將軍不是說了，只要你不去惹將軍府，便不會來找你的麻煩，這事我讓母親出面好了。」

葉風歎道：「我倒無妨，只有在與將軍府的鬥爭中才能進一步提高武學上的修為。只是龍前輩死在水知寒手下，你母親若是去了將軍府，定還要引起諸多風波。」

沈千千想到龍騰空，不由黯然神傷。

葉風忙安慰她，卻又不知如何開解。心中一動，想到自己這些年行走江湖，倒也是收集了不少有趣的小玩意，伸手入懷卻摸了一個空，這才想到給自己治傷時外衣都除去了。

沈千千誤會了葉風的意思，從桌上拿來一張紙卷，放於他手上：「是不是找這個？」

葉風一呆，下意識接過來，卻是心有所寄，再也說不出話來。

沈千千搶過葉風手上的紙，展開慢慢讀道：「冰雪肌膚，靚妝喜作梅花面。寄情高遠。不與凡塵染。玉立峰前，閑把經珠轉。秋風便。霧收雲卷。水月光中見。」

那正是葉風與祝嫣紅相處的幾日中，祝嫣紅在紙上記下的宋人舊詞。

——寄情高遠。不與凡塵染。玉立峰前，閑把經珠轉。

葉風念及那幾日的旖旎風光，仿若重又翻開時光的扉頁，心中便充滿了那份刻骨的相思。

那一刻，與她攜手並肩，傲立峰前，指點風景，從容談笑。

素箋情深，心事似乎全讓這墨筆毫尖一一說盡。

那份濃濃深情就這般隨著紙卷的展開，奔騰於紙首、瀰漫於稿末、閑遣於掩映，滿溢於案牘。

沈千千見葉風怔怔的樣子，心口一酸，垂首不語。

葉風見狀收起情懷，支撐起身子：「我們去外面走走吧！」

沈千千這幾日對他言聽計從，當下扶葉風出了小屋。

正是個清爽秋日，無名峰上草氣瀰漫，山風習習。

葉風精神一振，暗中運氣，內力竟已恢復了七七八八。心中開懷，正要說兩句話逗沈千千高興，忽有所覺，來到通往忘心峰的那根鐵鍊前。

果然山風中隱隱似傳來了祝嫣紅的聲音。

葉風大喜，再也顧不得沈千千的情緒，運功躍過鐵鍊，來到忘心峰上。

祝嫣紅亭亭立於峰頂上，見到葉風盈盈一笑，身子略微動了動，似是想撲入他的懷裡，卻又勉強忍住。

以往見到她時，葉風總會從她的神態中看出一種淡淡的「鬱」。而這一次，靈光閃爍的眼睛點綴著她的臉孔，就似一股清冽的流泉，表面上的冰雪冷傲的情態卻抑壓不住於心底翻騰下透出來的一種喜悅……

「你猜我帶來了什麼？」祝嫣紅喜孜孜地道。

葉風不由分說一把抱起祝嫣紅：「我什麼也不猜，你來了，就已帶來了全部！」

祝嫣紅面紅過耳，與他分別幾日，仿若千年。加上懷中揣著雷怒的休書，再無顧忌，心底只想任由他輕薄，好解幾日的相思之苦……

沈千千的聲音從對面無名峰上傳來：「祝姐姐來了嗎？」

祝嫣紅這才想到沈千千尚在附近，雖是迷霧中定然看不清楚這面的情景，卻仍是耐不住嬌羞，掙扎推開葉風，揚聲道：「沈姑娘好，我來看你了。」

沈千千心中不知是什麼滋味，這些日子來強迫自己將葉風當做大哥哥般，努力保持那份淡淡的距離。可事到臨頭，才知道這份情意怎能說忘就忘，澀聲應道：「葉大哥還不快將祝姐姐帶過來。」

葉風細察周圍山下，並無人跟蹤，放下心事，擺開架式，一蹲馬步：「請！」

祝嫣紅眼見必又是要被他負於背上，以往尚不覺得如何。可此時一來有沈千千看到，二來求得雷怒休書後，心情似重又回到舊日雲英未嫁的小姑娘般，嬌怯與矜持一併湧來，再也不敢伏在葉風的背上。

葉風哈哈大笑，重又抱起祝嫣紅，騰身踏上鐵鍊。

祝嫣紅低呼一聲，但覺身體像騰雲駕霧般直飛而起，心中先是害怕，再忽覺疲倦至極，當下閉目不敢再看，十分的歡喜爬上眉梢，憶起那日伏在葉風背上哼著曲子的情景，不由在心中重又輕聲而唱……

葉風眼視懷中的祝嫣紅，見她雙目緊閉，眉角含春，滿面嫣紅，臉上那一道傷痕亦是淡淡隱去了，心神暢美難言。只覺得能有這一刻，再無所求……

山風將祝嫣紅的髮絲捲起，直送入葉風的鼻端。

一股異樣的清香驀然傳來，葉風大吃一驚，細看祝嫣紅的臉色，內中果有一種若隱若現的暗灰色，心中一顫，雙足用力，一蹬而至對岸！

沈千千見葉風抱著祝嫣紅過來，心口一酸，卻又見葉風一臉沉重之色，詫異問道：「發生了什麼事？」

祝嫣紅聽到沈千千的聲音，睜開眼睛，卻見到葉風的神情，不由一呆，想要掙扎下來，那份疲倦卻揮之不去般牢牢纏住了自己。

葉風對祝嫣紅沉聲問道：「你可覺得心中有很倦的感覺嗎？」

祝嫣紅點點頭：「可能是趕路急了，休息一會便好。」

葉風眼中閃過怒火：「雷怒給你下了毒！」

祝嫣紅心中一驚，旋即釋然。怪不得雷怒留她寫下休書時的表情那麼古怪，怪不得臨走前雷怒強行拉住她的手久久不放……

她本總是覺得欠了雷怒許多，此時心中竟沒有半分難過，反而覺得大可減少心中對雷怒的疚欠……

沈千千問道：「什麼毒？可有解嗎？」

葉風恨聲道：「如果我沒猜錯，此毒名為『媚青絲』，是從髮稍間毒入皮膚，本是歷輕笙的獨門毒藥。此毒非是無法可解，但此毒最厲害的不是其毒力輕柔令人難以覺察，而是下毒之人可以通過此毒的異味跟蹤而來……」

沈千千驚道：「那我們快走吧，你的胸傷還未痊癒，不能與人動手。」

葉風遲疑一下，歎道：「這下毒人必是高手，從蘇州到此足有六十餘里，竟然到現在才發作。而此毒名為『媚青絲』，便若那緊纏著情人之心的一縷青絲般，讓人難捨難棄。一旦發作，便絕不能移動中毒者的身體，否則毒入腦部，便是極難解救了。」

沈千千喃喃念著「媚青絲」這三個字，竟似癡了。

祝嫣紅皺眉道：「我想起來了，出五劍山莊時有一個黑衣人好像故意碰過我一下，他左臉上有一顆黑痣，極是好認……」

葉風痛心道：「那必是歷老鬼的四子歷映，此人最精於下毒！」

祝嫣紅看著葉風臉上的神情，忽覺得有他如此關切過自己，便是此刻死了亦是值得，可又捨不得就此與他陰陽相隔，柔聲道：「或是將我留在此地，諒雷怒不會任我毒發身亡；或是帶我即走，便是死在你懷裡嫣紅已是很滿足了。」

葉風剛毅的面孔若古井不波：「不！我要將你留在這裡，不過我亦絕不會離開！」

「啪啪啪」，掌聲徐徐傳來，從鐵鍊上相繼躍過十數人來，當先一人正是雷怒，五劍山莊六大護法、散萬金、散復來等人緊隨其後，再就是一幫黑衣人，都是歷輕笙的弟子。

鼓掌那人左頰一顆黃豆大的黑痣：「葉風果是性情中人，更是高明之至，竟然一下便猜中了我的『媚青絲』！」

葉風對雷怒視若不見，雙眼緊緊盯住此人：「歷映，拿解藥來，我可留你一命！」

歷映哈哈大笑，臉上閃過一絲陰毒的恨意：「忘了告訴你，此『媚青絲』中我尚混有另外九種絕毒，就算神仙再世，亦絕難搭救。」

葉風低吼一聲，目光轉向雷怒：「你就任由他下此劇毒？」

雷怒臉上痙攣了一下，卻仍是冷冷道：「我不要的女人，自然也輪不到葉大俠！」

六、那一場無涯的生

葉風努力將心情平靜下來，默察形勢。

敵人共有十九名之多，除了雷怒、六大護法、散萬金父子，其餘十人加上歷映俱是枉死城的弟子。此刻眾人各占要地，遠遠圍著葉風，且看這些人毫不費力地通過那道天險鐵鍊，便可知全是一流高手。

除了六大護法外，人人面上俱是仇怨甚深的模樣，只待雷怒一聲令下，便是一場群毆。

雷怒與歷映佔據鐵鍊來處，想來是敵人中武功最高的二人，是以守穩這無名險峰的唯一退路。

祝嫣紅拚著全力將懷中的一個錦盒取出，望著雷怒問道：「這裡面到底是什麼？」

雷怒看著動作艱難的祝嫣紅，心頭一緊，答不出話來。

歷映哈哈大笑：「裡面亦有我布下枉死城的毒藥，可惜葉風再也沒機會打開了。」

祝嫣紅慘哼一聲，卻仍是望著雷怒：「你告訴我好嗎？」

雷怒見舊日愛妻命在旦夕，心中亦是撕心裂肺般地疼痛，低頭答道：「裡面實是一封休書。」

祝嫣紅居然呵呵笑了起來，望著仍抱著自己在懷裡的葉風道：「那便行了，葉公子你帶著沈姑娘突圍吧，嫣紅此刻已是你的人，做鬼亦是葉家的了。」

葉風決然搖頭：「你放心，我定然找出解毒的方法。」

雷怒終是心有不忍，更是不忿葉風抱著祝嫣紅，緩緩抽出怒劍，低首望著劍脊的花紋：「若是讓葉風活著出去，我雷怒從此還能抬起頭做人嗎？」

祝嫣紅輕笑道：「你還是那麼愛面子，不然你本亦是我心中的一個英雄。」

雷怒胸口如遭雷擊，掌中的怒劍幾乎都拿不穩了。

葉風的碎空刀法渾若天成，此刻尋得雷怒的一絲空隙，自然而然以心指臂，揮刀而出，直劈向守住鐵鍊道口的歷映。

歷映那日見到葉風出手一擊，連父親歷輕笙亦死在他的刀下。雖是明知葉風重傷未癒，但此刻含忿出手，豈是非同小可。眼見這一招勢道凌厲，猶若風捲殘雲般撲面襲來，加上一邊的雷怒心神不守，勢難相助，一時心悸，如何敢獨擋這一招，急忙閃身退開。

雷怒心驚之下，加之對祝嫣紅有愧於心，亦是驚慌閃到一邊。

眾人發一聲喊，仗著人多膽壯，除了六大護法，全都衝了上來，七八種兵器齊齊向葉風襲來。

葉風一招得手，已佔據鐵鍊要道，欲要飛身退走，卻被眾人纏住，當下想亦不想，一招劃出。他此刻的心中充滿了對祝嫣紅的關切，這一招正合陷情入刀的心意，只聽得叮鐺幾聲亂響，眾人合力的這一招盡數被他擋開，一個黑衣人退得稍慢了些，左腿已給碎空刀劃中，痛得悶哼幾聲，滾倒於地。

一時眾人為葉風威勢所懾，只是遠遠瞄定，再也不敢衝上來。

歷映卻是盯住被圍在戰團中的沈千千，冷然道：「葉風你要捨得沈姑娘便走吧！」

葉風一招退敵，心口卻是怦怦亂跳，知道自己重傷未癒，實不宜動手。但又如何肯棄沈千千而走，何況以他現在的功力，只要帶著祝嫣紅一上鐵鍊，腳下虛浮，身體懸空，也必然抵不住敵人的追擊。

沈千千武功並非庸手，但此刻陷入戰團，敵人個個都是高手，如何能敵，勉強擋得幾招後，已是汗浸香額，心跳氣喘。

葉風冷然喝道：「停手。你們若是傷了沈姑娘，我葉風發誓定要生離此地，再將你等盡殲！」

眾人心頭齊齊一凜，想到葉風對付將軍府鬼神莫測的手段，知他非是虛言恐嚇，當下俱都停手。

沈千千大叫：「葉大哥快走，不要管我！」

散復來對沈千千最有好感，偷望父親一眼後，壯著膽子道：「我們只要葉風的命，絕不想得罪落花宮。」

雷怒回過神來，他的眼力最為高明，已看出葉風重傷未癒，絕難帶著祝嫣紅從鐵鍊而逃，當下沉聲道：「只要葉風束手就擒，我保證絕不會為難沈姑娘。不過葉風你若是要逃，我們亦只好拚著先殺了沈千千。」

祝嫣紅雖是毒力已隱隱發作，胸腹間異樣的難受，但聽得葉風怦怦的心跳，一份憐愛還是忍不住泛上心頭，竭力伸手拭去葉風額上的汗珠，轉頭看向雷怒，柔聲道：「我們好歹夫妻一場，請你先放了沈姑娘可好？」

雷怒與祝嫣紅相處這許多年來，尚是第一次聽她如此軟語相求，想起舊日溫情，心中更痛，幾乎便要脫口答應了她。

歷映冷聲道：「葉風你能保證不逃嗎？」

沈千千斥道：「枉你們這些人平日以英雄自居，竟然如此卑鄙，乘人之危！」

歷映冷笑一聲：「若是葉風養好傷勢，便是我們的末日，性命交關，還有什麼英雄？」

祝嫣紅仍是望定雷怒：「我死在你手下，絲毫無怨，我可以代葉風答應此後不來找你們復仇……」

葉風痛聲道：「嫣紅，不要求他……」眼見祝嫣紅面上漸漸泛起一片死灰色，知道再不及早救治必無倖理，心頭悽楚，竟已哽咽。暗握她的纖纖素手，將殘餘的內力源源不斷地傳過去，只盼能再續她一時之命。

雷怒垂首不敢望向祝嫣紅，語氣間卻仍是無比的堅決：「我與葉風有奪妻之恨，今日必分生死！」

祝嫣紅慘哼一聲，奮起餘力，先是甩開葉風的手，再將懷中求思劍拔出，指在自己的心臟上，大聲叫道：「雷怒，你若是不讓沈千千走，我必先自盡於此，好讓葉風死心離開，日後你們這些人還能有幾個人活下來？」

「嫣紅，不要……」葉風想要出手奪下祝嫣紅的劍，但見她面上堅忍，加上一手抱她，一手執刀，竟是不敢妄動。

雷怒與歷映齊是一震，祝嫣紅如果橫心一死，葉風再無負擔，若是就此遠走，日後誰能保證逃出他的碎空刀？

祝嫣紅目光盯住雷怒，輕歎一聲：「這柄劍本是你送於我，你可要我死在這柄劍下嗎？」

雷怒想起舊日恩情，鼻端一酸，再也敵不住心中的疚歉：「嫣紅，我答應你！」

歷映想再說什麼，見到雷怒掃來的眼光，終於歎了一口氣，當先給沈千千讓出路來。

無名崖上，天闊地廣。

浮雲遊動，晨霧漫野，山風凜冽，鳥鳴高昂。

浮雲最純，晨霧最濃，山風最激，鳥鳴最亮。

而情懷、情懷最醇！

望著沈千千一步一淚地終於消失在鐵鍊盡處，望著雷怒與眾人虎視的目光，望著葉風含淚的雙眸，祝嫣紅終於亦忍不住淚流滿面。

雷怒此刻亦有些哽咽，他多想像一個真正的英雄一樣與葉風約戰無名峰頂，他多想讓將死的妻子知道他絕非貪生怕死的懦夫……

可是，看著葉風冷峻得近於可怕的神情，他終於不敢！

歷映數次想下令出擊，但生怕葉風棄下祝嫣紅退走，唯有靜等葉風忍不住踏上鐵鍊的那一刻，眾人一起出手，才是十拿九穩！

局面就如此僵持著，而祝嫣紅的生命亦在一點點的流逝著……

葉風心中氣苦，他雖一向是灑脫之人，明知此時放下祝嫣紅全力退走是最佳選擇，但又如何放得下這心中牽掛至深的人，只得將內力源源不斷地輸入祝嫣紅的體內，幾已枯竭……

祝嫣紅暗中輕歎一聲，心知如此下去她與葉風都是必無倖理，已是痛下決斷。

她輕柔如秋水般的目光深深深深地望入葉風的眼中：「你知道麼？這些天來我一直在想，遇見你到底為的是什麼？是不是生命因為見過了你，才有了甦醒，才有了盡頭？」

葉風迎住祝嫣紅的目光，只覺得那雙幽怨的眸子就像碎空刀般深深地扎入了心腔，再也說不出一句話來，唯有重重點著頭……

「相濡以沫，不若相忘於江湖。」祝嫣紅竟然笑了，未執劍的左手努力撫往葉風的面容：「答應我，你要好好的活著……」右手一緊，求思劍已然穿入胸膛……

葉風與雷怒同聲驚呼，雷怒衝上半步，呆了一下，終於止步。直到這一刻，他才忽覺得，自己的這一生，竟是什麼也沒有得到，竟是如此的空虛、如此的茫然……

眾人全被祝嫣紅的貞烈所動，六大護法更是淚水橫流，就連歷映亦是忘了發令進攻……

葉風緊緊將祝嫣紅貼懷抱住，無言的眼水從眼中迸湧而出，一滴滴落在她的面上，心痛得幾乎麻痹。

這些日子與她共度的情形一幕幕地在腦海中狂亂地湧現著。一切的一切，便恍若一場碎空的夢，那麼的不真實，又那麼的清清楚楚刻在血肉中……

在這一刻，他渾忘了周圍的敵人，低伏下身子，將祝嫣紅輕輕放在地上，手忙腳亂地捂著祝嫣紅胸前的傷口，但血漿汩汩從指縫間湧出，再也停止不住……

「這無涯的一場生啊……」祝嫣紅喃喃念著，已失神彩的眸子仍是定定望著葉風。在她生命的最後一刻，一縷情思仍是緊緊纏在這個讓她愛得如此痛烈的男人身上……

葉風再將真氣源源地送過去，祝嫣紅卻已是香消玉殞，回天無術！

歷映大喝一聲：「殺！」

「追風劍」杜寧與葉風最是交好，早是虎目含淚，毅然攔在葉風身前，擋住了幾個枉死城弟子的兵器，眼望雷怒：「大哥，我今日對不起你了！」

雷怒怔了一下，竟似呆住般不發一語。

「洪荒劍」江執峰也持劍掠到杜寧身邊，助杜寧共同接下歷映的幾記殺招，護住葉風。其餘人都為此刻變化所驚，均是靜觀其發展。

良久，葉風緩緩立起身來，雙目猶若射出火來，望著雷怒眾人，臉色鐵青，一語不發。諸人全都為他可怖的神情所懾，俱都不由自主退開一步。

葉風驀然大叫一聲，狀若瘋魔，碎空刀一揮而過，那條通往忘心峰頂的鐵鍊應聲而斷。眾人大驚，此處四面懸空，鐵鍊一斷，除非把葉風殺了，不然誰能在碎空刀的虎視下攀崖下山？

這無疑是葉風決一死戰的宣言，這份冷狠，這份豪勇，這份決斷，這份激昂，怎不令人心悸？

站在忘心峰頂翹首盼待的沈千千只聽得起初兵器砰然相交的聲音，更有葉風一聲嘶啞的大叫，再忽覺那條鐵鍊蕩了回來，極目眺望，雲遮霧繞下，仍不知對崖發生了什麼事，以為葉風遇險，急得大叫起來，忍了良久的淚水終又潰堤，再度崩決……

葉風放聲大笑起來，碎空刀遙指歷映，神威凜凜。

眾人雖是明知他重傷未癒，但那份餘勇尚在，一時竟是誰也不敢逼近。

葉風笑了良久，眼中終於收住了淚：「好無涯的一場生呀……」他呻吟著，冷冷看著雷怒和六大護法，輕輕一揚碎空刀，聲音中充滿了悟破天地後的疲倦。

「你們一起上吧。」葉風淡淡地道，臉上猶帶著一種慟斷肝腸後的淒豔……

全文完

明將軍傳奇之 **外傳**

作者：時未寒
發行人：陳曉林
出版所：風雲時代出版股份有限公司
地址：10576台北市民生東路五段178號7樓之3
電話：(02) 2756-0949
傳真：(02) 2765-3799
執行主編：劉宇青
美術設計：吳宗潔
行銷企劃：林安莉
業務總監：張瑋鳳

初版日期：2022年1月
版權授權：王帆
ISBN：978-626-7025-22-2

風雲書網：http://www.eastbooks.com.tw
官方部落格：http://eastbooks.pixnet.net/blog
Facebook：http://www.facebook.com/h7560949
E-mail：h7560949@ms15.hinet.net
劃撥帳號：12043291
戶名：風雲時代出版股份有限公司

風雲發行所：33373桃園市龜山區公西村2鄰復興街304巷96號
電話：(03) 318-1378
傳真：(03) 318-1378
法律顧問：永然法律事務所 李永然律師
北辰著作權事務所 蕭雄淋律師

行政院新聞局局版台業字第3595號 營利事業統一編號22759935

定價：340元

國家圖書館出版品預行編目資料

明將軍傳奇之外傳 / 時未寒著. -- 臺北市：風雲時代出版股份有限公司, 2021.12　面；　公分

ISBN 978-626-7025-22-2 (平裝)

857.7　　110018322